O ÚLTIMO DESEJO

O ÚLTIMO DESEJO

Andrzej Sapkowski

Tradução do polonês
TOMASZ BARCINSKI

wmf martinsfontes

SÃO PAULO 2020

Esta obra foi publicada originalmente em polonês com o título
OSTATNIE ŻYCZENIE
por SuperNova, Varsóvia, 1993

Esta publicação foi subsidiada pelo Programa de Tradução do Instytut Książki – © POLAND.

INSTYTUT KSIĄŻKI
©POLAND

1ª edição *2011*
2ª edição *2015*
10ª tiragem *2020*

Tradução
TOMASZ BARCINSKI

Acompanhamento editorial
Márcia Leme
Preparação do original
Márcia Menin
Revisões
Ana Paula Luccisano
Ana Maria de O. M. Barbosa
Edição de arte
Adriana Maria Porto Translatti
Produção gráfica
Geraldo Alves
Paginação
Studio 3 Desenvolvimento Editorial

Dados Internacionais de Catalogação na Publicação (CIP)
(Câmara Brasileira do Livro, SP, Brasil)

Sapkowski, Andrzej
O último desejo / Andrzej Sapkowski ; tradução do polonês Tomasz Barcinski. – 2ª ed. – São Paulo : Editora WMF Martins Fontes, 2015.

Título original: Ostatnie Życzenie.
ISBN 978-85-7827-958-5

1. Ficção polonesa I. Título.

15-03898 CDD-891.8

Índices para catálogo sistemático:
1. Ficção : Literatura polonesa 891.8

Editora WMF Martins Fontes Ltda.
Rua Prof. Laerte Ramos de Carvalho, 133 01325-030 São Paulo SP Brasil
Tel. (11) 3293-8150 e-mail: info@wmfmartinsfontes.com.br
http://www.wmfmartinsfontes.com.br

ÍNDICE

A VOZ DA RAZÃO 1

Veio até ele de madrugada.

Entrou com muito cuidado, em silêncio, deslizando pelo aposento como um fantasma, uma aparição. O único ruído que acompanhava seus movimentos era o da capa roçando-lhe a pele desnuda. E foi justamente esse tênue e quase inaudível som que despertou o bruxo – ou talvez apenas o tenha emergido do estado de sonolência no qual se embalava monotonamente, como se estivesse submerso em profundezas insondáveis, pairando entre o fundo e a superfície de um mar sereno, cercado por ondulantes algas marinhas.

Não se moveu, nem sequer pestanejou. A jovem se aproximou, despiu a capa e, hesitante, apoiou um joelho dobrado na beira da cama. O homem a observava com os olhos semicerrados, fingindo ainda dormir. Ela se posicionou cuidadosamente sobre seu corpo, aprisionando-o entre as coxas. Apoiada nos braços esticados, acariciou-lhe o rosto com os cabelos, que cheiravam a camomila. Decidida e impaciente, inclinou-se e com o bico dos seios tocou-lhe as pálpebras, as bochechas e a boca. Ele sorriu e, com um gesto lento e delicado, abraçou-a carinhosamente. Ela endireitou o corpo, desviando-se de seus dedos. Radiante e luminosa, ofuscava com seu brilho a enevoada luminosidade matinal. Ele tentou se mover, porém ela, mantendo a pressão das mãos, impediu-o de mudar de posição e, com suaves mas decididos movimentos dos quadris, exigiu uma resposta.

E ele respondeu. A jovem parou de fugir de suas mãos e, jogando a cabeça para trás, deixou cair os cabelos. Sua pele era fresca e surpreendentemente lisa. Seus olhos – que ele pôde ver quando ela aproximou o rosto do dele – eram enormes e negros com os de uma ondina. O balanço o fez mergulhar em um mar de camomila agitado e murmurante, envolvendo-o de paz.

O BRUXO

I

Anos mais tarde, diziam que aquele homem veio do norte, do Portão dos Cordoeiros. Chegou a pé, conduzindo seu cavalo pelas rédeas. Já era tarde; as barracas dos cordoeiros e seleiros estavam fechadas e a ruazinha, deserta. Fazia calor, mas o homem carregava uma pesada capa preta sobre os ombros. Chamava a atenção.

Parou diante da estalagem O Velho Narakort e ficou por um momento ouvindo o burburinho. Àquela hora, como de costume, o lugar estava cheio.

O desconhecido não entrou. Seguiu adiante e puxou seu cavalo até uma taberna menor, chamada A Raposa. Estava quase vazia; afinal, não tinha boa fama.

O taberneiro ergueu a cabeça de cima de uma barrica de pepinos marinados e mediu o visitante de alto a baixo. Este, ainda com a capa sobre os ombros, permaneceu diante do balcão, imóvel e calado.

– O que vai ser?

– Cerveja – pediu o desconhecido, com voz desagradável.

O taberneiro limpou as mãos no puído avental e encheu uma velha caneca de barro.

O desconhecido não era velho, mas tinha os cabelos quase totalmente brancos. Sob a capa, vestia um surrado gibão de couro, amarrado nos ombros e nas axilas. Quando tirou a capa, todos puderam ver a longa espada de dois gumes presa às costas por um cinturão. Nada havia de extraordinário naquilo, já que em Wyzim quase todos andavam armados, mas ninguém carregava uma espada às costas como se fosse um arco ou uma aljava.

O desconhecido não se sentou à mesa com os poucos fregueses. Permaneceu de pé junto do balcão, encarando o taberneiro com olhos penetrantes. Bebeu um trago da caneca.

– Estou procurando um quarto para passar a noite.

– Não temos vagas – respondeu rudemente o taberneiro, olhando para as empoeiradas botas do recém-chegado. – Procure no Velho Narakort.

– Prefiro aqui.

– Impossível. – O taberneiro finalmente reconheceu o sotaque do desconhecido: era de Rívia.

– Pagarei bem – sussurrou o estranho, como se estivesse inseguro.

Foi então que a confusão teve início. Um magricela bexiguento, que desde o momento em que o desconhecido entrara na taberna o observava soturnamente, levantou-se da mesa e aproximou-se do balcão. Dois de seus companheiros se postaram atrás, a menos de dois passos.

– Não ouviu que não há lugar aqui para tipos como você, seu vagabundo riviano? – rosnou o bexiguento, parando ao lado do desconhecido. – Aqui, em Wyzim, não precisamos de gente de sua laia. Esta é uma cidade decente!

O desconhecido pegou a caneca e se afastou, olhando para o taberneiro. Este, no entanto, evitou seu olhar. Nem lhe passava pela cabeça sair em defesa de um riviano. Afinal, quem gostava de rivianos?

– Todos os rivianos são ladrões – continuou o encrenqueiro, fedendo a cerveja, alho e ódio. – Ouviu o que eu disse, seu bastardo?

– Ele não consegue escutar porque tem merda nos ouvidos – disse um dos que estavam atrás, fazendo o outro soltar uma gargalhada.

– Pague a conta e suma daqui! – gritou o bexiguento.

Foi só então que o desconhecido olhou para ele.

– Primeiro, vou terminar minha cerveja.

– Pois nós vamos ajudá-lo – sibilou o magricela, que arrancou a caneca da mão do riviano e, agarrando-o pelo braço, enfiou os dedos por trás da tira de couro que atravessava o peito do desconhecido. Um de seus comparsas preparava-se para desferir um soco. O estranho girou sobre os calcanhares, fazendo o bexiguento perder o equilíbrio. A espada sibilou de dentro da bainha e por um breve momento brilhou à luz das lamparinas. O ambiente fervilhou. Alguém gritou. Um dos fregueses se precipitou para fora. Uma cadeira desabou e recipientes de barro estilhaçaram. O taberneiro, com lábios trêmulos, ficou olhando para o horrivelmente destroçado rosto do bexiguento, que, desprendendo aos poucos os dedos da beira do balcão, deslizou para baixo, sumindo como se estivesse se afogando. Os outros dois jaziam no chão, um deles imóvel, o outro se agitando convulsivamente no meio de uma poça escura cada vez maior. Um fino e histérico grito feminino soou no ar, parecendo perfurar os ouvidos. O taberneiro, tremendo feito vara verde, começou a vomitar.

O desconhecido recuou até a parede, em posição de defesa. Atento, segurava a espada com ambas as mãos, agitando a ponta no ar. Ninguém se mexia. Um misto de horror e medo cobria todos os rostos, imobilizava os membros e travava as gargantas.

Três guardas, que decerto faziam a patrulha da rua, adentraram a taberna com grande estrondo. Traziam nas mãos porretes envoltos em tiras de couro, mas diante da visão dos cadáveres, sacaram as espadas. O riviano continuava com as costas apoiadas na parede e, com a mão esquerda, arrancou um punhal do cano de uma das botas.

– Largue isso! – vociferou um dos guardas, com voz trêmula. – Largue isso imediatamente, seu bandido, e venha conosco!

Outro guarda afastou com o pé uma mesa que o impedia de atingir o riviano pelo flanco.

– Vá buscar reforços, Treska! – gritou para o terceiro, que estava junto da porta.

– Não vai ser preciso – disse o desconhecido, abaixando a espada. – Irei com vocês por conta própria.

– É lógico que sim, seu cão danado, mas acorrentado! – exclamou o da voz trêmula. – Largue essa espada, senão vou arrebentar sua cabeça!

O riviano se empertigou. Colocou rapidamente a lâmina da espada sob a axila esquerda e com a mão direita descreveu, apontando para os guardas, um rápido e complicado sinal no ar. Os inúmeros tachões que ornavam os punhos de couro de seu gibão brilharam intensamente.

Os guardas recuaram de imediato, protegendo o rosto com os antebraços. Um dos fregueses da taberna ergueu-se de um pulo, enquanto outro correu para a porta. A mulher soltou outro grito, dessa vez selvagem e assustador.

– Irei por conta própria – repetiu o desconhecido, com voz metálica. – E vocês três irão na frente, conduzindo-me ao estaroste. Não conheço o caminho.

– Sim, senhor – sussurrou o guarda, abaixando a cabeça e encaminhando-se timidamente para a saída.

Os outros dois foram apressados atrás dele. O desconhecido seguiu seus passos, guardando a espada na bainha e o punhal no cano da bota. Ao passar pelas mesas, os poucos comensais que restavam esconderam o rosto na gola do gibão.

II

Velerad, o estaroste de Wyzim, coçou o queixo, refletindo sobre a situação. Não era supersticioso nem medroso, mas não lhe agradava a perspectiva de ficar sozinho com o estranho de cabelos brancos. Finalmente, tomou uma decisão.

– Saiam – ordenou aos guardas. – Quanto a você, sente-se. Não, não aqui; um pouco mais afastado, se não for incômodo.

O desconhecido sentou-se. Já não portava a espada nem a capa preta.

– Sou todo ouvidos – disse Velerad, brincando com uma pesada maça pousada no tampo da mesa. – Sou Velerad, o estaroste de Wyzim. O que tem a dizer, senhor bandido, antes de ser despachado para as masmorras? Três mortos e uma tentativa de enfeitiçamento... Nada mal, nada mal. Aqui, em Wyzim, costumamos empalar os culpados por esse tipo de coisas. Mas como sou um homem justo, pretendo ouvi-lo antes. Portanto, fale.

O riviano abriu a jaqueta e tirou um pergaminho de pele de cabra branca.

– Vocês têm afixado isto nas tabernas e nas encruzilhadas – falou baixinho. – É verdade o que está escrito aqui?

– Ah – murmurou Velerad, olhando para as runas gravadas no pedaço de pele. – Então é disso que se trata. Devia ter adivinhado. Sim, é a mais pura verdade. O pergaminho está assinado por Foltest, rei de Temeria, Ponatar e Mahakam, o que significa que é verdadeiro. Mas uma proclamação é uma proclamação e leis são leis. Meu papel aqui, em Wyzim, é fazer com que as leis sejam cumpridas, e não vou permitir que pessoas sejam assassinadas sem mais nem menos! Deu para entender?

O riviano assentiu com a cabeça, demonstrando que entendera. Velerad resfolegou furiosamente.

– Você tem a divisa de bruxo? – indagou.

O desconhecido voltou a enfiar a mão na jaqueta, dessa vez retirando um medalhão redondo pendurado numa corrente de prata. Nele estava gravada a cabeça de um lobo com as presas arreganhadas.

– E você tem nome? Pode ser qualquer um. Não estou perguntando por curiosidade, mas para facilitar nossa conversa.

– Meu nome é Geralt.

– Pois que seja Geralt. De Rívia, como deduzo por seu sotaque.

– De Rívia.

– Sabe de uma coisa, Geralt? Não se envolva neste assunto – disse Velerad, batendo com a mão na proclamação. – É um caso bastante sério. Muitos já tentaram. Isso, meu irmãozinho, não é o mesmo que arrebentar a cabeça de um par de patifes.

– Estou ciente disso. É minha profissão, senhor estaroste. Na proclamação está escrito: três mil ducados de recompensa.

– Três mil – confirmou Velerad, de boca cheia. – E mais a mão da princesa, segundo dizem por aí, embora nosso amado Foltest não tenha acrescentado isso à proclamação.

– Não estou interessado na princesa – falou calmamente Geralt, sentado imóvel, com as mãos sobre os joelhos. – O importante é o que está escrito: três mil ducados.

– Ah, que tempos! – suspirou o estaroste. – Que tempos desgraçados, meu senhor! Há apenas vinte anos quem poderia imaginar, mesmo estando embriagado, que pudessem existir tais profissões? Bruxos! Assassinos errantes de basiliscos! Caçadores ambulantes de dragões e demos dos pântanos! Diga-me, Geralt: sua profissão permite beber cerveja?

– Certamente.

Velerad bateu palmas.

– Cerveja! – gritou. – Quanto a você, Geralt, achegue-se.

A cerveja estava fria e espumosa.

– Vivemos em tempos asquerosos – monologava Velerad, bebericando de sua caneca. – Circulam por aí todos os tipos de imundices. Em Mahakam, nas montanhas, pululam bobolacos. Nas florestas, costumávamos ouvir o uivo dos lobos. E agora? Agora só se veem espectros, bosqueolos, lobisomens e outros seres estranhos. Nos vilarejos, ondinas e carpideiras raptam criancinhas; já levaram mais de uma centena delas. Doenças das quais nunca se ouviu falar grassam por toda parte. É de arrepiar. E, para completar o quadro, ainda por cima isto! – Empurrou o pergaminho pelo tampo da mesa. – Não é de estranhar, Geralt, que haja tanta demanda por seus serviços.

– E quanto a essa proclamação, senhor estaroste? – Geralt ergueu a cabeça. – O senhor conhece mais detalhes?

Velerad recostou-se na cadeira e entrelaçou as mãos sobre a barriga.

– Detalhes, você indaga? É lógico que conheço; não de primeira mão, mas de fontes seguras.

– É isso mesmo que desejo saber.

– Bem, já que parece irredutível, escute-me.

Velerad tomou mais um gole de cerveja e abaixou a voz.

– Nosso amado Foltest, quando ainda era príncipe, durante o reinado de seu pai, o velho Medell, já nos mostrou do que era capaz, e era capaz de muito. Acreditávamos que aquilo passaria com o tempo, mas pouco depois de sua coroação, logo após a morte do velho rei, Foltest se superou. Ficamos atônitos. Em poucas palavras: fez um filho na própria irmã, Adda. Ela era mais jovem, andavam sempre juntos, mas ninguém suspeitou de nada... Talvez a rainha... De qualquer modo, lá estavam Adda com uma barriga daquelas e Foltest falando em casamento. Um casamento com a irmã, você se dá conta disso, Geralt? A situação se complicou ainda mais, já que exatamente àquela época Vizimir de Novigrad teve a brilhante ideia de casar sua filha, Dalka, com Foltest, e enviou uma delegação. Tivemos de segurar o rei pelas pernas e pelos braços, porque ele queria xingar e bater nos emissários. Ainda bem que conseguimos, pois, se Vizimir tivesse se ofendido, nos teria arrancado o fígado. Depois, não sem ajuda de Adda, que tinha influência sobre o irmão, conseguimos dissuadi-lo de seu propósito de um casamento imediato. Quando chegou a hora, Adda deu à luz. E agora preste atenção, porque é aí que tudo começa. Não foram muitas pessoas que viram o que nasceu, mas uma das parteiras pulou da janela da torre e morreu, enquanto a outra ficou com a mente afetada e está lelé até hoje. Diante disso, acredito que o recém-nascido não fosse especialmente bonito. Era uma menina, que morreu logo em seguida. Imagino que ninguém teve muita pressa em cortar o cordão umbilical. Adda, por sorte, não sobreviveu ao parto. Depois, meu irmãozinho, Foltest cometeu mais uma estupidez. A recém-nascida deveria ter sido queimada ou, sei lá, enterrada num lugar deserto, e não guardada num sarcófago no subsolo do castelo.

—Tarde demais para se lamentar. – Geralt ergueu a cabeça. – De qualquer modo, vocês deveriam ter chamado um dos Versados.

– Está se referindo àqueles charlatões com gorro pontudo enfeitado de estrelinhas? É lógico que chamamos, mais de dez, porém apenas depois de termos tomado ciência do que jazia naquele sarcófago e saía dele toda noite. Mas não pense que começou a sair logo. Ah, não! Depois do enterro, tivemos sete anos de paz. Até que, numa noite de lua cheia, ouvimos gritos no castelo. Gritos desesperados e muita agitação! Não preciso entrar em detalhes; você entende desse assunto e leu a proclamação. A recém-nascida cresceu, e bastante, dentro da tumba, e seus dentes se desenvolveram de maneira impressionante. Em poucas palavras:

virou uma estrige. É uma pena que você não tenha visto os cadáveres. Eu vi. Se você tivesse visto, certamente teria evitado entrar em Wyzim.

Geralt permaneceu calado.

– Então – continuou Velerad –, como lhe disse, Foltest convocou um monte de feiticeiros. Ficaram gritando, cada um mais alto que o outro, e faltou pouco para se agredirem com aqueles cajados com que andam por aí, decerto para afugentar os cachorros quando alguém os atiça contra eles. E estou convencido de que as pessoas costumam atiçá-los com frequência. Perdoe-me, Geralt, se você tem outra opinião dos feiticeiros. Levando em conta sua profissão, provavelmente tem, mas para mim eles não passam de boçais e aproveitadores. Vocês, bruxos, despertam mais confiança. Pelo menos, vocês são... como dizer?... mais concretos.

Geralt sorriu, mas não fez nenhum comentário.

– Mas voltemos ao assunto principal. – O estaroste olhou para dentro da caneca e despejou mais cerveja, na sua e na do riviano. – Algumas recomendações dos feiticeiros até que não pareciam tão estúpidas. Um deles sugeriu que a estrige fosse incendiada, com o sarcófago e o castelo; outro recomendou que lhe cortassem a cabeça com uma espada; os demais eram partidários de cravar estacas de bétula em várias partes de seu corpo, evidentemente durante o dia, quando, exausta pelas excursões noturnas, ela estivesse dormindo no caixão. No entanto, um velho eremita corcunda, com gorro pontudo no crânio totalmente calvo, afirmou que tudo não passava de um encanto fácil de desfazer e que a estrige voltaria a ser a filhinha de Foltest, linda como uma pintura. Para isso, bastaria passar uma noite na cripta. Então, imagine, Geralt, quão mentecapto ele era, o tal velhinho foi passar a noite no subsolo do castelo. Como você pode imaginar, não sobrou muito dele... aparentemente apenas o gorro e o cajado. Mas Foltest agarrou-se a essa ideia com unhas e dentes, proibiu qualquer tentativa de matar a estrige e atraiu para Wyzim charlatões e mais charlatões de todos os recantos do reino para que desfizessem o feitiço, transformando o monstro de volta numa princesinha. Aquilo, sim, era uma corja de pilantras! Umas velhotas encurvadas, uns capengas, todos sujos, sarnentos... davam pena. E aí todos se puseram a fazer encantos, principalmente sobre pratos de comida e canecos de cerveja. É verdade que Foltest ou o Conselho de Anciões logo desmascararam vários deles, até penduraram alguns em ameias... mas poucos, muito poucos. Eu teria enforcado todos. Acho que não preciso acrescentar que a estrige cada dia devorava mais e mais pessoas, sem dar a mínima para os encantamentos nem para o fato de Foltest não morar mais no castelo. Aliás, ninguém morava mais nele.

Velerad interrompeu seu relato. O bruxo permanecia calado.

– E isso continua assim, Geralt, faz mais de seis anos, porque aquilo nasceu há uns catorze. Nesse período, tivemos outras preocupações, pois travamos uma guerra com Vizimir de Novigrad, por motivos concretos e compreensíveis: deslocamento de marcos fronteiriços, e não histórias de filhas ou laços de parentesco. Foltest, diga-se de passagem, começa a falar em matrimônio e examina os retratos enviados dos reinos vizinhos, em vez de atirá-los na latrina, como antes. Apesar disso, volta e meia é tomado por um novo acesso e despacha cavaleiros à procura de outros feiticeiros. Prometeu uma recompensa de três mil ducados, com o que atraiu para cá todo tipo de destrambelhados, cavaleiros andantes e até um pastorzinho, um idiota conhecido em toda a região, que descanse em paz. Enquanto isso, a estrige vai muito bem, obrigado. Só que de vez em quando come alguém. Dá para se acostumar. Quanto a esses heróis que tentam desenfeitiçá-la, temos a vantagem de a besta saciar a fome com eles e não precisa vagar fora dos muros do castelo. E Foltest tem um castelo novo, bem bonito.

– Durante todos esses anos... – Geralt ergueu a cabeça. – Em mais de seis anos ninguém conseguiu resolver o problema?

– Pois é, ninguém. – Velerad lançou um olhar penetrante ao bruxo. – Porque, ao que tudo indica, o problema é insolúvel e temos de nos conformar com isso. Estou me referindo a Foltest, nosso benévolo e amado senhor, que continua afixando essas proclamações em todas as encruzilhadas. No entanto, o número de voluntários vem diminuindo consideravelmente. Faz pouco tempo apareceu um, mas ele queria receber os três mil com antecedência. Diante disso, nós o enfiamos num saco e jogamos no lago.

– Não faltam trapaceiros.

– Não, não faltam. Na verdade, há muitos – concordou o estaroste, sem tirar os olhos do bruxo. – Por isso, quando for ao castelo, não peça pagamento antecipado. Isto é, se você for realmente.

– Irei.

– Bem, é um assunto seu. Mas não se esqueça de meu conselho. E, já que estamos falando da recompensa, ultimamente têm circulado rumores sobre sua segunda parte, que cheguei a mencionar a você: a mão da princesa. Não sei quem inventou isso, porém, se a estrige tem a aparência que as pessoas andam dizendo, a piada é definitivamente de mau gosto. Mesmo assim, não faltaram idiotas que vieram a pleno galope ao castelo tão logo surgiu a notícia da oportunidade de entrar na família real. Dois aprendizes de sapateiros. Por que os sapateiros são tão estúpidos, Geralt?

– Não sei. E bruxos, senhor estaroste? Apareceram alguns?

– Como não. Vários. Quando eram informados de que a estrige deveria ser desenfeitiçada e não morta, davam de ombros e iam embora. É em parte por isso que cresceu meu respeito pelos bruxos, Geralt. Houve um, mais jovem do que você, cujo nome não consigo lembrar, se é que ele se identificou... Este, bem que tentou.

– E...?

– Nossa vampiresca princesa espalhou suas tripas por uma área equivalente a meia distância percorrida por uma flecha disparada de um arco.

Geralt meneou a cabeça.

– E ele foi o único?

– Houve mais um...

Velerad interrompeu a frase, mas Geralt não o apressou.

– Sim – disse finalmente o estaroste. – Houve mais um. No começo, quando Foltest o ameaçou com a forca caso matasse ou ferisse a estrige, ele soltou uma gargalhada e se preparou para partir. Só que, depois...

Velerad abaixou ainda mais a voz e, quase sussurrando, inclinou-se sobre a mesa.

– Depois, ele acabou aceitando a tarefa. Saiba, Geralt, que aqui em Wyzim temos homens de bem, alguns ocupando altos postos administrativos, a quem repugna essa história toda. Circula o boato de que esses homens tiveram um encontro secreto com o tal bruxo para convencê-lo a deixar os escrúpulos de lado e, em vez de tentar qualquer tipo de exorcismo, simplesmente matar a estrige, dizendo ao rei que os feitiços não funcionaram e que sua filhinha havia caído das escadas, ou seja, que ocorrera um acidente de trabalho. O rei, evidentemente, ficaria furioso, mas ele não pagaria um ducado sequer de recompensa. O pícaro bruxo respondeu que, se era para não receber, então eles mesmos deveriam enfrentar a estrige. E aí, o que pudemos fazer?... Cotizamo-nos, pechinchamos... mas não deu em nada.

Geralt ergueu as sobrancelhas.

– Em nada, repito. O bruxo não quis fazer o trabalho logo na primeira noite. Ficou rondando o castelo, perambulando pelos arredores. Por fim, como dizem, viu a estrige, certamente em ação, pois a besta não sai da cripta apenas para esticar as pernas. Viu-a e sumiu na mesma noite. Nem se despediu.

Geralt contorceu os lábios numa expressão que provavelmente deveria ser um sorriso.

– E esses homens de bem – começou – devem ter guardado aquele dinheiro, não? Os bruxos não costumam cobrar adiantado.

– Claro – respondeu Velerad. – É lógico que guardaram.

– E aquele boato não fazia alusão à quantia envolvida?

Velerad exibiu um sorriso malandro.

– Uns dizem que era de oitocentos...

Geralt fez um movimento de negação com a cabeça.

– Já outros – murmurou o estaroste – falam de mil.

– O que não é muito, considerando que os boatos costumam exagerar em tudo. Afinal, o rei está oferecendo três mil.

– Não se esqueça da prometida – ironizou Velerad. – Mas de que estamos falando? É óbvio que você jamais receberá aqueles três mil.

– Por que é óbvio?

Velerad desferiu um soco no tampo da mesa.

– Geralt, não estrague a imagem que tenho dos bruxos. Isso está durando há mais de seis anos! A estrige acaba com meia centena de pessoas por ano; é verdade que ultimamente menos, porque todos se mantêm longe do castelo. Não, meu irmão, eu já vi muitos encantamentos e acredito, claro que só até certo ponto, em magos e bruxos. Mas a tal história de desenfeitiçamento não passa de uma bobagem que germinou na cabeça daquele velho corcunda, que endoidou de vez por causa da comida de eremitas; um disparate em que ninguém acredita. Ninguém, exceto Foltest. Não, Geralt! Adda deu à luz uma estrige por ter dormido com o próprio irmão. Essa é a verdade e não há nada que possa ajudar. Ela come pessoas como todas as estriges, e a única solução é matá-la, de maneira simples e normal. Escute: há cerca de dois anos um dragão andava devorando as ovelhas de uns broncos de algum buraco no cu do mundo, perto de Mahakam. Eles formaram um grupo e mataram o bicho a pauladas, nem sequer acharam que deveriam jactar-se do feito. Nós, aqui em Wyzim, aguardamos por um milagre e nos entrincheiramos em casa nas noites de lua cheia, ou amarramos criminosos a estacas diante do castelo, esperando que a besta se sacie com eles e retorne a sua tumba.

– Não deixa de ser um método prático – sorriu o bruxo. – E a criminalidade diminuiu?

– Nem um pouco.

– Como se chega ao novo castelo?

– Vou levá-lo pessoalmente até lá. E quanto à proposta dos homens de bem?

– Senhor estaroste – disse Geralt. – Para que se apressar? Existe a possibilidade de ocorrer um acidente durante meu trabalho, independentemente de minha intenção. Nesse caso, os homens de bem deveriam pensar em uma forma de me proteger da fúria do rei e preparar os mil e quinhentos ducados mencionados no boato.

– Eu falei em mil.

– Não, senhor Velerad – retrucou o bruxo, com determinação. – Aquele a quem vocês ofereceram mil ducados fugiu assim que viu a estrige e nem chegou a barganhar, o que significa que o risco é superior a mil. Será superior a mil e quinhentos? Veremos. É claro que vou me despedir antes de ir embora.

Velerad coçou a cabeça.

– Que tal mil e duzentos?

– Não, senhor estaroste. O trabalho não é fácil. O rei oferece três mil, e eu tenho de dizer que às vezes desenfeitiçar é mais fácil do que matar. Afinal, se matar a estrige fosse tão fácil, algum de meus predecessores o teria feito. Ou você acha que eles se deixaram matar só por medo do rei?

– Que seja, irmãozinho. – Velerad meneou sombriamente a cabeça. – Estamos combinados. Mas quando você estiver diante do rei, aconselho de todo o coração que não dê um pio sobre a possibilidade de um acidente de trabalho.

III

Foltest era esbelto e tinha rosto bonito – bonito até demais. O bruxo avaliou que ele ainda não completara quarenta anos. Estava sentado numa cadeira de braços em forma de anão esculpido em madeira escura, com as pernas estendidas na direção de uma lareira junto da qual se aqueciam dois cães. Do lado dele, sentado sobre uma arca, encontrava-se um homem mais velho, barbado e de compleição robusta. Atrás do rei, de pé, havia mais uma pessoa, ricamente vestida e com feições orgulhosas. Um magnata.

– Um bruxo de Rívia – falou o rei, após um momento de silêncio que se seguiu ao discurso introdutório de Velerad.

– Sim, Majestade – anuiu Geralt, fazendo uma reverência.

– O que fez encanecer tanto seus cabelos? Excesso de feitiçarias? Posso ver que você não é velho. Tudo bem, tudo bem. Não precisa responder; estava brincando. Você tem experiência?

– Sim, Majestade.

– Pois me fale dela.

Geralt fez uma reverência ainda mais profunda.

– Vossa Majestade deve estar ciente de que nosso código de conduta não nos permite falar sobre o que fazemos.

– É um código muito conveniente, senhor bruxo; muito conveniente. Mas assim, sem entrar em detalhes, você já teve algo a ver com seres das trevas?

– Sim.

– E com vampiros e leshys?

– Sim.

Foltest hesitou por um momento.

– E com estriges?

Geralt ergueu a cabeça e fixou o rei diretamente nos olhos.

– Também.

Foltest desviou o olhar.

– Velerad! – chamou.

– Às ordens de Vossa Majestade.

– Você o pôs a par de todos os detalhes?

– Sim, Majestade. Ele afirma que a princesa pode ser desenfeitiçada.

– Sei disso há muito tempo. De que modo, senhor bruxo? Ah, é verdade, já me esquecia... o tal código. Muito bem; apenas uma pequena advertência. Estiveram aqui vários bruxos. Velerad, você lhe contou? Ótimo. E foi por eles que eu soube que sua especialidade é mais a de matar do que desenfeitiçar. Quero que saiba que isso está fora de cogitação. Se cair um só fio da cabeça de minha filha, a sua vai parar no cepo. Isso é tudo. Ostrit e o senhor, senhor Segelin, deverão ficar aqui e lhe dar todas as informações de que necessitar. É costume dos bruxos fazer muitas perguntas. Deem comida a ele e o façam dormir no castelo. Não quero que fique vagando pelas tabernas.

O rei levantou-se, assoviou para os cães e encaminhou-se à saída, fazendo esvoaçar a palha que cobria o piso do aposento. Chegando à porta, virou-se e disse:

– Se você conseguir, bruxo, a recompensa será sua. Talvez eu até acrescente algo a ela, caso faça um bom trabalho. Obviamente, o boato sobre a possibilidade de se casar com a princesa não contém um pingo de verdade. Ou você acredita que eu daria a mão de minha filha ao primeiro vagabundo que passasse por aqui?

– Não, Majestade. Não acredito.

– Muito bem. Isso mostra que você é inteligente.

Foltest saiu, fechando a porta atrás de si. Velerad e o magnata, que até aquele momento tinham se mantido de pé, imediatamente sentaram-se à mesa. O estaroste sorveu o resto do vinho da taça real, olhou dentro do cântaro e soltou um palavrão. Ostrit, que ocupou o lugar do rei, ficou olhando para o bruxo com o cenho franzido, alisando com as mãos os braços esculpidos da cadeira. O barbudo Segelin fez um gesto para Geralt.

– Sente-se, senhor bruxo, sente-se. Já vão servir o jantar. Sobre o que o senhor queria conversar? Acho que o estaroste Velerad já lhe disse tudo o que poderia ser dito. Conheço-o bem; sei que, se ele pecou, foi mais por excesso do que por falta de detalhes.

– Tenho apenas algumas perguntas.

– Pois então as faça.

– O estaroste me contou que após o aparecimento da estrige o rei convocou muitos Versados.

– É verdade. Mas nunca use o termo "estrige"; fale sempre "princesa". Dessa maneira, você diminuirá o risco de cometer esse erro na presença do rei... e o de todas as complicações daí resultantes.

– Entre os Versados havia alguns conhecidos? Famosos?

– Havia, tanto àquela altura como agora. Não me lembro dos nomes... E o senhor, Ostrit?

– Também não me lembro – respondeu este. – Mas sei que alguns deles desfrutavam de fama e reconhecimento. Falou-se muito sobre isso.

– E eles concordavam com a tese de que o feitiço poderia ser desfeito?

– Longe disso – sorriu Segelin. – Discordavam em tudo. Uns afirmavam que poderia ser desfeito; que seria algo relativamente simples, sem a necessidade de habilidades mágicas. Pelo que entendi, bastaria alguém passar uma noite, desde o pôr do sol até o terceiro canto do galo, no subsolo do castelo, junto do sarcófago.

– Efetivamente, algo muito simples – zombou Velerad.

– Gostaria de ouvir uma descrição da... princesa.

Velerad ergueu-se de um pulo.

– A princesa tem o aspecto de uma estrige! – gritou. – A mais estrigenta das estriges de que ouvi falar! Sua Alteza Real, a maldita filha bastarda do rei, mede quatro côvados, lembra uma barrica de cerveja, tem uma bocarra que vai de orelha a orelha e é cheia de dentes afiados como estiletes, olhos vermelhos e cabelos ruivos! Seus braços, tão compridos que chegam até o chão, são providos de garras como as de um lince! Espanta-me o fato de ainda não termos começado a enviar seu retrato às cortes vizinhas! A princesa, que a peste negra a sufoque, já tem catorze anos e está mais do que na hora de casá-la com um príncipe qualquer!

– Acalme-se, estaroste – pediu Ostrit, franzindo o cenho e olhando de esguelha para a porta.

Segelin esboçou um sorriso.

– A descrição – disse –, embora tão imagética, é suficientemente correta, e imagino que era isso que desejava o nobre bruxo, não? Velerad esqueceu de mencionar que a princesa se move com rapidez extraordinária e é muito mais forte do que sua altura e constituição física fazem supor. E o fato de ela ter catorze anos é uma verdade, se é que isso tem alguma importância.

– E tem – afirmou o bruxo. – Ela ataca somente nas noites de lua cheia?

– Sim – respondeu Segelin –, quando ataca fora do castelo antigo. Dentro dele muitas pessoas desapareceram independentemente das fases da lua. Mas ela só sai no plenilúnio, e assim mesmo não em todos.

– Teria havido pelo menos um só ataque durante o dia?

– Não. De dia, não.

– Ela sempre devora suas vítimas?

Velerad cuspiu vigorosamente na palha.

– Irra! E isso é pergunta que se faça logo que vão servir o jantar, Geralt?! – exclamou. – Ela os devora, crava-lhes os dentes, come apenas uma parte ou deixa-os inteiros, certamente dependendo de seu humor no momento. Arrancou a cabeça de um, estripou dois e em outros deixou apenas os ossos... filha da mãe!

– Tenha cuidado com o que fala, Velerad – repreendeu-o com severidade Ostrit. – Pode falar o que quiser sobre a estrige, mas não ofenda Adda em minha presença apenas porque não tem coragem de fazê-lo diante do rei!

– Houve alguém que sobreviveu ao ataque? – perguntou o bruxo, fingindo não ter percebido a explosão do magnata.

Segelin e Ostrit se entreolharam.

– Sim – respondeu o barbudo. – Logo no início, há uns seis anos, ela se atirou sobre dois soldados que estavam de guarda da cripta. Um deles conseguiu fugir.

– E mais tarde – acrescentou Velerad – houve o caso do moleiro que ela atacou fora dos muros da cidade. Estão lembrados?

IV

No dia seguinte, já noite avançada, o moleiro foi trazido ao pequeno cômodo sobre a casa da guarda no qual fora alojado o bruxo. Acompanhava-o um guarda encapuzado.

A conversa não trouxe grandes resultados. O moleiro estava apavorado, tartamudeava, gaguejava. Muito mais revelaram ao bruxo as suas cicatrizes: a estrige tinha uma impressionante abertura dos maxilares e dentes realmente afiados, dentre eles quatro caninos superiores, dois de cada lado, muito longos; suas garras eram com certeza mais afiadas do que as de um lince, embora menos recurvadas. Aliás, foi exatamente graças a isso que o moleiro conseguiu escapar com vida.

Concluído seu exame, o bruxo fez sinal ao moleiro e ao guarda, indicando-lhes a saída. O guarda empurrou o camponês para fora do aposento e tirou o capuz. Era Foltest em pessoa.

– Sente-se; não precisa se levantar – disse o rei. – Esta visita não é oficial. Ficou satisfeito com a entrevista? Soube que esteve no castelo antigo pela manhã.

– Sim, Majestade.

– E quando pretende agir?

– Faltam quatro dias para o plenilúnio. Agirei logo depois.

– Quer ter tempo para observá-la antes?

– Não. Mas a es... a princesa estará menos ágil.

– A estrige, Mestre, a estrige. Não percamos tempo com diplomacia. Só mais tarde a estrige voltará a ser princesa. Aliás, é sobre isso mesmo que vim conversar com você. Responda extraoficialmente, de maneira clara e curta: voltará ou não? E não se encubra por nenhum código de honra.

Geralt esfregou a testa e respondeu:

– Confirmo, Majestade, que o feitiço pode ser desfeito. E, a não ser que eu esteja enganado, efetivamente passando uma noite no castelo. Caso o terceiro canto do galo surpreenda a estrige fora do sarcófago, o encanto estará quebrado. É assim que se costuma agir com estriges.

– Tão simples assim?

– Bem, não é tão simples quanto Vossa Majestade imagina. Em primeiro lugar, vai ser preciso sobreviver à noite em questão. Existem, também, variantes desse método, como passar três noites no castelo em vez de uma. Além do mais, podem surgir complicações, imprevistos, até... acidentes fatais.

– Sim – indignou-se Foltest. – Algumas pessoas não se cansam de me falar disso. Segundo elas, o monstro deve ser morto, por ser um caso incurável. Mestre, tenho certeza de que lhe disseram para matar logo de saída e sem cerimônia alguma essa devoradora de seres humanos e, depois, dizer ao rei que não havia outra solução. O rei não vai lhe pagar, mas nós pagaremos. Trata-se de um meio muito prático. E barato, porque o rei mandará decapitar ou enforcar o bruxo e o ouro continuará no bolso deles.

– E o rei mandará decapitar o bruxo assim, sem mais nem menos? – perguntou Geralt, fazendo uma careta.

Foltest fixou o riviano nos olhos por um longo tempo.

– O rei não sabe – respondeu por fim. – Mas o bruxo deveria levar em consideração essa possibilidade.

Foi a vez de Geralt permanecer calado por um momento.

– Pretendo fazer tudo o que estiver a meu alcance para preservá-la – respondeu em seguida. – Mas se as coisas saírem errado, defenderei minha vida, e Vossa Majestade também deve levar em consideração essa eventualidade.

Foltest levantou-se.

– Você não me entendeu – disse. – Não é esse o caso. É óbvio que você terá de matá-la por imperiosa necessidade, independentemente de isso me agradar ou não. Porque, se não o fizer, ela o matará sem a menor sombra de dúvida. É um assunto sobre o qual não me pronuncio oficialmente, mas jamais castigaria alguém que a matasse em legítima defesa. Mas não permitirei que ela seja morta antes de esgotadas todas as possibilidades de salvá-la. Já tentaram incendiar o castelo antigo, dispararam flechas em sua direção, cavaram buracos, prepararam armadilhas e laços, até o momento em que mandei enforcar algumas pessoas. No entanto, não é disso que se trata. Ouça-me, Mestre.

– Sou todo ouvidos.

– Se entendi bem, depois do terceiro canto de galo não haverá mais uma estrige. E o que haverá em seu lugar?

– Se tudo der certo, uma menina de catorze anos.

– De olhos vermelhos? Com dentes de crocodilo?

– Uma adolescente normal. Só que...

– Continue, continue.

– Normal, fisicamente.

– E quanto ao aspecto psíquico? Cada dia um balde de sangue para o café da manhã? A coxa de uma donzela?

– Não. Psiquicamente... É difícil colocar isso em palavras... Creio que ela estará no nível de uma criança de três a quatro anos. Vai precisar de cuidados especiais por bastante tempo.

– Isso está claro. Mas outra coisa me preocupa.

– O quê?

– Que aquilo possa reaparecer mais tarde.

O bruxo permaneceu calado.

– Ah! – disse o rei. – Quer dizer que é possível. E o que deverá ser feito nesse caso?

– Se ela falecer após um desmaio de vários dias, seu corpo deverá ser queimado o mais rapidamente possível.

Foltest ensombrou-se.

– Mas creio que as coisas não chegarão a esse ponto – acrescentou Geralt. – Para maior segurança, darei a Vossa Majestade algumas indicações no intuito de diminuir o risco.

– Já? Não é cedo demais, Mestre? E se...

– Já; neste instante – interrompeu-o o riviano. – Tudo é possível, Majestade. Pode acontecer que Vossa Majestade encontre na cripta uma menina desenfeitiçada e, ao lado dela, meu cadáver.

– Realmente? Apesar de minha permissão para você defender sua vida, à qual parece não dar a devida importância?

– Trata-se de um caso bastante sério, e o risco é enorme. Por isso é preciso que Vossa Majestade preste muita atenção: a princesa deverá portar sempre uma safira, de preferência uma inclusão, pendurada no pescoço numa fina corrente de prata. Sempre. De dia e de noite.

– O que é uma inclusão?

– É uma safira com uma bolha de ar no interior. Além disso, no quarto em que ela dormir, volta e meia deverão ser queimados na lareira alguns ramos de zimbro, genista e aveleira.

Foltest ficou pensativo.

– Agradeço-lhe os conselhos, Mestre. Vou segui-los caso... Agora é sua vez de me ouvir com atenção. Se chegar à conclusão de que a situação é desesperadora, mate-a. Caso consiga desfazer o feitiço e a garota não for... normal... se tiver a menor sombra de dúvida de que seu trabalho não foi concluído totalmente, mate-a. Não precisa ficar com medo, pois não lhe farei mal algum. Gritarei com você na frente dos outros, expulsá-lo-ei do castelo e da cidade, nada mais. Obviamente, não lhe pagarei a recompensa, mas talvez você consiga barganhar alguma coisa de... você sabe de quem.

O rei e o bruxo ficaram em silêncio por um momento.

– Geralt... – disse o rei, pela primeira vez dirigindo-se ao bruxo por seu primeiro nome.

– Sim, Majestade...

– Quanto há de verdade naquilo que andam dizendo que a criança ficou assim porque Adda era minha irmã?

– Não muito. Um feitiço tem de ser lançado por alguém; não existe feitiço capaz de lançar-se por si mesmo. De outro lado, creio que a relação incestuosa de Vossa Majestade tenha sido o motivo para o enfeitiçamento e para o resultado daí advindo.

– É o que penso. Foi o que me disseram alguns Versados, embora não todos. Geralt? De onde vêm esses encantamentos e magias?

– Não sei, Majestade. Os Versados se ocupam do estudo dos motivos dessas aparições. Para nós, bruxos, basta sabermos que uma forte determinação pode causar tal tipo de assombrações e dispormos de conhecimentos para derrotá-las.

– Matando-as?

– Na maior parte das vezes, sim. Aliás, é para isso que somos pagos mais frequentemente. São poucos os que nos contratam para quebrarmos feitiços. Em regra, as pessoas querem apenas se proteger de uma ameaça. No entanto, se o monstro tem seres humanos pesando em sua consciência, então um desejo de vingança poderá vir a fazer parte do jogo.

O rei se levantou, deu alguns passos pelo aposento e parou diante da espada do bruxo pendurada na parede.

– Com esta? – indagou, sem olhar para Geralt.

– Não. Esta é para humanos.

– Foi o que ouvi dizer. Sabe de uma coisa, Geralt? Irei com você para a cripta.

– Isso está fora de questão.

Foltest virou-se. Seus olhos brilhavam.

– Você se dá conta, feiticeiro, de que não cheguei a vê-la? Nem logo após seu nascimento, nem... depois. Tive medo. Pode ser que nunca mais a veja, não é verdade? Por isso tenho o direito de estar presente quando você matá-la.

– Repito que isso está fora de questão. Seria morte certa, tanto para Vossa Majestade como para mim. Se eu perder um pouquinho de concentração, de força de vontade... Não, Majestade.

Foltest encaminhou-se para a porta. Por um momento, Geralt teve a impressão de que ele sairia sem dizer uma palavra, sem um gesto de despedida. Mas o rei parou, virou-se e olhou para ele.

– Você inspira confiança – disse –, apesar de eu saber quão velhaco pode ser. Contaram-me o que se passou naquela taberna. Tenho certeza de que matou aqueles dois vagabundos exclusivamente para chamar a atenção para si, para chocar as pessoas e chegar a mim. Está mais do que claro que poderia contê-los sem a necessidade daquela matança toda. Nunca saberei se você está indo para salvar minha filha ou para matá-la. Mas aceito. Sou forçado a aceitar. E sabe por quê?

Geralt não respondeu.

– Porque acho – continuou o rei – que ela está sofrendo. Estou certo?

O bruxo olhou para ele com os olhos penetrantes. Não confirmou, não meneou a cabeça, não fez gesto algum. Entretanto, Foltest compreendeu. Sabia a resposta.

V

Geralt olhou pela janela do castelo pela última vez. Anoitecia rapidamente. Do outro lado do lago, tremulavam as pouco visíveis luzes de Wyzim. Toda a área em volta do castelo se tornara um descampado, um cinturão de terra de ninguém que, nos últimos seis anos, separava a cidade daquele lugar perigoso. Nada havia ali além de ruínas, vigas apodrecidas e restos de uma paliçada cheia de brechas que, ao que tudo indicava, não teria valido a pena desmontar e transportar para outro lugar. O próprio rei transferira sua residência para o mais longe possível, no lado oposto da cidade. A corpulenta torre do novo castelo avultava a distância, tendo por fundo o escuro céu azul-marinho.

O bruxo olhou ao redor do cômodo, vazio e saqueado, e retornou à empoeirada mesa, junto da qual, lenta e calmamente, começou a se preparar. Sabia que dispunha de tempo. A estrige não sairia da cripta antes da meia-noite.

Sobre a mesa havia uma pequena caixa com guarnições metálicas. Abriu-a. Em seu interior, apertados em minúsculos compartimentos forrados de feno, encontravam-se diversos frasquinhos de vidro escuro. O bruxo retirou três deles.

Levantou do chão um embrulho comprido, envolto em pele de ovelha e amarrado com tiras de couro. Desenrolou-o e dele tirou uma espada de punho lavrado. A lâmina era protegida por uma brilhante bainha coberta de fileiras de runas e símbolos místicos. O bruxo desnudou a lâmina, que brilhou como um espelho. Era de prata pura.

Geralt sussurrou uma fórmula mágica e bebeu o conteúdo de dois dos frascos, pondo, a cada gole, a mão sobre a empunhadura da espada. Depois, envolveu-se cuidadosamente em seu manto negro e sentou-se no chão, já que no aposento, assim como em todo o castelo, não havia cadeira alguma.

Permaneceu imóvel e com os olhos cerrados. A respiração, regular de início, logo ficou acelerada, rouca, agitada, e então cessou por completo. A mistura graças à qual o bruxo assumiu pleno controle de todos os órgãos do corpo era composta, basicamente, de veratro, estramônio, pilriteiro e eufórbio; os demais ingredientes não tinham nome em nenhuma língua humana. Para alguém que não estivesse acostumado a ela desde criancinha, assim como Geralt, seria um veneno mortal.

O bruxo repentinamente virou a cabeça. Sua audição, potencializada ao extremo naquele momento, captou sem dificuldade o som de passos no pátio coberto de urtigas. Não podia ser a estrige; era cedo demais. Geralt colocou a espada às costas, ocultou o embrulho na chaminé da lareira e, silenciosamente como um morcego, desceu correndo as escadas.

O pátio ainda estava claro o bastante para que o homem que se aproximava pudesse ver o rosto do bruxo. Era o magnata Ostrit, que deu um passo para trás; um involuntário esgar de terror e asco contorceu-lhe os lábios. O bruxo sorriu ironicamente, pois sabia qual era seu aspecto. Depois de ingerir a mistura de beladona, acônito e eufrásia, seu rosto adquirira a cor de giz e suas pupilas se expandiram por toda a íris. O elixir, no entanto, permitia enxergar no escuro, e era isso que Geralt desejava.

Ostrit recuperou rapidamente o autocontrole.

–Você já está com a aparência de um cadáver, feiticeiro – disse –, certamente de medo. Mas não precisa ficar assustado. Trago-lhe anistia.

O bruxo não respondeu.

– Não ouviu o que eu disse, seu sabichão riviano? Você está salvo. E rico. – Ostrit pesou na mão uma bolsa de razoável tamanho e atirou-a aos pés de Geralt. – Mil ducados. Pegue-os, monte em seu cavalo e suma daqui!

O riviano continuou calado.

– Não fique arregalando os olhos para mim! – exclamou Ostrit, erguendo a voz. – E não desperdice meu tempo. Não tenho a mínima intenção de ficar aqui até a meia-noite. Deu para entender? Não quero que você desfaça feitiço algum. Não, não pense que você adivinhou. Não faço parte do complô de Velerad e Segelin; não quero que a mate. Tudo o que deve fazer é sumir daqui. As coisas têm de continuar como estão.

O bruxo não se mexeu. Não queria que o magnata percebesse quanto suas reações e seus movimentos se aceleravam naquele instante. Escurecia rapidamente, e isso era vantajoso para ele, pois até a penumbra do crepúsculo era muito clara para suas pupilas dilatadas.

– E por que, senhor magnata, as coisas têm de continuar como estão? – perguntou, esforçando-se para proferir lentamente cada palavra.

– Eis algo que não lhe diz respeito – respondeu Ostrit com empáfia.

– E se eu já o soubesse?

– Ah, é? Prossiga.

– Não seria mais fácil destituir Foltest do trono se a estrige ameaçasse ainda mais as pessoas e a loucura do rei desagradasse a todos, tanto os magnatas como o populacho? Vindo para cá, passei pela Redânia e por Novigrad. Comenta-se por lá que não faltam pessoas em Wyzim que consideram o rei Vizimir um libertador e um rei de verdade. Só que a mim, prezado senhor Ostrit, nada interessa a política, nem a questão sucessória de tronos, tampouco golpes palacianos. Estou aqui para executar uma tarefa. Será que nunca ouviram falar do sentimento de obrigação ou de simples honestidade? De ética profissional?

– Não sabe a quem você está se dirigindo, seu vagabundo?! – exclamou Ostrit, colocando a mão no punho da espada. – Basta! Não tenho o hábito de discutir com qualquer um! Quem é você para me falar de ética, de moral e de códigos de comportamento? Um joão-ninguém que, assim que chega, mata duas pessoas? Alguém que se curva em mesuras diante de Foltest, enquanto, a suas costas, barganha com Velerad como um assassino de aluguel? E é você que se atreve a erguer a cabeça diante de mim? Quer bancar um Versado? Um grande mago? Um feiticeiro? Você, um bruxo imundo? Suma daqui antes que lhe acerte as fuças com a lâmina de minha espada!

O bruxo não se moveu, respondendo calmamente:

– É o senhor que vai sumir daqui, senhor Ostrit. Está escurecendo.

O magnata deu um passo para trás e sacou sua espada.

– Foi você que pediu isso, feiticeiro. Vou matá-lo. De nada lhe servirão seus truques, pois disponho de uma pedra-tartaruga.

Geralt sorriu. A reputação do poder das pedras-tartaruga, que não passavam de matérias minerais formadas pela ação das águas, de formato oval e com ranhuras na superfície, era tão disseminada quanto falsa. O bruxo, porém, não quis perder tempo com fórmulas mágicas, menos ainda em cruzar a lâmina de prata de sua espada com a de Ostrit. Esquivou-se dos movimentos giratórios da arma do magnata e desferiu-lhe um golpe na testa com o punho da manga adornado de tachões de prata.

VI

Ostrit recuperou os sentidos em pouco tempo. Olhou em volta, na mais completa escuridão, e notou que estava amarrado. Não podia ver Geralt parado a seu lado, mas deu-se conta de onde se encontrava e soltou um horripilante grito de terror.

– Cale-se, senão você vai atraí-la antes do tempo – ordenou-lhe o bruxo.

– Seu assassino maldito! Onde você está? Desate-me imediatamente, seu desgraçado! Você será enforcado por esse crime, filho de uma cadela!

– Cale a boca.

Ostrit arfou pesadamente.

– Você vai me deixar aqui, assim amarrado, para que ela me devore? – perguntou em voz mais baixa e murmurando um palavrão.

– Não – respondeu o bruxo. – Vou soltá-lo, mas não agora.

– Seu canalha – sibilou o magnata. – Para distrair a estrige?

Ostrit calou-se, parou de se agitar e ficou deitado.

– Bruxo?

– Sim...

– É verdade que eu quis derrubar Foltest, e não fui o único. Mas apenas eu desejava sua morte; queria que ele morresse em sofrimentos mais profundos, que perdesse a razão, que apodrecesse. E sabe por quê?

Geralt permanecia calado.

– Porque eu amava Adda. A irmã do rei... A amante do rei... A puta do rei... Eu estava apaixonado por ela... Bruxo, você ainda está aí?

– Estou.

– Sei o que está pensando. Mas não foi assim. Quero que acredite que não lancei mão de feitiço algum. Não tenho conhecimentos no campo da magia negra. Apenas uma vez, tomado de ódio, eu disse... Bruxo, está ouvindo?

– Sim.

– Foi a mãe deles, a rainha. Tenho certeza de que foi ela. Ela não aguentava mais ver Adda e ele... Não fui eu. Somente uma vez, sabe, tentei persuadir Adda... Mas ela... Bruxo! Eu perdi a cabeça e disse... Bruxo, teria sido eu?

– Agora, isso não tem mais importância alguma.

– Bruxo, falta pouco para meia-noite?

– Pouco.

– Solte-me. Dê-me mais tempo.

– Não.

Ostrit não ouviu o rangido da lápide se movendo sobre a tumba, mas o bruxo, sim. Inclinou-se e cortou com um punhal as cordas que o amarravam. O magnata não perdeu tempo: levantou-se de um pulo e, coxeando sobre membros enrijecidos, se pôs a fugir. Sua visão se acostumara o suficiente à escuridão para enxergar o caminho que levava do salão principal à saída.

A parte do piso que bloqueava a entrada à cripta saltou do chão, caindo com estrondo. Geralt, prudentemente escondido detrás da balaustrada da escadaria, viu a encurvada silhueta da estrige correndo ágil, rápida e certeiramente atrás do retumbo das botas de Ostrit, sem emitir som algum.

Um monstruoso grito frenético rasgou a noite, sacudiu os muros do castelo e pairou no ar por muito tempo, ora se erguendo, ora caindo, vibrante. O bruxo não conseguia calcular a distância – seu exacerbado sentido de audição o confundia –, mas percebeu que a estrige alcançara o alvo muito rápido. Rápido demais.

Saiu do esconderijo e plantou-se no centro do salão, junto do acesso à cripta. Desembaraçou-se do manto, agitou os ombros para ajustar corretamente a posição da longa espada com lâmina de prata e vestiu as luvas de esgrima. Dispunha ainda de um pouco de tempo. Sabia que a estrige, embora saciada após o último plenilúnio, não largaria tão cedo o cadáver de Ostrit. Para ela, o coração e o fígado constituíam valiosos alimentos para os longos períodos de letargia.

O bruxo aguardava. Calculava que faltavam ainda em torno de três horas para o amanhecer. Aguardar o canto do galo apenas o confundiria. Aliás, provavelmente não existiam galos nas redondezas.

Ouviu-a. Avançava lentamente, arrastando os pés pelo chão. Depois, conseguiu vê-la.

A descrição fora correta. A desproporcionalmente grande cabeça apoiada num pescoço curto era circundada por uma emaranhada e retorcida auréola de cabelos vermelhos. Os olhos brilhavam na escuridão como dois tições. A estrige estava imóvel, com os olhos fixos em Geralt. De repente, abriu a bocarra, como se quisesse gabar-se das fileiras de alvas presas pontudas, e logo a fechou com um estrondo que lembrava o som da tampa de um baú se fechando. Em seguida, saltou do lugar em que estava sem tomar sequer um impulso e tentou acertar o bruxo com as garras ensanguentadas.

Geralt pulou para o lado e fez uma pirueta. A estrige roçou nele, também rodopiou e rasgou o ar com as garras. Sem perder o equilíbrio, voltou a atacar imediatamente, mesmo antes de completar o giro, mirando o peito de Geralt. O riviano saltou para o lado contrário e deu três rodopios em sentidos opostos, confundindo a estrige e desferindo-lhe na cabeça uma pancada com as puas de prata fixadas na parte externa da luva.

A estrige lançou um grito terrível, preenchendo o castelo com um eco retumbante. Encolheu-se no chão e começou a uivar de maneira surda, ameaçadora e furiosa.

O bruxo sorriu maliciosamente. Conforme esperara, o primeiro teste fora positivo. A prata revelara-se tão fatal à estrige quanto à maior parte dos monstros trazidos à vida por feitiços. Portanto, havia uma chance: a besta era como as outras, o que poderia garantir um desenfeitiçamento, além de fazer com que, como último recurso, a espada de prata lhe salvasse a vida.

A estrige não demonstrava pressa em iniciar novo ataque. Aproximava-se devagar, arreganhando as presas e babando horrivelmente. Geralt recuou, andando em semicírculo e colocando os pés com cuidado um após o outro, ora acelerando, ora desacelerando as passadas, com o que tirava a concentração da estrige e lhe dificultava tomar impulso para um salto. Ao mesmo tempo que se movia, o bruxo ia desenrolando uma fina, comprida e sólida corrente com um peso na ponta. A corrente era de prata.

No momento em que a estrige iniciou o salto, a corrente sibilou no ar e, contorcendo-se como uma cobra, enroscou-se nos ombros, no pescoço e na cabeça do monstro. A besta desabou por terra no meio do pulo, soltando um uivo de perfurar os tímpanos. Agitava-se convulsivamente no chão, berrando, desesperada – não era possível saber se de raiva ou da dilacerante dor provocada pelo odiado metal. Geralt estava satisfeito. Se quisesse, não teria dificuldade em matá-la. No entanto, não desembainhou a espada. Até aquele momento, nada no comportamento da estrige dava motivo para duvidar de que seu caso fosse incurável. Geralt recuou a uma prudente distância e, sem tirar os olhos do vulto que se agitava no chão, respirou profundamente, concentrando-se.

A corrente se rompeu. Os elos de prata voaram por todos os lados como gotas de chuva, tilintando ao caírem no chão. Cego de raiva, o monstro lançou-se ao ataque. Geralt aguardou calmamente e traçou com a mão esquerda erguida o Sinal de Aard.

A estrige cambaleou e deu uns passos para trás como se tivesse sido atingida por um martelo. Mesmo assim, manteve-se de pé, estendeu as garras e arreganhou as presas. Os cabelos se arrepiaram e ficaram se agitando como se estivessem expostos a uma ventania. Apesar de mover-se lenta e penosamente, avançava.

Geralt ficou preocupado. Se, de um lado, não esperava que esse Sinal tão simples pudesse paralisar por completo a besta, de outro, não imaginara que ela pudesse superá-lo com tanta facilidade. Não podia sustentar o Sinal por muito mais tempo – era exaustivo demais –, e o monstro tinha menos de dez passos para percorrer. Desfez subitamente o Sinal e pulou para um lado. A surpreendida estrige não conseguiu interromper o avanço, perdeu o equilíbrio, caiu, deslizou pelo chão e rolou escadas abaixo através da entrada da cripta. Seus uivos infernais podiam ser ouvidos do lado de fora.

Para ganhar tempo, Geralt correu para as escadas que levavam à galeria. Não estava ainda na metade dos degraus quando a estrige saiu da cripta, arrastando-se como uma enorme aranha negra. O bruxo aguardou até ela começar a subir, pulou a balaustrada e saltou para o piso. A besta virou-se no degrau e se atirou sobre ele, num salto inimaginável de mais de dez metros de distância. Já não se deixava mais iludir por suas piruetas; por duas vezes suas garras arranharam o colete de couro do riviano, mas outro violento golpe das puas de prata a fez cambalear. Geralt, sentindo uma crescente onda de raiva, arqueou o corpo para trás e desferiu um violento pontapé no flanco da estrige, derrubando-a no chão.

O uivo que ela soltou foi mais alto que todos os anteriores, fazendo parte do reboco do teto desabar.

A estrige ergueu-se, tremendo de incontrolável fúria e desejo de sangue. O bruxo a aguardava. Havia desembainhado sua espada e descrevia com ela círculos no ar. Passou a andar em torno da besta, prestando atenção para que os movimentos da espada não estivessem alinhados com o ritmo e o tempo de suas passadas. O monstro não saltou; aproximou-se lentamente, seguindo com os olhos o brilhante rasto da lâmina de prata.

Geralt parou de repente e ergueu a espada. Desconcentrada, a estrige também parou. O bruxo fez um lento semicírculo com a lâmina e deu um passo na direção dela. Depois, mais um. E então um salto, girando rapidamente a espada sobre a cabeça do monstro.

A estrige se agachou e começou a recuar em zigue-zague. Geralt estava novamente próximo, a lâmina da espada cintilando. Nos olhos da besta surgiu um brilho maligno e por entre suas presas cerradas saiu um som rouco. Continuou a arrastar-se para trás, movida pela concentrada força de raiva, maldade e violência que emanava daquele homem e a atingia em ondas, infiltrando-se em seu cérebro e em suas entranhas. Apavorada a ponto de sentir uma dor até então desconhecida, soltou um fino grunhido e, dando meia-volta, saiu correndo, desorientada, para os labirínticos corredores do castelo.

Geralt, sacudido por um violento tremor, ficou sozinho no centro do salão. Como demorou, pensou, até aquela dança à beira do precipício, aquele louco e macabro balé bélico chegar ao objetivo desejado: permitir-lhe atingir a paridade psíquica com sua oponente; alcançar o mesmo nível de concentração de força de vontade que transbordava da estrige, daquela força de vontade maligna e doentia da qual ela surgira. O bruxo ficou arrepiado só de se lembrar do momento em que absorveu em si aquela carga de maldade, para usá-la como um espelho contra o monstro. Jamais se defrontara com tamanha concentração de ódio e loucura assassina, mesmo entre os basiliscos, que gozavam da pior fama nesse quesito.

Tanto melhor, pensou, ao se dirigir para a entrada da cripta, que mais parecia uma enorme poça negra no piso do salão. Tanto melhor, pois, quanto maior a carga negativa que ele absorvera, mais violento fora o golpe sofrido pela estrige. Isso lhe dava mais tempo para agir antes de a besta se recuperar do choque. O bruxo tinha dúvidas se conseguiria fazer mais um esforço como aquele. O efeito dos elixires estava minguando e ainda faltava muito para o amanhecer. Se o monstro chegasse à cripta antes da aurora, todo o esforço teria sido em vão.

Desceu as escadas. A cripta era pequena e continha três sarcófagos. O primeiro, logo à entrada, tinha a lápide aberta pela metade. Geralt pegou o terceiro frasco, sorveu seu conteúdo e entrou no sarcófago. Como esperava, era duplo, para mãe e filha.

Cerrou a laje somente quando ouviu o urro da estrige vindo de cima. Deitou-se ao lado do mumificado corpo de Adda e riscou o Sinal de Yrden na parte interna da lápide. Colocou sobre o peito a espada e uma pequena ampulheta com areia fosforescente. Cruzou os braços. Não ouvia mais os horripilantes gritos da besta retumbando pelo castelo. Aliás, parou de ouvir qualquer coisa, pois o cólquico e a celidônia começaram a fazer efeito.

VII

Quando Geralt abriu os olhos, a areia na ampulheta já escorrera quase totalmente para a parte inferior, o que significava que sua letargia durara mais do que o devido. Aguçou os ouvidos e não ouviu som algum. Seus sentidos haviam retornado ao estado normal.

Empunhou a espada, murmurou uma fórmula mágica, passou a mão pela parte interna da laje que cobria o sarcófago e deslocou ligeiramente a lápide.

Silêncio.

Afastou a tampa um pouco mais, sentou-se e, segurando a arma em posição de defesa, ergueu a cabeça para fora da tumba. A cripta estava mergulhada na escuridão, mas ele sabia que amanhecia. Com uma pederneira, acendeu uma pequena lamparina, que projetou estranhas sombras nas paredes da cripta.

Estava vazia.

Saiu do sarcófago com dificuldade, o corpo dolorido, transido de frio e enrijecido. Foi quando a viu, jazendo de costas perto da tumba, nua e desfalecida. Era feia, suja, magrinha, com seios pequenos e pontudos. Seus cabelos cor de cobre chegavam quase à cintura.

Geralt colocou a lamparina sobre a lápide, ajoelhou-se e inclinou-se sobre a criatura. Tinha os lábios pálidos e um grande hematoma numa das maçãs do rosto, provocado por um dos golpes que lhe dera. O bruxo tirou as luvas, colocou a espada de lado e, sem cerimônia, ergueu com o dedo seu lábio superior. Seus dentes eram normais. Ao estender o braço para pegar sua mão enroscada na vasta cabeleira emaranhada, viu que estava de olhos abertos. Tarde demais.

Ela o atingiu no pescoço com as garras afiadas, cortando fundo a carne e fazendo o sangue esguichar no rosto. Urrou, desfechando um novo golpe com a outra mão, dessa vez na direção dos olhos. Geralt caiu sobre ela, agarrando seus braços pelos punhos e mantendo-os presos no chão. Ela tentou abocanhá-lo, mas seus dentes já eram muito curtos. O bruxo aplicou-lhe uma cabeçada no rosto e pressionou-a ainda mais contra o piso. Ela não dispunha da mesma força de antes e ficou apenas se debatendo sob seu peso, gritando e cuspindo o sangue que lhe escorria da boca – o sangue dele. O ferimento de Geralt era profundo e o sangue jorrava em profusão. Não havia tempo a perder. Ele praguejou e mordeu-a no pescoço, junto da orelha. Deixou os dentes ali cravados até o momento em que os uivos desumanos se transformaram num agudo e desesperador grito, seguido de uma onda de soluços – o choro de uma brutalmente agredida garota de catorze anos.

Soltou-a apenas quando ela parou de se agitar. Ergueu-se, tirou uma tira de pano do bolso e apertou-a contra a ferida no pescoço. Tateou o piso até encontrar a espada, encostou a ponta da lâmina na garganta da jovem desmaiada e lhe examinou a mão. As unhas estavam sujas, quebradas, ensanguentadas, mas... normais. Completamente normais.

Pela entrada da cripta começava a se derramar a acinzentada, úmida e grudenta tonalidade do amanhecer. Geralt dirigiu-se à escada, mas cambaleou e teve de sentar-se pesadamente no chão. O sangue encharcara a tira de pano e, agora, fluía por dentro de sua manga, escorrendo para o chão. O bruxo abriu o gibão e se pôs a rasgar a camisa, transformando o tecido em ataduras, com as quais começou a envolver o pescoço, sabendo que não dispunha de muito tempo e que desmaiaria a qualquer momento...

Conseguiu. E desmaiou.

Do outro lado do lago de Wyzim, um galo, eriçando as penas na fresca umidade, cantou pela terceira vez.

VIII

A primeira coisa que viu ao abrir os olhos foi a parede caiada e as vigas do teto do cômodo sobre a casa da guarda. Moveu a cabeça, fazendo uma careta de dor e soltando um gemido. Seu pescoço estava envolto num curativo sólido, feito de modo profissional.

– Permaneça deitado, feiticeiro – disse Velerad. – Fique quietinho.

– Minha... espada...

– Sim, sim. É óbvio que o mais importante de tudo é sua enfeitiçada espada de prata. Fique tranquilo, ela está aqui. Tanto a espada como seus demais pertences, além de três mil ducados. Sim, sim, não precisa dizer nada. Eu sou um velho caduco e você um bruxo sábio. Foltest não se cansa de repetir isso nos últimos dois dias.

– Dois...

– Pois é, dois. Ela fez um estrago e tanto em seu pescoço; dava para ver tudo o que havia lá dentro. Você perdeu muito sangue. Foi sorte termos corrido para o castelo logo após o terceiro canto do galo. Em Wyzim, ninguém conseguiu dormir naquela noite. Nem pode imaginar a barulheira que vocês andaram fazendo por lá... Não o cansa minha tagarelice?

– E a prin... cesa?

– A princesa, bem, ela é como soem ser as princesas. É magra e meio abobada. Chora sem parar e faz xixi na cama. Mas Foltest diz que isso vai mudar. Espero que não seja para pior. O que você acha, Geralt?

O bruxo cerrou os olhos.

– Bem, já vou indo. – Velerad levantou-se. – Descanse. Mas antes que eu me vá diga-me uma coisa: por que você quis mordê-la até a morte, hein, Geralt?

O bruxo dormia.

A VOZ DA RAZÃO 2

I

– Geralt.

Acordado de sobressalto, o bruxo ergueu a cabeça. O sol estava já bem alto e forçava seus ofuscantes raios dourados através das frestas das venezianas, penetrando no quarto como tentáculos de luz. Geralt protegeu os olhos com a mão, num gesto instintivo e desnecessário do qual nunca conseguira se livrar – afinal, tudo o que ele tinha a fazer era contrair as pupilas, estreitando-as em fendas verticais.

– Já é tarde – anunciou Nenneke, abrindo as venezianas. – Você adormeceu. Iola, suma daqui! Ande!

A jovem ergueu-se bruscamente, saltando da cama e pegando a capa jogada no chão. Geralt sentiu no ombro, bem no lugar onde momentos antes repousavam seus lábios, um tênue fio de saliva.

– Espere... – disse, hesitante.

Iola olhou para ele rapidamente e virou a cabeça.

Estava mudada. Não possuía mais nada daquela ondina, daquela luminosa aparição cheirando a camomila que havia sido ao amanhecer. Seus olhos eram azuis, e não negros. E tinha sardas no nariz, no colo e nos ombros. As sardas não deixavam de ter um quê de encanto, combinando com a tez e com os cabelos ruivos. Mas ele não as notara antes, ao raiar do dia, quando Iola fora seu sonho. Envergonhado e triste, percebeu que estava ressentido pelo fato de ela não ter permanecido um sonho e que ele jamais se perdoaria por tal ressentimento.

– Espere – repetiu. – Iola... Eu gostaria...

– Não fale com ela, Geralt – interrompeu-o Nenneke. – De qualquer modo, ela não lhe responderá. Suma daqui, Iola. Apresse-se, filhinha.

Envolta em sua capa, a jovem andou a passos miúdos na direção da porta, pisando o soalho com pés desnudos. Parecia perturbada, constrangida e desastrada. Já não lembrava mais em nada a...

Yennefer.

– Nenneke – disse o bruxo, pegando sua camisa –, espero que você não esteja zangada... Não vai castigá-la, vai?

– Não seja tolo – respondeu a sacerdotisa, aproximando-se do leito. – Você se esqueceu de onde está? Isto aqui não é um eremitério nem um convento. É o templo de Melitele, e nossa deusa nada proíbe a suas sacerdotisas... Ou melhor, quase nada.

– Mas você me proibiu de falar com ela.

– Eu não o proibi; apenas o alertei para a inutilidade daquilo. Iola não fala.

– Como?!

– Ela não fala porque fez voto de silêncio. É uma espécie de renúncia, graças à qual... Ah, de que adianta lhe explicar se você não vai entender patavina? Nem mesmo vai tentar entender; conheço muito bem seu conceito das religiões. Não, não se vista ainda. Quero ver como está a ferida em seu pescoço.

Sentou-se na beira da cama e habilmente desfez a grossa bandagem que envolvia o pescoço do bruxo, que fez uma careta de dor.

Assim que Geralt voltara a Ellander, Nenneke desfizera os horríveis pontos de cordel de pedreiro com os quais lhe costuraram o pescoço em Wyzim, limpara a ferida e colocara um curativo adequado. O efeito foi óbvio: chegara ao templo quase curado e, agora, estava novamente adoentado e dorido. No entanto, não protestou. Conhecia a sacerdotisa havia anos e sabia quanto ela era entendida na arte de curar pessoas e quão rica e versátil era sua farmácia. Uma convalescença no templo de Melitele somente poderia ser benéfica.

Nenneke apalpou a ferida e começou a praguejar. Geralt já conhecia bem a ladainha que começara logo no primeiro dia e sempre se repetia quando a sacerdotisa via o estrago feito pelas garras da princesa de Wyzim.

– Que horror! Deixar ser ferido dessa maneira por uma simples estrige! Músculos, tendões... Faltou pouco para ela rasgar a carótida! Pelo amor a Melitele, Geralt, o que está se passando com você? Como permitiu que chegasse tão perto? O que quis fazer com ela? Transar?

Geralt não respondeu e sorriu levemente.

– Não fique sorrindo feito um idiota. – Nenneke ergueu-se e pegou o pacote de ataduras de cima da cômoda. Apesar de baixa e gorda, movia-se com agilidade. – Não vejo graça alguma no que se passou. Está perdendo seus reflexos, Geralt.

– Não precisa exagerar.

– Não estou exagerando. – Nenneke cobriu o ferimento com uma papa verde cheirando a eucalipto. – Você não deve permitir que o firam, e você não só o permitiu, como também foi ferido gravemente. Mesmo com sua excepcional capacidade de recuperação, apenas daqui a alguns meses seu pescoço recuperará totalmente a mobilidade. Estou avisando: não tente medir forças com um adversário ágil nesse período.

– Obrigado pelo aviso. Talvez você possa me dar mais um conselho: de que poderei viver durante esse tempo? Juntar um grupo de garotas, arrumar um carro e organizar um bordel itinerante?

Nenneke deu de ombros, aplicando a bandagem no pescoço do bruxo com movimentos seguros de suas mãos rechonchudas.

– Quer que eu lhe dê conselhos e o ensine a viver? Por acaso sou sua mãe? Pronto; acabei o curativo. Pode vestir-se. O café da manhã será servido no refeitório. Apresse-se, senão terá de prepará-lo você mesmo. Não tenho a intenção de manter as meninas na cozinha até o meio-dia.

– Onde poderei encontrar você depois? No santuário?

– Não. No santuário, não. Você é sempre bem-vindo aqui, bruxo, mas não quero vê-lo zanzando pelo santuário. Vá dar uma volta; eu o encontrarei.

– Muito bem.

II

Geralt percorreu pela quarta vez a estreita aleia de álamos que ia do portão até o edifício residencial e na direção dos dois blocos que formavam o santuário e o templo principal, aninhados na escarpa de um rochedo. Depois de refletir por um momento, desistiu de voltar ao abrigo e encaminhou-se para os jardins e para os prédios administrativos. Diversas sacerdotisas vestidas com cinzentos trajes de trabalho labutavam arduamente arrancando ervas daninhas das trilhas e alimentando aves nos galinheiros. Eram, em sua maioria, jovens ou quase crianças. Ao passarem por ele, algumas o cumprimentavam com um gesto da cabeça ou com um sorriso. O bruxo respondia aos cumprimentos, mas sem reconhecê-las. Embora costumasse visitar o templo uma ou duas vezes por ano, jamais encontrou mais do que três ou quatro rostos conhecidos. As jovens vinham e partiam, para ser profetisas em outros templos, parteiras ou especialistas em doenças femininas e infantis, druidesas itinerantes, preceptoras ou governantas. Mas nunca deixavam de chegar novas, vindas de todas as partes, mesmo das regiões mais distantes. O templo de Melitele em Ellander era famoso e desfrutava de uma reputação mais do que merecida.

O culto da deusa Melitele era um dos mais antigos e, em seu tempo, dos mais difundidos. Seus primórdios datam de épocas imemoriais, ainda pré-humanas. Quase todas as raças pré-humanas e as primitivas tribos nômades veneravam alguma deusa da colheita e da fertilidade, protetora dos camponeses e dos jardineiros, padroeira do amor e do casamento. A maioria desses cultos concentrou-se e se fundiu no culto de Melitele.

O curso do tempo – que fora bastante impiedoso com outros cultos e religiões, isolando-os com eficácia nos raramente visitados templos e santuários perdidos no meio das cidades em constante crescimento – revelou-se misericordioso com Melitele. Não lhe faltavam adeptos nem patrocinadores. Ao tentarem explicar a popularidade da deusa, os estudiosos que se debruçavam sobre esse fato costumavam recuar até os pré-cultos da Grande Matriarca, a Mãe Essencial, apontando para sua ligação com os ciclos da natureza, com o renascimento da vida e com outros fenômenos de nomes grandiloquentes. O trovador Jaskier, um amigo de Geralt que gostava de se passar por especialista em todos os campos possíveis, procurava explicações mais simples. Segundo ele, o culto de Melitele era tipicamente feminino. Afinal de contas, a deusa era a padroeira da fertilidade e dos nascimentos, além de protetora das parteiras. E uma mulher que dá à luz tem de gritar. Além dos gritos costumeiros – cujo conteúdo em geral consiste em promessas e juras de nunca mais se entregar a homem algum –, a mulher prestes a parir precisa invocar a ajuda de uma divindade, e Melitele cabe perfeitamente nesse quesito. E, como as mulheres pariam, parem e continuarão parindo, o poeta concluía sua tese de que a deusa não tinha com que se preocupar quanto à possibilidade de sua popularidade diminuir.

– Geralt.

– Ah, Nenneke. Estava a sua procura.

– À minha? – indagou a sacerdotisa, lançando-lhe um olhar zombeteiro. – Não à de Iola?

– Também à de Iola – confessou o bruxo. – Você tem algo contra isso?

– Neste momento, sim. Não quero que você a atrapalhe ou distraia. Ela tem de rezar e se preparar para que o transe tenha resultado.

– Já lhe disse que não quero transe algum. Não acredito que um transe desses possa me ajudar.

– E eu, de outro lado, não creio que esse transe possa prejudicá-lo – respondeu Nenneke, ligeiramente aborrecida.

– É que não dá para me hipnotizar; sou imune a isso. Temo por Iola. Isso pode ser um choque demasiado forte para uma médium.

– Iola não é médium, nem uma vidente mentalmente perturbada. Aquela criança goza de proteção especial da deusa. Pare de fazer caretas, por favor. Como já lhe disse, conheço o conceito que você tem das religiões; isso nunca me atrapalhou em demasia no passado, e não creio que venha a me atrapalhar no futuro. Não sou fanática. Você tem todo o direito de achar que somos regidos pela natureza e pela força nela oculta. Pode estar convencido de que os deuses, entre os quais incluo minha Melitele, não passam de uma personificação desse poder, inventados por nós para que a plebe ignara pudesse compreendê-lo melhor e aceitasse sua existência. Para você, esse poder é cego, enquanto para mim, Geralt, a fé permite esperar da natureza aquilo que é encarnado por minha deusa: a ordem, a lei, a benignidade... e a esperança.

– Sei disso.

– Se você sabe, de onde vêm todas essas reservas ao transe? Está com medo de quê? De que eu o obrigue a se prostrar diante de uma estátua, a bater com a testa no piso do templo e a entoar cânticos? Geralt, tudo o que faremos é ficarmos os três sentados juntos por algum tempo: você, eu e Iola. E veremos se as faculdades da garota nos permitirão enxergar no meio do turbilhão das forças que o envolvem. Talvez acabemos descobrindo algo que vale a pena saber, ou não. Pode ser que as forças do destino que o cercam não queiram se revelar a nós, permanecendo ocultas e incompreensíveis. Não sei. Mas por que não deveríamos tentar?

– Porque isso não faz o menor sentido. Não estou cercado pelo turbilhão do destino. E, mesmo se estivesse, por que cargas-d'água deveríamos remexer nisso?

– Geralt, você está enfermo.

– Você quis dizer ferido.

– Sei muito bem o que quis dizer. Há algo errado em você; posso sentir isso. Afinal, conheço-o desde criancinha. Quando o vi pela primeira vez, você não chegava até a minha cintura. E, agora, sinto que você está rodopiando num maldito vórtice, todo emaranhado, cingido por um nó corrediço que vai se apertando aos poucos. Quero saber de que se trata, e, como não posso fazer isso sozinha, tenho de apelar para as faculdades de Iola.

– Será que você não está querendo aprofundar-se demais? Para que essa metafísica toda? Se quiser, poderei me abrir com você. Preencherei suas tardes com descrições dos acontecimentos mais importantes dos últimos anos. Arrume uma barrica de cerveja para que não me resseque a garganta, e poderemos começar ainda hoje. Temo apenas que a entediarei, pois você não encontrará nós ou vórtices em minhas narrações. Serão apenas histórias banais de um bruxo.

–Terei o máximo prazer em ouvi-las, mas volto a insistir que um transe não lhe faria mal algum.

– E você não acha – perguntou Geralt, com um sorriso irônico – que minha descrença na falta de sentido em um transe desses não comprometeria de saída sua finalidade?

– Não, não acho. E sabe por quê?

– Não.

Nenneke inclinou-se e encarou Geralt com um estranho sorriso nos lábios pálidos.

– Porque seria a primeira prova cabal de que a descrença possa ter algum tipo de poder.

UM GRÃO DE VERACIDADE

I

Pequenos pontos negros movendo-se no céu riscado por faixas de neblina chamaram a atenção do bruxo. Eram muitos. Os pássaros descreviam círculos voando lentamente. De súbito interrompiam o voo e desabavam como flechas, para, logo em seguida, voltarem a se erguer com um violento agito de asas.

O bruxo ficou observando as aves por um bom tempo. Avaliou sua distância e calculou o tempo necessário para chegar até elas, levando em consideração a topografia, a espessura da floresta e a profundidade e a extensão da ravina que suspeitava existir pelo caminho. Por fim tirou o manto e afivelou mais fortemente, em dois furos, o cinturão que lhe atravessava o peito. A guarda e o punho da espada presa a suas costas sobressaíam de seu ombro direito.

– Vamos fazer um pequeno desvio, Plotka – disse. – Sairemos da estrada. Não creio que aqueles pássaros estejam voando em círculos à toa.

A égua, obviamente, não respondeu, mas obedeceu ao ouvir a voz que lhe era tão familiar.

– Talvez seja apenas o cadáver de um alce – continuou Geralt –, mas talvez não seja. Quem poderá saber?

Como suspeitara, existia ali uma ravina. Ele olhou para as copas das árvores que cobriam o despenhadeiro e notou que sua borda estava seca, sem espinhos nem troncos apodrecidos. Passou pela ravina com facilidade. Do outro lado havia um bosque de bétulas e, logo atrás, uma campina com macega e um urzal erguendo ao céu tentáculos formados por um emaranhado de galhos e raízes.

Assustadas pela aparição do cavaleiro, as aves passaram a voar mais alto, soltando estridentes grasnados selvagens.

Geralt viu imediatamente o primeiro corpo: a brancura do colete de pele de ovelha e o azul fosco do vestido destacavam-se no meio dos tufos de carriços amarelecidos. Não viu o segundo corpo, mas sabia onde se encontrava: a localização do cadáver era revelada pela presença de três lobos que, sentados sobre as patas traseiras, observavam calmamente o cavaleiro. A égua soltou um bufo, e os lobos, como em obediência a um comando, se dirigiram devagar para a floresta, virando de vez em quando a cabeça triangular e olhando para o intruso. Geralt saltou da cavalgadura.

A mulher de colete e vestido azul não tinha mais rosto, pescoço e boa parte da coxa esquerda. O bruxo passou ao largo do corpo, sem se deter.

O homem jazia com o rosto enfiado no chão. Geralt não o virou, constatando que tanto os lobos como os abutres não estiveram ociosos. De qualquer modo, não havia necessidade de um exame mais minucioso dos restos mortais: os ombros e as costas do gibão de lã estavam cobertos por uma escura mancha de sangue coagulado. Era evidente que o homem morrera em decorrência de um golpe na nuca e que os lobos destroçaram o corpo apenas mais tarde.

Preso a um largo cinturão e junto de um punhal enfiado numa bainha de madeira, o homem portava uma bolsa de couro. O bruxo arrancou-a e, virando-a sobre a grama, deixou cair do interior uma pederneira, um pedaço de giz, cera para selar cartas, um punhado de moedas de prata, uma navalha dobrável metida num estojo de osso, uma orelha de coelho, três chaves presas a uma argola e um amuleto com formato fálico. A chuva e o orvalho borraram as runas de duas cartas escritas em pedaços de pano. A terceira, escrita num pergaminho, também estava molhada, porém legível. Era uma carta de crédito emitida pelo banco dos gnomos de Murivel em favor de um comerciante chamado Rulle Asper ou Aspen. Seu valor não era elevado.

Abaixando-se, Geralt ergueu a mão direita do cadáver. Como imaginara, um anel de cobre apertado num dedo inchado e arroxeado continha a insígnia da associação de armeiros: um estilizado elmo com viseira, dois espadões cruzados e a runa "A" gravada debaixo deles.

O bruxo retornou ao corpo da mulher. Assim que começou a virar o cadáver, sentiu algo picar-lhe o dedo. Era uma rosa presa ao vestido. A flor murchara, mas não perdera a cor: as pétalas eram de um azul muito escuro. Era a primeira vez em toda a vida que Geralt via uma rosa assim. Virou o corpo por completo... e estremeceu. Na desnuda e deformada nuca da mulher podiam-se ver claramente marcas de dentes, mas não eram de lobo.

O bruxo recuou com cautela até a égua e montou-a sem desgrudar os olhos da beira da floresta. Circundou a campina por duas vezes, olhando em volta e, inclinado para a frente, examinando atentamente o solo.

– Sim, Plotka – sussurrou, detendo o animal. – O caso parece claro, mas não totalmente. O armeiro e a mulher vieram a cavalo, vindo daquela floresta. É mais do que evidente que estavam voltando de Murivel para casa, porque ninguém costuma ficar viajando por aí por tanto tempo sem descontar uma carta de crédito. Por que tomaram este caminho em vez da estrada? É difícil responder. Mas estavam cavalgando pela campina, lado a lado, quando, por um motivo desconhecido, desceram ou caíram das montarias. O armeiro morreu imediatamente. A mulher saiu correndo, depois caiu e também morreu, enquanto aquilo que não deixou rastros a arrastou com os dentes cravados em sua nuca. Isso ocorreu há dois ou três dias. Os cavalos devem ter fugido, e não vamos perder tempo procurando por eles.

A égua, como era de esperar, não respondeu.

– O que matou aqueles dois – continuou Geralt, olhando para a beira da floresta – não foi nem um lobisomem, nem um leshy. Tanto um como outro não deixariam tal quantidade de carne para os devoradores de carniça. Caso houvesse pântanos por aqui, eu diria que poderia ser uma quiquimora ou um wipper. Acontece que não existem pântanos nestas redondezas.

O bruxo inclinou-se e afastou um pouco o xairel que cobria a anca do animal, revelando, presa à sela, uma segunda espada, com guarda brilhante ricamente decorada e punho negro como carvão.

– Sim, Plotka. Vamos ter de fazer um desvio. É preciso verificar por que o armeiro e a mulher estavam viajando pela floresta e não pela estrada. Se passarmos com indiferença por tais acontecimentos, não conseguiremos ganhar sequer o suficiente para comprar sua aveia, não é verdade?

A égua seguiu em frente com resignação, evitando cuidadosamente pisar nos buracos deixados pelas raízes de árvores tombadas.

– Embora não se trate de um lobisomem, é melhor não arriscar – prosseguiu o bruxo, tirando do alforje um molho de acônito seco e pendurando-o no freio de Plotka. O animal relinchou. Geralt afrouxou a gola do gibão e dele tirou o medalhão com a cabeça de lobo de presas arreganhadas. O medalhão, pendurado numa fina corrente de prata, balançava-se acompanhando o ritmo das pisadas do cavalo e brilhava como mercúrio sob os raios do sol.

II

Notou o telhado cônico de uma torre ao chegar ao topo de uma elevação que alcançara cortando o arco da curva de uma tênue trilha. A vertente, coberta de aveleiras e bloqueada por galhos secos e uma espessa camada de folhas amarelecidas, não parecia segura para ser descida montado. O bruxo recuou, moveu-se com cuidado pelo declive e retornou à estrada principal. Cavalgava lentamente, parando a égua a cada momento, e, inclinando-se na sela, procurava rastros.

De repente, a égua agitou a cabeça, soltou um relincho selvagem e começou a bater repetida e vivamente as patas no solo, formando um redemoinho de folhas secas. Geralt envolveu o pescoço do animal com o braço esquerdo, juntou os dedos da mão direita na forma do Sinal de Axia e ficou sussurrando encantos, passando a mão na cabeça da cavalgadura.

– A coisa está tão feia assim? – murmurou, olhando em volta sem desfazer o Sinal. – A tal ponto? Calma, Plotka, calma.

O encanto funcionou imediatamente, mas apesar de estimulada pelos calcanhares do bruxo, a égua avançou devagar, de má vontade, de maneira automática, desprovida da habitual elasticidade. O bruxo saltou agilmente da sela e passou a caminhar, conduzindo o animal pelas rédeas. Deparou com um muro.

Entre o muro e a floresta não havia separação alguma, nenhum espaço vazio. Árvores jovens e arbustos de zimbro entrelaçavam suas folhas com as de hera e de videira selvagem agarradas à parede de pedra. Geralt ergueu a cabeça. No mesmo instante sentiu como se uma minúscula criatura rastejasse por sua nuca, eriçando seus cabelos. Sabia o que aquilo significava: alguém estava olhando para ele.

O bruxo virou-se lenta e fluidamente. Plotka soltou mais um bufo e os músculos de seu pescoço tremeram debaixo da pele.

Ao pé do declive pelo qual Geralt acabara de descer estava parada uma jovem, com uma das mãos apoiada no tronco de um amieiro. O longo vestido branco contrastava com a brilhante negrura dos longos cabelos despenteados que lhe caíam sobre os ombros. Geralt teve a impressão de que ela estava sorrindo, mas não podia ter certeza; a jovem estava longe demais.

– Salve – disse ele, erguendo a mão num gesto amistoso e dando um passo em sua direção.

A jovem virou ligeiramente a cabeça. Tinha rosto pálido e imensos olhos negros. Seu sorriso, se é que se podia chamá-lo assim, desaparecera por completo, como se tivesse sido apagado com um pano. Geralt deu mais um passo. Ouviu-se um estalido de folhas, e a jovem correu como uma corça, esvoaçando por entre os arbustos de aveleiras, e, ao sumir na floresta, reduziu-se a um tênue traço branco. O comprimento do vestido parecia não tolher em nada a liberdade de seus movimentos.

A égua relinchou com pesar, erguendo a cabeça. Geralt, com os olhos ainda voltados para a floresta, instintivamente acalmou-a com o Sinal. Levando-a pelas rédeas, encaminhou-se devagar para o muro, afundando até a cintura no meio da folhagem de bardanas.

O portão era sólido, adornado com ferragens, sustentado por maciças dobradiças enferrujadas e provido de uma grande aldrava de bronze. Após uma breve hesitação, o bruxo estendeu o braço e tocou com a mão a argola de bronze esverdeado, mas teve de recuar rápido, pois o portão abriu-se, rangendo horrivelmente e atirando para os lados tufos de grama, pedrinhas e pequenos galhos secos. Atrás do portão não havia vivalma, apenas um pátio deserto, abandonado e coberto de urtigas. Geralt adentrou, puxando a égua atrás de si. Atordoada pelo Sinal, ela não oferecia resistência, mas colocava as patas de maneira tensa e hesitante.

Três dos lados do pátio eram cercados por um muro e por restos de andaimes, enquanto o quarto abrigava um palacete com fachada mosqueada por marcas de reboco descascado, manchas de infiltração e grinaldas de hera. As venezianas, cuja tinta descascara havia muito tempo, estavam cerradas, assim como a porta.

Geralt amarrou as rédeas de Plotka num pequeno poste junto do portão e dirigiu-se lentamente para o palacete, andando por um caminho revestido de cascalho e passando perto de um pequeno chafariz cheio de folhas e lixo. Montado num extravagante pedestal no centro da fonte, um golfinho esculpido em pedra branca erguia-se orgulhosamente, apontando para o céu a cauda rachada.

Perto da fonte, num lugar que muito tempo atrás fora um canteiro de flores, crescia uma roseira. Ela não se diferenciava em nada das demais roseiras que Geralt já vira, exceto pela cor: as rosas eram azuis, com um leve toque de púrpura na ponta de algumas pétalas. O bruxo aproximou o rosto de uma delas e aspirou seu perfume. A flor tinha o típico cheiro de rosas, porém um pouco mais intenso.

A porta do palacete abriu-se com grande estrondo, e Geralt ergueu rapidamente a cabeça. Pelo caminho, rangendo sobre o cascalho, corria em sua direção um monstro.

A mão direita do bruxo se deslocou como um raio por cima do ombro direito, enquanto a esquerda deu uma sacudidela no cinturão que lhe atravessava o peito, fazendo a empunhadura da espada pular para sua palma. A lâmina sibilou ao sair da bainha, descreveu um semicírculo no ar e se imobilizou, com a ponta virada para a besta. Ao ver a arma, o monstro freou violentamente, atirando cascalho para todos os lados. O bruxo não fez um movimento sequer.

A criatura tinha forma humana e estava vestida com trajes gastos, mas de excelente qualidade, providos de adornos de bom gosto, porém sem nenhuma utilidade. A aparência humana, no entanto, não ultrapassava a suja gola do gibão, já que dela emergia uma gigantesca cabeça peluda como a de um urso, com orelhas enormes, olhos selvagens e uma medonha bocarra cheia de presas retorcidas, entre as quais, parecendo uma labareda, agitava-se uma língua escarlate.

– Suma daqui, mísero mortal! – urrou o monstro, agitando as patas, mas sem sair do lugar. – Senão vou devorá-lo! Fazê-lo em pedacinhos!

O bruxo não se mexeu, nem abaixou a espada.

– Você é surdo?! Suma daqui! – gritou a criatura, soltando um som parecido com algo entre o grunhido de um porco e o bramido de um cervo macho.

As venezianas de todas as janelas abriram e fecharam com grande estrondo, fazendo desabar mais pedaços de reboco dos parapeitos. Nem o bruxo nem o monstro se moveram.

– Fuja enquanto está inteiro! – bradou o monstro, menos seguro de si. – Senão...

– Senão, o quê? – interrompeu-o Geralt.

A criatura bufou, ameaçadora, meneando a horrenda cabeçorra.

– Olhem para ele, como é ousado! – disse calmamente, arreganhando as presas e encarando Geralt com os olhos injetados de sangue. – Faça-me o favor de abaixar esse ferro. Não percebeu que se encontra no pátio de minha casa? Ou será que no lugar de onde você veio há o costume de ameaçar o dono na própria casa?

– Ah, sim – confirmou Geralt –, mas apenas quando ele cumprimenta seus visitantes com urros selvagens e ameaças de estraçalhá-los.

– Só me faltava essa! – enervou-se o monstro. – Ser ofendido por um vagabundo qualquer! Um visitante e tanto! Adentra sem cerimônia meu pátio, destrói flores que não lhe pertencem, tem o rei na barriga e espera ser recebido com pão e sal! Arre!

A criatura cuspiu com raiva, bufou e fechou a bocarra. As presas inferiores ficaram do lado de fora dos lábios, dando-lhe a aparência de um javali.

– E agora? – perguntou o bruxo depois de uma breve pausa, abaixando a espada. – Vamos ficar assim, parados, olhando um para o outro?

– E o que você propõe? Que nos deitemos? – ironizou o monstro. – E guarde esse ferro.

O bruxo enfiou agilmente a arma na bainha presa às costas, mas sem tirar a mão da empunhadura.

– Agradeceria – disse – se você não fizesse movimentos bruscos. A espada pode ser sacada facilmente, e mais rápido do que você pode imaginar.

– Deu para perceber – rosnou a criatura. – Não fosse isso, você há muito estaria do outro lado do portão, com a marca da sola de meu sapato no traseiro. Como veio parar aqui?

– Me perdi pelo caminho – mentiu Geralt.

– Perdeu-se – repetiu o monstro, fazendo uma careta de desagrado. – Pois se ache. Do outro lado do portão, evidentemente. Aponte para o sol com sua orelha esquerda e mantenha-a assim. Em pouco tempo estará de volta à estrada. Vamos, ande, está esperando o quê?

– Há água por aqui? – perguntou calmamente o bruxo. – Meu cavalo está com sede e eu também, se não for incômodo.

A criatura ficou desnorteada e coçou a cabeça.

– Diga-me uma coisa – falou. – Você realmente não está com medo de mim?

– E deveria?

O monstro olhou a sua volta, bufou mais uma vez e ajeitou energicamente suas calças avolumadas.

– Que seja! Por que não receber um visitante? Não é todo dia que aparece alguém que não foge ou desmaia logo que me vê. Muito bem. Se você for um honesto viajante cansado, convido-o a meu palacete. Mas, se for um ladrão ou assaltante, esteja prevenido: esta casa executa minhas ordens. Entre estes muros, quem manda sou eu!

Após esse preâmbulo, a criatura ergueu uma das patas cabeludas. Todas as venezianas voltaram a se fechar, enquanto de dentro da garganta de pedra do golfinho emanou um surdo murmulho.

– Convido-o – repetiu.

Geralt não se moveu, olhando inquisitivamente para o dono da casa.

– Você mora sozinho? – indagou.

– E o que você tem a ver com quem eu moro? – O monstro estava irritado, mas logo em seguida riu alto. – Ah, compreendo. Você deve estar se perguntando se eu tenho quarenta serviçais tão belos quanto eu. Pois saiba que não. E agora, com todos os diabos, vai ou não aceitar o convite feito do fundo do coração? Caso não aceite, o portão está bem atrás de sua bunda!

Geralt inclinou-se rigidamente.

– Aceito o convite – disse formalmente. – Não menosprezarei sua hospitalidade.

– Sinta-se como em sua casa – respondeu a criatura, também de maneira formal, porém com certo desleixo. – Venha por aqui, prezado visitante. Quanto a seu cavalo, deixe-o junto do poço.

Assim como a parte externa, o interior do palacete precisava de uma reforma urgente, embora, na medida do possível, tudo estivesse limpo e arrumado. Os móveis eram de excelente qualidade e decerto foram confeccionados por artesãos competentes, mesmo que muito tempo atrás. Um abafado cheiro de poeira preenchia os escuros aposentos.

– Luz! – bramiu o monstro e, no mesmo instante, acendeu-se uma chama na tocha presa à parede, iluminando o ambiente e soltando fumaça.

– Nada mal – disse o bruxo.

A criatura deu uma risadinha.

– É só isso que tem a dizer? Vejo que não é fácil impressioná-lo. Conforme lhe disse, esta casa executa minhas ordens. Por aqui, por favor. Cuidado com os degraus. Luz!

Uma vez nas escadas, o monstro se virou e indagou:

– O que é isso que você tem pendurado no pescoço, caro hóspede?

– Veja você mesmo.

A criatura pegou o medalhão com sua pata e aproximou-o dos olhos, esticando levemente a corrente de prata.

– O animal tem expressão desagradável. De que se trata?

– É a insígnia de minha corporação.

– Ah, então quer dizer que você se dedica à fabricação de mordaças. Por aqui, por favor. Luz!

O centro do grande aposento, desprovido de janelas, era ocupado por uma gigantesca mesa de carvalho, na qual havia apenas um enorme candelabro de latão esverdeado com velas já gastas pela metade e pingos de cera derretida e solidificada cobrindo as ramificações. Mais um comando do monstro, e as velas se acenderam, iluminando um pouco o ambiente.

Uma das paredes estava coberta de armas: composições de escudos redondos, alabardas cruzadas, lanças e bisarmas, espadões e machados. Na metade da parede próxima encontrava-se uma desmedida lareira, sobre a qual pendiam filas de lascados e descascados retratos cheios de poeira. A parede oposta à entrada era decorada com troféus de caça: ramificados chifres de alces e cervos projetavam sombras alongadas sobre cabeças de javalis, ursos e linces com bocarras abertas e presas à mostra, assim como sobre rotas e esfarrapadas asas de águias e gaviões empalhados. O lugar de honra, no centro, exibia a enegrecida e rota cabeça de um dragão serrano. Geralt aproximou-se.

– Foi meu avô quem o caçou – contou o monstro, atirando uma tora de madeira na lareira. – Deve ter sido o último espécime da região que se deixou caçar. Sente-se, caro hóspede. Imagino que está com fome; estou certo?

– Não posso negar, prezado anfitrião.

A criatura sentou-se à mesa, abaixou a cabeça, cruzou as peludas patas sobre a barriga e ficou por um bom tempo murmurando algo e revirando os enormes polegares. Em seguida, soltou um grito e desferiu um pesado murro no tampo da mesa. Travessas e pratos chocalharam com sons de estanho e prata, taças tiniram cristalinamente. Um delicioso aroma de carne assada, alho, manjericão e noz-moscada se espalhou pela sala. Geralt não pareceu nem um pouco espantado.

– Pois é – disse o monstro, esfregando as patas. – Isto é muito melhor do que ser servido por empregados, não acha? Sirva-se, caro conviva. Temos aqui peito de frango, fiambre de javali e patê de... não me lembro de quê... de alguma coisa. Já aqui, temos tetrazes... Não; enganei-me na fórmula do feitiço... São perdizes. Coma, coma. Trata-se de comida decente; não precisa ter medo.

– Não estou com medo – garantiu o bruxo, pegando um peito de frango e partindo-o em dois.

– Esqueci que você faz parte dos que não se assustam facilmente – bufou a criatura. – Posso saber como se chama?

– Geralt. E você, anfitrião?

– Nivellen. Só que nas redondezas me chamam de Ogro ou Papão. E me usam para assustar criancinhas.

O monstro verteu de um só gole todo o conteúdo de uma enorme taça e enfiou os grossos dedos no patê, retirando praticamente a metade da terrina.

– Para assustar criancinhas – repetiu Geralt, com a boca cheia. – Certamente sem motivo, não?

– Certamente. À sua saúde, Geralt.

– E à sua, Nivellen.

– Que tal o vinho? Notou que ele é de uvas e não de maçãs? Se não for de seu agrado, farei aparecer outro.

– Obrigado, não vai ser preciso. Este não é nada ruim. Você tem o dom de fazer magia desde nascença?

– Não. Desde o momento em que isto me cresceu. Refiro-me a minha fuça. Não tenho a mais vaga ideia de como isso aconteceu, mas a casa realiza todos meus desejos. Nada de extraordinário: sei fazer aparecer comida, bebida, roupa, lençóis limpos, água quente, sabão... coisas ao alcance de qualquer mulher, mesmo sem recorrer à magia. Abro e fecho portas e janelas. Acendo o fogo. Nada de mais.

– Mesmo assim, é alguma coisa. E quanto a essa... fuça, como você a chama. Há muito tempo que a tem?

– Há doze anos.

– E como isso surgiu?

– E o que você tem a ver com isso? Sirva-se de mais vinho.

– Com prazer. Não tenho nada a ver com isso; estava perguntando por mera curiosidade.

– A motivação é compreensível e aceitável. – O monstro riu gostosamente. – Mas não vou aceitá-la. Não lhe diz respeito, e ponto final. No entanto, para satisfazer pelo menos parcialmente sua curiosidade, vou lhe mostrar como eu era. Olhe para esses retratos. O primeiro, contando a partir da lareira, é o de meu pai. O segundo só o diabo sabe de quem é. O terceiro é o meu. Está vendo?

De uma pintura coberta por uma espessa camada de poeira e no meio de um emaranhado de teias de aranha, olhava para eles um tipo gordinho, com rosto tristonho, inchado e espinhento. Geralt, a quem não era desconhecida a tendência dos retratistas em lisonjear seus clientes, meneou tristemente a cabeça.

– Está vendo? – repetiu Nivellen, arreganhando as presas.

– Estou.

– Quem é você?

– Não compreendo.

– Não compreende? – O monstro ergueu a cabeça; seus olhos brilhavam como os de um gato. – Meu retrato, caro conviva, está pendurado além do alcance da luz das velas. Eu o vejo, porém não sou humano, pelo menos não neste momento. Para vê-lo, um ser humano teria de levantar-se, aproximar-se e, provavelmente, levar o candelabro consigo. Você não fez nada disso. A conclusão é simples, mas eu prefiro perguntar sem rodeios: você é humano?

Geralt sustentou seu olhar.

– Se você apresenta a questão sob esse ângulo – respondeu após um momento de silêncio –, tenho de admitir que não totalmente.

– Ah! Nesse caso você consideraria falta de tato se lhe perguntasse quem você é?

– Um bruxo.

– Ah! – repetiu Nivellen. – Se minha memória não falha, os bruxos têm uma forma curiosa de ganhar a vida: matam monstros por encomenda.

– Sua memória é excelente.

Houve outro momento de silêncio. As tênues chamas das velas pulsavam, soltando finas línguas de fogo, que se refletiam no cristal talhado das taças e nas cascatas de cera escorrida pelas ramificações do candelabro. Nivellen permanecia imóvel na cadeira, apenas mexendo quase imperceptivelmente as enormes orelhas.

– Suponhamos – disse por fim – que você consiga sacar o espadão antes de eu alcançá-lo. Suponhamos, até, que você tenha tempo de me golpear com ele. Com meu peso, isso não impedirá que eu o derrube só com meu impulso. Depois, o final será decidido por dentadas. O que acha, bruxo: qual de nós teria mais chances caso chegássemos a ponto de morder a garganta um do outro?

Geralt ergueu com o dedo a tampa de estanho do pichel, encheu sua taça de vinho, sorveu um gole e apoiou-se no encosto da cadeira. Ficou olhando para o monstro com um sorriso, e o sorriso era excepcionalmente desagradável.

– Siiiim – falou Nivellen devagar, remexendo o canto da bocarra com a unha. – É preciso reconhecer que você sabe responder a uma pergunta sem usar muitas palavras. Estou curioso em saber a resposta a esta: quem lhe pagou para me matar?

– Ninguém. Cheguei aqui puramente por acaso.

– Você não está mentindo?

– Não costumo mentir.

– E o que você costuma fazer? Ouvi muitas coisas sobre bruxos. Dizem que raptam menininhos para alimentá-los com ervas com poderes mágicos. Aí, aqueles que sobrevivem à experiência tornam-se bruxos, feiticeiros com talentos inumanos. São treinados para matar, extirpados de qualquer reação ou sentimento humanos, sendo transformados em monstros para tirar a vida de outros monstros. Ouvi dizer também que está chegando a hora de alguém assumir a tarefa de caçar bruxos, porque há cada vez menos monstros, enquanto o número de bruxos cresce assustadoramente. Coma uma destas perdizes antes que esfriem por completo.

Nivellen pegou uma perdiz da travessa e enfiou-a inteira na bocarra, destroçando-a com os dentes como se fosse uma torrada.

– Por que não diz nada? – perguntou de boca cheia, antes de engolir. – O que há de verdadeiro naquilo que falam de vocês?

– Quase nada.

– E o que há de falso?

– A afirmação de que há cada vez menos monstros.

– De fato. Existem muitos. – Nivellen mostrou os dentes numa expressão que deveria ser um sorriso. – Um deles está precisamente sentado diante de você, indagando-se se fez bem em tê-lo convidado a entrar. Antipatizei de cara com a insígnia de sua corporação, caro visitante.

– Você não é um monstro, Nivellen – disse secamente o bruxo.

– Não diga; eis algo novo. E o que, em sua opinião, sou eu? Um pudim de alquequenje? Um bando de gansos selvagens voando para o sul numa triste madrugada outonal? Não? Seria eu a virtude perdida junto a uma fonte cristalina pela bela filha de um moleiro? Vamos, Geralt, diga logo o que sou. Não está vendo que chego a tremer de tanta ansiedade?

– Você não é um monstro. Se fosse, não poderia tocar nessa bandeja de prata, tampouco ter segurado meu medalhão.

– Caramba! – urrou Nivellen com tal força que as chamas das velas ficaram por um momento na posição horizontal. – Está claro para mim que hoje é o dia da revelação dos maiores e mais terríveis mistérios! Já vou ser informado de que minhas orelhas ficaram tão compridas porque, quando criança, não gostava de mingau de aveia!

– Não, Nivellen – falou calmamente Geralt. – Isso foi fruto de um feitiço, e tenho certeza de que você sabe muito bem quem o lançou.

– E de que me adiantaria sabê-lo?

– Em muitos casos, um feitiço pode ser desfeito.

– Você, como bruxo, obviamente sabe desfazer feitiços, não é verdade?

– Sim. Quer que eu tente?

– Não, não quero.

O monstro abriu a bocarra e mostrou a língua, vermelha e com dois palmos de comprimento.

– Ficou pasmo, não ficou?

– Fiquei – admitiu Geralt.

A criatura soltou uma risadinha e esparramou-se na cadeira.

– Sabia que ia deixar você surpreso. Sirva-se de mais vinho e instale-se confortavelmente, porque vou lhe contar a história toda. Bruxo ou não bruxo, seu olhar inspira confiança e estou com vontade de conversar. Sirva-se, por favor.

– Não há mais de que me servir.

– Que chatice!

O monstro pigarreou e voltou a bater a pata na mesa. Ao lado dos dois pichéis já vazios apareceu um garrafão de barro num cesto de vime. Nivellen arrancou com os dentes o selo de cera, encheu as taças e começou:

– Como você deve ter notado, a região onde estamos é pouco habitada. Isso porque, à sua época, tanto meu paizinho como meu vovozinho não deram motivos concretos para ser amados pelos vizinhos ou pelos comerciantes que se aventuravam pela estrada. Se alguém aparecia por estas bandas e meu paizinho o via de cima da torre, na melhor das hipóteses o coitado perdia apenas a fortuna. Além disso, várias propriedades vizinhas foram incendiadas porque o paizinho achara que os tributos não lhe foram pagos a tempo. Poucas pessoas gostavam dele, além de mim, naturalmente. Chorei muito quando, um dia, trouxeram numa carroça o que restara de meu paizinho depois de receber um golpe de montante, um daqueles espadões enormes que só podem ser erguidos com as duas mãos. Àquela época, o vovozinho já não se dedicava à pilhagem, pois desde o dia em que recebeu uma pancada na cabeça ficou gaguejando de maneira horrível, babava constantemente e volta e meia não chegava a tempo à privada para fazer suas necessidades. Como único herdeiro dos dois, coube-me chefiar a gangue. Eu era ainda bastante jovem, um fedelho, de modo que não demorou muito para o pessoal da gangue me enrolar. Como bem pode imaginar, eu os liderava como um porco lidera uma matilha de lobos. Em pouco tempo passamos a fazer coisas que o paizinho, se estivesse vivo, jamais teria permitido. Vou poupá-lo dos detalhes e ir direto ao que interessa. Um dia, fomos até Gelibol, perto de Mirt, e saqueamos um templo. Para piorar as coisas, no templo havia uma jovem sacerdotisa.

– Que tipo de templo, Nivellen?

– Só o diabo sabe, Geralt. No entanto, devia ser um templo do mal. Lembro que no altar havia crânios e ossos e ardia uma chama verde. Fedia horrivelmente. Mas voltemos ao que interessa. Os rapazes agarraram a sacerdotisa, despiram-na e disseram que eu deveria me tornar homem. Eu, idiota, concordei. Quando estava me tornando homem, a sacerdotisa cuspiu em meu rosto e gritou uma porção de coisas.

– Que coisas?

– Que eu era um monstro em pele humana e que seria um monstro na pele de um monstro, algo sobre amor, sobre sangue... Não lembro o que mais. Aí, ela puxou um pequeno punhal que devia ter escondido em algum lugar, acho que nos cabelos... e se suicidou. Nós fugimos dali em tal disparada, Geralt, que quase acabamos com nossos cavalos. Aquele templo não era do bem.

– Continue.

– Depois, tudo aconteceu como profetizou a sacerdotisa. Passados alguns dias, acordo numa manhã e cada um de meus criados que me olha solta um grito e... pernas, para que te quero! Corro para um espelho... e entro em pânico... Tenho um ataque... Lembro-me de tudo muito vagamente, como se fosse através de uma neblina. Em poucas palavras, houve mortos. Vários. Usei tudo o que me caía nas mãos; de repente, tornei-me muito forte. E a casa passou a ajudar-me: as portas batiam, utensílios voavam por toda parte, a lareira se acendia... Quem pôde, fugiu em polvorosa: a titia, a prima, os rapazes da gangue. Basta que lhe diga que fugiram até os cães, uivando e com o rabo entre as pernas, e minha gatinha, Gulosa. O papagaio da titia caiu duro e morreu de medo. No fim, fiquei sozinho... urrando, uivando, ensandecido e quebrando tudo o que me caía nas mãos, principalmente espelhos.

Nivellen interrompeu-se, deu um suspiro e uma fungada.

– Quando o ataque passou – reassumiu a narrativa –, era tarde demais para qualquer coisa. Estava só. Não havia ninguém a quem eu pudesse esclarecer que mudara apenas externamente; que, embora tivesse esse aspecto monstruoso, no fundo continuava sendo um estúpido adolescente soluçando num palacete vazio. Depois, fui assolado por um pavor: de que os empregados retornassem e me matassem antes de eu ter tido tempo de me explicar. Mas ninguém retornou.

O monstro calou-se por um momento, limpando o nariz com a manga do casaco.

– Não quero falar desses primeiros meses, Geralt. Até hoje tremo só de pensar neles. Vou ater-me aos pontos principais. Durante muito tempo fiquei sozinho no palacete, quietinho como um camundongo, sem botar o nariz para fora. Quando aparecia alguém, o que era muito raro, eu não só não me mostrava, como ordenava à casa que batesse as venezianas ou soltava um urro dentro da gárgula de uma das calhas do telhado, e isso costumava bastar para o visitante desaparecer no meio de uma nuvem de poeira. E as coisas foram se passando assim até o dia em que olho pela janela numa madrugada... e o que vejo? Um gordão cortando rosas da roseira da titia. E é preciso que você saiba que não se tratava de quaisquer rosas, mas das rosas azuis de Nazair, cujas mudas foram trazidas ainda pelo vovozinho. Tive um acesso de raiva e saí para o pátio. O gordão, depois de recuperar a voz, que perdera quando me viu, guinchou como um porco, afirmando que queria apenas algumas flores para sua filhinha, implorando que o perdoasse e o deixasse partir são e salvo. Já estava me preparando para lhe dar um pontapé nos fundilhos e expulsá-lo quando tive um lampejo. Lembrei-me dos contos de fadas que Lanka, minha babá, costumava me contar. E aí pensei que, se lindas donzelas podiam transformar sapos em príncipes, ou vice-versa, quem sabe... Talvez houvesse naquilo um grão de veracidade... Saltei em sua direção, soltei um berro tão forte que a vinha se desprendeu do muro e gritei: "A filha ou a vida!"; nada melhor me veio à mente. O mercador, pois se tratava de um mercador, começou a chorar e me revelou que sua filhinha tinha apenas oito anos. Você está rindo?

– Não.

– Porque eu não sabia se deveria rir ou chorar por meu destino de merda. Fiquei com pena do coitado do negociante; não podia ficar simplesmente olhando-o tremer de medo. Assim, convidei-o a entrar, dei-lhe de comer e de beber, e, quando ele estava indo embora, enchi sua sacola com moedas de ouro e pedras preciosas. Saiba que no subsolo sobrara uma fortuna ainda dos tempos do papai; eu não imaginava o que fazer com aquilo, de modo que podia me permitir ser generoso. O radiante mercador me agradeceu tanto que chegou a babar. Deve ter se vangloriado em algum lugar de sua aventura, porque em menos de dois meses apareceu aqui outro comerciante. Trazia um saco volumoso... e uma filha... também avultada.

Nivellen estendeu as pernas debaixo da mesa e espreguiçou-se a ponto de a cadeira ranger.

– A negociação com ele foi rápida – continuou. – Acertamos que deixaria sua filha comigo por um ano. Tive de ajudá-lo a colocar o saco no lombo da mula; sozinho, ele jamais conseguiria erguê-lo.

– E quanto à garota?

– Durante algum tempo tinha convulsões sempre que me via; estava convencida de que eu ia devorá-la. Mas, após um mês de convivência, já comíamos juntos, conversávamos e fazíamos longos passeios. E, embora fosse simpática e surpreendentemente instruída, eu ficava todo encabulado ao falar com ela. Sabe, Geralt, sempre fui muito tímido diante de garotas; sempre fui objeto de gozação mesmo das garotas dos estábulos cobertas de estrume até os joelhos, com as quais os rapazes de minha gangue faziam o que queriam... Pois até elas caçoavam de mim. Se sempre fora assim, fiquei pensando, quanto mais agora, com esta fuça. Nem consegui adquirir coragem suficiente para indicar de algum modo o motivo que me fez pagar tanto por um ano de sua vida. O ano foi se arrastando como fedor atrás de tropas em marcha, até seu pai voltar e levá-la consigo.

– E o que você fez em seguida?

– Tranquei-me em casa, resignado, e por vários meses não recebi nenhum dos visitantes com filhas que bateram a minha porta. Mas, depois de passar um ano na companhia da filha daquele mercador, dei-me conta de quão era difícil viver sem ter alguém com quem pudesse conversar.

O monstro emitiu um som que deveria ser um suspiro, mas que soou como um soluço.

– A próxima – disse após um longo silêncio – chamava-se Fenne. Era miudinha, animada e muito falante. Não tinha medo de mim. Certo dia, justamente quando atingi a maioridade, tomamos muito licor de mel e... bem, aconteceu. Quando acabamos, pulei da cama e corri para um espelho. Tenho de admitir que fiquei muito desapontado e triste: a fuça permaneceu inalterada; talvez me desse uma expressão ainda mais estúpida. E andam dizendo por aí que os contos de fadas contêm a sabedoria do povo! Uma merda de sabedoria, Geralt. Mas Fenne logo se esforçou para que eu esquecesse a tristeza. Você nem imagina como ela era alegre! Sabe o que inventou? A brincadeira de assustarmos, juntos, os visitantes indesejáveis. Imagine a cena: um visitante adentra o pátio, olha em volta e eis que se vê atacado por mim, de quatro, com Fenne completamente nua montada no dorso e soando o corno de caça do vovô!

Nivellen soltou uma gargalhada, fazendo brilhar a alvura de suas presas.

– Fenne – continuou – ficou comigo um ano inteiro, quando retornou, com um grande dote, a sua família. Casou-se com o dono de uma taberna, um viúvo.

– Continue seu relato, Nivellen. Estou muito interessado.

– Deveras? – disse o monstro, coçando-se entre as orelhas. – Muito bem. A seguinte, Prímula, era filha de um empobrecido cavaleiro andante. Quando chegou aqui, o guerreiro tinha um cavalo esquelético, uma couraça enferrujada e uma quantidade de dívidas absurda. Era um tipo horroroso, Geralt, tão repugnante como um monte de esterco, de cheiro insuportável. Sou capaz de apostar meu braço direito que Prímula foi concebida quando ele estava na guerra, porque até que era bonitinha. E, assim como Fenne, não tinha medo de mim, o que não era de estranhar, já que, em comparação com seu pai, eu poderia ser considerado bonitão. Prímula, como logo ficou patente, era bastante fogosa, e eu, por ter adquirido autoconfiança, não perdi tempo. Em menos de duas semanas já mantínhamos relações bastante íntimas, no decurso das quais ela me puxava pelas orelhas e gritava: "Morda-me, animal!", "Rasgue-me por inteiro, sua besta imunda!" e outras idiotices do gênero. Nos intervalos de nossos folguedos, eu corria para o espelho, mas olhava para ele com cada vez menos preocupação. Cada vez menos ansiava por voltar a ser aquele garoto doentio. Sabe, Geralt, antes eu era molenga; depois, passei a ser um homem de verdade. Antes, vivia adoentado, tossia e meu nariz escorria constantemente; agora, sou sadio como um touro. E os dentes? Você não acreditaria se lhe contasse o estado deles! E agora? Agora, posso destroçar a perna desta cadeira com uma dentada. Você gostaria de me ver morder a perna de sua cadeira?

– Não, não gostaria.

– Talvez seja até melhor. – O monstro riu, abrindo a bocarra. – Nada divertia mais as senhoritas do que as demonstrações de minhas dentadas e, com isso, sobraram poucas cadeiras inteiras no palacete.

Nivellen bocejou, com o que sua língua enrolou-se formando um tubo.

– Estou cansado de tanto falar, Geralt, de modo que serei breve: depois delas houve mais duas, Ilka e Venimira. Tudo se passava da mesma forma, chegando a se tornar monótono: começava com uma mistura de medo e reserva; então surgia um fio de simpatia, reforçada por pequenos, porém caríssimos, mimos; mais tarde vinha a fase de "Morda-me, coma-me por inteiro!", seguida pelo retorno do pai, tenra despedida e cada vez mais discernível diminuição do tesouro. Em vista disso, decidi fazer pausas mais longas em solidão. Evidentemente, já havia descartado por completo a possibilidade de que o beijo de uma bela jovem pudesse alterar minha aparência. Conformei-me com esse fato, e tem mais: cheguei à conclusão de que estava bem como estava e não precisava de nenhuma mudança.

– Realmente nenhuma, Nivellen?

– Realmente. Em primeiro lugar, tenho saúde de ferro. Em segundo, o fato de eu ser diferente tem efeito afrodisíaco nas mulheres. Não ria! Estou convencido de que, se fosse humano, teria de suar muito mais a camisa para levar para a cama alguém como Venimira, uma jovem de rara beleza. Tenho a impressão de que ela nem se dignaria de olhar para o rapaz do retrato. E, em terceiro, posso sentir-me totalmente seguro. Papai tinha muitos inimigos, alguns dos quais continuam vivos. Aqueles que minha gangue, sob meu deplorável comando, levou ao túmulo tinham parentes. No subsolo há ouro. Não fosse o medo que inspiro em todos, alguém tentaria se apossar dele, nem que fossem simples camponeses munidos de forcados.

– Você parece estar absolutamente seguro – disse Geralt, brincando com a taça vazia – de que, em sua atual configuração, não fez nenhum mal a quem quer que fosse. A nenhum pai, a nenhuma filha. A nenhum parente ou namorado da filha...

– Espere aí, Geralt – indignou-se o monstro. – De que você está falando? Os pais quase explodiam de tanta felicidade. Como lhe contei, minha generosidade com eles foi inimaginável. Quanto às filhas, você não as viu quando chegaram, de vestidinhos remendados, com as mãozinhas gastas de tanto lavarem roupa e encurvadas de tanto carregarem baldes de água. Prímula ainda ficou por semanas com as marcas no lombo e nas coxas das chibatadas que vivia recebendo de seu cavaleiroso genitor. Em contrapartida, aqui em casa, elas levavam vida de princesa e, se tinham de pegar algo nas mãos, era um leque. Nem sabiam onde ficava a cozinha. Eu as vestia e cobria de penduricalhos. Com um gesto mágico, eu fazia água quente jorrar numa banheira de latão da qual papai se apossou ao saquear Assengard e trouxe para mamãe. Você pode imaginar? Uma banheira de latão! Poucos condes... que digo eu... poucos monarcas podem gabar-se de ter uma banheira de latão em seu castelo. Para aquelas garotas, este palacete parecia saído de um conto de fadas, Geralt. E no que se refere à cama... Caramba, nestes tempos a virtude é mais rara do que dragões serranos. Garanto-lhe, Geralt, que não forcei nenhuma delas.

– No entanto, suspeitou que alguém me pagou para matá-lo. Quem poderia ter sido?

– Um patife qualquer, que ficou de olho no que restou no subsolo, mas que não tinha mais filhas – respondeu enfaticamente Nivellen. – A ganância humana não tem limites.

– E ninguém mais?

– E ninguém mais.

Ambos ficaram calados, olhando para as tremulantes chamas das velas.

– Nivellen – disse repentinamente o bruxo –, você está só agora?

– Meu caro bruxo – respondeu o monstro após uma breve reflexão –, em princípio, eu deveria insultá-lo com os piores palavrões, pegá-lo pelo cangote e atirá-lo escada abaixo. E sabe por quê? Por me tratar como se eu fosse um imbecil. Desde o início estou vendo você aguçar os ouvidos e lançar olhares discretos para a porta. Sabe muito bem que não estou morando sozinho. Não estou certo?

– Sim, e peço desculpas.

– Estou me lixando para suas desculpas. Você a viu?

– Sim. Na floresta, quando eu estava junto do portão. E ela é a razão pela qual ultimamente os comerciantes com filhas têm partido daqui com as mãos abanando?

– Quer dizer que você sabia até disso? Sim, ela é a razão.

– Permite que eu lhe pergunte...

– Não, não permito.

Um novo silêncio.

– Bem, se é essa sua vontade – falou o bruxo, erguendo-se –, só me resta cumpri-la. Agradeço a hospitalidade. Está na hora de partir.

Nivellen também se levantou.

– Por determinados motivos, não tenho como acomodá-lo por um pernoite no palacete e não lhe recomendo permanecer nestes bosques. Desde que a região começou a ficar despovoada, as noites daqui costumam ser perigosas. Aconselho-o chegar à estrada antes do pôr do sol.

– Levarei seu conselho em consideração. Você está convicto de que não necessita de minha ajuda?

O monstro olhou-o de soslaio.

– E você está convicto de que poderia me ajudar? Seria capaz de tirar este feitiço de mim?

– Não estava me referindo apenas a esse tipo de ajuda.

– Você não respondeu a minha pergunta... Ou talvez tenha respondido: você não seria capaz.

Geralt o fitou diretamente nos olhos.

– Naquele dia, vocês tiveram muito azar. De todos os templos de Gelibol e do vale de Nimnar, escolheram o de Coram Agh Tera, o da Aranha com Cabeça de Leão. Para tirar o feitiço lançado por uma sacerdotisa de Coram Agh Tera, são necessários conhecimentos e aptidões que não possuo.

– E quem os possui?

– Ah, quer dizer que, apesar de tudo, está interessado? Você não disse que está bem como está?

– Como estou, sim. Mas não como poderia estar. Temo...

– O que você teme?

O monstro parou junto da porta do salão, virou-se e disparou:

– Estou farto de você ficar me fazendo perguntas, bruxo, em vez de responder às minhas. Parece que preciso fazer minhas indagações de maneira adequada. Portanto, escute: de um tempo para cá, tenho tido sonhos horríveis. Talvez a palavra "monstruosos" seja mais acertada. Tenho motivos para ter medo? Seja breve em sua resposta, por favor.

– Alguma vez, ao acordar de um sonho desses, seus pés estavam sujos de barro? Ou então, ao mexer nos lençóis, você encontrou pinhas ou outros sinais da folhagem de pinheiros?

– Não.

– Tampouco...

– Não. Por favor, seja breve.

– Você tem razão em estar com medo.

– Existe algo que possa ser feito contra isso? Em poucas palavras, por favor.

– Não.

– Finalmente! Vamos; vou acompanhá-lo até o portão.

No pátio, enquanto Geralt apertava os arreios, Nivellen acariciou as narinas da égua e deu-lhe tapinhas carinhosos no pescoço. Plotka, encantada com o gesto de carinho, abaixou a cabeça.

– Os animais gostam muito de mim – gabou-se o monstro. – E eu também gosto deles. Minha gata, Gulosa, embora tenha fugido logo no começo, acabou voltando para mim. Durante muito tempo ela foi o único ser vivo que me acompanhou em minha desgraça. Vereena também...

Interrompeu-se, fazendo uma careta. Geralt sorriu e perguntou:

– ... também gosta de gatos?

– De pássaros – disse Nivellen, meio contrariado. – Que droga! Acabei me traindo; mas não faz mal. Ela não é mais uma filha de comerciante, Geralt, tampouco mais uma tentativa de procurar um grão de veracidade nos contos de fadas. É coisa séria. Nós nos amamos... Se você rir, quebro-lhe a cara.

Geralt não riu.

– Essa sua Vereena provavelmente é uma ondina. Você se dá conta disso?

– Eu já desconfiava. Esbelta. Morena. Pouco falante, e quando fala o faz numa língua que desconheço. Não se alimenta com comida humana. Passa dias inteiros sumida na floresta, mas sempre volta. Isso é típico de uma ondina?

– Mais ou menos – respondeu o bruxo, concluindo o trabalho junto das rédeas. – E você acha que ela não retornaria caso você recuperasse a forma humana, não é isso?

– Estou convencido disso. Você sabe como as ondinas têm medo dos seres humanos. Foram poucos os que viram uma de perto. E, no entanto, eu e Vereena... Ah, deixe isso pra lá. Adeus, Geralt.

– Adeus, Nivellen.

O bruxo cutucou a égua com os calcanhares e dirigiu-se ao portão. O monstro acompanhou-o a pé.

– Geralt?

– Sim...

– Não sou tão tolo quanto você imagina. Você chegou seguindo o rastro de um dos comerciantes que estiveram aqui recentemente. Aconteceu algo a algum deles?

– Sim.

– O último esteve aqui há três dias. Acompanhado pela filha, aliás, não das mais belas. Ordenei à casa que trancasse todas as janelas e portas e não dei sinal de vida. Deram uma volta pelo pátio e foram embora. A jovem tirou uma flor da roseira da titia e prendeu-a no vestido. Procure por eles em outro lugar, mas fique atento, porque estas redondezas são um horror. Já lhe disse que à noite é ainda pior; ouvem-se e se veem coisas que não deveriam ser ouvidas nem vistas.

– Obrigado, Nivellen. Não me esquecerei de você e talvez acabe encontrando alguém que possa...

– Talvez sim, talvez não. O problema é meu, Geralt; é minha vida e minha punição. Aprendi a suportá-la e me acostumei a ela. Se ela piorar, paciência, vou ter de me acostumar de novo. E, se as coisas ficarem muito pretas, não procure ajuda de ninguém; venha sozinho e acabe com tudo de uma vez, como cabe a um bruxo. Boa sorte, Geralt.

Nivellen deu meia-volta e encaminhou-se para o palacete. Não se voltou uma única vez.

III

Os arredores eram despovoados, selvagens, inóspitos e ameaçadores. Geralt não retornou à estrada antes do anoitecer. Querendo poupar caminho, tomou atalhos pela floresta. Passou a noite no desnudo topo de uma colina, com a espada sobre os joelhos e junto de uma pequena fogueira à qual, volta e meia, atirava molhos de acônito. No meio da noite vislumbrou ao longe, no fundo da ravina, o brilho de uma fogueira e ouviu uivos e cantos, bem como algo que somente podia ser o grito de uma mulher sendo torturada. Partiu naquela direção logo ao amanhecer, mas encontrou apenas uma clareira pisoteada e ossos carbonizados entre cinzas ainda quentes. Um ser oculto na copa de um gigantesco carvalho silvava e urrava. Talvez fosse um leshy ou simplesmente um lince. O bruxo não parou para se certificar.

IV

Em torno do meio-dia, quando dava de beber a Plotka numa pequena fonte, a égua soltou um relincho penetrante e recuou arreganhando os dentes amarelados e mordendo o freio. Geralt, ao acalmá-la instintivamente com o Sinal, notou um círculo perfeito formado por avermelhados chapeuzinhos de cogumelos emergindo do musgo.

– O que está se passando com você, Plotka? Resolveu ficar histérica? – disse. – Não está vendo que se trata de um simples círculo do diabo? Para que fazer cenas?

A égua bufou, virando a cabeça em sua direção. O bruxo coçou a testa, franziu o cenho e ficou pensativo. Em seguida, montou na sela de um pulo, fez o animal dar meia-volta e retomou o galope sobre os próprios rastros.

– Os animais gostam muito de mim – murmurou. – Peço-lhe desculpas, Plotka. Ficou claro que você tem mais juízo do que eu.

V

A égua deitava as orelhas para trás, bufava, arrancava torrões com os cascos, refugava. Geralt não mais a acalmava com o Sinal. Saltara da sela e passara as rédeas por cima da cabeça do animal. Já não levava presa às costas sua antiga espada enfiada na bainha de pele de lagartixa; seu lugar era agora ocupado por uma bela e brilhante arma, com a guarda em cruz e uma delgada e bem balanceada empunhadura terminada numa esfera de metal branco.

Dessa vez, o portão não se abriu diante dele; estava aberto, como o deixara ao partir.

Ouviu uma canção. Não conseguia entender a letra, nem mesmo identificar a língua na qual era cantada, mas não precisava. O bruxo conhecia, sentia e compreendia a própria natureza daquele canto suave e penetrante que fluía nas veias como a onda de uma nauseabunda e entorpecedora ameaça.

O canto interrompeu-se bruscamente, e então ele a viu.

Estava agarrada ao dorso do golfinho do chafariz abandonado, circundando a pedra mofada com as mãozinhas delgadas e tão brancas que davam a impressão de ser transparentes. Debaixo de uma tempestade de entrelaçados cabelos negros, brilhavam, fixos nele, dois enormes olhos da cor de antracito.

Geralt aproximou-se lentamente, com passadas macias e elásticas, descrevendo um semicírculo a partir do muro, junto do arbusto de rosas azuis. A criatura grudada no dorso do golfinho acompanhava seu deslocamento, virando em sua direção o pequeno rosto cheio de charme e munido de uma expressão de tão profunda nostalgia que ainda era possível ouvir a canção, embora os minúsculos e pálidos lábios estivessem cerrados firmemente e não emitissem nenhum som.

O bruxo parou a uma distância de dez passos. A pesada espada, cautelosamente retirada da negra bainha esmaltada, resplandeceu e brilhou sobre sua cabeça.

– É de prata – disse. – Esta lâmina é de prata pura.

O pálido rostinho não se moveu; os olhos da cor de antracito não mudaram de expressão.

– Você se parece tanto com uma ondina – continuou Geralt, calmo – que poderia ter confundido qualquer ser humano, sobretudo por ser uma ave rara. Mas os cavalos jamais se enganam. Reconhecem seres como você instintivamente. Quem é você? Imagino que seja uma mura ou um alp. Um vampiro normal não se exporia ao sol dessa maneira.

Os cantos da pálida boca tremeram e se ergueram ligeiramente.

– Você se sentiu atraída pelo aspecto de Nivellen, não é verdade? Os sonhos que ele mencionou são obras suas. Imagino como são esses sonhos e sinto pena dele.

A criatura não se moveu.

– Você gosta de pássaros – prosseguiu o bruxo –, mas isso não a impede de morder o pescoço de humanos de ambos os sexos, não é? Você e Nivellen! Que casal fantástico formariam: um monstro e uma vampiresa, donos de um palacete na floresta. Em pouco tempo, dominariam a região toda; você, eternamente sedenta de sangue, e ele, seu defensor, um assassino a seu serviço, um instrumento cego. Só que para isso ele teria de se tornar um monstro de verdade, e não um ser humano com máscara de monstro.

Os enormes olhos negros se estreitaram.

– Onde está ele, juba de antracito? Você estava cantando, portanto bebeu sangue dele. Como não conseguiu escravizar sua mente, acabou lançando mão do último recurso. Estou certo?

A negra cabecinha assentiu de leve, quase imperceptivelmente, e os cantos da boca ergueram-se ainda mais. O pequeno rosto adquiriu uma expressão vampiresca.

– E agora você certamente se julga dona deste palacete, não é?

Mais um aceno positivo, dessa vez mais nítido.

– Você é uma mura?

Um lento meneio negativo da cabeça. O sibilo que ecoou somente poderia ter saído por entre aqueles pálidos lábios contorcidos num sorriso maléfico, embora o bruxo não tivesse notado eles se moverem.

– Um alp?

Novo movimento de negação.

Geralt recuou, apertando com mais força a empunhadura da espada.

– O que só pode significar que você é...

Os cantos da boca começaram a erguer-se cada vez mais, os lábios se entreabriram...

– Uma lâmia! – gritou o bruxo, atirando-se na direção do chafariz.

Detrás dos pálidos lábios brilharam pontudas presas brancas. A vampiresa se ergueu, arqueou as costas como um leopardo e soltou um berro.

A onda sonora atingiu Geralt como um aríete, deixando-o sem ar, esmagando-lhe as costelas e trespassando-lhe os ouvidos e o cérebro com espinhos de dor. Arremessado para trás, ainda teve tempo de cruzar os punhos no Sinal de Heliotrópio. O feitiço conseguiu amortizar parcialmente o ímpeto com o qual ele bateu contra o muro, mas mesmo assim viu tudo preto e o resto do ar irrompeu de seus pulmões com um gemido.

No mesmo lugar onde, pouco antes, uma jovem delicada de vestido branco estivera sentada sobre o dorso de um golfinho de pedra, um gigantesco morcego negro achatava o reluzente corpanzil, abrindo o comprido e estreito focinho com fileiras de dentes pontiagudos. As asas membranáceas se estenderam, agitaram-se silenciosamente e a criatura lançou-se sobre o bruxo como a flecha disparada de uma besta.

Geralt, sentindo na boca o gosto ferruginoso de sangue, gritou uma fórmula mágica e estendeu os braços com os dedos abertos no Sinal de Quen. O morcego virou abruptamente, soltou um som que parecia uma gargalhada e voltou a mergulhar na vertical, direto para a nuca do bruxo. Geralt desviou-se e desferiu um golpe, errando o alvo. O morcego encolheu uma das asas e, lânguida e graciosamente, descreveu um semicírculo no ar, voltando a atacar abrindo o focinho cheio de dentes. O bruxo aguardou a criatura com os braços estendidos em sua direção, a espada em ambas as mãos. No último instante deu um salto – não para o lado, mas para a frente –, desfechando um golpe que sibilou no ar. Não acertou, e aquilo foi tão inesperado que ele perdeu o ritmo e esquivou-se uma fração de segundo tarde demais. Sentiu as garras da besta rasgarem sua bochecha e a úmida e aveludada asa roçar seu pescoço. Girou sobre si mesmo, transferiu o peso do corpo para a perna direita e voltou a golpear, errando mais uma vez a extremamente ágil criatura.

O morcego bateu as asas, elevou-se e planou na direção do chafariz. No momento em que as ensanguentadas garras arranharam o revestimento de pedra, o repugnante focinho da besta começou a se enevoar, a sumir, a se metamorfosear, embora os pálidos lábios que surgiam em seu lugar não conseguissem ocultar de todo as mortíferas presas pontiagudas.

A criatura uivou de modo penetrante, modulando a voz em um canto macabro. Lançou ao bruxo um olhar cheio de ódio e voltou a gritar.

A onda sonora foi tão potente que rompeu o Sinal. Círculos vermelhos e negros giraram diante dos olhos de Geralt, enquanto suas têmporas e seu cocuruto latejaram horrivelmente. Através da dor que parecia furar-lhe os tímpanos, o bruxo começou a ouvir vozes, queixumes e gemidos, sons de flautas e oboés, sussurros do vento. A pele de seu rosto se entorpeceu e gelou. Geralt caiu sobre um joelho e balançou a cabeça.

O morcego planava silenciosamente em sua direção, abrindo a bocarra em pleno voo. O bruxo, embora ainda atordoado pela onda sonora, reagiu instintivamente. Ergueu-se de um pulo e, adaptando o ritmo de seus movimentos à velocidade do voo do monstro, deu três passos à frente, gingou o corpo e, rápido como um raio, desferiu um golpe de espada com as duas mãos. A lâmina não encontrou resistência, ou melhor, quase não encontrou, porque Geralt ouviu outro grito, dessa vez de dor, provocada pelo toque da prata.

Enquanto gritava, a lâmia foi se metamorfoseando novamente sobre o dorso do golfinho. Um pouco acima do seio esquerdo via-se uma mancha vermelha no vestido branco, logo abaixo de um rasgo não mais longo do que um dedo mindinho. O bruxo rangeu os dentes; o corte que deveria ter fendido a besta em dois não passara de um arranhão.

– Grite à vontade, vampiresa – rosnou, enxugando o sangue do rosto. – Grite o mais que puder! Gaste sua energia. Aí, cortarei fora sua linda cabecinha!

Você. Você vai debilitar-se antes. Bruxo. Matarei.

Os lábios da lâmia não se moviam, mas Geralt ouvia distintamente cada uma das palavras, que lhe ressoavam no cérebro, explodindo, ribombando e repercutindo como se viessem de dentro d'água.

– É o que veremos – escandiu, aproximando-se do chafariz.

Matarei. Matarei. Matarei.

– É o que veremos.

– Vereena!

Nivellen, com a cabeça pendendo para baixo e as mãos agarradas ao caixilho da porta, cambaleou para fora do palacete. Com passos vacilantes e agitando as patas de maneira desajeitada, avançou para a fonte. A gola de seu gibão estava manchada de sangue.

– Vereena! – urrou novamente.

A lâmia virou a cabeça em sua direção. Geralt, erguendo a espada e pronto para desferir um golpe, saltou para junto dela, mas as reações da vampiresa foram muito mais rápidas. Um grito agudo e uma nova onda sonora fizeram o bruxo cair de costas sobre o cascalho da trilha. A lâmia arqueou-se e se preparou para saltar, com as presas brilhando como punhais de um assassino. Nivellen, abrindo as patas como um urso, ainda tentou detê-la, mas ela gritou bem perto de sua cara e atirou-o para trás, contra um andaime de madeira, que desabou com estrondo, encobrindo-o com tábuas.

A essa altura Geralt já se levantara e corria em volta do pátio querendo desviar a atenção da lâmia de Nivellen. A vampiresa, com o vestido branco esvoaçando, disparou em sua direção, suave como uma borboleta e mal tocando o chão. Não mais gritava, nem tentava metamorfosear-se. O bruxo percebeu que ela estava cansada, mas sabia que, mesmo assim, não deixava de ser mortalmente perigosa. Por trás dele, Nivellen urrava e se agitava no meio das pranchas de madeira.

Geralt pulou para a esquerda, protegendo-se com rápidos movimentos circulares da espada. A lâmia continuou seu avanço – alvinegra, flutuante, aterradora. Subestimou-a. Ela gritou antes que ele tivesse tempo de fazer o Sinal. Foi atirado para trás e bateu com as costas no muro. A dor que sentiu na espinha dorsal irradiou-se até a ponta dos dedos, paralisou-lhe os ombros e o fez cair de joelhos. A vampiresa, soltando um uivo melódico, atirou-se em sua direção.

– Vereena! – berrou Nivellen.

Ela virou-se, e Nivellen traspassou-a, bem entre os seios, com uma estaca pontuda de três metros de comprimento. A lâmia não gritou; apenas soltou um suspiro. O bruxo, ao ouvir tal suspiro, tremeu da cabeça aos pés.

Mantinham-se imóveis: Nivellen, com as pernas bem abertas, segurando a haste com as duas mãos como se fosse uma lança e suportando sua base sob a axila, e a vampiresa, parecendo uma borboleta branca espetada num alfinete, pendendo na outra ponta da lança e segurando-a também com ambas as mãos.

A lâmia soltou um suspiro dilacerante e começou a forçar o corpo estaca abaixo. Geralt viu aparecer nas costas do vestido branco uma mancha vermelha, da qual, no meio de um gêiser de sangue, emergia, de modo atroz e até indecente, a ponta da lança. Nivellen soltou um berro, deu um passo para trás, depois outro, passando a recuar rapidamente, mas sem soltar a haste e arrastando consigo a vampiresa traspassada. Mais um passo, e apoiou as costas na parede do palacete. A extremidade da estaca que mantinha sob a axila resvalou no muro.

Lentamente, como se estivesse fazendo uma carícia, a lâmia deslizou as delicadas mãozinhas ao longo da lança até ficar com os braços estendidos. Em seguida, segurando a estaca com força, impulsionou o corpo para baixo. Já mais de um metro de madeira ensanguentada brotava-lhe das costas. Estava com os olhos arregalados e a cabeça jogada para trás. Seus suspiros tornaram-se cada vez mais frequentes e mais rítmicos, transformando-se em estertores.

Geralt ergueu-se, mas, fascinado pela cena, não conseguia decidir-se a agir. Ouviu palavras reverberarem dentro de seu crânio, como se estivessem ecoando no teto de uma fria e úmida masmorra.

Meu. Ou de ninguém. Amo-te. Amo.

Mais um suspiro – medonho, vibrante, afogado em sangue. A lâmia fez outro esforço, deslizou ao longo da estaca e estendeu os braços. Nivellen urrou desesperadamente e, sem largar a haste, tentou de todas as maneiras afastar a vampiresa para o mais longe possível – em vão. A monstruosa criatura deslizou mais um pouco e agarrou-o pela cabeça. Ele urrou de forma horrível, agitando a peluda cabeçorra. A lâmia voltou a deslizar pela haste e inclinou a cabeça para perto da garganta de Nivellen. Suas presas brilharam com ofuscante alvura.

Geralt deu um pulo como se tivesse sido propelido por uma mola repentinamente liberada. Cada movimento, cada ação que executaria a partir daquele momento fazia parte de sua natureza: inevitável, automática e mortalmente efetiva. Três passos rápidos, com o terceiro, como fizera centenas de vezes, terminando sobre a perna esquerda, com o pé plantado firmemente no chão. Uma torção do tronco, um golpe enérgico e cortante. Viu seus olhos. Nada mais podia ser mudado. Ouviu sua voz. Soltou um grito para abafar a palavra que ela repetia. Não havia escapatória. Desferiu o golpe.

Acertou em cheio, como sempre, e, seguindo a trajetória do movimento, deu um quarto passo e girou sobre os calcanhares. A lâmina, libertada pelo giro do corpo, voou atrás dele, brilhando e deixando atrás de si um leque de gotículas vermelhas. Os cabelos negros como asas de graúna se ondearam e ficaram flutuando no ar, flutuando, flutuando...

A cabeça caiu no cascalho.

Cada vez há menos monstros?

E quanto a mim? Quem sou eu?

Quem está gritando? Os pássaros?

A mulher de colete e vestido azul?

A rosa de Nazair?

Que silêncio!

Como tudo está vazio! Que vacuidade!

Em mim.

Nivellen, todo encolhido, protegendo a cabeça com os braços e com o corpo percorrido por tremores, jazia no meio de urtigas junto do muro.

– Levante-se – disse o bruxo.

O bem-apessoado jovem de porte gracioso e tez clara ergueu a cabeça olhando em volta, com ar vago. Esfregou os olhos com os punhos, observou as mãos e tateou o rosto. Soltou um gemido, enfiou um dedo na boca e ficou muito tempo passando-o sobre as gengivas. Voltou a tatear o rosto e gemeu mais uma vez ao tocar quatro riscos sangrentos e inchados numa das bochechas. Desatou em soluços para, logo em seguida, soltar uma alegre risada.

– Geralt? Como é possível? Como foi que... Geralt!

– Levante-se, Nivellen. Levante-se e venha comigo. Tenho remédios em meu alforje; ambos vamos precisar deles.

– Eu já não tenho mais... Não tenho? Geralt? Como foi isso?

O bruxo ajudou-o a se levantar, esforçando-se para não olhar para as pequeninas mãos, tão brancas que pareciam transparentes, agarradas à haste da estaca cravada entre seios pequeninos e coberta por um úmido tecido vermelho. Nivellen voltou a gemer.

– Vereena...

– Não olhe. Vamos embora.

Atravessaram o pátio passando junto do arbusto de rosas azuis, apoiando-se mutuamente. Nivellen não parava de apalpar o rosto com a mão livre.

– Não dá para acreditar, Geralt. Após tantos anos? Como isto foi possível?

– Em cada conto de fadas há um grão de veracidade – disse baixinho o bruxo. – Amor e sangue. Ambos possuem um poder colossal. Os magos e outros estudiosos se debruçam sobre esse fenômeno há anos, mas não chegaram a resultado algum, exceto à convicção...

– Convicção de quê, Geralt?

– De que o amor tem de ser verdadeiro.

A VOZ DA RAZÃO 3

– Sou Falwick, conde de Moën. E este é o cavaleiro Tailles de Dorndal.

Geralt inclinou-se com indiferença, olhando para os cavaleiros. Ambos usavam uma armadura sob um manto carmim com o símbolo da Rosa Branca no braço esquerdo. Ficou um tanto surpreso, pois, pelo que sabia, não havia sede daquela confraria nas redondezas.

Nenneke, com um sorriso aparentemente franco e despreocupado, notou sua surpresa.

– Esses senhores de nobre linhagem – disse friamente, ajeitando-se com mais conforto na poltrona que mais parecia um trono – estão a serviço do magnânimo senhor destas terras, o duque Hereward.

– Do príncipe – corrigiu-a com ênfase Tailles, o cavaleiro mais jovem, cravando na sacerdotisa os olhos azuis-celestes, nos quais era nítida a hostilidade. – Do príncipe Hereward.

– Não percamos tempo com detalhes sem importância. – Nenneke sorriu de maneira zombeteira. – Em meu tempo, costumávamos chamar de príncipes somente aqueles em cujas veias corria sangue real. Mas hoje, ao que parece, isso não é mais levado em conta. Voltemos às apresentações e ao esclarecimento do motivo da visita dos cavaleiros da Rosa Branca ao meu humilde templo. É preciso que você saiba, Geralt, que o Capítulo está pleiteando a Hereward uma outorga para sua Ordem, e é por isso que tantos cavaleiros da Rosa se colocaram a serviço do príncipe; muitos deles são destas redondezas, como o aqui presente Tailles, que fez os votos e adotou esse manto vermelho que lhe cai tão bem.

– Sinto-me honrado – disse o bruxo, inclinando-se novamente com a mesma indiferença.

– Duvido muito – afirmou friamente a sacerdotisa. – Eles não vieram para honrá-lo. Ao contrário. Vieram exigir que você parta daqui o mais rápido possível. Em poucas palavras: vieram para expulsá-lo. Considera isso uma honra? Eu não. Para mim, é uma ofensa.

– Os nobres cavaleiros incomodaram-se à toa. – Geralt deu de ombros. – Não pretendo me estabelecer aqui e irei embora em breve, sem a necessidade de empurrões nem estímulos.

– Imediatamente – rosnou Tailles. – Sem um momento de protelação. O príncipe ordena...

– No terreno deste templo, quem dá ordens sou eu – interrompeu-o Nenneke, com voz fria e peremptória. – Em geral, tenho me esforçado para que elas, na medida do possível, não entrem em conflito com a política de Hereward, desde que tal política seja lógica e racional. No caso em pauta, ela é totalmente irracional, portanto não vou tratá-la com mais seriedade do que merece. Geralt de Rívia é meu hóspede. Sua presença em meu templo me dá prazer e por isso Geralt de Rívia permanecerá nele o tempo que desejar.

– Você ousa opor-se ao príncipe, mulher?! – gritou Tailles, jogando o manto para trás e deixando à mostra o lavrado peitoral de bronze de sua armadura. – Ousa questionar a autoridade de seu poder?

– Silêncio – disse Nenneke, semicerrando os olhos. – Baixe o tom da voz. Tenha cuidado com o que diz e a quem você se dirige.

– Sei bem a quem me dirijo! – vociferou Tailles, dando um passo à frente, enquanto Falwick, o cavaleiro mais velho, segurava-o pelo cotovelo e apertava com tanta força que a luva da armadura rangeu.

Tailles livrou-se com um safanão.

– E minhas palavras expressam a vontade do príncipe, o senhor destas terras! Saiba, mulher, que temos doze soldados no pátio...

Nenneke enfiou a mão numa bolsa que pendia de seu cinto e retirou dela um pequeno pote de porcelana.

– Na verdade – falou com calma –, não sei o que poderá acontecer se eu quebrar este recipiente a seus pés, Tailles. Talvez seus pulmões estourem. Talvez sua pele se cubra de pelos. Ou talvez as duas coisas aconteçam concomitantemente. Quem poderá saber? Provavelmente, só a piedosa Melitele.

– Não se atreva a me ameaçar com suas feitiçarias, sacerdotisa. Nossos soldados...

– Se algum de seus soldados tocar na sacerdotisa de Melitele, todos acabarão enforcados, ainda antes do pôr do sol, nas acácias que margeiam a estrada que leva à cidade. Eles sabem disso muito bem, e você, Tailles, também. Portanto, pare de se comportar como um grosseirão. Assisti a seu parto, seu fedelho! Tenho pena de sua mãe, mas não me obrigue a ensinar-lhe boas maneiras!

– Calma, vamos com calma – pediu o bruxo, entediado com toda a história. – Ao que parece, minha humilde pessoa adquire proporções que poderão provocar um sério conflito, quando, na verdade, não vejo motivo para que seja assim. Senhor Falwick, parece-me que o senhor é mais equilibrado do que seu companheiro, que, pelo visto, está se deixando levar pelo ímpeto da juventude. Portanto, ouça o que tenho a lhe dizer: garanto-lhe que deixarei esta região em poucos dias. Garanto-lhe, também, que não pretendi nem pretendo trabalhar ou aceitar encargos ou encomendas nesta região. Não me encontro aqui na qualidade de bruxo, mas por motivos puramente privados.

Falwick encarou Geralt, que imediatamente se deu conta de que cometera um erro de avaliação. O olhar do cavaleiro da Rosa Branca estava cheio de ódio e rancor. O bruxo teve certeza de que não era o duque Hereward que o expulsava, mas Falwick e seus semelhantes.

O cavaleiro virou-se para Nenneke, inclinou-se respeitosamente e começou a falar, calma e polidamente e de forma lógica. Geralt, porém, sabia que Falwick mentia como um cão.

– Venerável Nenneke, queira me perdoar, mas meu amo e senhor o príncipe Hereward não deseja nem vai tolerar a presença do bruxo Geralt de Rívia em seus domínios. Não importa se Geralt de Rívia está caçando monstros ou, como alega, encontre-se aqui por motivos privados. O príncipe sabe que bruxos não podem ter motivos privados. Um bruxo atrai problemas assim como o ímã atrai limalhas. Nossos feiticeiros estão se rebelando e enviando petições; até os druidas chegam a ameaçar...

– Não vejo razão para Geralt de Rívia sofrer as consequências da falta de comedimento dos feiticeiros e druidas locais – interrompeu-o a sacerdotisa. – Desde quando Hereward passou a se interessar pela opinião de uns e outros?

– Chega de discussão – empertigou-se Falwick. – Não estou sendo bastante claro, venerável Nenneke? Permita, então, que fale mais claramente ainda: tanto o príncipe Hereward como o Capítulo da Ordem da Rosa Branca não estão dispostos a tolerar por nem mais um dia a presença em Ellander do bruxo Geralt de Rívia, mais conhecido como Carniceiro de Blaviken.

– Aqui não é Ellander! – exclamou a sacerdotisa, erguendo-se da poltrona. – Aqui é o templo de Melitele! E eu, a suma sacerdotisa de Melitele, não posso tolerar por nem mais um instante a presença dos senhores no terreno do santuário!

– Senhor Falwick – disse baixinho o bruxo. – Ouça a voz da razão. Não quero complicações e imagino que vocês também não. Abandonarei esta região no máximo em três dias. Não, Nenneke, não se meta nisso, por favor; eu ia partir de qualquer modo. Três dias, senhor conde. Não lhe peço mais do que isso.

– E você faz bem em não pedir – falou Nenneke antes que Falwick tivesse tempo para reagir. – Ouviram, meninos? O bruxo ficará aqui três dias, porque assim o deseja. E eu, sacerdotisa da Grande Melitele, serei sua anfitriã por esse tempo, porque assim o desejo. Digam isso a Hereward. Não, não a Hereward, mas à sua esposa, a distinta Ermela, acrescentando que, se ela faz questão de continuar recebendo regularmente os afrodisíacos de minha farmácia, é melhor acalmar seu duque. Que ela reprima as presepadas e fanfarronadas do marido, que cada vez mais parecem sintomas de uma idiotice crônica.

– Basta! – berrou Tailles, com a voz quebrando em falsete. – Não pretendo ficar ouvindo uma charlatã ofender meu amo e sua esposa! Não deixarei esse insulto passar em branco! Agora, quem vai mandar aqui será a Ordem da Rosa Branca, que acabará com este ninho de obscurantismo e superstições! E eu, cavaleiro da Rosa Branca...

– Escute aqui, seu fedelho – interrompeu-o Geralt, com um sorriso desagradável. – Freie essa sua língua descomedida. Você está se dirigindo a uma mulher que merece todo o respeito, principalmente dos cavaleiros da Rosa Branca. É verdade que nos últimos tempos, para se tornar um deles, basta pagar mil coroas novigradas ao tesoureiro do Capítulo, razão pela qual a Ordem está cheia de filhos de agiotas e alfaiates... Mas quero crer que ainda sobreviveram algumas de suas antigas tradições, ou será que estou enganado?

Tailles empalideceu e levou a mão à cintura.

– Senhor Falwick – disse Geralt, sem deixar de sorrir. – Se ele sacar a espada, vou tomá-la de suas mãos e com ela açoitar-lhe o traseiro. Depois, vou pegá-lo e usá-lo como um aríete para derrubar a porta.

Com as mãos trêmulas, Tailles tirou de trás do cinturão uma luva de ferro e atirou-a com estrondo aos pés do bruxo.

– Lavarei a afronta à Ordem com seu sangue, mutante! – gritou. – Sobre chão batido! Saia para o pátio!

– Você deixou cair alguma coisa, filhinho – falou calmamente Nenneke. – Pegue-a. Você está num templo e aqui não se pode jogar lixo no chão. Falwick, leve embora esse imbecil para evitar uma desgraça. Você já sabe o que deve dizer a Hereward... Pensando melhor, vou escrever uma carta pessoal a ele; vocês não me parecem emissários dignos de confiança. E agora se ponham para fora. Imagino que saibam encontrar a saída sozinhos, não é mesmo?

Falwick, detendo com mão férrea o enfurecido Tailles, inclinou-se com um tinido da armadura. Depois, cravou os olhos no bruxo, que respondeu com um sorriso. O cavaleiro jogou para trás o manto carmim.

– Esta não foi nossa última visita, venerável Nenneke – disse. – Nós voltaremos.

– É exatamente o que temo – retrucou a sacerdotisa com frieza. – O desprazer será todo meu.

O MAL MENOR

I

Como sempre, os primeiros a reparar nele foram os gatos e as crianças. Um gato listrado que dormia sobre um monte de lenha aquecida pelo sol se agitou, ergueu a cabeça, abaixou as orelhas, soltou um miado e sumiu no meio das urtigas. Diante de sua choupana, o filho do pescador Trigla, um garotinho de três anos chamado Dragomir, que fazia o possível para emporcalhar ainda mais sua já imunda camiseta, abriu o berreiro, fixando os olhos cheios de lágrimas no cavaleiro que passava à sua frente.

O bruxo cavalgava lentamente, sem tentar ultrapassar a carroça com feno que bloqueava a ruazinha. Atrás dele, esticando o pescoço e puxando a corda amarrada ao arção da sela, trotava um sobrecarregado burrico. Além dos costumeiros alforjes, o orelhudo animal transportava no dorso um grande vulto enrolado numa manta. Os acinzentados flancos do burro estavam cobertos por negros veios de sangue coagulado.

A carroça entrou finalmente numa ruazinha lateral que levava a um celeiro e a um cais, de onde soprava uma brisa cheirando a piche e urina de boi. Geralt apressou o passo. Não reagiu ao abafado grito da vendedora de verduras que olhava fixamente para a ossuda pata com garras que, descoberta pela manta, sacolejava ao ritmo do trote do burrico. Também não se virou para ver a excitada multidão cada vez maior que se juntava à sua passagem.

Como costumava acontecer, havia muitas carroças paradas diante da casa do intendente. Geralt pulou da sela, ajeitou a espada às costas e amarrou as rédeas de sua égua à pequena cerca de madeira. A multidão que o seguira formou um semicírculo em torno do burrico.

Os gritos do intendente podiam ser ouvidos do lado de fora.

– É proibido, estou lhe dizendo! Proibido, com todos os diabos! Será que não entende o que estou lhe dizendo, seu canalha?

Geralt entrou. Diante do intendente – um homem baixinho e rechonchudo, naquele momento vermelho de raiva – um camponês segurava um ganso vivo pelo pescoço.

– O que foi agora... Ah, é você, Geralt? Ou será que meus olhos me enganam? – disse o intendente e, virando-se de novo para o camponês, voltou a gritar: – Leve isso daqui, vagabundo. Ficou surdo de repente?

– É que andaram dizendo – balbuciou o homem, olhando de soslaio para o ganso – que, se não se fizer um agrado a Vossa Excelência, dificilmente...

– Quem andou dizendo? – gritou o intendente. – Quem andou insinuando que sou subornável? Não permito, estou lhe dizendo! Fora daqui! Salve, Geralt.

– Salve, Caldemeyn.

O intendente apertou a mão do bruxo com uma mão e lhe deu um tapinha amigável no ombro com a outra.

– Já devem ter se passado dois anos desde a última vez que você esteve aqui, Geralt. Por que não consegue ficar num mesmo lugar por muito tempo? De onde está vindo? Não precisa responder; tanto faz de onde. Ei! Tragam cerveja! Sente-se, Geralt, sente-se. Aqui está uma confusão, porque amanhã teremos uma feira. Como você está? Conte!

– Contarei depois. Antes, vamos sair.

Do lado de fora a quantidade de pessoas dobrara, mas o espaço em torno do burro não diminuíra. Geralt afastou a manta. A multidão soltou um grito sufocado e recuou. Caldemeyn ficou boquiaberto.

– Por todos os deuses, Geralt! O que vem a ser isso?

– Uma quiquimora. Não deveria haver alguma recompensa por ela, senhor intendente?

Caldemeyn, meio sem jeito, observou a figura em forma de aranha coberta por uma camada de pele negra e ressecada, os olhos vidrados com pupila na vertical e as afiadas presas na bocarra ensanguentada.

– Onde... De onde...

– No quebra-mar, a quatro milhas daqui. Nos pântanos, Caldemeyn, onde devem ter desaparecido muitas pessoas. Crianças...

– É verdade. Mas ninguém... ninguém podia suspeitar... Ei, vocês, voltem para casa e para seus afazeres! Isto não é um espetáculo! Cubra essa coisa, Geralt. Está atraindo moscas.

De volta à sala, o intendente pegou um caneco de cerveja e sorveu o conteúdo de uma só vez. Suspirou fundo e aspirou ruidosamente o ar pelo nariz.

– Não há recompensa – disse, soturno. – Ninguém sequer podia suspeitar que uma criatura dessas estivesse escondida nos pântanos. É verdade que algumas pessoas desapareceram naquelas bandas, mas poucas vagueiam pelo quebra-mar. Aliás, como você foi parar lá? Por que não tomou a estrada principal?

– Nas estradas principais não é fácil ganhar a vida, Caldemeyn.

– É verdade; tinha me esquecido – respondeu o intendente, estufando os lábios para reprimir um arroto. – E dizer que esta região era tranquila! Até os duendes raramente mijavam no leite das mulheres. E eis que, sem mais nem menos, quase juntinho de nós, aparece uma quiquimora. Bem, o máximo que posso fazer é expressar-lhe minha gratidão, pois não disponho de fundos para pagar por ela.

– Que azar! Alguns trocados viriam a calhar para passar o inverno – falou o bruxo, dando um trago no caneco e limpando a espuma da boca. – Estou a caminho de Yspaden, mas não sei se conseguirei chegar antes de a neve bloquear a estrada. Talvez fique retido numa das cidadezinhas à beira da estrada de Luton.

– E você pretende ficar muito tempo em Blaviken?

– Pouco. Não posso me demorar. O inverno se aproxima.

– E onde vai se hospedar? Quer ficar em minha casa? Tenho um quarto vago no sótão. Por que se deixar roubar pelos albergueiros, que não passam de um bando de ladrões? Conversaremos um pouco e você me contará o que se passa no mundo.

– Com prazer. Mas o que sua Libusza dirá? Da última vez percebi que ela não morre de amores por mim.

– Em minha casa, as mulheres não têm voz. Porém, cá entre nós, não faça diante dela o que fez da última vez, durante o jantar.

– Você está se referindo ao fato de eu ter atirado o garfo num rato?

– Não. Refiro-me ao fato de você tê-lo acertado no escuro.

– Pensei que seria engraçado.

– E foi, mas não faça esse tipo de coisa na frente de Libusza. Quanto à qui... qui...

– Quiquimora.

– Você precisa dela?

– Para quê? Se não há recompensa, pode mandar jogá-la na cloaca.

– Excelente ideia. Ei, Karelka, Borg, Narigango! Algum de vocês está aí fora?

Apareceu um guarda municipal com uma alabarda no ombro, cuja lâmina bateu com estrondo na verga da porta.

– Narigango – falou Caldemeyn –, com a ajuda de um dos rapazes, pegue o burro com aquela porcaria empacotada na manta, leve-a para trás dos chiqueiros e atire-a na cloaca. Compreendeu?

– Sim, senhor intendente. Mas...

– Mas o quê?

– Talvez, antes de dar sumiço nessa coisa hedionda, pudéssemos mostrá-la ao Mestre Irion. Quem sabe se ela não lhe teria alguma utilidade?

Caldemeyn bateu na testa com a palma da mão.

– Você não é tão tolo quanto parece, Narigango. Geralt, talvez nosso feiticeiro acabe pagando por esse cadáver. Os pescadores vivem lhe levando os mais estranhos espécimes do mar: lulas, polvos, peixes-do-gelo, equinodermos... E ele costuma pagar por eles. Venha, vamos dar um passeio até a torre.

– Vocês conseguiram um feiticeiro para a cidade? Permanente ou temporário?

– Permanente. O Mestre Irion mora em Blaviken há um ano. É um mago poderoso, Geralt; só de olhar para ele você se dará conta disso.

– Duvido que um mago poderoso pague por uma quiquimora. – Geralt fez uma careta. – Pelo que sei, ela não serve para a produção de elixires. O mais provável é esse tal Irion acabar me insultando. Bruxos e feiticeiros não morrem de amores uns pelos outros.

– Jamais ouvi dizer que o Mestre Irion tivesse insultado quem quer que fosse. Não posso garantir que ele lhe pagará, mas vale a pena tentar. Pode haver mais quiquimoras nos pântanos, e aí o que poderemos fazer? Que o feiticeiro examine essa criatura e, por via das dúvidas, lance alguma mandinga sobre aqueles charcos.

O bruxo pensou por um momento.

– Muito bem, Caldemeyn – disse finalmente. – Quem não arrisca não petisca. Vamos arriscar um encontro com o Mestre Irion.

– Então vamos. Narigango, afaste essa garotada e pegue o burrico pela corda. Onde está meu gorro?

II

A impressionante torre, construída com blocos de granito polido e coroada por ameias, dominava as telhas e os colmos que cobriam as casas e choupanas.

– Vejo que ele a reformou – comentou Geralt. – Com feitiços ou botando vocês para trabalhar?

– Com feitiços, principalmente.

– Como é esse tal Irion?

– Decente. Ajuda as pessoas, mas é caladão e solitário. Quase nunca sai da torre.

No portão com roseta de madeira clara havia uma grande aldrava na forma da cabeça de um peixe chato e de olhos salientes, com uma argola de bronze pendurada na boca provida de dentes afiados. Caldemeyn, claramente acostumado ao funcionamento do mecanismo, aproximou-se da porta, pigarreou e recitou:

– Saudações do intendente Caldemeyn, que deseja tratar de um assunto com o Mestre Irion. Acompanhando-o e querendo tratar do mesmo assunto, o bruxo Geralt de Rívia saúda o Mestre Irion.

Depois de um longo momento, a cabeça de peixe moveu a boca dentada, soltando uma baforada de vapor.

– O Mestre Irion não está recebendo visitas. Vá embora, boa gente.

Caldemeyn olhou de soslaio para Geralt, que deu de ombros. Narigango, sério e concentrado, limpava o nariz.

– O Mestre Irion não está recebendo visitas – repetiu metalicamente a aldrava. – Vá embora, boa...

– Não sou boa gente – interrompeu-a rudemente Geralt. – Sou um bruxo. Aquilo lá, no lombo do burro, é uma quiquimora que matei próximo da cidadezinha. Todo feiticeiro residente tem a obrigação de zelar pela segurança da região. O Mestre Irion não precisa honrar-me com uma conversação, tampouco me receber, se esse é seu desejo. No entanto, deve examinar a quiquimora e tirar as conclusões que achar cabíveis. Narigango, desamarre a quiquimora e jogue-a aqui, diante da porta.

– Geralt – sussurrou o intendente –, você vai partir, mas eu terei de...

– Vamos embora, Caldemeyn. Narigango, tire o dedo do nariz e faça o que mandei.

– Esperem – falou a aldrava, em outro tom de voz. – Geralt, é você mesmo?

O bruxo praguejou baixinho.

– Estou perdendo a paciência. Sim, sou eu mesmo. E daí?

– Chegue mais perto da porta – pediu a aldrava, soltando uma nuvenzinha de vapor. – Sozinho. Vou deixá-lo entrar.

– E quanto à quiquimora?

– Ao diabo com ela. É com você que quero conversar, Geralt. A sós. Desculpe-me, senhor intendente.

– Não tem de quê, Mestre Irion – respondeu Caldemeyn. – Até breve, Geralt. Vejo você mais tarde. Narigango! Jogue o monstro na cloaca!

– Sim, senhor intendente.

O bruxo aproximou-se do portão, que se abriu apenas o suficiente para que ele pudesse passar e logo se fechou, deixando-o na mais completa escuridão.

– Ei! – gritou ele, sem esconder a irritação.

– Já vai! – respondeu uma voz estranhamente familiar.

O que Geralt viu em seguida foi tão inesperado que ele cambaleou e estendeu o braço procurando por um ponto de apoio. Não encontrou. Diante dele florescia um pomar branco e rosa, cheirando a chuva. O céu era cortado pela multicolorida curvatura de um arco-íris que ligava a copa das árvores aos distantes picos de montanhas azuladas. Uma casinha aninhada no pomar, pequena e modesta, estava praticamente afundada em malvas. Geralt olhou para suas pernas e constatou que estava mergulhado até os joelhos em arbustos de tomilho.

– Venha, Geralt. Aproxime-se – falou a voz. – Estou diante da casa.

Geralt adentrou o pomar. Notou um movimento à esquerda e se virou. Uma deslumbrante loura, nua em pelo, caminhava através dos arbustos, carregando um cesto cheio de maçãs. O bruxo prometeu solenemente a si mesmo que nada mais o surpreenderia.

– Finalmente. Seja bem-vindo, bruxo.

– Stregobor! – espantou-se Geralt.

Em sua conturbada vida, o bruxo encontrara ladrões que pareciam vereadores, vereadores que pareciam mendigos, meretrizes que pareciam princesas, princesas que pareciam vacas prenhas e reis que pareciam ladrões. No entanto, Stregobor sempre teve, de acordo com todas as regras e costumes, a aparência de um feiticeiro: alto, magro, corcunda, com espessas sobrancelhas grisalhas e grande nariz aquilino. Para completar a figura, trajava uma longa túnica negra de mangas inacreditavelmente largas e segurava na mão um comprido cajado encimado por uma esfera de cristal. Nenhum dos feiticeiros que Geralt conhecera tinha o aspecto de Stregobor. O mais surpreendente de tudo, porém, era o fato de Stregobor ser mesmo um feiticeiro.

Sentaram-se em poltronas de vime, ao redor de uma mesa com tampo de mármore branco, numa varanda cercada de malvas. A desnuda loura com o cesto de maçãs aproximou-se, sorriu, deu meia-volta e retornou rebolando ao pomar.

– Isso também é uma ilusão? – perguntou Geralt, observando o balanço dos quadris.

– Sim, como tudo aqui. Mas, meu caro, são ilusões de primeira classe. As flores exalam perfume, as maçãs são comestíveis, as abelhas podem picá-lo, e quanto a ela – o feiticeiro apontou para a loura –, se quiser...

– Talvez mais tarde.

– Certo. O que você está fazendo por estas bandas, Geralt? Continua ocupado matando representantes de espécies em extinção em troca de dinheiro? Quanto lhe pagaram pela quiquimora? Provavelmente nada, senão você não teria vindo até aqui. E pensar que há pessoas que não acreditam na força do destino... a não ser que você soubesse de mim. Você sabia?

– Não. Este é o último lugar que eu imaginaria encontrá-lo. Se não me falha a memória, você vivia em Kovir, numa torre semelhante a esta.

– Muitas coisas mudaram desde aqueles tempos.

– A começar por seu nome. Agora você é Mestre Irion.

– É o nome do construtor desta torre, falecido há mais de duzentos anos. Achei adequado homenageá-lo de alguma forma ao ocupar sua moradia. Sou o feiticeiro residente desta região. A maior parte dos moradores vive em função do mar e, como deve estar lembrado, além do ilusionismo, minha especialidade é meteorologia. Algumas vezes, acalmo ou evoco uma tempestade; outras vezes, faço o vento ocidental trazer cardumes de bacalhau para mais perto da costa. Graças a isso, é possível viver... Aliás, era.

– Por que "era"? E o que o fez mudar de nome?

– O destino tem muitas faces. O meu é lindo na superfície, mas horrendo no interior. E agora ele estendeu em minha direção suas garras ensanguentadas...

– Você não mudou nada, Stregobor – disse Geralt, irritado. – Continua falando difícil, com ar inteligente e superior. Não consegue se expressar normalmente?

– Consigo – suspirou o feiticeiro. – Se isso o deixa feliz, posso falar de maneira clara e objetiva. Vim para cá fugindo de um ser monstruoso que quer me matar. Mas minha fuga foi malsucedida, porque ele me encontrou. Ao que tudo indica, tentará matar-me amanhã ou, na melhor das hipóteses, depois de amanhã.

– Ah, bem – falou o bruxo, impassível. – Agora compreendo.

– Parece que minha morte iminente não causou a mínima impressão em você.

– Stregobor, o mundo é assim mesmo. Quando se viaja tanto quanto eu, vê-se muita coisa. Dois camponeses se matam por causa dos limites de um terreno cultivado que, já no dia seguinte, será pisoteado por cavalos de dois exércitos em guerra. Homens enforcados pendem das árvores na beira das estradas, enquanto bandidos degolam mercadores nas florestas. Nas cidades, a cada passo tropeça-se num corpo caído na sarjeta. Nos palácios, as pessoas se agridem com punhais e, nos banquetes, sempre alguém cai roxo debaixo da mesa, por envenenamento. Já me acostumei com isso; portanto, por que ficaria impressionado com uma ameaça de morte, principalmente se ela é dirigida a você?

– Principalmente se ela é dirigida a mim – repetiu sarcasticamente Stregobor. – E pensar que eu o considerava um amigo e contava com sua ajuda...

– Nosso último encontro aconteceu na corte do rei Idi, em Kovir – recordou Geralt. – Fui até lá para receber o pagamento por ter matado uma anfisbena que aterrorizava a região. Você e seu confrade Zavist ficaram competindo pelo termo mais ofensivo para mim: charlatão, impensante máquina de matar e, se me lembro bem, devorador de carniça. Por isso Idi não só não me pagou um tostão como ainda me deu doze horas para abandonar Kovir, e, como sua clepsidra estava quebrada, quase não consegui. E, agora, você conta com minha ajuda? Diz que está sendo perseguido por um monstro. De que tem tanto medo, Stregobor? Se ele o pegar, diga-lhe que adora monstros, que os defende e zela para que nenhum bruxo devorador de carniça perturbe sua paz. Na verdade, se encontrasse você e o devorasse, ele se revelaria um grandíssimo ingrato.

O feiticeiro virou a cabeça e permaneceu calado. Geralt soltou uma gargalhada.

– Ora, não fique todo inchado como um sapo – falou. – Conte-me do que se trata e vamos ver se é possível fazer alguma coisa.

– Você ouviu falar da Maldição do Sol Negro?

– É lógico que ouvi, só que sob outro nome: Mania de Eltibaldo, o Louco, em homenagem ao mago responsável por toda aquela confusão que terminou com o assassinato ou aprisionamento de dezenas de donzelas de altas estirpes, inclusive reais. Segundo ele, tais donzelas estariam possuídas por demônios, amaldiçoadas e contaminadas pelo Sol Negro, pois foi assim que vocês, com seu pomposo linguajar, denominaram um simples eclipse solar.

– Eltibaldo, que nunca foi louco, decifrou as inscrições nos menires dos dauks e nas lápides das necrópoles de Wozgor, estudou as lendas e as tradições dos bobolacos e chegou à conclusão de que todas se referiam ao eclipse de maneira inequívoca. O Sol Negro anunciaria a vinda de Lilith, ainda venerada no Oriente como Niya, e a aniquilação total da raça humana. O caminho de Lilith deveria ser preparado por "sessenta mulheres com coroas douradas, cujo sangue encherá os vales".

– Sandices – retrucou o bruxo. – Além do mais, as palavras não rimam. Toda profecia digna desse nome é rimada. É público e notório o que interessava a Eltibaldo e ao Conselho de Magos. Vocês se aproveitaram dos devaneios daquele maluco para reforçar seu poder, fazer alianças, romper coligações e criar cizânia entre as dinastias, em suma, para manipular ainda mais as marionetes coroadas. E você vem me falar de profecias das quais se envergonharia qualquer contador de histórias que costuma frequentar as feiras.

– É possível ter reservas quanto à teoria de Eltibaldo e à interpretação da profecia, mas não se pode negar a terrível mutação observada nas jovens da nobreza nascidas pouco tempo depois do eclipse.

– E por que não se pode negar? Eu, por exemplo, ouvi algo bem diferente.

– Presenciei a autópsia de uma delas – contou o feiticeiro. – Geralt, o que achamos no crânio e na medula era algo indescritível, uma espécie de esponja vermelha. Os órgãos internos estavam totalmente fora de lugar, e até faltavam alguns. Tudo coberto de pelos em constante movimento, uns fiapos rosa-acinzentados. O coração tinha seis ventrículos, dois deles praticamente atrofiados, mas, assim mesmo, seis. O que diz sobre isso?

– Que vi seres humanos com garras de águia em vez de mãos ou com presas iguais às dos lobos... Homens com juntas, órgãos e sentidos a mais... Todos resultantes da lambança que vocês fizeram ao se meter com magia.

– Você diz que viu muitos mutantes... – falou o feiticeiro, erguendo a cabeça. – E quantos deles você matou por dinheiro, seguindo sua vocação de bruxo? Porque é possível ter presas de lobo e não fazer com elas nada mais do que exibi-las às garotas nas estalagens, como também ter natureza lupina e atacar criancinhas. E esse foi o caso das meninas nascidas depois do eclipse. Todas apresentaram uma quase insana tendência a maldades, agressões, acessos de raiva e temperamento explosivo.

– E não se pode dizer o mesmo sobre qualquer mulher? – zombou Geralt. – Aonde pretende chegar com essa baboseira? Você me pergunta quantos mutantes matei, mas por que não está interessado em saber quantos desenfeiticei, livrando-os de sua maldição? Eu, o bruxo que tanto desprezam. E o que fizeram vocês, poderosos feiticeiros?

– Usamos a magia superior, tanto a nossa como a dos sacerdotes dos mais diversos templos. Todas as tentativas resultaram na morte das jovens.

– O que projeta uma imagem negativa sobre vocês, e não sobre as garotas. E, assim, temos as primeiras mortes. Espero que as necropsias tenham ficado limitadas somente a elas, certo?

– Não, não somente a elas. Por que está me olhando desse jeito? Sabe muito bem que houve mais mortes. Mas não eliminamos todas as jovens, como decidido no início, e sim em torno de quinze, que foram dissecadas, uma delas ainda viva.

– E vocês, filhos de uma cadela, ousam criticar os bruxos? Ah, Stregobor, saiba que um dia as pessoas vão abrir os olhos e querer arrancar a pele de vocês.

– Não creio que esse dia chegará tão cedo – falou o feiticeiro, acidamente. – Não esqueça que estávamos agindo em defesa das pessoas. As mutantes teriam afogado em sangue países inteiros.

– Isso era o que afirmavam vocês, magos, com nariz empinado e aura de infalibilidade. Aliás, certamente não vai afirmar que não se enganaram uma só vez no decurso de suas caçadas.

– Já que você faz tanta questão de saber – disse Stregobor, após um longo silêncio –, vou ser sincero, embora não devesse, para meu próprio bem. Sim, enganamo-nos... e mais de uma vez. O método de seleção era muito difícil e foi exatamente por isso que paramos de... eliminá-las e passamos a mantê-las isoladas.

– Em suas famosas torres – rosnou o bruxo.

– Sim, em nossas torres. No entanto, esse foi outro erro. Nós as subestimamos e muitas conseguiram escapar. Foi então que entre os príncipes, principalmente os mais jovens, que não tinham o que fazer e muito menos perder, surgiu a estúpida mania de libertar belas jovens aprisionadas em torres. Por sorte, a maior parte deles quebrou o pescoço nessas tentativas.

– Pelo que sei, as prisioneiras das torres morriam rapidamente, o que, segundo se comentava, não teria ocorrido sem uma mãozinha de vocês.

– Isso não é verdade. O fato é que elas logo ficavam apáticas e perdiam a vontade de comer... Curiosamente, às vésperas da morte, apresentavam o dom da vidência, mais uma prova de que eram mutantes.

– Cada prova que você menciona é menos convincente que a anterior. Não há algumas mais concretas?

– Tenho. Silvena, a senhora de Narok, da qual não conseguimos sequer nos aproximar, porque ela assumiu o poder muito rapidamente e agora coisas horríveis se passam em seu território. Fialka, filha de Evermir, que fugiu da torre usando suas tranças como corda e hoje aterroriza o Velhad Setentrional. Bernika de Talgar, libertada por um príncipe idiota que, cegado, está trancado numa masmorra, enquanto a visão mais comum em Talgar é a de uma forca. Há mais exemplos.

– É claro que há – falou o bruxo. – Em Jamurlak, reina o velho Abrad. Ele sofre de tuberculose linfática, não tem mais um dente sequer, deve ter nascido mais de cem anos antes daquele eclipse e só consegue adormecer se alguém é torturado até a morte em sua presença. Já dizimou todos os parentes e despovoou a metade de seu país, tudo em indescritíveis ataques de fúria. Há ainda indícios de seu temperamento libidinoso... Parece que, quando jovem, era chamado de Abrad, o Levanta-Saia. Ah, Stregobor, como a vida seria linda se fosse possível explicar todas as crueldades dos governantes como sendo mutações e pragas!

– Ouça, Geralt...

– Não tenho a mínima intenção de ouvi-lo. Não conseguirá me convencer de suas razões nem de que Eltibaldo não foi um psicopata assassino. Voltemos ao monstro que, segundo você, o ameaça. Pelo prólogo que acabou de fazer, quero preveni-lo de que a história não me agrada, mas a ouvirei até o fim.

– Sem me interromper com observações irônicas?

– Isso é algo que não posso prometer.

– Muito bem – disse Stregobor, enfiando as mãos nas mangas folgadas. – Já que é assim, meu relato durará mais tempo. Tudo começou em Creyden, um pequeno reino ao norte. A esposa de Fredefalk, o príncipe de Creyden, era uma mulher inteligente e instruída, chamada Aridea. Ela descendia de uma família que teve muitos adeptos da arte da feitiçaria e assim, certamente por herança, ficou de posse de um raro e possante artefato: um Espelho de Nehalena. Como você sabe, os Espelhos de Nehalena são usados sobretudo por adivinhos e profetas, já que eles preveem o futuro infalivelmente, embora de maneira enigmática. Aridea consultava o Espelho com frequência...

– Imagino que com a tradicional pergunta: "Espelho, espelho meu, existe no mundo uma mulher mais bela do que eu?" – interrompeu-o Geralt. – Pelo que sei, os Espelhos de Nehalena podem ser divididos em dois grupos: o dos bajuladores e o dos quebrados.

– Você está enganado. Aridea estava mais interessada no destino do país, e o Espelho respondia a suas perguntas prevendo uma morte terrível para ela e muitas outras pessoas pelas mãos ou por causa da filha que Fredefalk tivera com a primeira esposa. Aridea fez com que essa profecia chegasse ao Conselho de Magos, que me enviou para Creyden. Não preciso acrescentar que a primogênita de Fredefalk nascera pouco depois do eclipse. Durante um curto espaço de tempo, fiquei observando discretamente a garotinha. Ela torturou até a morte um canário e dois cachorrinhos recém-nascidos, além de furar o olho de uma camareira com a haste pontuda de um pente. Realizei alguns testes com fórmulas mágicas, e todos confirmaram que a garota era mutante. Levei essa informação a Aridea, pois Fredefalk tinha verdadeira loucura pela filhinha. Aridea, como lhe disse, não era tola...

– E, na certa, não morria de amores pela enteada – interrompeu-o novamente Geralt. – Preferiria que o trono passasse para os filhos dela. Posso adivinhar o resto da história. O que me causa espécie é não ter aparecido alguém que torcesse o pescoço dela e, aproveitando a ocasião, também o seu.

Stregobor soltou um suspiro e ergueu os olhos para o céu, no qual o arco-íris continuava a brilhar multicolorido e pictórico.

– Eu era da opinião de que a garotinha devia ser apenas isolada, mas a princesa decidiu diferentemente. Despachou-a para a floresta na companhia de um guarda-florestal e assassino de aluguel. Encontramo-lo alguns dias depois, no meio de um matagal. Estava sem calças, de modo que não foi difícil reconstituir o que se passara. A menina enfiara-lhe o pino de um broche no cérebro através da orelha enquanto ele estava com a mente ocupada com outra coisa.

– Se acha que estou com pena dele – resmungou Geralt –, está redondamente enganado.

– Organizamos uma batida – continuou Stregobor –, mas não encontramos rastro algum da garotinha. Além disso, tive de deixar Creyden às pressas, pois Fredefalk começou a ficar desconfiado. Somente quatro anos mais tarde recebi notícias de Aridea. Ela havia encontrado o rastro da garotinha e descobrira que ela vivia em Mahakam com sete gnomos, os quais convencera de que era melhor assaltar mercadores nas estradas do que poluir os pulmões numa mina. Era conhecida na região como Picança*,

* Picanço: agressiva ave de médio porte, caçadora de pequenos mamíferos, répteis e aves menores, que tem por hábito guardar o resto das presas, espetando seu corpo em espinhos de árvores e arbustos. (N. do T.)

por gostar de empalar vivas suas vítimas. Aridea contratara diversos assassinos de aluguel, porém nenhum voltara com vida. Depois, foi ficando cada vez mais difícil encontrar pessoas dispostas àquela tarefa, porque a pequena, já bastante famosa, aprendera a manusear a espada a tal ponto que poucos homens poderiam fazer-lhe frente. Fui chamado a Creyden, aonde cheguei secretamente apenas para descobrir que Aridea fora envenenada. As pessoas comentavam que o envenenamento fora contratado pelo próprio Fredefalk, que estava interessado numa mulher mais jovem e mais fogosa, mas eu tinha certeza de que aquilo fora obra de Renfri.

– Renfri?

– Era assim que a garotinha se chamava. Como ia dizendo, foi ela quem envenenou Aridea. Pouco tempo depois, o príncipe Fredefalk morreu num acidente de caça muito estranho, e o primogênito de Aridea sumiu sem deixar vestígio. Aquilo também deve ter sido obra da pequena. Digo "pequena", mas àquela época ela já devia ter em torno de 17 anos e era bastante desenvolvida.

Depois de uma pausa, o feiticeiro prosseguiu com seu relato:

– Enquanto isso, ela e seus gnomos haviam se tornado o terror de Mahakam. Até que, certo dia, eles tiveram uma séria discussão... Não sei se foi por causa da divisão do fruto de um saque ou pela decisão de quem passaria a noite com ela... O fato é que acabaram sacando os punhais. E os gnomos não sobreviveram àquela noite de punhaladas. A única a sobreviver foi ela, a Picança. Na época, eu já estava na região. Encontramo-nos frente a frente: ela me reconheceu de imediato e se lembrou do papel que eu desempenhara em Creyden. Digo-lhe, Geralt, que mal tive tempo de pronunciar um feitiço e minhas mãos tremiam como não sei o quê quando a furiosa gata se lançou sobre mim com a espada em punho. Enfiei-a num belo bloco de cristal rochoso de seis côvados por nove. Quando ela entrou em letargia, joguei o bloco para dentro da mina dos gnomos e tapei sua entrada.

– Que trabalho malfeito! – comentou Geralt. – Aquele seu feitiço poderia ser desfeito. Por que não a reduziu a um punhado de cinzas? Afinal, vocês, magos, conhecem tantos feitiços simpáticos!

– Eu não. Não é minha especialidade. Mas você está coberto de razão; fiz um trabalho malfeito. Ela foi encontrada por um príncipe idiota que gastou mundos e fundos para desenfeitiçá-la e, ao consegui-lo, levou-a triunfalmente para casa, um obscuro principado no leste. Seu pai, um velho saqueador, mostrou-se mais sensato. Deu uma sova no filho e decidiu arrancar da Picança o paradeiro do tesouro amealhado por ela e seus gnomos. Seu erro foi permitir que o filho mais velho estivesse presente quando ela, totalmente despida, foi colocada sobre a mesa de tortura. Já no dia seguinte, o primogênito, órfão e sem irmãos, reinava sobre o país, com a Picança na posição de primeira favorita.

– O que quer dizer que ela não era feia.

– É uma questão de gosto, e gosto não se discute. Mas ela não permaneceu naquela posição por muito tempo... apenas até o primeiro golpe palaciano, e estou sendo muito gentil por chamar aquele golpe de "palaciano", pois o tal "palácio" mais parecia um estábulo. Em pouco tempo ficou patente que a Picança não me esquecera. Sofri três atentados encomendados por ela em Kovir, de modo que resolvi me esconder em Pontar. Mas ela me achou e eu fugi para Angren, onde ela também me encontrou. Não sei como ela consegue fazer isso, pois tenho evitado deixar qualquer tipo de rastro. Deve ser uma das características da mutação genética.

– O que o impediu de enclausurá-la novamente num bloco de cristal? Remorso?

– Não. Nunca tenho isso. O que se revelou é que ela ficou imune a feitiços ou outros atos de magia.

– Isso não é possível.

– Pois saiba que é. Basta dispor do adequado artefato ou de aura. Ou talvez isso tenha a ver com sua mutação, que continua progredindo. Fugi de Angren e me refugiei aqui, na Arcomerânia, em Blaviken. Tive um ano de paz, mas ela voltou a aparecer.

– Como você sabe? Ela já está na cidade?

– Sim. Eu a vi nesta bola de cristal. – O feiticeiro apontou para a ponta de seu cajado. – Ela não está sozinha, mas no comando de uma quadrilha de malfeitores, o que significa que planeja algo sério. Geralt, não tenho mais para onde fugir; não existe um só lugar onde eu possa me esconder. O fato de você aparecer por aqui exatamente neste momento não pode ser mero acaso. É obra do destino.

O bruxo ergueu as sobrancelhas.

– O que você quer dizer com isso?

– Parece-me claro: que você vai matá-la.

– Eu não sou assassino de aluguel, Stregobor.

– Concordo que você não é assassino.

– Sou pago para matar monstros, bestas que ameaçam pessoas, criaturas evocadas por feitiços e encantos feitos por gente como você, não seres humanos.

– Mas ela não é um ser humano. Ela é um monstro, uma mutante, um maldito engendro. Você trouxe uma quiquimora; pois saiba que a Picança é muito pior. Quiquimoras matam porque estão com fome, enquanto a Picança mata por prazer. Mate-a e eu lhe pagarei a soma que quiser... evidentemente dentro do razoável.

– Eu já disse que não acredito em uma só palavra dessa história de mutações e maldição de Lilith. A jovem tem razões de sobra para querer acertar contas com você, e não tenho a mínima intenção de me meter nisso. Peça proteção ao intendente, à guarda municipal. Você é o feiticeiro oficial da cidade e está protegido pelas leis locais.

– Eu me lixo para as leis, para o intendente e para a eventual proteção que ele possa me oferecer – explodiu Stregobor. – Não preciso de proteção; quero que você a mate! Ninguém poderá entrar nesta torre. Aqui estou totalmente protegido, mas e daí? Não pretendo ficar trancado até o fim de meus dias. A Picança nunca vai desistir, tenho certeza. Portanto, o que me resta? Permanecer nesta torre aguardando a morte?

– Foi o que as jovens fizeram. Sabe de uma coisa, feiticeiro? Você deveria ter deixado a caçada às princesas para outros magos, mais poderosos que você; deveria ter previsto as consequências de seus atos.

– Eu lhe imploro, Geralt.

– Não, Stregobor.

O feiticeiro ficou calado por um tempo. O irreal sol num céu irreal não se deslocara na direção do zênite, porém o bruxo sabia que em Blaviken anoitecia. Sentiu fome.

– Geralt, quando ouvimos Eltibaldo, muitos de nós tivemos dúvidas, mas decidimos escolher o mal menor. Agora, sou eu que peço a você escolha semelhante.

– Um mal é um mal, Stregobor – retrucou seriamente o bruxo, pondo-se de pé. – Menor, maior, médio, tanto faz... As proporções são convencionadas e as fronteiras, imprecisas. Não sou um santo eremita e não pratiquei apenas o bem ao longo de minha vida. Mas, se me couber escolher entre dois males, prefiro abster-me por completo da escolha. Está na hora de ir embora. Ver-nos-emos amanhã.

– Talvez – falou o feiticeiro. – Se você chegar a tempo.

III

A Corte Dourada, a mais chique das estalagens da cidadezinha, estava cheia e barulhenta. Os clientes, tanto os locais como os de fora, discorriam sobre assuntos próprios de suas profissões ou nacionalidades. Os mercadores mais sérios discutiam com os gnomos preços de produtos e taxas de juros aplicadas ao crédito, enquanto os mais frívolos beliscavam o traseiro das garçonetes que levavam às mesas cerveja e repolho com ervilhas. Os patetas do lugar adotavam ar de estarem bem informados de tudo. As prostitutas se esforçavam em agradar aos clientes que aparentavam dispor de dinheiro, ao mesmo tempo desestimulando os avanços dos que pareciam não ter. Carreteiros e pescadores bebiam como se no dia seguinte fosse entrar em vigor um decreto proibindo o cultivo de lúpulo. Marinheiros entoavam canções que enalteciam as ondas do mar, a coragem dos capitães e os encantos das sereias, estes com abundância de detalhes.

– Puxe pela memória, Setnik – disse Caldemeyn ao albergueiro, inclinando-se sobre o balcão para poder ser ouvido em meio à algazarra geral. – Seis rapagões e uma jovem, todos com roupas de couro preto com adornos de prata, à moda de Novigrad. Eu os vi na praça do pedágio. Estão hospedados aqui ou n'Os Atuns?

O albergueiro enrugou a testa proeminente, limpando um caneco com o avental listrado.

– Aqui, senhor intendente – respondeu por fim. – Disseram que vieram para a feira. Estão todos armados, inclusive a jovem, e, como o senhor falou, vestidos de preto.

– E onde estão neste momento? – perguntou o intendente. – Não os vejo aqui.

– No salão privativo. Pagaram com ouro.

– Irei até lá sozinho – falou Geralt. – Por enquanto, não há motivo para tratar este assunto como oficial. Vou trazê-la para cá.

– Talvez seja melhor. Mas tome cuidado, porque não quero confusão.

– Vou tomar cuidado.

A canção dos marinheiros, a julgar pela crescente quantidade de expressões vulgares, parecia estar chegando ao grandioso final. Geralt ergueu a ponta da dura e pegajosa cortina que separava o salão principal do privativo. Neste, seis homens estavam sentados em torno de uma mesa. Aquela que ele esperava encontrar não estava entre eles.

– O que foi? – indagou rudemente um careca com o rosto deformado por uma cicatriz que começava na sobrancelha esquerda, passava pela base do nariz e acabava na bochecha direita.

– Quero falar com a Picança.

Duas figuras idênticas – o mesmo rosto imóvel, os mesmos cabelos louros desalinhados até os ombros, as mesmas roupas apertadas de couro preto brilhando com adornos de prata – ergueram-se e, com movimentos idênticos, pegaram duas espadas, também idênticas, que repousavam sobre um banco.

– Acalme-se, Vyr. Sente-se, Nimir – falou o homem com a cicatriz, apoiando os cotovelos no tampo da mesa. – Com quem mesmo você quer falar, irmãozinho? Picança?

– Você sabe muito bem de quem se trata.

– Quem é esse sujeito? – perguntou um suado brutamontes com o torso desnudo atravessado por dois cinturões em cruz e aguilhões protegendo os antebraços. – Você o conhece, Nohorn?

– Não – respondeu o homem da cicatriz.

– É um albino – riu zombeteiramente um esbelto homem de cabelos negros, sentado junto de Nohorn. Os traços delicados, os enormes olhos negros e as orelhas pontudas traíam sua origem élfica. – É um albino mutante, uma anomalia da natureza. Como é revoltante notar que se permite a entrada desses aleijões nas tabernas, no meio de pessoas decentes.

– Eu já o vi em algum lugar – afirmou um homem troncudo, com pele queimada de sol e cabelos presos numa longa trança, medindo Geralt com olhar maligno.

– Não importa que você o tenha visto, Tavik – disse Nohorn. – Escute, irmãozinho, agora mesmo, Civril insultou você horrivelmente. Não vai exigir satisfações? A tarde está tão entediante...

– Não – respondeu o bruxo, com toda a calma do mundo.

– E a mim, se eu derramar esta sopa de peixe em sua cabeça, também não vai exigir satisfações? – perguntou desafiadoramente o homem de peito desnudo.

– Calma, Quinzena – falou Nohorn. – Se ele disse que não, é não, pelo menos por enquanto. E então, irmãozinho, diga o que tem a dizer e, depois, suma daqui. Estou lhe dando a oportunidade de sair andando com as próprias pernas. Se não aproveitá-la, será carregado para fora pelos empregados do albergue.

– Não tenho nada a dizer a você. Meu assunto é com a Picança. Com Renfri.

– Vocês ouviram isso, rapazes? – Nohorn olhou para os companheiros. – Ele quer se encontrar com Renfri. E com que propósito, irmãozinho, se é que podemos saber?

– Não, não podem.

Nohorn voltou-se para os gêmeos, que deram um passo à frente, fazendo tilintar as fivelas prateadas das botas de cano alto.

– Já sei! – exclamou repentinamente o homem de trança. – Já sei onde o vi!

– O que você está balbuciando, Tavik?

– Que já sei onde eu o vi. Foi diante da casa do intendente. Ele trouxe um tipo de dragão para vender, uma mistura de aranha com crocodilo. As pessoas comentavam que ele é bruxo.

– O que é um bruxo, Civril? – quis saber Quinzena, o de peito desnudo.

– É um mágico de aluguel – respondeu o meio-elfo. – Um prestidigitador que se contrata por um punhado de moedas. Como já disse: uma anomalia da natureza, uma ofensa às leis dos homens e dos deuses. Tipos como ele deviam ser queimados em fogueiras.

– Nós não gostamos de feiticeiros – rosnou Tavik, sem desgrudar os olhos de Geralt. – Algo me diz, Civril, que vamos ter aqui mais trabalho do que esperávamos. Deve haver mais deles, pois todos sabem que os bruxos andam em bandos.

– É verdade, eles parecem se atrair mutuamente – sorriu com malícia o mestiço. – E pensar que há no mundo seres assim. Afinal, quem poderia engendrar criaturas como você?

– Seja um pouco mais tolerante, se não for incômodo – falou calmamente Geralt. – Pelo que vejo, sua mãe deve ter andado muitas vezes sozinha pela floresta, já que você tem motivos para duvidar da própria origem.

– É possível – retrucou o meio-elfo, sem parar de sorrir. – Mas eu, pelo menos, conheci minha mãe, enquanto você, por ser bruxo, não pode afirmar o mesmo.

Geralt empalideceu e mordeu os lábios, algo que não escapou a Nohorn, que soltou uma gargalhada.

– Bem, agora, irmãozinho, você não pode deixar passar em branco uma ofensa de tal gravidade. O que você carrega aí, às costas, é uma espada. Então, como vai ser? Vai duelar com Civril? A tarde está tão chata...

O bruxo não reagiu.

– Covarde! – bufou Tavik.

– O que ele falou da mãe de Civril? – continuou monotonamente Nohorn, apoiando o queixo nas mãos entrelaçadas. – Algo nojento, me pareceu... Que ela dava aqui e ali. Ei, Quinzena, você acha certo ouvir calado um vagabundo qualquer ofender a mãe de um colega? Mãe, com mil demônios, é coisa sagrada!

Quinzena levantou-se prontamente e desprendeu a bainha com a espada, atirando-as sobre a mesa. Estufou o peito, ajeitou as proteções dos antebraços cheias de pontiagudos tachões de prata, cuspiu para o lado e deu um passo à frente.

– Caso ainda tenha alguma dúvida – falou Nohorn –, esclareço-lhe que Quinzena o está desafiando para uma luta. Eu lhe avisei que seria carregado para fora. Abram espaço.

Quinzena aproximou-se com os punhos para cima. Geralt levou a mão à empunhadura da espada.

– Pense bem no que vai fazer – disse. – Mais um passo e você estará procurando a mão no assoalho.

Nohorn e Tavik ergueram-se de um pulo, pegando suas armas. Os calados gêmeos sacaram as suas, com gestos idênticos. Quinzena recuou. O único que não se mexeu foi Civril.

– O que está se passando aqui? Será que não é possível deixar vocês sozinhos nem por um instante?

Geralt virou-se lentamente e deparou com um par de olhos azul-esverdeados, como a água do mar.

Parada no vão da porta, apoiada na ombreira, estava uma jovem quase tão alta quanto ele. Tinha cabelos cor de palha cortados irregularmente, logo abaixo das orelhas. Vestia corpete de veludo cingido por um belo cinturão e saia assimétrica, que chegava à panturrilha esquerda e deixava descoberta a bem torneada coxa direita sobre o cano da bota de pele de alce. Do lado esquerdo da cintura, pendia uma espada e, do direito, um estilete com um enorme rubi no punho.

– E então? Ficaram mudos de repente?

– É um bruxo... – balbuciou Nohorn.

– E daí?

– Ele queria falar com você...

– E daí?

– É um feiticeiro! – gritou Quinzena.

– Nós não gostamos de feiticeiros – rosnou Tavik.

– Calma, meninos – falou a jovem. – Ele quer falar comigo? Pois isso não é crime. Continuem brincando, mas sem fazer algazarra. Amanhã é o dia da feira. Vocês não querem, espero, que suas travessuras estraguem um acontecimento tão importante na vida desta simpática cidadezinha, não é?

No silêncio que se seguiu, ecoou, bem baixo, um desagradável risinho. Civril, que continuava esparramado sobre o banco, ria gostosamente.

– Você tem cada uma, Renfri! – disse, quase engasgando. – Acontecimento importante... uma ova!

– Cale a boca, Civril. Imediatamente.

Civril parou de rir. Imediatamente. Geralt não se espantou. Na voz de Renfri soara algo muito estranho, algo que evocava reflexos vermelhos em lâminas de espadas, uivos de homens sendo assassinados, cavalos relinchando e cheiro de sangue. Os demais devem ter tido a mesma impressão, porque até o rosto queimado de sol de Tavik empalideceu.

– Venha, Cabelos-Brancos – falou Renfri, quebrando o silêncio. – Vamos até o salão principal juntar-nos ao intendente, pois tenho certeza de que ele também quer conversar comigo.

Caldemeyn, que permanecera junto do balcão conversando com o albergueiro, interrompeu a conversa assim que os viu, endireitando-se e cruzando os braços sobre o peito.

– Escute bem, minha senhora – disse duramente, sem perder tempo em cumprimentos corteses. – Soube pelo bruxo de Rívia aqui presente o motivo que a trouxe a Blaviken. Aparentemente, a senhora nutre um rancor por nosso feiticeiro.

– Talvez nutra. E daí? – indagou baixinho Renfri, também em tom de poucos amigos.

– Daí que para esse tipo de contendas existem os tribunais da cidade e da corte. Todo aquele que aqui, na Arcomerânia, queira vingar-se com ferro passa a ser considerado um bandido qualquer. Portanto, ou a senhora e sua negra comitiva somem de Blaviken amanhã cedinho, ou terei de trancar todos nas masmorras de maneira prev... Como se diz mesmo, Geralt?

– Preventiva.

– Sim, preventiva. Entendeu, minha jovem?

Renfri retirou de uma bolsa presa a seu cinto um pergaminho dobrado várias vezes.

– Leia isto, senhor intendente, caso seja alfabetizado. E nunca mais me chame de "minha jovem".

Caldemeyn pegou o pergaminho, leu-o com cuidado e, sem dizer uma palavra, passou-o a Geralt.

– "A meus regentes, vassalos e súditos livres" – leu o bruxo em voz alta. – "Declaro *urbi et orbi* que Renfri, princesa de Creyden, continua a nosso serviço e é pessoa de nossa estima, de modo que todo aquele que ousar prejudicá-la atrairá nossa ira sobre si.

Audoen, rei..." "Prejudicá-la" está escrito errado, mas o selo parece autêntico.

– Porque é autêntico – disse Renfri, arrancando-lhe o pergaminho. – Foi aposto por Audoen, vosso magnânimo amo. Por isso aconselho todos vocês a não tentar me prejudicar. Independentemente de como tal palavra está escrita, sua consequência poderá lhes ser funesta. Senhor intendente, não vai trancar-me numa masmorra, nem mais chamar-me de "minha jovem". Não infringi a lei, pelo menos por enquanto.

– Mas, se você infringi-la, nem que seja um bocadinho – ameaçou Caldemeyn, parecendo prestes a cuspir –, vou enfiá-la na masmorra, com esse pergaminho. Juro por todos os deuses, minha jovem. Vamos embora, Geralt.

– Um momento, bruxo. – Renfri tocou no braço de Geralt. – Gostaria de trocar algumas palavras com você.

– Não se atrase para o jantar – falou o intendente –, senão Libusza vai ficar furiosa.

– Não me atrasarei.

Geralt apoiou-se no balcão e, brincando com seu medalhão com cabeça de lobo, fixou a jovem nos olhos azul-esverdeados.

– Ouvi falar de você – disse ela. – Você é Geralt de Rívia, o bruxo de cabelos brancos. Stregobor é seu amigo?

– Não.

– Isso facilita as coisas.

– Nem tanto. Não tenho a intenção de permanecer como simples espectador.

Os olhos de Renfri se estreitaram.

– Stregobor morrerá amanhã – afirmou baixinho, afastando da testa os cabelos cortados irregularmente. – O mal seria menor se ele fosse o único a morrer.

– Se... Ou melhor... Antes que Stregobor morra, morrerão outras pessoas. Não vejo outra possibilidade.

– "Algumas", senhor bruxo, é um termo demasiadamente modesto.

– Para assustar-me, Picança, vai ser preciso muito mais do que meras palavras.

– Não me chame de Picança. Detesto esse apelido. O fato é que vejo outras possibilidades. Valeria a pena analisá-las com você, mas não será possível; Libusza o aguarda. Pelo menos ela é bonita?

– Isso é tudo o que você tinha a me dizer?

– Não. Mas você precisa ir. Libusza o aguarda.

IV

Havia alguém em seu quartinho no sótão. Geralt soube disso antes mesmo de aproximar-se da porta, graças à vibração de seu medalhão. Apagou a lamparina que usara para iluminar as escadas e, tirando o estilete do cano da bota, colocou-o às costas, por trás do cinturão. Moveu a maçaneta. O quarto estava escuro, mas não para ele.

Entrou devagar, fechando silenciosamente a porta atrás de si. No segundo seguinte deu um longo salto e caiu sobre a figura sentada na cama, pressionando-a contra os lençóis, colocando o antebraço esquerdo debaixo de seu queixo e levando a mão ao punhal. Não chegou a desembainhá-lo. Havia algo errado.

– A coisa está começando melhor que o esperado – disse ela com voz abafada, deitada imóvel debaixo dele. – Contava com isso, mas não esperava que fôssemos acabar na cama tão rápido. Se não for muito incômodo, poderia tirar a mão de minha garganta?

– Você?!

– Sim, sou eu; e há duas possibilidades: primeira, você desce de cima de mim e vamos conversar; segunda, permanecemos nesta posição, só que, nesse caso, gostaria de tirar pelo menos minhas botas.

O bruxo optou pela primeira possibilidade. A jovem soltou um suspiro, levantou-se e ajeitou a saia e os cabelos.

– Acenda a vela. Diferentemente de você, não enxergo no escuro e gosto de ver meu interlocutor.

Aproximou-se da mesa e, alta, esbelta e ágil, sentou-se, esticando as pernas enfiadas em botas de cano alto. Parecia não estar armada.

– Você tem aqui algo para beber?

– Não.

– Então, fiz bem em trazer isto – riu, colocando sobre a mesa um odre de vinho e dois copos de couro.

– É quase meia-noite – falou friamente Geralt. – Podemos ir direto ao assunto?

– Já, já. Tome. A sua saúde, Geralt.

– À sua, Picança.

– Meu nome é Renfri, com todos os diabos! Permito-lhe omitir meu título nobiliárquico, mas pare de me chamar de Picança!

– Fale mais baixo, senão vai acordar a casa toda. Será que finalmente vou ser informado do motivo que a fez entrar pela janela em meu humilde quarto?

– Como você é pouco perspicaz, bruxo! Quero poupar Blaviken de uma carnificina. Com esse intuito, andei pelos telhados como uma gata no cio. Espero que aprecie minha atitude.

– Aprecio, só que não sei em que poderá resultar nossa conversa. A situação é mais do que clara. Stregobor está fechado em sua torre e, para pôr as mãos nele, você terá de sitiá-la. Se fizer isso, de nada lhe adiantará seu salvo-conduto. Audoen não a defenderá se você infringir frontalmente a lei. O intendente, a guarda municipal e toda Blaviken se virarão contra você.

– Toda Blaviken, caso se vire contra mim, se arrependerá amargamente – retrucou Renfri com um sorriso, mostrando dentes predatórios. – Você deu uma boa olhada em meus rapazes? Garanto-lhe que são mestres em seu ofício. Consegue imaginar o que poderá acontecer se houver um combate entre eles e a guarda municipal, cujos membros mal sabem segurar uma alabarda?

– E você, Renfri, acha que ficarei parado olhando calmamente para um combate desses? Como pode ver, moro na casa do intendente. Em caso de necessidade, me sentirei na obrigação de ficar do lado dele.

– E não tenho dúvida – respondeu ela seriamente – de que você o fará. Mas provavelmente será o único, porque os demais se esconderão nos porões. Não existe no mundo guerreiro capaz de dar conta de outros sete, armados como eu e meus rapazes. Assim, Cabelos-Brancos, vamos parar com essas ameaças mútuas.

Como falei, a carnificina e o derramamento de sangue poderão ser evitados. Basicamente, duas pessoas estão em condições de impedi-los.

– Sou todo ouvidos.

– A primeira é o próprio Stregobor. Basta ele sair voluntariamente da torre. Então, eu o levarei para longe daqui e Blaviken retornará à sua feliz apatia, esquecendo em pouco tempo todo o incidente.

– Stregobor até pode parecer maluco, mas não a tal ponto.

– Quem sabe, bruxo, quem sabe. Existem argumentos que não podem ser refutados, assim como propostas irrecusáveis. Uma delas, por exemplo, é o ultimato de Tridam, que farei ao feiticeiro.

– E de que se trata?

– É um doce segredo meu.

– Que seja. No entanto, duvido muito de sua eficácia. Um ultimato capaz de fazê-lo colocar-se voluntariamente em suas lindas mãozinhas teria de ser de fato poderoso. Portanto, é melhor passarmos para a segunda pessoa capaz de impedir uma carnificina em Blaviken. Tentarei adivinhar quem seria.

– Estou curiosa de ver a que ponto chega sua perspicácia, Cabelos-Brancos.

– É você, Renfri. Você mesma. Você demonstraria uma principesca... que digo eu?... uma majestática magnanimidade e renunciaria a sua vingança. Acertei?

Renfri jogou a cabeça para trás e soltou uma gargalhada, tapando a boca com a mão para abafá-la. Depois adotou ar mais sério e fixou os olhos brilhantes no bruxo.

– Geralt, eu fui princesa, mas em Creyden. Tive de tudo o que se pode imaginar, mesmo sem pedir: camareiras prontas para me atender ao menor gesto, vestidinhos, sapatinhos, calcinhas de cambraia, joias e bijuterias, um cavalinho baio, peixinhos dourados num lago artificial, bonecas e uma casa para elas maior do que este quarto. E foi assim até o dia em que esse seu Stregobor e aquela puta Aridea mandaram um guarda-florestal levar-me a uma floresta, matar-me e levar para eles meu coração e fígado. Bonito, não?

– Não, é horrível. Fico feliz por você ter dado conta daquele guarda-florestal, Renfri.

– Ter dado conta dele? Que nada! É verdade que ele ficou com pena de mim e me soltou, mas antes me violou e roubou meus brincos e um diadema de brilhantes.

Geralt, brincando com seu medalhão, fixou os olhos diretamente nos da jovem. Renfri sustentou o olhar.

– E esse foi o fim da princesinha – continuou ela. – O vestidinho se rasgou, a cambraia perdeu irremediavelmente a alvura. Em seguida, sucederam-se sujeira, fome, fedor, bastonadas e pontapés. Entregava-me a qualquer um por um prato de sopa ou um teto sobre a cabeça. Você sabe como eram meus cabelos? Como de seda, chegavam a quase metade da coxa. Quando peguei piolhos, foram cortados com uma tesoura de tosquiar ovelhas e fiquei quase careca. Nunca mais voltaram a ser como foram.

Calou-se por um momento, afastando da testa as madeixas cortadas irregularmente.

– Roubava para não morrer de fome – retomou. – Matava para não ser morta. Ficava trancada em masmorras fedendo a urina, sem saber se seria enforcada no dia seguinte ou simplesmente surrada e posta para fora. E por todo aquele tempo tanto minha madrasta como esse seu feiticeiro viviam em meus calcanhares, despachando assassinos, tentando envenenar-me, lançando feitiços. Mostrar-lhe magnanimidade? Perdoar-lhe de maneira majestática? Eu vou é cortar-lhe majestosamente a cabeça ou, antes, as duas pernas, dependendo do desenrolar dos acontecimentos.

– Aridea e Stregobor tentaram envenená-la?

– Sim. Com uma maçã impregnada com extrato de urtiga. Fui salva por um gnomo, que me deu uma substância emética. Achei que ia botar as tripas para fora, mas sobrevivi.

– Foi um daqueles sete gnomos?

Renfri, que estava enchendo os copos, interrompeu o gesto com o odre na mão.

– Vejo que sabe muito de mim. O que tem contra gnomos ou outros humanoides? Para ser mais precisa, devo lhe dizer que eles foram muito melhores comigo do que a maior parte dos seres humanos. Isso, porém, não lhe diz respeito. O que estava lhe contando era que Aridea e Stregobor ficaram me caçando como a um animal selvagem enquanto puderam. Então, eu passei a ser a caçadora. Aridea esticou as canelas no próprio leito; teve muita sorte por eu não a ter alcançado, já que lhe havia preparado um programa todo especial. E agora tenho um para o feiticeiro. Geralt, diga-me com toda a sinceridade: ele não merece morrer?

– Não sou juiz; apenas bruxo.

– Pois é. Eu falei que duas pessoas poderiam impedir um banho de sangue em Blaviken. A segunda pessoa é você. Stregobor o deixará entrar na torre e você poderá matá-lo.

– Renfri – disse Geralt calmamente –, será que em suas caminhadas pelos telhados você não caiu de cabeça em um deles?

– Você é ou não um bruxo, com todos os diabos? Disseram-me que você matou uma quiquimora e a trouxe no lombo de um burro para ser avaliada e vendida. Stregobor é muito pior que uma quiquimora, que é uma besta irracional e mata pessoas porque assim foi formada pelos deuses. Já Stregobor é um cruel monstro maníaco. Traga-o para mim em cima de um burrico e eu serei generosa com o ouro.

– Não sou assassino de aluguel, Picança.

– Sei que não é – concordou ela com um sorriso, inclinando-se para trás sobre o banco e colocando as longas pernas sobre a mesa sem fazer esforço algum para cobrir a coxa desnuda. – Você é um bruxo, defensor dos homens, aos quais protege do Mal. Só que, nesse caso, o Mal é o ferro e o fogo que causarão um terrível estrago caso venhamos a nos confrontar. Não lhe parece que estou lhe propondo o menor dos dois males, a melhor das soluções para todos? Inclusive para aquele Stregobor filho da puta? Você poderá matá-lo de maneira indolor, de um só golpe. Ele morreria sem saber que estava morrendo, algo que eu não poderia garantir.

Geralt permaneceu calado. Renfri espreguiçou-se esticando os braços para cima.

– Compreendo sua hesitação – falou –, mas preciso de uma resposta imediata.

– Você sabe o motivo pelo qual Stregobor e a princesa queriam matar você, tanto em Creyden como mais tarde?

Renfri endireitou-se rapidamente, tirando as pernas de cima da mesa.

– Parece-me óbvio – explodiu. – Eles queriam se livrar da primogênita de Fredefalk, porque eu era a herdeira do trono. Os filhos de Aridea eram fruto de um matrimônio morganático e, como tais, não tinham nenhum direito a...

– Renfri, não é a isso que estou me referindo.

A jovem abaixou a cabeça, mas só por um momento. Seus olhos brilharam.

– Muito bem, que seja. Supõe-se que eu seja maldita, contaminada ainda no ventre materno. Supõe-se que eu seja...

– Vamos, conclua a frase.

– Um monstro.

– E você é?

Por um breve momento a jovem pareceu indefesa, alquebrada... e muito triste.

– Não sei, Geralt – sussurrou. Logo, no entanto, seus traços readquiriram a dureza anterior. – Pois como, com todos os diabos, eu poderia saber? Quando machuco meu dedo, sangro. Também sangro todo mês. Se me empanturro de comida, tenho dor de barriga e, quando bebo demais, me dói a cabeça. Canto quando estou feliz e praguejo quando estou triste. Quando odeio alguém, o mato, e quando... Ah, que merda! Chega com isto. Sua resposta, bruxo.

– Minha resposta é: "Não."

– Você está lembrado do que lhe falei? – perguntou Renfri, após um breve silêncio. – Existem propostas irrecusáveis; suas consequências podem ser terríveis. Estou advertindo-o com toda a seriedade, pois a minha é exatamente uma dessas. Pense bem.

– Já pensei bastante. E leve-me a sério, pois minha advertência a você também foi feita com toda a seriedade.

Renfri ficou calada, brincando com um colar de pérolas que dava três voltas em seu belo pescoço antes de desaparecer provocativamente entre as duas atraentes semiesferas visíveis no decote do corpete.

– Geralt, Stregobor lhe pediu que me matasse?

– Sim. Em sua opinião isso seria o mal menor.

– Posso concluir que você rejeitou a oferta dele, assim como a minha?

– Pode.

– Por quê?

– Porque não acredito no mal menor.

Renfri sorriu levemente antes de seus lábios se contorcerem num esgar que, à luz amarelada da vela, pareceu muito desagradável.

– Você diz que não acredita – falou. – Pois saiba que tem razão, mas só parcialmente. Existem apenas o Mal e o Mal Maior, e por trás deles, a sua sombra, oculta-se o Mal Supremo. O Mal Supremo, Geralt, é algo que você nem pode imaginar, embora esteja convencido de que nada mais no mundo poderia surpreendê-lo. E saiba que ocorrem momentos em que o Mal Supremo nos agarra pelo pescoço e diz: "Escolha, irmãozinho: ou eu, ou aquele outro, um pouquinho menor."

– Posso saber aonde quer chegar?

– A lugar algum. Bebi um pouco e estou filosofando, procurando verdades absolutas. Acabei de descobrir: o mal menor existe, mas nós não podemos escolhê-lo. É o Mal Supremo que poderá nos forçar a esse tipo de escolha, independentemente se queremos ou não fazê-la.

– Pois não bebi como você – disse o bruxo, sorrindo amargamente. – Já passa da meia-noite, portanto vamos ao que interessa: você não matará Stregobor em Blaviken, porque não permitirei que o faça. Não permitirei que se chegue a um combate e a uma carnificina. Volto a propor: desista de sua vingança. Não prossiga no intento de matá-lo. Desse modo, provará a ele, e não só a ele, que não é um sanguinário monstro desumano, um mutante ou uma aberração da natureza. Mostrará a ele que estava enganado e que seu erro causou um grande dano a você.

Renfri ficou olhando para o medalhão que Geralt fazia girar na fina corrente entre os dedos.

– Se eu lhe disser, bruxo, que não sou capaz de perdoar nem de desistir de uma vingança, isso seria uma admissão de que ele, e não só ele, estava certo? E, ao mesmo tempo, comprovaria que sou efetivamente um monstro, um demônio desumano amaldiçoado pelos deuses? Pois ouça uma coisa, bruxo. Logo no começo de minha via-crúcis, fui acolhida por um camponês. Achava-me atraente, mas eu o considerava repugnante. Toda vez que ele queria me possuir, espancava-me a tal ponto que eu mal podia me arrastar para fora da tarimba na manhã seguinte. Certo dia levantei-me quando ainda estava escuro e cortei sua garganta com uma foice. Àquela época eu não tinha a experiência que tenho hoje, e uma faca pareceu-me demasiadamente pequena. E sabe de uma coisa, Geralt? Quando o ouvi gorgolejar e engasgar e olhei para suas pernas se agitando convulsivamente, tive a sensação de que as marcas de seu cajado e de seus punhos não doíam mais e me senti tão livre e tão bem que... que parti dali assoviando, alegre, saudável e feliz da vida a ponto de... nem sei de quê... E, depois, toda vez acontecia o mesmo. Se não fosse assim, quem perderia tempo com vinganças?

– Renfri, independentemente de seus motivos, você não sairá daqui assoviando e sentindo-se tão bem, alegre e feliz, mas sairá viva. Partirá amanhã bem cedo, como lhe ordenou o intendente. Repito: você não matará Stregobor em Blaviken.

Os olhos da jovem brilhavam à luz da vela; brilhavam as pérolas no decote do corpete; brilhava o medalhão com cabeça de lobo girando na fina corrente de prata.

– Tenho pena de você – falou Renfri repentinamente, com voz pausada e os olhos fixos no cintilante disco prateado. – Você afirma que não existe mal menor. Vejo você parado na praça central coberta de sangue, sozinho, por não saber fazer uma escolha, mas tê-la feito assim mesmo. Você jamais saberá, jamais terá certeza, jamais... E, em vez de dinheiro, receberá pedradas e palavrões. Tenho pena de você.

– E quanto a você? – indagou o bruxo baixinho, quase num sussurro.

– Eu também não sei escolher.

– Quem é você?

– Sou o que sou.

– Onde você está?

– Estou com... frio.

– Renfri! – exclamou o bruxo, apertando o medalhão.

A jovem ergueu rapidamente a cabeça, parecendo despertar de um sonho. Espantada, piscou os olhos repetidas vezes. Por um breve momento, pareceu assustada.

– Você ganhou, bruxo – disse asperamente. – Amanhã, logo de madrugada, partirei de Blaviken e nunca mais voltarei a esta cidade rançosa. Nunca. Sirva-me um pouco de bebida, se é que sobrou alguma gota no odre.

Ao colocar o copo de volta na mesa, seu rosto já apresentava o costumeiro sorriso maroto e zombeteiro.

– Geralt?

– Sim?

– Esse maldito telhado é muito escorregadio. Eu preferiria sair daqui já com a luz do dia. No escuro, posso cair e me machucar. Sou uma princesa, meu corpo é delicado; consigo sentir um grão de ervilha através do colchão, evidentemente se ele não estiver bem recheado com palha. O que diz disso?

Geralt não pôde refrear um sorriso.

– Renfri, será que o que está dizendo é adequado a uma princesa?

– E o que você, com todos os diabos, pode saber de princesas? Já fui uma e sei que a única vantagem é a de poder fazer tudo o que se deseja. Devo dizer-lhe detalhadamente o que desejo ou você vai adivinhar?

Geralt continuou a sorrir, mas não respondeu.

– Não quero nem admitir a possibilidade de eu não lhe agradar – disse ela, fazendo beicinho. – Prefiro supor que você está com medo de ter o mesmo destino daquele campônio. Ah, Cabelos-Brancos, não precisa se preocupar; não tenho arma cortante alguma. Aliás, certifique-se por si mesmo.

Estendeu as pernas sobre os joelhos de Geralt.

– Tire minhas botas. O cano é o melhor lugar para ocultar um punhal.

Já descalça, abriu a fivela do cinturão.

– Como pode ver, aqui também não escondo nada; nem aqui. Apague essa maldita vela.

Do lado de fora um gato miava desesperadamente.

– Renfri?

– Sim?

– Isto é mesmo cambraia?

– Claro que sim, com todos os diabos. Afinal, sou ou não uma princesa?

V

– Papai – repetia monotonamente Marilka –, quando iremos à feira? Vamos à feira, papai.

– Fique quieta, Marilka – resmungou Caldemeyn, limpando o prato com um pedaço de pão. – O que está dizendo, Geralt? Que eles vão sair da cidade?

– Sim.

– Nunca pensei que isso acabasse tão facilmente. Graças àquele pergaminho com o selo de Audoen, eles me tinham pelo pescoço. Banquei o machão, mas a bem da verdade nada poderia fazer contra eles.

– Mesmo se tivessem violado abertamente a lei, desencadeado uma briga e perturbado a ordem pública?

– Mesmo assim. Audoen é um rei muito melindrável e manda pessoas ao cadafalso por qualquer motivo. Tenho mulher e filha, gosto de meu trabalho e não preciso quebrar a cabeça para saber onde vou arrumar algo para encher minha pança. Em outras palavras, ainda bem que eles vão embora. Mas diga-me, como isso se passou?

– Papai, eu quero ir à feira!

– Libusza! Tire Marilka daqui! Saiba, Geralt, que não achei que você conseguiria. Andei sondando Setnik, o dono do albergue A Corte Dourada, sobre aquele grupo de Novigrad. Eles não são de brincadeira, e alguns foram reconhecidos.

– Verdade?

– Aquele com a cicatriz no rosto é Nohorn, antigo ajudante de ordens de Abergardo na Companhia Independente de Angren. Já ouviu falar de tal companhia? Lógico que sim; todos ouviram. O touro chamado Quinzena também era um deles; e, mesmo que não fosse, não creio que seu apelido provenha de quinze boas ações que ele tenha feito na vida. O nome do meio-elfo de pele escura é Civril, um bandido e assassino de aluguel. Parece que teve algo a ver com o massacre de Tridam.

– De onde?

– De Tridam. Não ouviu falar? Falou-se muito disso há uns três... sim, há três anos, porque Marilka tinha dois naquela ocasão. O barão de Tridam mantinha encarcerado um bando de assaltantes. Outros companheiros deles, incluindo o tal mestiço Civril, sequestraram no meio do rio uma balsa cheia de peregrinos, porque aquilo ocorreu durante a Festa de Nis. Então, exigiram que o barão soltasse os presos. Como era de imaginar, o barão se recusou, e aí eles começaram a matar os peregrinos um a um. Até o barão amolecer e soltar os prisioneiros, os que estavam na balsa já haviam matado mais de dez. Em seguida, ameaçaram expulsar o barão de seus domínios e condená-lo à morte. As opiniões estavam divididas: alguns o criticavam por ter cedido somente depois de tantas pessoas terem sido assassinadas; outros diziam o contrário, que ele fez um grande mal ao estabelecer um prece... precedente e que deveria ter ordenado atacar a balsa, mesmo que isso resultasse na morte do todos os reféns. Durante o processo, o barão afirmou que escolhera o mal menor, porque na balsa havia mais de vinte e cinco pessoas, com mulheres e crianças entre elas...

– O ultimato de Tridam – murmurou o bruxo. – Renfri...

– O que foi?

– Caldemeyn, a feira!

– O que tem a feira?

– Você não compreende, Caldemeyn? Ela me enganou. Eles não irão embora. Forçarão Stregobor a sair da torre assim como fizeram com o barão de Tridam. Ou então me forçarão a... Será que você não consegue entender? Eles vão começar a assassinar as pessoas na feira. A praça central, murada por todos os lados, é uma armadilha perfeita!

– Por todos os deuses, Geralt! Acalme-se! Aonde você está indo?

Marilka, assustada com a gritaria, começou a choramingar encolhida num canto da cozinha.

– Eu não falei?! – exclamou Libusza, apontando o dedo na direção de Geralt. – Falei! Este aí só traz desgraças!

– Cale-se, mulher! Geralt, sente-se!

– É preciso detê-los. Agora, antes de as pessoas se juntarem na praça central. Chame os guardas. Assim que aquele bando sair do albergue, prenda-o e leve-o para as masmorras.

– Geralt, seja razoável. Não podemos fazer isso assim, sem mais nem menos, sem que eles tenham feito algo errado. Eles vão se defender; sangue vai ser derramado. Trata-se de profissionais que acabarão rapidamente com meus homens. Se isso chegar aos ouvidos de Audoen, pagarei com minha cabeça. Posso colocar meus homens em estado de alerta e ir até a feira para ficar de olho nesses bandidos...

– Isso não será o suficiente, Caldemeyn. Se a multidão entrar na praça central, nada mais poderá ser feito; você não conseguirá evitar o pânico e a carnificina. Aqueles facínoras têm de ser neutralizados imediatamente, enquanto a praça ainda está vazia.

– Mas isso seria contra a lei. Não posso permitir uma coisa dessas. Aquela história do meio-elfo e do ultimato de Tridam pode ser apenas um boato. Você poderia estar enganado, e aí? Aí, Audoen vai me esfolar vivo.

– É preciso escolher o mal menor!

– Geralt, eu lhe proíbo! Como intendente desta cidade, eu lhe proíbo! Largue a espada! Não saia desta casa!

Marilka chorava, cobrindo o rosto com as mãozinhas.

VI

Civril, protegendo os olhos com a mão, observou o sol saindo de trás das árvores. A praça estava começando a se animar. Carroças se deslocavam por toda parte, e os primeiros vendedores enchiam suas barracas com mercadorias. Martelos batiam, galos cantavam, gaivotas soltavam gritos estridentes.

– O dia promete ser lindo – falou pensativamente Quinzena.

Civril olhou para ele de soslaio, mas não disse nada.

– Como estão os cavalos, Tavik? – perguntou Nohorn, vestindo as luvas.

– Prontos e selados. Civril, continuo achando que ainda há pouca gente na praça.

– Haverá mais.

– Deveríamos comer alguma coisa.

– Mais tarde.

– É isso mesmo; mais tarde você terá mais tempo... e mais apetite.

– Olhem – falou repentinamente Quinzena.

Na rua principal surgia a figura do bruxo, que, passando por entre as barracas, vinha diretamente na direção deles.

– Não é que Renfri tinha razão? – disse Civril. – Nohorn, passe-me a besta.

Pegando a arma, Civril encurvou-se, fixou o cepo com o pé apoiado no estribo, colocou uma seta e esticou a corda. O bruxo aproximava-se cada vez mais. Civril colocou o dedo no gatilho.

– Nem mais um passo, bruxo!

Geralt parou a uns quarenta passos do grupo.

– Onde está Renfri?

O mestiço fez uma careta de escárnio.

– Diante da torre, fazendo uma proposta ao feiticeiro. Ela sabia que você viria aqui e mandou lhe transmitir dois recados.

– Fale.

– O primeiro é apenas uma frase: "Sou o que sou. Escolha: ou eu, ou aquele outro, menor." Pelo que ela me disse, você saberá do que se trata.

O bruxo fez um aceno com a cabeça e logo ergueu o braço, pegando na empunhadura da espada que estava a suas costas. A lâmina traçou um arco brilhante sobre sua cabeça. Com passos lentos, encaminhou-se na direção do grupo.

Civril soltou uma risada horrenda e ameaçadora.

– Até isso ela previu, bruxo. Assim, você receberá a segunda coisa que ela lhe mandou, direto no meio de seus olhos.

Geralt continuava a avançar. O meio-elfo encostou o rosto no arco da besta. Fez-se um silêncio sepulcral.

A corda vibrou. O bruxo brandiu a espada. Ouviu-se um prolongado som de metais se chocando. O projétil desviou sua trajetória voando para cima e, rodopiando, bateu secamente num telhado, caindo com estrondo dentro de uma das calhas. O bruxo avançou mais.

– Ele rebateu... – gemeu Quinzena. – Rebateu em pleno voo...

– Agrupem-se! – ordenou Civril.

Sibilaram as espadas tiradas das bainhas. O grupo se uniu ombro a ombro, com as lâminas erguidas.

Geralt apressou o passo; seu andar, surpreendentemente fluido e suave, se transformou numa corrida, não bem na direção do cerrado círculo de lâminas pontudas, mas em volta dele, cercando-o numa espiral cada vez mais estreita.

Tavik não aguentou. Foi o primeiro a se atirar ao combate, logo seguido pelos dois gêmeos.

– Não se dispersem – urrou Civril, perdendo o bruxo de vista. Soltou um palavrão e pulou para um lado, vendo o grupo se desfazer por completo e correndo sem rumo por entre as barracas.

Tavik foi o primeiro a cair. Estava perseguindo Geralt quando, de repente, o viu passar por ele, correndo na direção oposta. Tentou frear seu ímpeto, mas, antes que conseguisse erguer a espada, o bruxo estava a seu lado. Sentiu um forte impacto logo acima do quadril. Virou-se e constatou que caía. Já de joelhos, olhou espantado para o ferimento e começou a berrar.

Os gêmeos, ao atacarem simultaneamente a negra e borrada figura correndo em sua direção, esbarraram um no outro e perderam o ritmo. Foi o que bastou. Vyr, quase cortado em dois por um golpe no peito, inclinou-se para a frente, deu uns passos com a cabeça abaixada e desabou sobre uma barraca de verduras. Nimir foi golpeado na têmpora, girou sobre si mesmo e caiu pesadamente na sarjeta.

– Pela esquerda, Quinzena! – berrou Nohorn, correndo em semicírculo a fim de atacar o bruxo por trás.

Quinzena virou-se rápido, mas não o suficiente. Recebeu um corte na altura da barriga, suportou-o e se preparou para desferir uma resposta, porém não conseguiu. Geralt foi mais ágil e acertou-o na cabeça, logo abaixo da orelha. Quinzena endireitou-se, deu quatro passos cambaleantes e caiu sobre um carrinho cheio de peixes. Com o ímpeto, o carrinho andou para a frente, e o brutamontes de peito desnudo deslizou sobre o pavimento prateado de escamas.

Civril e Nohorn atacaram simultaneamente, cada um de um lado: o meio-elfo com um impetuoso golpe cortante de cima para baixo, e Nohorn, agachado, com uma estocada horizontal.

Ambos os golpes foram aparados, e os sons de dois choques metálicos juntaram-se num só. Civril pulou para o lado e tropeçou, mas conseguiu permanecer de pé ao se apoiar na estrutura de madeira de uma das barracas. Nohorn lançou-se a sua frente para protegê-lo, mantendo a espada erguida. Aparou um golpe desferido com tal força que foi atirado para trás e teve de se apoiar em um dos joelhos. Erguendo-se rapidamente, tentou aparar outro golpe, porém dessa vez foi lento demais; a lâmina do bruxo acertou o outro lado de seu rosto, deixando nele uma marca simétrica à cicatriz anterior.

Civril desvencilhou-se da barraca e saltou por cima de Nohorn, enquanto este caía e, girando o corpo, desferia um golpe segurando a espada com as duas mãos. Errou o alvo e se afastou imediatamente. Não sentiu o impacto; seus joelhos se dobraram no exato momento em que, após uma parada, preparava-se para um novo ataque. A espada caiu-lhe da mão decepada à altura do cotovelo. Tentou erguer-se, mas não conseguiu. Deixou que a cabeça lhe caísse sobre os joelhos e morreu nessa posição, numa poça vermelha entre repolhos, rosquinhas e peixes.

Renfri adentrou a praça central. Aproximava-se lentamente, com leves passos felinos, desviando-se de carrinhos e barracas. A multidão, que, aglomerada nas ruas laterais, zumbia como abelhas numa colmeia, calou-se repentinamente. Geralt permaneceu imóvel, segurando a espada firmemente com a mão abaixada. A jovem chegou a dez passos de distância dele e parou. O bruxo notou que ela vestia uma curta cota de malha por baixo do colete.

– Você fez sua escolha – constatou Renfri. – Está absolutamente certo de que foi a mais adequada?

– Não haverá aqui um segundo Tridam – afirmou Geralt, com evidente esforço.

– Nem teria havido. Stregobor riu na minha cara. Falou que eu poderia matar todos os habitantes de Blaviken e os dos vilarejos vizinhos, que ele não sairia da torre nem permitiria que nenhuma pessoa, incluindo você, entrasse nela. Por que está olhando para mim desse jeito? Sim, enganei você. Se passei a vida toda enganando as pessoas por necessidade, por que faria uma exceção agora?

– Vá embora, Renfri.

A jovem deu uma risada.

– Não, Geralt – respondeu, sacando a espada com rapidez e destreza.

– Renfri...

– Não, Geralt. Você fez sua escolha. Agora é a vez de eu fazer a minha.

Com um gesto violento, arrancou a saia dos quadris e girou-a no ar, fazendo-a enrolar no antebraço esquerdo. O bruxo recuou, ergueu o braço e fez o Sinal. Renfri voltou a rir.

– Não perca seu tempo, Cabelos-Brancos. Isso não tem efeito sobre mim. Somente a espada.

– Renfri, vá embora – repetiu Geralt. – Se cruzarmos os gumes, eu... não poderei... mais...

– Estou ciente disso – respondeu ela. – Mas o problema é que eu também não posso agir de outra maneira. Você e eu somos o que somos.

Dito isso, avançou em sua direção segurando a espada com a mão direita e arrastando a saia com o braço esquerdo. Geralt recuou dois passos.

Renfri lançou-se ao ataque. Agitou o braço esquerdo; a saia rodopiou no ar e, por trás dela, brilhou a lâmina da espada, num golpe curto e contido. Geralt esquivou-se; o tecido nem chegou a tocá-lo, e a lâmina da jovem deslizou obliquamente sobre a dele. Respondeu instintivamente ao golpe, girando a espada como se fosse a pá de um moinho com o intuito de fazer Renfri soltar a arma. Foi um erro. Ela afastou a lâmina e, dobrando levemente os joelhos e balançando os quadris, desfechou um golpe horizontal na direção de seu rosto. O bruxo mal teve tempo para defender-se e fazer uma pirueta, esquivando-se mais uma vez e pulando para o lado. Renfri atirou-se sobre ele, jogou a saia em seus olhos e tentou atingir seu rosto. Geralt se defendeu virando-se bem próximo dela, mas a jovem conhecia o truque. Girou com ele tão perto que sentia sua respiração e conseguiu deslizar o gume da lâmina em seu peito. A dor foi muito aguda, mas o bruxo não perdeu o ritmo. Virou-se mais uma vez, porém no sentido oposto; deteve a lâmina dirigida a sua têmpora, fez uma finta e contra-atacou. Renfri deu um pulo para trás e preparou-se para desferir um corte de cima para baixo. Geralt dobrou um dos joelhos e deu uma estocada com a ponta da espada, atravessando a coxa exposta e a virilha da jovem.

Renfri não emitiu nem um som sequer. Caindo sobre um dos joelhos, largou a espada e segurou com as mãos a coxa perfurada. Por entre seus dedos escorreu um brilhante regato de sangue, caindo no cinturão decorado, nas botas de pele de alce e no imundo pavimento. A multidão, refugiada nas ruazinhas, ondulou e gritou.

Geralt guardou a espada.

– Não vá embora... – gemeu Renfri, toda encolhida.

O bruxo não respondeu.

– Estou com... frio...

Geralt nada disse. A jovem voltou a gemer, encolhendo-se ainda mais. O sangue, agora jorrando com mais força, preenchia os espaços entre as pedras do calçamento.

– Geralt... abrace-me...

O bruxo permaneceu calado.

Renfri virou a cabeça e ficou imóvel, com o lado esquerdo da face encostado numa pedra. Um fino punhal, até então escondido sob seu corpo, escapou dos dedos inertes.

Ao cabo de um momento que pareceu durar uma eternidade, o bruxo ergueu a cabeça ao ouvir o som do cajado de Stregobor batendo nas pedras. O feiticeiro aproximava-se rapidamente, desviando-se dos cadáveres pelo caminho.

– Mas que carnificina! – exclamou, ofegante. – Vi tudo, Geralt. Vi tudo em minha bola de cristal...

Aproximou-se do corpo de Renfri e abaixou-se sobre ele. Vestido com seu longo traje negro e apoiado em seu cajado, tinha o ar muito envelhecido.

– Inacreditável – falou, meneando a cabeça. – A Picança está morta.

Geralt não respondeu.

– Muito bem, Geralt. – O feiticeiro endireitou-se. – Pegue um carrinho. Vamos levá-la para a torre. É preciso fazer uma autópsia.

Olhou para o bruxo e, sem esperar resposta, voltou a se inclinar sobre o corpo.

Alguém que Geralt não conhecia sacou rapidamente a espada da bainha.

– Toque em um só cabelo dela, feiticeiro – disse aquele que o bruxo não conhecia –, encoste a mão nela e sua cabeça voará ao solo.

– O que está acontecendo com você, Geralt? Enlouqueceu? Você está ferido e em choque! Uma autópsia é o único modo de verificar...

– Não toque nela!

Stregobor, ao ver a lâmina erguida, afastou-se agitando o cajado.

– Muito bem! – gritou. – Que seja como você quer! Mas você nunca saberá! Nunca terá certeza! Nunca, está me ouvindo, bruxo?

– Suma da minha frente.

– Pois não – respondeu o feiticeiro. – Voltarei para Kovir; não pretendo passar mais um dia sequer neste buraco. Venha comigo. Não fique aqui, porque essa gente não sabe de nada e somente viu como você mata. E sua maneira de matar é repugnante. E então, você vem?

Geralt não respondeu nem se dignou de olhar para Stregobor, que deu de ombros e foi embora, batendo ritmicamente seu cajado.

Uma pedra voou da multidão, espatifando-se no chão. Uma segunda passou zunindo sobre o ombro de Geralt. O bruxo, mantendo-se ereto, ergueu as duas mãos e fez um breve gesto com elas. Da multidão emanou um murmúrio ameaçador, seguido por mais pedras, mas o Sinal as desviava, fazendo com que passassem ao largo do alvo defeso por uma invisível armadura oval.

– Basta!! – berrou Caldemeyn. – Parem com isso, seus cagões!

A multidão soltou um murmúrio que soou como ondas do mar numa ressaca, mas as pedras pararam de voar. O bruxo permanecia imóvel.

O intendente aproximou-se dele.

– É este – falou, apontando com um largo gesto para os corpos espalhados pela praça – o mal menor que escolheu? Você já fez tudo o que achava necessário?

– Sim – respondeu Geralt, com evidente esforço e não de imediato.

– Seu ferimento é grave?

– Não.

– Então, suma daqui.

– Sim – falou o bruxo, evitando o olhar do intendente e começando a se afastar lentamente, muito lentamente.

– Geralt.

O bruxo se virou.

– Nunca mais volte aqui – finalizou Caldemeyn. – Nunca mais.

A VOZ DA RAZÃO 4

– Vamos conversar, Iola.

Eu preciso desta conversa. Dizem que o silêncio vale ouro. Talvez, mas não acho que seja tão valioso assim. De todo modo, tem seu preço e deve-se pagar por ele.

Para você é mais fácil; sim, não negue. Afinal, o fato de se manter em silêncio é fruto de uma escolha sua; você fez de seu silêncio uma oferenda a sua deusa. Não acredito em Melitele, tampouco na existência de outros deuses, mas dou valor a sua escolha e aprecio e respeito aquilo em que você acredita. Porque sua fé e seu sacrifício – o preço que está pagando pelo silêncio – fazem de você uma pessoa melhor e mais valiosa. Pelo menos podem fazê-la assim, ao passo que minha falta de fé nada pode, é impotente.

Diante disso, você me pergunta em que acredito.

Acredito no poder da espada.

Como pode ver, tenho duas. Todos os bruxos possuem duas espadas. As pessoas mal-intencionadas costumam dizer que a espada de prata é para monstros e a de ferro para seres humanos. Obviamente, trata-se de uma grossa mentira. Alguns monstros somente podem ser feridos com lâmina de prata, enquanto para outros, mortal é o ferro. Não, Iola, não qualquer ferro; apenas o proveniente de meteoritos. Você pergunta o que é meteorito? É uma estrela cadente. Na certa você já viu uma estrela cadente: um curto e brilhante rastro no céu escuro. Ao vê-la, deve ter feito um pedido, algo que para você poderia ser mais uma razão para acreditar em deuses. Já para mim, um meteorito é somente um pedaço de metal que, ao cair do céu, se crava na terra e com o qual se pode fazer uma espada.

Sim, você pode segurar minha espada. Sente como é leve? É possível erguê-la sem muito esforço. Não! Não toque na lâmina, porque poderá se machucar. Ela é mais afiada do que uma navalha. Tem de ser assim.

Ah, claro, eu treino muito. Todo momento que tenho livre. Não posso me permitir ficar fora de forma. Vim para cá – o mais distante cantinho do parque do santuário – para me exercitar, para eliminar dos músculos este horrível entorpecimento que me reprime, este frio que percorre meu corpo. E foi aqui que você me encontrou. Engraçado, faz dias que tento encontrar você. Estava a sua procura. Eu queria...

Eu preciso desta conversa, Iola. Vamos nos sentar e conversar por alguns instantes.

Você nada sabe de mim, Iola.

Meu nome é Geralt. Geralt de... Não. Só Geralt. Geralt de lugar nenhum. Sou um bruxo.

Meu lar é Kaer Morhen, a Sede dos Bruxos. É de lá que provenho. Kaer Morhen é... era uma espécie de fortaleza. Pouco sobrou dela.

Kaer Morhen... Ali se produziam seres como eu. Não se faz mais isso e lá não vive ninguém. Isto é, ninguém exceto Vesemir. Você pergunta quem é Vesemir? Vesemir é meu pai. Por que me olha com tanto espanto? O que há de estranho nisso? Afinal, todos têm pai, e o meu é Vesemir. E o que importa ele não ser meu pai biológico? Não conheci meus pais biológicos. Não sei se continuam vivos e, no fundo, nem estou interessado em saber.

Sim, Kaer Morhen... Foi ali que passei pela mutação habitual. Primeiro, a Prova das Ervas; depois, as coisas costumeiras: hormônios, infusões, infecções com vírus. E de novo. E mais uma vez. Até atingir o resultado desejado. Como suportei todas as mutações surpreendentemente bem e fiquei doente por pouco tempo, fui considerado um garoto de extrema resistência e escolhido para certos... experimentos mais complicados. Isso foi pior. Muito pior. Mas, como pode ver, consegui resistir. Fui o único sobrevivente de todo o grupo que se submeteu aos tais experimentos mais avançados. Desde essa época tenho cabelos brancos. Ausência total do pigmento capilar. Efeito colateral, como se costuma dizer, coisa de pouca monta e que quase nada atrapalha.

Depois, ensinaram-me as mais diversas habilidades. Por muito tempo. Até o dia em que saí de Kaer Morhen e parti para o mundo. Já possuía meu medalhão; sim, este mesmo. A insígnia da Escola do Lobo. Também tinha as duas espadas, a de prata e a de ferro, além de convicção, entusiasmo, motivação e... fé. Fé de que seria necessário e útil. Porque diziam que o mundo, Iola, estava cheio de monstros e bestas e que meu papel seria o de defender os que eram ameaçados por tais seres. Quando parti de Kaer Morhen, sonhava em deparar com meu primeiro monstro. Mal podia esperar para ver-me frente a frente com ele. E o encontrei.

Meu primeiro monstro, Iola, era careca e tinha dentes muito feios e malconservados. Encontrei-o numa estrada na qual ele, com outros monstros, desertores de um exército qualquer, parara a carroça de um camponês e retirara dela uma menina de uns treze anos ou até menos. Seus companheiros seguravam o pai da garota, enquanto ele arrancava-lhe o vestido e gritava que chegara a hora de ela saber o que era um homem de verdade. Eu me aproximei, desmontei de meu cavalo e lhe disse que chegara também a hora dele. Minha observação pareceu-me extremamente espirituosa. O careca largou a menina, pegou um machado e se atirou sobre mim. Era muito lento, mas resistente. Tive de acertá-lo duas vezes até ele cair. Os golpes que desferi não foram demasiado limpos, mas, diria, espetaculares, a ponto de os colegas do careca fugirem vendo do que era capaz a espada de um bruxo...

Não a entedio, Iola?

Preciso ter esta conversa com você. Preciso mesmo.

Onde parei? Ah, sim, em minha primeira boa ação. Saiba, Iola, que em Kaer Morhen viviam me enfiando na cabeça que eu não deveria me meter em situações desse tipo, que as evitasse a todo custo, que não bancasse um cavaleiro andante nem tivesse a pretensão de substituir os verdadeiros guardiões da lei. Minha função não deveria ser a de me exibir, mas de executar as tarefas para as quais seria contratado em troca de uma remuneração. E o que fiz? Mal havia percorrido cinquenta milhas do sopé das montanhas, fui me meter em algo que não me dizia respeito. E sabe por quê? Queria que a garota beijasse as mãos de seu salvador enquanto seu pai lhe agradecia de joelhos. E o que se passou na verdade? O pai fugiu com os desertores e a menina, sobre quem caiu a maior parte do sangue do careca, teve um acesso de vômito e de histeria e desmaiou de pavor quando me aproximei dela. A partir daquela experiência tenho evitado envolver-me em tais tipos de situação.

Passei a fazer aquilo para o que fui treinado. Logo aprendi como fazê-lo. Cavalgava até as cercas dos vilarejos ou paliçadas das cidades e ficava aguardando. Se as pessoas cuspiam em mim, xingavam-me ou atiravam-me pedras, eu ia embora. No entanto, se alguém vinha a meu encontro e me requisitava um serviço, eu o executava.

Visitava cidades e fortalezas, buscava proclamações afixadas em postes nos cruzamentos das estradas, procurava anúncios: "Precisa-se urgentemente de um bruxo." Além disso, era muito comum encontrar um local sagrado, uma masmorra, uma necrópole ou ruína, um barranco numa floresta ou uma gruta nas montanhas com muitos ossos e fedor de carcaça. E também havia seres que viviam exclusivamente para matar, por fome, por prazer, por causa de um desejo doentio de alguém ou por outros motivos: manticoras, serpes, núbilos, zygopteras, quimeras, leshys, vampiros, ghouls, lobisomens, escorpiões gigantes, estriges, tragarças, quiquimoras, wippers. Aí eu os enfrentava com golpes de espada e, depois, via medo e nojo nos olhos dos que me pagavam por tais serviços.

Erros? É claro que cometi, mas sempre me mantive fiel às regras. Não, não às de um código. Volta e meia usava o código como justificativa. As pessoas apreciam isso. Quem possui um código e se guia por ele é mais respeitado e levado a sério.

Não existe código. Nunca foi elaborado um código de bruxos. Simplesmente inventei um, ao qual sempre me mantive fiel...

Bem... nem sempre, porque em certas ocasiões não havia possibilidade de dúvida. Momentos em que tinha de dizer a mim mesmo: "O que tenho a ver com isto? Este assunto não me compete; sou um bruxo." Situações em que precisava ouvir a voz da razão, dar ouvidos ao que me ditava a experiência, ao que me dizia o instinto, nem que fosse o mais comezinho de todos: o medo.

E eu devia ter ouvido a voz da razão naquela circunstância.

Mas não ouvi.

Achei que estava escolhendo o mal menor. O mal menor! Sou Geralt de Rívia, também conhecido como Carniceiro de Blaviken.

Não, Iola. Não toque em minha mão. O contato poderá despertar em você... Você poderá ver... E não quero que você veja. Não quero saber. Conheço meu destino, que me faz girar como um pião. Meu destino? Ele me acompanha passo a passo, mas nunca olho para trás.

Hesitações? Sim, e acredito que Nenneke as percebe. O que me levou a agir daquela maneira em Cintra? Como pude correr tão estupidamente um risco de tais proporções?

Não, não, mil vezes não. Nunca olho para trás, e, no que se refere a Cintra, jamais pisarei lá novamente. Vou evitar Cintra como se fosse a peste. Não retornarei àquele lugar.

Ah, segundo meus cálculos, a criança deve ter nascido em maio, perto da festa de Belleteyn. Se for isso mesmo, então estaremos diante de uma interessante coincidência. Porque Yennefer também nasceu em Belleteyn...

Vamos embora, Iola. Já está escurecendo.

Agradeço-lhe ter conversado comigo.

Muito obrigado, Iola.

Não, não tenho nada. Estou bem.

Muito bem.

UMA QUESTÃO DE PREÇO

I

O bruxo tinha uma faca encostada na garganta.

Estava mergulhado em água ensaboada, com a parte de trás da cabeça apoiada na borda escorregadia da banheira de madeira. Sentia nos lábios o amargo gosto de sabão. A faca, com o gume embotado de fazer dó, deslizava dolorosamente sobre seu pomo de adão, subindo na direção do queixo.

O barbeiro, com a expressão de um artista consciente de estar realizando uma obra-prima, deu mais uma raspadela, só para finalizar, e lhe secou o rosto com um pano de linho embebido em algo que poderia ser loção à base de angélica.

Geralt levantou-se, permitiu que um criado derramasse sobre ele a água de um balde, sacudiu-se e saiu da banheira, deixando marcas de pés molhados no piso de tijolos.

– Eis uma toalha, senhor – ofereceu o pajem, observando o medalhão com curiosidade.

– Obrigado.

– E aqui estão seus trajes – falou Haxo. – Camisa, cuecas, calças, túnica... e as botas.

– O senhor pensou em tudo, castelão. Mas será que não posso ir com minhas botas mesmo?

– Não. Cerveja?

– Com prazer.

Geralt vestia-se devagar. O contato com a áspera e desconfortável roupa que não era sua estragava o bom humor que adquirira no prolongado banho em água quente.

– Castelão?

– A suas ordens, senhor Geralt.

– O senhor não sabe de que se trata? Por que precisam de mim?

– É um assunto que não me diz respeito – respondeu Haxo, olhando de soslaio para os pajens. – Minha obrigação é vesti-lo...

– Disfarçar, o senhor quer dizer.

– ... e conduzi-lo à rainha, para o banquete. Vista a túnica, senhor Geralt, e esconda por baixo dela seu medalhão de bruxo.

– Onde está o punhal que deixei aqui?

– Está guardado em lugar seguro, assim como suas duas espadas e demais pertences. Ao lugar a que o senhor vai não se permitem armas.

O bruxo deu de ombros, vestindo a apertada túnica purpúrea.

– O que é isto? – perguntou, apontando para um emblema bordado na frente da túnica.

– Foi bom o senhor ter perguntado – disse Haxo. – Quase me esqueci. No banquete, o senhor será Sua Excelência Ravix de Quatrocorne. Como convidado de honra, sentar-se-á à direita da rainha, pois tal é seu desejo. Quanto a esse emblema, é seu brasão: um urso negro de pé sobre as patas traseiras num campo dourado, com uma jovem de vestido azul-celeste e cabelos soltos sentada sobre seus ombros. O senhor deve memorizá-lo, pois um dos convivas poderá ter a mania de estudar heráldica, algo que ocorre com frequência.

– É lógico que vou memorizar – respondeu Geralt, com a expressão muito séria. – E quanto a Quatrocorne, fica longe daqui?

– Suficientemente longe. O senhor está pronto? Podemos ir?

– Podemos, mas antes me diga ainda, senhor Haxo: qual é o motivo para esse banquete?

– A princesa Pavetta vai fazer quinze anos e, de acordo com a tradição, vieram vários pretendentes a sua mão. A rainha Calanthe deseja casá-la com alguém de Skellige. Uma aliança com os ilhéus seria muito vantajosa para nós.

– Por que exatamente com eles?

– Porque eles não atacam com a mesma intensidade aqueles com os quais mantêm aliança.

– Excelente razão.

– Mas não a única. Em Cintra, senhor Geralt, a tradição reza que o reino só pode ser governado por representantes do sexo masculino. Nosso rei, Roegner, morreu recentemente de peste, e a rainha não pensa em se casar de novo. Dona Calanthe é uma mulher inteligente e justa, mas um rei é um rei. Quem se casar com a princesa se sentará no trono de Cintra. Seria ótimo se fosse um homem com H maiúsculo, e homens assim têm de ser procurados nas ilhas. Os ilhéus são valentes e duros. Mas vamos; está na hora.

Ao passarem por uma galeria que cercava o pátio interno, Geralt parou e olhou em volta.

– Castelão – disse em voz baixa –, estamos sozinhos. Diga-me o motivo pelo qual a rainha precisa dos serviços de um bruxo. O senhor deve ter uma ideia. Afinal, quem poderá saber senão o senhor?

– Pelos mesmos motivos que todo mundo – resmungou Haxo. – Cintra é um país como qualquer outro. Temos aqui lobisomens e basiliscos, e basta procurar bem para encontrar manticoras. Portanto, um bruxo poderá vir a ser útil.

– Não me enrole, castelão. Estou perguntando para que a rainha precisa de um bruxo num banquete, ainda mais travestido de urso azul-celeste com cabelos soltos.

Haxo também olhou em volta, chegando a se inclinar sobre a balaustrada da galeria.

– Algo ruim está acontecendo, senhor Geralt – sussurrou. – No castelo. Alguma coisa está assustando as pessoas.

– O quê?

– E o que poderia assustar as pessoas a não ser um monstro? Dizem que ele é pequeno, encurvado e cheio de espinhos, como um ouriço. Anda pelo castelo à noite, arrastando correntes e gemendo pelos aposentos.

– O senhor o viu?

– Não – respondeu Haxo, dando uma cusparada. – E não desejo vê-lo.

– O que o senhor está dizendo, prezado castelão, não faz sentido – falou o bruxo, fazendo uma careta de desagrado. – Estamos indo a um banquete de noivado. E o que se espera de mim? Que eu fique prestando atenção para que um corcunda não saia de debaixo da mesa e comece a gemer? E isso sem dispor sequer de uma arma e vestido como um palhaço? Ora, senhor Haxo, há algo errado nesta história.

– Pois pense o que quiser – resmungou o castelão. – Disseram-me para não lhe contar nada. O senhor me perguntou e eu resolvi responder. E o que o senhor faz? Diz que estou falando bobagens. Muito gentil de sua parte.

– Perdoe-me, castelão. Não tive a mínima intenção de ofendê-lo. É que simplesmente fiquei surpreso...

– Então pare com isso – respondeu Haxo, ainda aborrecido. – O senhor não está aqui para ficar surpreso. E vou lhe dar um conselho, senhor bruxo: se a rainha lhe ordenar tirar a roupa e ficar nu, pintar o traseiro de azul e pendurar-se no teto de cabeça para baixo como se fosse um candelabro, faça isso sem se surpreender nem hesitar. Senão, o senhor poderá se defrontar com uma série de dissabores. Entendeu?

– Entendi. Vamos, senhor Haxo. Independentemente do que aconteça, aquele banho abriu meu apetite.

II

Afora o banal cumprimento protocolar, no qual o chamou de "Senhor de Quatrocorne", a rainha Calanthe não trocou com o bruxo uma palavra sequer. O banquete ainda não começara, e os comensais foram chegando, cada um deles anunciado pela possante voz do arauto.

A enorme mesa retangular podia acomodar mais de quarenta convivas. O centro da cabeceira era ocupado por Calanthe, sentada num trono de grande espaldar, com Geralt à direita e um bardo grisalho com um alaúde, chamado Drogodar, à esquerda. As outras duas cadeiras à esquerda da rainha continuavam vazias.

Ao longo da parte mais comprida da mesa, à direita de Geralt, acomodaram-se o castelão Haxo, um voivoda de nome complicado e difícil de guardar e os convidados do principado de Attre: o soturno e calado cavaleiro Rainfarn e seu tutelado, o jovem e bochechudo príncipe Windhalm, de doze anos, um dos pretendentes à mão da princesa. Mais adiante, estavam os multicoloridos guerreiros de Cintra e vassalos das redondezas.

– O barão Eylembert de Tigg! – anunciou o arauto.

– Cucodalek! – murmurou Calanthe, dando uma cotovelada em Drogodar. – Vejo que vamos nos divertir!

O magro, bigodudo e ricamente vestido cavaleiro fez uma profunda reverência, mas os olhos alegres e vivos, bem como o sorriso nos lábios, desmentiam qualquer subserviência.

– Seja bem-vindo, senhor Cucodalek – falou a rainha em tom cerimonioso.

Pelo visto, o barão era mais conhecido pelo apelido do que pelo nome de família.

– Estou feliz por ter vindo!

– E eu, por ter sido convidado – declarou Cucodalek, suspirando. – Com a permissão de Vossa Majestade, darei uma espiada na princesa. É muito triste viver só e abandonado.

– Pare com isso, senhor Cucodalek – respondeu Calanthe, sorrindo maliciosamente e enrolando a ponta de um de seus cachos no dedo. – Sabemos muito bem que é casado.

– Eh – resmungou o barão. – Vossa Majestade sabe como minha esposa é fraquinha e delicada, e, com a epidemia de varíola que se alastra por aqui, sou capaz de apostar meu cinturão e minha espada contra um par de luvas furadas que estarei de luto em menos de um ano.

– Você é um coitado, Cucodalek, mas também um sortudo – disse Calanthe com um sorriso. – Sua esposa realmente é muito fraquinha. Disseram-nos que na última festa da colheita ela o flagrou com uma camponesa num monte de feno e correu com um forcado atrás de você por mais de uma milha, mas não conseguiu alcançá-lo. Alimente-a melhor, seja mais carinhoso com ela e proteja suas costas do frio à noite, e você verá que, em menos de um ano, estará ótima.

Cucodalek adotou um ar triste, porém não muito convincente.

– Compreendi a indireta. Apesar disso, posso participar do banquete?

– É lógico que sim, barão.

– A delegação de Skellige! – gritou o arauto, já bastante rouco.

Quatro ilhéus vestidos com brilhantes casacos forrados de pele de foca e cingidos por faixas de lã quadriculadas adentraram o salão com passos firmes e másculos. Liderava-os um vigoroso guerreiro de tez morena e nariz aquilino, acompanhado de um jovem de ombros largos e rebelde cabeleira ruiva. Todos se inclinaram diante da rainha.

– É uma grande honra para mim – falou Calanthe, levemente enrubescida – saudar de novo em meu castelo cavaleiro tão nobre quanto Eist Tuirseach de Skellige. Não fosse do conhecimento público sua aversão a casamento, regozijar-me-ia com a possibilidade de ter vindo aqui para pedir a mão de minha Pavetta. Teria a solidão finalmente perturbado o nobre senhor?

– Por mais de uma vez, bela Calanthe – respondeu o moreno ilhéu, erguendo para a rainha os olhos brilhantes. – No entanto, minha vida é demasiadamente perigosa para que eu possa pensar numa ligação duradoura. Não fosse isso... Pavetta é ainda uma garotinha... um botão de flor que ainda não desabrochou, mas...

– Mas o quê, cavaleiro?

– Filho de peixe, peixinho é – sorriu Eist Tuirseach, mostrando os dentes brancos brilhantes. – Basta olhar para Vossa Majestade para saber quão bela será a princesa quando atingir a idade em que fará um guerreiro feliz. Assim, a sua mão devem aspirar aos mais jovens, como o sobrinho de nosso rei Bran, o duque Crach an Craite, que veio para cá exatamente com esse intuito.

Crach inclinou a cabeça ruiva e ajoelhou-se sobre um joelho diante da rainha.

– E quem mais trouxe consigo, Eist?

Um robusto e atarracado homem com uma barba que mais parecia uma vassoura e um magricela com uma gaita de foles às costas inclinaram-se respeitosamente e se ajoelharam ao lado de Crach an Craite.

– Eis nosso valoroso druida Myszowor, que, assim como eu, é amigo e conselheiro do rei Bran. E este é Draig Bom-Dhu, nosso famoso bardo. Além deles, trinta marinheiros de Skellige aguardam no pátio, nutrindo a esperança de ver, mesmo que de relance e de uma janela, a deslumbrante Calanthe de Cintra.

– Sentem-se, distintos convivas. O senhor, senhor Tuirseach, aqui.

Eist acomodou-se num dos lugares vagos na cabeceira da mesa, separado da rainha apenas por uma cadeira vazia e a ocupada por Drogodar. Os demais ilhéus sentaram-se juntos, do lado esquerdo da mesa, entre o marechal Vissegerd e os três filhos do soberano de Strept: Múrmur, Vilaz e Lugamonte.

– Praticamente todos já chegaram – disse a rainha, inclinando-se para o marechal. – Podemos começar, Vissegerd.

O marechal bateu palmas, e pajens carregando travessas e cântaros encaminharam-se até a mesa, entre murmúrios de aprovação dos convivas.

Calanthe quase não comia, cutucando indolentemente com um garfo de prata as iguarias servidas. Drogodar, depois de engolir algo com sofreguidão, dedilhava o alaúde. Em compensação, os outros comensais, sobretudo Crach an Craite, atacavam leitões assados, aves, peixes e moluscos. Rainfarn de Attre repreendeu severamente o jovem príncipe Windhalm, a ponto de dar-lhe um tapa na mão quando ele tentava alcançar uma jarra de sidra. Cucodalek, parando de roer um osso, alegrou seus vizinhos com uma perfeita imitação do grito de uma tartaruga dos charcos. O ambiente foi ficando cada vez mais alegre e os primeiros brindes, cada vez menos coerentes.

Calanthe ajeitou o diadema de ouro sobre os cachos dos cabelos levemente agrisalhados e virou-se para Geralt, que, naquele momento, estava ocupado em quebrar a carapaça de um enorme caranguejo vermelho.

– E então, bruxo. Os convivas estão fazendo tamanha algazarra que podemos trocar discretamente algumas palavras. Comecemos por gentilezas. Alegro-me por tê-lo conhecido.

– A alegria é recíproca, Majestade.

– Agora, após as gentilezas, passemos a assuntos concretos. Tenho um trabalho para você.

– Foi o que imaginei. É muito raro eu ser convidado para um banquete por pura simpatia.

– Talvez por você não ser um conviva interessante à mesa, ou será que há outro motivo?

– Sim, há.

– E qual é?

– Somente poderei dizê-lo depois que Vossa Majestade me revelar o trabalho que tem em mente para mim.

– Geralt – falou a rainha, tocando com os dedos num colar de esmeraldas cuja pedra menor tinha o tamanho de um besouro primaveril –, que tipo de trabalho você acha que se pode ter para um bruxo? Cavar um poço? Tapar um buraco no telhado? Tecer uma tapeçaria representando todas as posições que o rei Vridank e a bela Cerro testaram durante a lua de mel? Você, melhor do que ninguém, deve saber do que trata sua profissão.

– É verdade. E, agora, posso dizer o que imagino que seja.

– Estou curiosa.

– Imagino que Vossa Majestade, assim como muitos outros, está confundindo minha profissão com outra totalmente diversa.

– Não diga... – murmurou Calanthe, que, inclinada displicentemente na direção de Drogodar e seu alaúde, parecia estar ausente e mergulhada em profundos pensamentos. – E quem seriam esses muitos outros com os quais você teve a bondade de me comparar em ignorância? E que profissão tais ignorantes estariam confundindo com a sua?

– Majestade – respondeu calmamente Geralt –, pelo caminho até Cintra tive a oportunidade de me encontrar com camponeses, negociantes, gnomos caseiros, caldeireiros e lenhadores. Falaram de uma tragarça que habita estas florestas numa casa sustentada por uma base trípode de pata de galinha, de uma quimera que se aninha nas montanhas, de zygopteras e de escolopendromorfos. Disseram que, caso se procurasse com afinco, não seria de todo impossível encontrar uma manticora. Uma porção de tarefas que um bruxo poderia executar sem a necessidade de se fantasiar com plumas e brasões.

– Você não respondeu a minha pergunta.

– Não tenho dúvida de que uma aliança com Skellige por meio de um casamento com sua filha seja de fundamental importância para Cintra. Também é possível que haja intrigantes dispostos a impedir isso, que mereceriam uma lição sem o envolvimento específico de Vossa Majestade. Assim, a melhor solução seria que tal lição lhes fosse aplicada pelo desconhecido Senhor de Quatrocorne, que, logo em seguida, desapareceria de cena. E agora vou responder a sua pergunta. Vossa Majestade confunde minha profissão com a de um assassino de aluguel, e os muitos outros a que me referi são os que detêm poder. Não é a primeira vez que me chamam a uma corte na qual os problemas do governante demandam rápidos golpes de espada. No entanto, nunca matei seres humanos em troca de dinheiro, independentemente da causa, boa ou má... E nunca o farei.

A animação em torno da mesa aumentava na razão direta em que o conteúdo dos jarros de cerveja diminuía. O ruivo Crach an Craite encontrou uma audiência simpática à sua descrição da batalha de Thwyth. No mapa que havia desenhado no tampo da mesa com o auxílio de um osso com restos de carne embebido em molho, expunha aos gritos o plano estratégico do confronto. Cucodalek, fazendo jus ao apelido, cacarejou repentinamente como uma galinha poedeira, despertando hilaridade entre os comensais e consternação entre os serviçais, convencidos de que a ave burlara toda a vigilância e conseguira entrar no salão.

– Pelo visto, o destino castigou-me com um bruxo demasiadamente perspicaz – sorriu Calanthe, mas seus olhos estavam semicerrados e furiosos. – Um bruxo que, sem uma sombra de respeito ou mesmo de simples cortesia e boa educação, desmascara minhas intrigas e meus planos mais nefastos. Mas quem sabe se o fascínio de minha beleza e o charme de minha personalidade não tenham toldado sua mente? Nunca mais faça isso, Geralt. Não se dirija dessa maneira àqueles que detêm poder. A maioria não esqueceria suas palavras. Você conhece os reis o suficiente para saber que dispõem de recursos e meios mais terríveis: punhais, venenos, masmorras, ferros em brasa. São dezenas ou até milhares de formas pelas quais eles costumam vingar-se dos que ousaram ferir-lhes o orgulho, e você nem pode imaginar, Geralt, como é fácil ferir o orgulho de um governante. Poucos são capazes de tolerar palavras do tipo: "Não", "Não farei" ou "Nunca". E isso não é tudo; basta que você interrompa um deles quando estiver falando ou simplesmente faça um comentário qualquer para acabar com os ossos quebrados na roda.

A rainha juntou as mãos brancas e delicadas e apoiou levemente nelas os lábios, fazendo uma pausa de efeito. Geralt permaneceu calado.

– Os reis – continuou ela – dividem as pessoas em duas categorias: aquelas às quais ordenam e aquelas a quem compram. E sabe por quê, Geralt? Porque eles acreditam piamente numa antiga crença banal: a de que qualquer um pode ser comprado. Qualquer um. É apenas uma questão de preço. Não concorda com isso? Ah, sim, eu nem precisava perguntar; afinal, você é um bruxo que executa uma tarefa e é remunerado por ela. Para você, o termo "comprar" perde a conotação desdenhosa. Também a questão do preço é óbvia em seu caso; está diretamente ligada ao grau de dificuldade da tarefa, da maneira como ela for executada e de sua perícia. Há ainda a questão da fama, Geralt. Os contadores de histórias nas praças públicas cantam em prosa e verso os grandes feitos do bruxo de Rívia. Se metade dessas lendas for verdadeira, posso concluir tranquilamente que seu preço é muito elevado. Assim, contratar você para tarefas tão simples e banais como intrigas palacianas ou assassinatos seria jogar dinheiro fora. Tais serviços poderiam ser executados por mãos muito mais baratas que as suas.

– BRAAAK! Ghaaa-braaak! – rugiu subitamente Cucodalek, recebendo nova salva de palmas pela imitação do som de outro animal. Geralt não tinha a mais vaga ideia de que animal se tratava, mas não gostaria de se encontrar com ele. Virou a cabeça e se defrontou com o calmo e venenoso olhar esverdeado da rainha. Drogodar, com a cabeça abaixada e o rosto e o alaúde cobertos pelos longos cabelos grisalhos, dedilhava algo em seu instrumento.

– Ah, Geralt – disse Calanthe, impedindo com um gesto que um serviçal derramasse mais vinho em sua taça. – Eu falo, falo, e você permanece calado. Estamos num banquete e todos querem se divertir. Divirta-me. Começo a sentir falta de suas valiosas observações e sagazes comentários. Além disso, caberia um ou outro elogio, uma demonstração de fidelidade ou então uma garantia de obediência... na ordem que achar mais apropriada.

– O que posso fazer, Majestade? – falou o bruxo. – Está mais do que claro que sou um convidado pouco interessante. Não deixo de me espantar com a honra de estar sentado a seu lado. Vossa Majestade poderia ter escolhido quem quisesse para ocupar este lugar; bastaria lhe ordenar ou comprá-lo. Afinal, trata-se apenas de uma questão de preço.

– Continue, continue – pediu Calanthe, com a cabeça inclinada para trás, os olhos semicerrados e um simulacro de sorriso.

– Portanto, estou honrado e orgulhoso por me encontrar ao lado da rainha Calanthe de Cintra, cuja beleza é sobrepujada apenas por sua inteligência. Também considero grande honra o fato de a rainha ter se dignado de ouvir sobre minha humilde pessoa e, com base em tal relato, não desejar aproveitar minhas aptidões para assuntos banais. No último verão, o príncipe Hrobarik não foi tão benévolo quanto Vossa Majestade e tentou me contratar para achar uma beldade que, cansada de seus avanços grosseiros, fugiu do baile perdendo um sapatinho. Foi muito difícil convencê-lo de que para esse tipo de serviço ele precisava de um caçador, e não de um bruxo.

A rainha escutava, com um sorriso misterioso nos lábios.

– Da mesma forma, outros governantes, inigualáveis a Vossa Majestade no que tange a intelecto e perspicácia, não se furtaram de me propor tarefas banais. Na maioria das vezes, tratava-se da banal eliminação de um enteado, padrasto, madrasta, tio, tia; é praticamente impossível listar todos. Eles achavam que era uma simples questão de preço...

O sorriso da rainha podia significar qualquer coisa.

– Assim, volto a repetir – continuou Geralt, inclinando levemente a cabeça na direção da rainha – que mal posso me conter de tanto orgulho por estar sentado ao lado de Vossa Majestade. E orgulho é algo que nós, bruxos, prezamos enormemente. Vossa Majestade nem pode imaginar quanto. Certa vez, um soberano ofendeu o orgulho de um bruxo, propondo-lhe um serviço contrário à honra e ao código dos bruxos e, ainda pior, não quis tomar conhecimento da polida recusa e tentou reter o bruxo em seu castelo. Todos os que, mais tarde, comentaram o episódio foram unânimes em afirmar que aquela não fora uma das melhores ideias do soberano.

– Geralt – falou Calanthe, após um breve silêncio –, você se enganou. Você é um convidado muito interessante.

Cucodalek, limpando a espuma de cerveja dos bigodes e da parte da frente de seu gibão, jogou a cabeça para trás e emitiu um prolongado uivo de uma loba no cio. Os cães do pátio, assim como de toda a redondeza, uivaram em resposta.

Lugamonte, um dos irmãos de Strept, molhou o dedo na cerveja e desenhou um traço em volta da formação delineada por Crach an Craite.

– Erro e incompetência! – exclamou. – Não era para agir dessa maneira! A cavalaria devia ter atacado aqui, neste flanco!

– Pois sim! – urrou Crach an Craite, batendo com o osso na mesa e respingando molho no rosto e na túnica de seus vizinhos. – E deixar o centro desprotegido?! A posição fundamental? De jeito algum!

– Só um cego ou alguém doente de cabeça não teria se aproveitado da situação para executar aquela manobra!

– É isso mesmo! – exclamou Windhalm de Attre.

– Alguém lhe perguntou algo, seu fedelho?

– Fedelho é você!

– Cale a boca, senão lhe quebro este osso na cabeça!

– Sente no seu traseiro e mantenha-se calado, Crach – gritou Eist Tuirseach, interrompendo sua conversa com Vissegerd. – Basta de discussões! Drogodar, não desperdice seu talento! Definitivamente, é necessária mais concentração para apreciar o belo, embora muito baixo, som de seu alaúde! Draig Bom-Dhu, pare de se empanturrar e de se embriagar! Nem uma coisa nem outra impressionarão quem quer que seja em torno desta mesa. Encha seus foles e alegre nossos ouvidos com uma autêntica canção guerreira. Com sua permissão, distinta Calanthe.

– Ah, mãezinha minha – sussurrou a rainha para Geralt, erguendo os olhos num gesto de resignação silenciosa. Apesar disso, fez um sinal afirmativo com a cabeça, sorrindo com naturalidade e gentileza.

– Draig Bom-Dhu – falou Eist –, toque para nós a canção sobre a batalha de Chociebuz! Ao menos ela não dará razão a dúvida alguma quanto às decisões táticas de seus comandantes, nem de quem lá se cobriu de glória imortal! À saúde da heroica Calanthe de Cintra!

– À sua saúde! Viva! – urraram os convivas, esvaziando as taças e canecas.

Os foles de Draig Bom-Dhu emitiram um bramido ameaçador antes de explodir num horrendo gemido prolongado e soturno. Os comensais acompanharam o ritmo da canção, batendo na mesa com tudo o que estava à mão. Cucodalek olhava avidamente para o saco de pele de cabra, decerto encantado com a possibilidade de os horripilantes sons dele emitidos aumentarem seu repertório.

– Chociebuz foi minha primeira batalha – explicou Calanthe, olhando para Geralt. – Embora tema despertar a indignação e o desprezo do orgulhoso bruxo, confesso-lhe que lutamos por causa de dinheiro. O inimigo incendiava os vilarejos que nos pagavam tributos, e nós, insensíveis e gananciosos, em vez de permitir que isso continuasse, partimos para um enfrentamento. Motivo banal, batalha banal e três mil cadáveres banais bicados por corvos. Mas olhe em volta. O que você vê? Em vez de me sentir envergonhada, eis-me aqui, orgulhosa como um pavão por cantarem canções a meu respeito, mesmo que seja ao som de uma música tão horrível e bárbara.

Calanthe voltou a estampar no rosto o enigmático sorriso cheio de felicidade e benevolência, e passou a erguer a taça vazia, em resposta aos brindes feitos em sua homenagem. Geralt permanecia calado.

– Mas continuemos – falou ela, aceitando graciosamente uma coxa de faisão oferecida por Drogodar e começando a mordiscar nacos de carne. – Como estava dizendo, você despertou meu interesse. Sempre me disseram que vocês, bruxos, eram uma casta interessante. Nunca acreditei muito nisso, mas agora acredito. Ao serem golpeados, emitem um som que atesta que foram forjados em aço, e não em excremento de passarinhos. No entanto, nada disso altera o fato de que você está aqui para realizar uma tarefa e que a executará sem se fazer de sabichão.

Embora tivesse vontade de sorrir de maneira debochada e desagradável, Geralt manteve o semblante calmo, ainda sem responder.

– Pensei – murmurou a rainha, parecendo estar totalmente concentrada na coxa do faisão – que você fosse dizer alguma coisa ou, pelo menos, dar um sorriso. Não vai? Tanto melhor. Posso considerar nosso trato fechado?

– Uma tarefa que não está clara – respondeu o bruxo, seco – não pode ser executada claramente, Majestade.

– E o que não está claro? Você não adivinhou tudo, desde o princípio? Efetivamente, planejo uma aliança com Skellige por meio do casamento de minha filha Pavetta. Também não se enganou em sua suposição de que esses planos estão ameaçados e, também, em sua conjectura de que você será necessário para eliminar essa ameaça. Entretanto, sua sagacidade termina aí. O fato de você ter pensado que eu pudesse confundir sua profissão com a de um assassino de aluguel magoou-me profundamente. Quero que saiba que faço parte do seleto grupo de soberanos que sabem exatamente de que se ocupam os bruxos e para que devem ser contratados. De outro lado, se alguém mata pessoas com tanta habilidade quanto você, mesmo que não seja em troca de dinheiro, não deveria se espantar com o fato de muitas pessoas lhe atribuírem grande profissionalismo também nesse campo. Sua fama, Geralt, o precede, e ela é mais alta do que o maldito bramido de cabra de Draig Bom-Dhu. E, da mesma forma, não há nela muitas notas agradáveis.

O gaiteiro, embora não pudesse ter ouvido as palavras da rainha, acabou seu concerto. Os comensais recompensaram-no com uma ovação caótica e, com ânimos renovados, concentraram-se em destruir as sobras de comida e bebida, em dissecar o desenrolar das mais diversas batalhas e em contar piadas grosseiras a respeito de mulheres. Cucodalek emitia os mais diferentes sons, e não se podia afirmar se eram imitações de animais ou alívios de seu estômago empanturrado.

Eist Tuirseach inclinou-se sobre a mesa na direção de Calanthe.

– Majestade, com certeza deve haver um motivo muito sério para dedicar todo o seu tempo exclusivamente ao Senhor de Quatrocorne, mas acredito que está mais do que na hora de alegrarmos nossos olhos com a visão da princesa Pavetta. Estamos esperando o quê? Não creio que seja para Crach an Craite se embriagar por completo, e falta pouco para isso.

– Como de costume, você está certo, Eist – respondeu Calanthe, sorrindo calorosamente.

Geralt não deixava de se espantar com o vasto arsenal de sorrisos da rainha.

– É verdade que tenho assuntos importantes para discutir com o distinto senhor Ravix – ela continuou. – Mas não se preocupe; também lhe dedicarei bastante tempo. Só que você conhece meu princípio: primeiro o dever, depois o prazer. Senhor Haxo! – chamou, erguendo o braço e fazendo um sinal ao castelão.

Haxo se levantou de imediato, fez uma reverência e, sem dizer uma palavra, subiu rapidamente as escadas, desaparecendo na escura galeria. A rainha voltou-se novamente para o bruxo.

– Você ouviu? Passamos tempo demais conversando. Se Pavetta já terminou de ficar se admirando no espelho, aparecerá a qualquer momento. Portanto, abra bem os ouvidos, pois não pretendo repetir. Quero obter o que planejei, que você adivinhou em parte. Não pode haver outra solução. Quanto a você, tem duas opções: agir obedecendo a uma ordem minha... não creio que valha a pena entrar em detalhes quanto às penalidades derivadas de uma desobediência, estando subentendido que a obediência será recompensada regiamente... ou prestar-me um serviço pago. Note que não usei a expressão "Posso comprá-lo", porque decidi não ferir seu orgulho de bruxo. Espero que reconheça a enorme diferença.

– A magnitude dessa diferença me escapou de alguma maneira.

– Então fique mais atento quando eu estiver falando com você. A diferença, meu caro, reside no fato de que, ao comprarmos alguém, pagamos o que queremos, enquanto aquele que presta um serviço pago define seu preço. Ficou claro?

– Apenas em parte. Suponhamos que eu escolha a forma de prestação de um serviço pago. Nesse caso, não deveria ser informado em que consiste tal serviço?

– Não, não deveria. Uma ordem, sim, tem de ser concreta e inequívoca. Já um serviço pago é outra situação. O que me interessa é apenas o resultado. Nada mais. Como você o atingirá é problema seu.

Ao erguer a cabeça, Geralt se defrontou com o olhar penetrante de Myszowor. O druida de Skellige, sem desviar os olhos do bruxo e parecendo imerso em pensamentos, esfarelava um pedaço de pão entre os dedos, deixando cair as migalhas sobre a mesa. Geralt abaixou a vista. Diante dele, sobre o tampo de carvalho da mesa, as migalhas, os grãos de cevada e pequenos fragmentos vermelhos da carapaça de um crustáceo moviam-se rapidamente como formigas. Formavam runas. As runas se juntaram por um momento, formando uma palavra, uma pergunta.

Myszowor aguardava, sem desgrudar os olhos dele. Geralt fez um quase imperceptível movimento com a cabeça. O druida abaixou as pálpebras e, com rosto impassível, recolheu as migalhas da mesa.

– Nobres senhores! – anunciou o arauto. – Pavetta de Cintra.

Os convidados se calaram, virando a cabeça na direção da escadaria.

Precedida pelo castelão e por um pajem vestido com um gibão escarlate, a princesa descia as escadas devagar, com a cabeça abaixada. Seus cabelos eram da mesma cor acinzentada que os da mãe, mas estavam entrelaçados em duas longas tranças que lhe chegavam à cintura. Com exceção de um delicado diadema com uma pedra preciosa belamente lapidada e um cinto formado por pequenos elos de ouro cingindo um longo vestido azul-prateado, Pavetta não portava outros adornos.

Escoltada pelo pajem, pelo arauto, pelo castelão e por Vissegerd, a princesa ocupou a cadeira vaga entre Drogodar e Eist

Tuirseach. O guerreiro insular imediatamente encheu sua taça, entretendo-a com uma conversa. Geralt notou que ela respondia apenas com monossílabos, mantendo os olhos sempre abaixados, cobertos pelos longos cílios, mesmo durante os diversos brindes erguidos em sua homenagem das várias partes da mesa. Era evidente que sua beleza causara profunda impressão nos convidados. Crach an Craite parou de esbravejar e, boquiaberto, ficou olhando para ela, esquecendo-se até da caneca de cerveja. Windhalm de Attre devorava a princesa com o olhar, corando com toda a gama de tons de vermelho, como se apenas alguns grãos de areia na ampulheta os separassem da noite de núpcias. Cucodalek e os três irmãos de Strept também estudavam, com atenção altamente suspeita, o delicado rosto da jovem.

– E então? – indagou baixinho Calanthe, claramente feliz com o efeito causado pela filha. – O que me diz, Geralt? A menina saiu à mãe, sem falsa modéstia. Chega a me dar pena ter de entregá-la a Crach, aquele ruivo insosso. Minha única esperança é esse garoto crescer e se transformar em alguém com a classe de Eist Tuirseach. Afinal, são do mesmo sangue. Está me ouvindo, Geralt? Cintra precisa firmar uma aliança com Skellige, porque assim demanda o interesse do Estado. Minha filha deve se casar com o homem certo, e é exatamente isso que você tem de me garantir.

– E cabe-me garantir uma coisa dessas? Não basta o desejo de Vossa Majestade?

– A questão pode adquirir um rumo que não bastará.

– E o que poderia ser mais forte do que o desejo de Vossa Majestade?

– O destino.

– Ah! Quer dizer que eu, um pobre bruxo, devo enfrentar um destino mais poderoso do que um desejo real. Um bruxo lutando contra o destino! Quanta ironia!

– O que há de irônico nisso?

– Não vem ao caso. Tudo indica que a tarefa que Vossa Majestade requer de mim beira o impossível.

– Caso beirasse o possível – falou lentamente a rainha –, eu poderia realizá-la sozinha, sem precisar do famoso Geralt de Rívia. Pare de bancar o manhoso. Tudo pode ser resolvido. É apenas uma questão de preço. Com todos os diabos, os bruxos devem ter uma tabela tarifária com o valor a ser cobrado por algo que beira o impossível... e imagino que seja bastante elevado. Cumpra a tarefa e eu lhe darei o que você pedir.

– O que Vossa Majestade acabou de dizer?

– Que lhe darei aquilo que você pedir. Não gosto quando alguém me ordena repetir. Pergunto-me se você, bruxo, sempre se esforça tanto para antagonizar seu contratante como tem se esforçado comigo antes de aceitar um trabalho. O tempo urge. Responda de uma vez: sim ou não?

– Sim.

– Muito bem. Muito bem, Geralt. Suas respostas estão ficando bastante próximas de ideais; cada vez mais se parecem com as que espero ouvir quando faço uma pergunta. E, agora, estenda discretamente seu braço esquerdo e tateie a parte de trás do encosto de meu trono.

Geralt enfiou a mão debaixo do pano azul-dourado. Quase imediatamente seus dedos tocaram em uma espada presa ao encosto coberto de couro, uma espada que ele conhecia muito bem.

– Majestade – falou baixinho –, deixando de lado tudo o que falei sobre matar seres humanos, espero que tenha consciência de que apenas uma espada não será capaz de derrotar o destino.

– Tenho – respondeu Calanthe. – É necessário também um bruxo para empunhá-la. Como você pode constatar, já providenciei essa parte.

– Majestade...

– Nem mais uma palavra, Geralt. Já conspiramos demais. Estão olhando para nós e Eist está ficando aborrecido. Converse um pouco com o castelão, coma e beba algo... mas sem exagero. Quero você atento e com a mão firme.

Geralt obedeceu. A rainha juntou-se à conversação mantida por Eist, Vissegerd e Myszowor, com a silenciosa e sonolenta participação de Pavetta. Drogodar deixou de lado o alaúde e tratou de recuperar o tempo de comilança perdido. Haxo mantinha-se calado. O voivoda de nome difícil de guardar, que pelo visto ouvira alguns comentários sobre problemas enfrentados por Quatrocorne, indagou polidamente se as éguas pariam bem, ao que

Geralt respondeu que sim, muito melhor que os garanhões. Não soube avaliar se sua piada foi bem-aceita, mas o voivoda não fez mais pergunta alguma.

Os olhos de Myszowor continuavam procurando manter contato com os do bruxo, porém as migalhas não voltaram a se mover sobre o tampo da mesa.

Crach an Craite estava ficando cada vez mais íntimo de dois dos irmãos de Strept. O terceiro, o mais jovem, estava quase em coma alcoólico depois de tentar acompanhar o ritmo de beber de Draig Bom-Dhu, enquanto o poeta parecia ter saído totalmente ileso da contenda.

Na outra extremidade da mesa, os mais jovens e menos importantes dignitários, bastante alegres, entoavam, desafinados, uma conhecida canção sobre um cabrito cornudo e uma vingativa vovozinha desprovida de senso de humor.

Um pajem de cabelos encaracolados e o capitão da guarda real, ambos com trajes nas cores azul e dourado de Cintra, aproximaram-se apressadamente de Vissegerd. O marechal ouviu-os com o cenho franzido, ergueu-se e, aproximando-se do trono, inclinou-se e sussurrou algo no ouvido da rainha. Calanthe lançou uma olhadela para Geralt e respondeu ao marechal com uma só palavra. Vissegerd inclinou-se ainda mais e sussurrou novamente; a rainha olhou para ele de modo severo e, sem dizer mais nada, bateu com a palma da mão no braço do trono. O marechal fez uma reverência e repetiu a ordem real ao capitão da guarda. Geralt não conseguiu ouvir, mas notou que Myszowor agitou-se na cadeira e olhou para Pavetta. A princesa permanecia sentada imóvel, com a cabeça abaixada.

No salão ecoaram fortes passadas, com sons metálicos que puderam ser claramente ouvidos apesar da reinante algazarra. Todos se calaram, erguendo e virando a cabeça.

A figura que se aproximava estava metida numa armadura feita de uma combinação de chapas metálicas com couro encerado. Um protuberante, granuloso e multifacetado peitoral esmaltado em negro e azul sobrepunha-se parcialmente a uma espécie de avental segmentado e curto que protegia as coxas. As couraçadas ombreiras estavam cobertas de pontas de aço afiadas como espinhos, e o elmo, com viseira gradeada, tinha o formato do focinho de um cachorro, também cheio de aguilhões como a casca de uma castanha.

Com estrondo e rangidos metálicos, o estranho visitante aproximou-se da mesa e parou imóvel diante do trono.

– Insigne rainha, nobres cavaleiros – falou o recém-chegado através da viseira, executando uma reverência desajeitada. – Perdoem-me por perturbar seu banquete festivo. Sou Ouriço de Erlenwald.

– Seja bem-vindo, Ouriço de Erlenwald – disse lentamente Calanthe. – E sente-se a nossa mesa. Em Cintra, sempre acolhemos com prazer qualquer visitante.

– Agradeço a Vossa Majestade – respondeu Ouriço de Erlenwald, inclinando-se mais uma vez e batendo no peito com o punho enfiado numa luva de aço –, mas não vim a Cintra como visitante, e sim para resolver um assunto muito importante, que não pode ser adiado. Com a permissão de Vossa Majestade, vou expô-lo imediatamente, evitando assim desperdiçar seu precioso tempo.

– Ouriço de Erlenwald – falou rispidamente a rainha –, sua mui louvável preocupação com nosso tempo não pode justificar a falta de respeito ao falar comigo de trás de uma treliça metálica. Portanto, tire o elmo. Estamos dispostos a perder o tempo que você precisar para isso.

– Com a permissão de Vossa Majestade, por ora meu rosto tem de ficar oculto.

Sussurros de desagrado percorreram pelos presentes, reforçados aqui e ali por um palavrão dito entre os dentes. Myszowor abaixou a cabeça e mexeu os lábios sem emitir um som. O bruxo sentiu o feitiço agitar seu medalhão, eletrizando por um breve segundo o ambiente. Calanthe olhava para Ouriço com os olhos semicerrados, tamborilando os dedos nervosamente nos braços do trono.

– Muito bem, dou-lhe minha permissão – disse por fim –, querendo crer que a razão de sua atitude é de fato muito importante. Assim, conte-nos o que o traz aqui, Ouriço sem rosto.

– Agradeço a permissão – falou o recém-chegado. – No entanto, não podendo suportar a acusação de falta de respeito para com Vossa Majestade, desejo esclarecer que se trata de um juramento de cavaleiro. Estou proibido de revelar meu rosto antes do soar da meia-noite.

A rainha fez um gesto desleixado com a mão, indicando que aceitava a explicação. Ouriço deu um passo à frente, fazendo ranger a armadura de pontas aguçadas.

– Há exatamente quinze anos – anunciou – o marido de Vossa Majestade, o rei Roegner, perdeu-se numa caçada em Erlenwald. Vagando pela floresta, caiu do cavalo num barranco e quebrou a perna. Jazendo no fundo do desfiladeiro, gritou por ajuda, mas apenas lhe responderam o silvo de serpentes e o uivo dos lobisomens que se aproximavam. Teria perecido inevitavelmente caso não tivesse sido socorrido.

– Sei que foi assim – confirmou a rainha. – E, se você também sabe disso, imagino que foi você quem lhe prestou socorro.

– Sim. Foi exclusivamente graças a mim que ele pôde retornar são e salvo a seu castelo e a Vossa Majestade.

– O que significa que devo lhe ser grata, Ouriço de Erlenwald, e quero que saiba que minha gratidão não é diminuída pelo fato de Roegner, o senhor de meu coração e de meu leito, já ter partido deste mundo. Gostaria de saber de que maneira poderei demonstrar minha gratidão; no entanto, temo que, para um cavaleiro andante que faz juramentos de cavaleiro e que conduz todos seus atos de acordo com os cânones da cavalaria, tal pergunta possa soar ofensiva. Tenho a convicção, porém, de que sua ajuda foi desinteressada.

– Vossa Majestade sabe muito bem que não foi desinteressada, assim como sabe que vim aqui em busca da recompensa prometida pelo rei por ter-lhe salvado a vida.

– Ah, é? – Calanthe sorriu, mas em seus olhos brilhavam perigosas chamas esverdeadas. – Quer dizer que você encontrou o rei caído no fundo de um desfiladeiro. Ele estava desarmado, ferido e exposto à sanha de víboras e monstros, e você resolveu ajudá-lo somente depois de ele lhe prometer uma recompensa? E se ele não quisesse ou não pudesse prometer uma recompensa?

O que teria feito? Você o abandonaria, e eu até hoje não saberia onde repousariam seus ossos? Sem dúvida alguma, sua atitude naquele momento deve ter sido regida por um muito estranho voto de cavaleiro andante.

O murmúrio entre os convivas cresceu consideravelmente.

– E hoje você resolveu vir buscar sua recompensa, Ouriço? – continuou a rainha, sorrindo de maneira cada vez mais ameaçadora. – Após quinze anos? Você andou calculando os juros acumulados nesse tempo todo sobre o valor que lhe foi prometido? Não estamos num banco de gnomos, Ouriço. Você afirma que Roegner lhe prometeu uma recompensa? Vai ser muito difícil convocá-lo para que ele lhe pague. Será muito mais simples despachar você ao encontro dele, para o outro mundo. Ali vocês poderão chegar a um acordo sobre quem deve a quem. Amei por demais meu marido, Ouriço, para deixar de pensar que poderia tê-lo perdido há quinze anos caso ele não tivesse concordado negociar com você. Tais pensamentos despertam em mim sentimentos não muito simpáticos a sua pessoa. Você se dá conta, seu intruso mascarado, de que neste instante, aqui, em Cintra, em meu castelo e em meu poder, você está tão indefeso quanto esteve Roegner no desfiladeiro? O que tem a me propor? Que tipo de recompensa você me dará para que lhe prometa que sairá vivo daqui?

O medalhão no pescoço de Geralt vibrou forte. O bruxo captou o claramente preocupado olhar de Myszowor. Meneou de leve a cabeça e ergueu as sobrancelhas, numa muda indagação. O druida também meneou a cabeça num quase imperceptível sinal de negação e com a barba apontou para Ouriço. Geralt não estava convencido.

– As palavras de Vossa Majestade – respondeu Ouriço – foram calculadas para me assustar, além de despertar a raiva dos distintos cavaleiros aqui presentes e o desprezo de Pavetta. Mas, acima de tudo, elas não representam a verdade, e Vossa Majestade sabe disso muito bem!

– Em outras palavras, minto como um cão – retrucou Calanthe, com um esgar desagradável.

– Vossa Majestade sabe muito bem – continuou calmamente o recém-chegado – o que se passou em Erlenwald àquela época.

Sabe que o rei Roegner, de livre e espontânea vontade, jurou me dar qualquer coisa que eu pedisse. Convoco todos aqui presentes para testemunhar o que vou declarar! Quando o rei, já fora de perigo e de volta a seu séquito, indagou mais uma vez o que eu queria, dei-lhe a resposta. Pedi-lhe que me prometesse dar aquilo que encontraria ao retornar a casa, algo do qual ele não tinha conhecimento e que não esperava. O rei me jurou que assim seria feito. E, ao retornar ao castelo, encontrou Vossa Majestade dando à luz uma menina. Sim, rainha, esperei por esses quinze longos anos, e os juros de minha recompensa foram crescendo. Hoje, ao olhar para a bela Pavetta, constato que valeu a pena esperar. Distintos cavaleiros! Alguns de vocês vieram a Cintra para pleitear a mão de Pavetta. Pois sinto informá-los de que vieram à toa. Pelo poder do juramento real, Pavetta pertence a mim desde o dia de seu nascimento!

Uma onda de exclamações emanou dos presentes. Uns gritavam, outros praguejavam, outros ainda batiam com os punhos cerrados na mesa, derrubando pratos e jarros. Lugamonte de Strept arrancou uma faca espetada na coxa de um carneiro assado e ficou brandindo-a no ar. Crach an Craite, meio agachado, tentava arrancar uma tábua do suporte da mesa.

– Isso é inaceitável! – gritou Vissegerd. – Que provas você tem? Queremos provas!

– O rosto da rainha – vociferou Ouriço, apontando para Calanthe com a mão enfiada na luva de aço – é a mais eloquente das provas!

Pavetta permanecia sentada imóvel, sem erguer a cabeça. O ar estava ficando espesso de maneira muito estranha. O medalhão do bruxo agitava-se violentamente por baixo da túnica. Geralt viu a rainha fazer um gesto para um dos pajens postado atrás do trono e sussurrar-lhe uma ordem no ouvido. Não conseguiu ouvir, mas ficou intrigado com o ar de espanto no rosto do garoto e com a necessidade de a ordem ser repetida. O pajem correu na direção da porta de saída.

A agitação em torno da mesa não cessava. Eist Tuirseach virou-se para a rainha.

– Calanthe – falou, calmo –, é verdade o que ele está dizendo?

– Mesmo que fosse – respondeu ela, mordendo os lábios e puxando nervosamente a borda do xale esmeraldino que lhe cobria os ombros –, que diferença faria?

– Se ele está falando a verdade – observou Eist, franzindo o cenho –, a promessa tem de ser cumprida.

– Ah, é?

– Devo entender – indagou soturnamente o ilhéu – que você trata todas as promessas de maneira superficial, inclusive as que ficaram profundamente gravadas em minha memória?

Geralt, que jamais imaginara ver Calanthe enrubescida, com os olhos marejados e com os lábios trêmulos, ficou surpreso.

– Eist – sussurrou ela. – Isto é diferente...

– Será mesmo?

– Ah, seu filho de uma cadela! – gritou inesperadamente Crach an Craite, erguendo-se de um pulo. – O último paspalhão que afirmou que fiz algo à toa acabou destroçado pelos caranguejos no fundo da baía de Allenker! Não vim de Skellige até aqui para voltar de mãos abanando! Apareceu um concorrente, um vagabundo sem eira nem beira. Ei! Alguém traga minha espada e entregue uma a esse palhaço! Já vamos ver quem...

– Dá para calar a boca, Crach? – falou sarcasticamente Eist, apoiando os punhos no tampo da mesa. – Draig Bom-Dhu! Faço-o responsável pelo comportamento do sobrinho do rei!

– E você pretende silenciar-me também, Tuirseach? – exclamou Rainfarn de Attre, levantando-se da cadeira. – Quem ousará me deter de lavar com sangue a falta de respeito demonstrada para com meu príncipe e seu filho, Windhalm, o único dos presentes digno da mão e do leito de Pavetta? Tragam as espadas! Vou demonstrar aqui e agora a esse Ouriço, ou como for que seja chamado, de que modo nós, os orgulhosos habitantes de Attre, vingamos tais ofensas! Gostaria de saber se há alguém ou algo capaz de refrear meu intento!

– Sim, há. O respeito por boas maneiras – respondeu calmamente Eist Tuirseach. – Não cabe aqui causar tumulto nem desafiar quem quer que seja sem a autorização da dona desta casa. Afinal, estamos na sala do trono de Cintra ou numa taberna na qual se pode meter a mão na cara ou esfaquear alguém a seu bel-prazer?

Todos voltaram a gritar, cada um com mais força, até silenciarem por completo ao ouvir o enfurecido bramido de um bisão furibundo.

– Sim – falou Cucodalek, pigarreando e levantando-se da cadeira –, Eist se enganou. Isto aqui nem parece uma taberna, mas um jardim zoológico, no qual um bisão se sentiria à vontade. Distinta Calanthe, permita-me expressar o meu ponto de vista sobre o problema com o qual nos defrontamos.

– Pelo que vejo, são muitos os que têm os mais divergentes pontos de vista sobre o problema em pauta e os expressam mesmo sem ter pedido minha opinião – respondeu Calanthe. – O que me causa espécie é a falta de interesse em saber qual é o meu ponto de vista. Pois saibam que é mais provável este castelo desabar sobre minha cabeça do que eu entregar Pavetta a esse tipo bizarro. Não tenho a mínima intenção...

– O juramento de Roegner... – começou Ouriço, mas a rainha interrompeu-o imediatamente, batendo na mesa com uma taça de ouro.

– O juramento de Roegner significa para mim o mesmo que a neve do inverno passado! Quanto a você, Ouriço, ainda não me decidi se permitirei a Crach ou a Roegner que o enfrente num duelo ou simplesmente mandarei enforcá-lo. Ao me interromper quando estou falando, você influencia de modo significativo minha decisão!

Ao olhar em volta, Geralt, cada vez mais perturbado com o alvoroço de seu medalhão, cruzou com os olhos de Pavetta, verdes-esmeraldas como os da mãe. A princesa já não os ocultava debaixo dos longos cílios; dirigia-os ora para Myszowor, ora para Geralt, sem se importar com as outras pessoas. Myszowor agitava-se encolhido sobre a cadeira, murmurando algo inaudível.

Cucodalek, ainda de pé, pigarreou alto.

– Pode falar – disse a rainha –, mas seja preciso e breve.

– Obrigado, Majestade. Venerável Calanthe e bravos cavaleiros! Com efeito, Ouriço de Erlenwald fez um pedido fora do comum ao rei Roegner, quando este declarou que atenderia a qualquer desejo seu. Por outro lado, não devemos fingir que nunca ouvimos falar de pedidos semelhantes na tão antiga quanto a humanidade Lei da Surpresa, do preço a que tem direito de demandar aquele que salva a vida de alguém que se encontra numa situação aparentemente desesperadora. "Você me dará a primeira coisa que lhe desejar boas-vindas quando chegar." Vocês dirão que tal coisa poderia ser um cachorro, o alabardeiro do portão do castelo ou até mesmo uma sogra ansiosa para passar uma descompostura no genro que retorna a casa. Ou então: "Você me dará aquilo que encontrar em casa, algo que não esperava." Após uma longa viagem e um retorno inesperado, meus senhores, na maior parte das vezes tal imprevisto costuma ser um amante no leito da esposa. Mas em outros casos trata-se de uma criança... uma criança marcada pelo destino.

– Diga logo aonde quer chegar, Cucodalek – irritou-se Calanthe, franzindo o cenho.

– Pois não, Majestade. Meus senhores! Vocês nunca ouviram falar de crianças marcadas pelo destino? Do lendário herói Zatret Voruta, entregue aos gnomos por ter sido o que seu pai viu primeiro ao retornar à fortaleza? E de Deï, o Louco, que exigiu de um viajante que lhe entregasse o que deixara em casa e de cuja existência não sabia? A surpresa foi o famoso Supree, que, anos mais tarde, livrou Deï de uma maldição que pesava sobre ele. Lembrem-se, também, de Zivelena, que se tornou rainha de Metinna graças ao gnomo Reuplestelt, a quem prometeu entregar seu primogênito. Zivelena não cumpriu a promessa quando Reuplestelt foi buscar sua recompensa, obrigando-o a fugir com feitiços. Pouco tempo depois, tanto ela como a criança morreram de peste negra. Não se brinca impunemente com o destino!

– Não me meta medo, Cucodalek – falou Calanthe, fazendo uma careta. – É quase meia-noite, a hora dos fantasmas. Você se lembra de mais algumas lendas de sua indubitável sofrida infância? Se não, sente-se e fique calado.

– Rogo que Vossa Majestade me permita ficar mais um pouco de pé – respondeu o barão, torcendo o comprido bigode. – Gostaria de lembrar-lhes de mais uma lenda, antiga e já esquecida, mas que certamente todos nós ouvimos em nossa sofrida infância.

Nessa lenda, os reis cumpriam suas promessas. Quanto a nós, pobres vassalos, a única coisa que nos une aos monarcas é a força de sua palavra: é nela que se baseiam os tratados, as alianças, nossos privilégios e nossos feudos. E então? Devemos colocar tudo isso em dúvida? Duvidar da inviolabilidade da palavra real? Chegar a ponto de ela significar tanto quanto a neve do ano anterior? Efetivamente, meus senhores, se for assim, então aguarda-nos uma velhice ainda mais difícil que a infância!

– Afinal, você está do lado de quem, Cucodalek? – exclamou Rainfarn de Attre.

– Silêncio! Deixem-no falar!

– Esse cacarejador de meia-tigela insulta Sua Majestade.

– O barão de Tigg está certo!

– Silêncio! – falou repentinamente Calanthe, levantando-se. – Deixem-no terminar.

– Agradeço profundamente – inclinou-se Cucodalek –, mas já terminei.

O salão ficou em silêncio, contrastando com a comoção causada pelas palavras do barão. Calanthe continuava de pé. Geralt achou que ninguém notara o tremor de sua mão quando ela enxugou a testa.

– Meus senhores – disse finalmente –, creio que lhes devo uma explicação. Sim, esse... Ouriço... está dizendo a verdade. Roegner realmente lhe prometeu aquilo que ele não esperava. Nosso saudoso rei parece ter sido um ignorante em assuntos femininos e não sabia contar até nove. E me revelou essa história apenas no leito de morte, porque sabia muito bem o que eu lhe faria caso tivesse confessado antes sua promessa. Ele sabia do que seria capaz uma mãe de cujo filho se dispõe com tamanho desleixo.

Os cavaleiros e os magnatas permaneceram calados. Ouriço continuava imóvel, como uma espinhosa estátua metálica.

– Quanto a Cucodalek – retomou Calanthe –, o que posso dizer? Lembrou-me de que não sou mãe, mas rainha. Diante disso, convocarei amanhã o Conselho de Ministros. Cintra não é uma tirania. O Conselho discutirá se o juramento do falecido rei pode prevalecer ao destino da sucessora do trono. Vai decidir se ela e o trono de Cintra devem ser entregues a esse vagabundo ou agir de acordo com os interesses maiores do reino.

Calanthe silenciou por um momento, olhando de soslaio para Geralt.

– No que se refere aos distintos cavaleiros que vieram a Cintra com a esperança de conseguir a mão da princesa... só me resta expressar meu pesar pelo desrespeito e desonra aos quais foram aqui submetidos. Não posso ser culpada por eles terem sido tão ridicularizados.

No meio do murmúrio que percorreu a mesa, o bruxo captou o sussurro de Eist Tuirseach:

– Por todos os deuses do mar, isso não está certo. É um evidente convite a um derramamento de sangue. Calanthe, você simplesmente os está açulando...

– Cale-se, Eist – sibilou a rainha. – A não ser que me queira ver furiosa de verdade.

Os olhos negros de Myszowor brilharam quando ele os apontou para Rainfarn de Attre, que estava prestes a se levantar, com semblante sombrio. Geralt reagiu de imediato, erguendo-se antes dele e propositadamente derrubando a cadeira com estrondo.

– Talvez não seja necessário convocar o Conselho – falou em alto e bom som.

Todos se calaram, olhando espantados para ele. Geralt sentiu sobre si os olhos esmeraldinos de Pavetta, o olhar de Ouriço detrás da viseira do elmo e, acima de tudo, a Força, crescente como uma onda, parecendo solidificar-se no ar. Via como, sob o efeito daquela Força, a fumaça das tochas e das lamparinas começava a adquirir formas fantasmagóricas. Sabia que Myszowor também via aquilo, assim como sabia que eles eram os únicos a notar tal fenômeno.

– Eu disse – repetiu calmamente – que talvez não seja necessário convocar o Conselho. Você sabe o que tenho em mente, Ouriço de Erlenwald?

O espinhento guerreiro deu dois passos à frente.

– Sei – respondeu surdamente detrás da viseira do elmo. – Só um tolo não saberia. Ouvi o que disse há pouco a bondosa e nobre rainha Calanthe. Ela encontrou um excelente meio de se livrar de mim. Aceito seu desafio, desconhecido guerreiro.

– Não me lembro de tê-lo desafiado – retrucou Geralt. – Não tenho a intenção de duelar consigo, Ouriço de Erlenwald.

– Geralt! – exclamou Calanthe, retorcendo os lábios e esquecendo-se de intitular o bruxo de "nobre Ravix". – Não estique demasiadamente a corda! Não teste o limite de minha paciência!

– Nem o meu – acrescentou Rainfarn, ameaçador.

Crach an Craite apenas rosnou. Eist Tuirseach mostrou-lhe o punho fechado a título de admoestação, mas Crach rosnou ainda mais alto.

– Todos ouviram – falou Geralt – o discurso do barão de Tigg, no qual ele mencionou famosos heróis tirados de seus pais por força de juramentos semelhantes ao que Ouriço obteve do rei Roegner. No entanto, ninguém se indagou por qual motivo, com qual intenção alguém exige um juramento de tal teor. Você sabe a resposta, Ouriço de Erlenwald. Um juramento desses é capaz de criar um forte e indissolúvel laço entre quem o demanda e seu objeto, ou seja, a criança-surpresa. Uma criança dessas, escolhida pela sorte cega, pode ser predestinada a grandes feitos. Ela pode desempenhar papel muito importante na vida daquele a quem o destino venha a unir. E foi exatamente por isso que você, Ouriço, pediu a Roegner a recompensa que hoje veio buscar. Você não almeja o trono de Cintra. Você quer a princesa.

– É exatamente como está dizendo, cavaleiro desconhecido – riu ruidosamente Ouriço. – É exatamente isso que quero! Entreguem-me aquela que é meu destino!

– Isso – disse Geralt – é algo que ainda terá de ser comprovado.

– Você ousa duvidar? Depois de a rainha ter confirmado a veracidade de minhas palavras? Depois do que você mesmo acabou de dizer?

– Sim, porque você não nos contou tudo. Roegner, caro Ouriço, conhecia bem o poder da Lei da Surpresa e a gravidade do juramento que prestou. E ele o prestou porque sabia que a lei e os costumes protegem juramentos desse tipo, assegurando que sejam cumpridos quando confirmados pela força do destino. Assim, eu afirmo, Ouriço, que por enquanto você não tem nenhum direito à princesa e que somente o adquirirá quando...

– Quando o quê?

– Quando a princesa concordar em partir com você. É isso que consta na Lei da Surpresa. É a concordância da criança, e não a dos pais, que confirma o juramento e comprova que ela realmente nasceu à sombra do destino. E você veio para cá somente depois de quinze anos, Ouriço, porque foi essa a condição que o rei Roegner introduziu em sua promessa.

– Quem é você?

– Sou Geralt de Rívia.

– E quem é você, Geralt de Rívia, para intitular-se oráculo na área de costumes e leis?

– Ele conhece a Lei da Surpresa melhor do que qualquer um – falou Myszowor –, porque ela foi aplicada a seu caso. Ele foi levado de casa por ser aquele que o pai não esperava encontrar em seu retorno. Por ter sido predestinado a outras coisas e pela força do destino, tornou-se o que é.

– E o que ele é?

– Um bruxo.

No silêncio que se seguiu, o sino da casa da guarda soou soturnamente, anunciando meia-noite. Todos estremeceram e ergueram a cabeça. Myszowor olhou para Geralt fazendo uma careta de profundo espanto, mas entre todos quem mais estremeceu foi Ouriço. As mãos cobertas por luvas de aço caíram inertes ao longo do corpo e o espinhento elmo balançou-se hesitantemente.

A estranha e desconhecida Força que preenchia o salão como uma neblina grisalha ficou mais densa.

– É verdade – falou Calanthe. – O aqui presente Geralt de Rívia é um bruxo. Sua profissão é digna de respeito e consideração. Ele se sacrificou para nos proteger dos monstros e pesadelos criados pela noite e pelas ocultas forças sinistras. É ele quem mata os seres fantásticos e os monstros que nos espreitam nas florestas, bem como os que ousam adentrar nossas residências.

Ouriço permaneceu calado.

– Portanto – continuou a rainha, erguendo a mão cheia de anéis –, que se respeite a lei e que se concretize a promessa cujo cumprimento você exige, Ouriço de Erlenwald. Já é meia-noite; você não está mais preso a seu juramento de cavaleiro e pode tirar o elmo. Antes de minha filha expressar seu desejo e decidir seu destino, nada mais justo que ela lhe veja o rosto. Aliás, todos nós gostaríamos de vê-lo.

Ouriço de Erlenwald ergueu lentamente a mão blindada, desatou o fecho do elmo, tirou-o da cabeça e o arremessou com estrondo no chão. Alguém gritou, outro praguejou e outro ainda aspirou o ar sibilando com dificuldade. No rosto da rainha desenhou-se um perverso sorriso, um terrível e cruel sorriso de triunfo.

Por cima do largo e semicircular peitoral de aço, parecendo botões negros, fitavam os presentes dois olhos esbugalhados dispostos nas laterais de um rombudo e alongado focinho com longas presas pontudas e pelos ruivos. A cabeça e a nuca da criatura parada no centro do salão eram cobertas de curtos espinhos cinzentos em constante movimento.

– Eis minha aparência – falou a criatura –, algo que você, Calanthe, sabia muito bem. Roegner, ao lhe contar o acidente que sofrera em Erlenwald, não poderia deixar de mencionar como era aquele a quem devia a vida e a quem, apesar disso, fizera tal promessa. Você se preparou muito bem para minha chegada, rainha. Sua desdenhosa e aviltante recusa em cumprir a palavra do rei foi repudiada até mesmo por seus vassalos. Quando sua tentativa de atiçar contra mim os outros pretendentes falhou, ainda se valeu de um bruxo assassino de reserva, sentado a sua direita. Por fim, um banal e rasteiro embuste. Você quis me humilhar, Calanthe. Pois saiba que acabou humilhando a si mesma.

– Basta! – gritou a rainha, levantando-se e apoiando o punho cerrado no quadril. – Vamos acabar com isto de uma vez. Pavetta! Você está vendo quem... mais precisamente o que está diante de nós reivindicando sua mão. De acordo com os cânones da Lei da Surpresa e o costume secular, cabe a você a decisão final. Portanto, fale. Basta apenas pronunciar uma só palavra. Se disser "sim", você se tornará a propriedade, um butim desse monstro. Se disser "não", nunca mais terá de vê-lo.

A Força que pulsava no salão premia as têmporas de Geralt com um aperto férreo, zumbia em seus ouvidos e eriçava seus cabelos. O bruxo olhava para as falanges dos dedos de Myszowor contraídas na beira do tampo da mesa, para o fino filete de suor escorrendo pela face da rainha e para as migalhas de pão espalhadas na mesa, que se moviam como vermes formando runas, desfazendo-se e voltando a se agrupar, deixando um claro aviso: CUIDADO!

– Pavetta! Responda! – repetiu Calanthe. – Você quer partir com essa criatura?

Pavetta ergueu a cabeça.

– Sim.

A Força que preenchia o salão retumbou surdamente pela abóbada. Ninguém, absolutamente ninguém, emitiu som algum.

Calanthe desabou devagar, muito devagar, no trono. Seu rosto estava desprovido de qualquer expressão.

– Todos ouviram – no meio do silêncio sepulcral ouviu-se a calma voz de Ouriço. – Inclusive você, Calanthe, e você, bruxo ganancioso e assassino de aluguel. Meus direitos foram ratificados. A verdade e o destino triunfaram sobre a mentira e as artimanhas. O que lhes restou, nobre rainha e bruxo disfarçado? O frio aço?

Ninguém respondeu.

– Meu maior desejo – continuou Ouriço, agitando os espinhos pontudos e as cerdas do focinho – seria partir deste lugar com Pavetta o mais rápido possível. No entanto, não posso me negar um prazer todo especial: o de você, Calanthe, trazer sua filha até aqui e colocar sua mão sobre a minha.

Calanthe girou lentamente a cabeça na direção do bruxo. Seus olhos emitiram uma ordem. Geralt não se moveu, sentindo e vendo a Força suspensa no ar concentrando-se nele. Apenas nele. Então compreendeu. Os olhos da rainha se semicerraram e seus lábios começaram a tremer...

– O quê?! O que você disse?! – urrou repentinamente Crach an Craite, erguendo-se de um pulo. – A delicada mão de Pavetta sobre a desse monstro? A princesa com essa criatura fedorenta? Com esse... focinho de porco?

– E pensar que eu quis lutar com ele como com um cavaleiro! – fez-lhe coro Rainfarn. – Com esse espantalho, esse animal! Deixem que os cães se ocupem dele! Os cães!

– Guardas! – berrou Calanthe.

Depois, tudo se passou numa velocidade espantosa. Crach an Craite derrubou com estrondo uma cadeira e agarrou uma faca da mesa. Obedecendo a uma ordem de Eist, o poeta Draig Bom-Dhu desferiu-lhe um violento golpe com sua gaita de foles. Crach desabou sobre a mesa, entre uma travessa de esturjão num molho acinzentado e as roídas costelas que sobraram de um javali assado.

Rainfarn correu na direção de Ouriço, fazendo brilhar o aço de um estilete que tirara da manga. Cucodalek deu um pontapé num tamborete, atirando-o em seu caminho. Rainfarn conseguiu pular por cima do obstáculo, mas o pequeno instante de distração bastou para Ouriço desviar-se agilmente, derrubando o tutor do príncipe Windhalm com um possante golpe do punho couraçado. Cucodalek logo se atirou sobre ele a fim de se apossar do seu estilete, no que foi impedido pelo príncipe Windhalm, que se agarrou a sua coxa como um cão de caça.

Diversos guardas armados com alabardas e gládios entraram correndo no salão. Calanthe, ereta e ameaçadora, apontou para Ouriço com um brusco gesto de comando. Pavetta começou a gritar, e Eist Tuirseach, a praguejar. A essa altura, todos estavam de pé, sem saber ao certo o que fazer.

– Matem-no! – ordenou a rainha.

Ouriço, bufando furiosamente e arreganhando as presas, virou-se para enfrentar os guardas. Estava desarmado, mas sua armadura de aço evitou que fosse perfurado pela ponta das alabardas. O impacto, no entanto, o projetou para trás diretamente sobre Rainfarn, que acabava de se erguer e conseguiu imobilizá-lo agarrando-o pelas pernas. Ouriço soltou um berro e, com as proteções dos antebraços, aparava os golpes dos gládios desferidos sobre sua cabeça. Rainfarn tentou atingi-lo com o estilete, porém a lâmina resvalou no peitoral de aço. Os guardas, cruzando as alabardas, empurraram Ouriço contra a parede, e Rainfarn, pendurado em seu cinturão, conseguiu encontrar uma fresta na armadura e enfiar nela a lâmina de seu punhal. Ouriço encolheu-se de dor.

– Dunyyyyy! – gritou Pavetta com voz aguda, saltando sobre uma cadeira.

O bruxo, munido de sua espada, pulou sobre a mesa e correu na direção dos que lutavam, derrubando pelo caminho pratos, travessas e taças. Sabia que dispunha de pouco tempo. O grito de Pavetta adquiria um tom cada vez mais sobrenatural, enquanto Rainfarn erguia o braço para desferir outra punhalada.

Proferindo um palavrão, Geralt saltou da mesa e lhe desferiu um golpe com a espada. Rainfarn emitiu um grito de dor e cambaleou até a parede. O bruxo girou sobre os calcanhares e, com a parte central da lâmina, acertou um guarda que estava se preparando para enfiar a ponta do gládio numa parte desprotegida logo abaixo do peitoral da armadura de Ouriço. O guarda desabou por terra, deixando cair o capacete. Outros guardas adentraram o salão.

– Isto não está certo! – urrou Eist Tuirseach, que agarrou uma cadeira, destroçou-a no chão e, com o pedaço que lhe sobrou nas mãos, atirou-se contra eles.

Ouriço, ainda preso pelas lâminas em forma de meia-lua das alabardas dos guardas, gritava e bufava ao ser arrastado pelo assoalho. Um terceiro guarda correu até ele e ergueu o gládio para desferir um golpe. Geralt acertou-o numa das têmporas com a ponta da espada. Os dois que arrastavam Ouriço largaram-no imediatamente, deixando cair as alabardas. Os que estavam entrando no salão recuaram diante do pedaço de cadeira que Eist brandia como se fosse o mágico espadão Balmur do lendário Zatret Voruta.

O grito de Pavetta atingiu o auge e repentinamente pareceu se interromper. Geralt, pressentindo o que estava por vir, atirou-se no chão, captando com o canto dos olhos um lampejo esverdeado. Sentiu uma forte dor nos tímpanos, ouvindo um terrível barulho e um brado de horror emanando de várias gargantas. Depois, ficou no ar apenas o vibrante, uniforme e monótono grito da princesa.

A mesa levitou, espalhando pratos e comida por todos os lados. Pesadas cadeiras voaram pela sala, despedaçando-se contra as paredes. Tapeçarias e gobelinos giraram, soltando nuvens de poeira. Da porta provinham estrondos, gritos e secos estalos de cabos de alabardas se partindo.

O trono, com Calanthe nele sentada, foi projetado no ar e disparou como uma seta através do salão, batendo com força numa parede e desfazendo-se em pedaços. A rainha desabou no chão como uma boneca de pano. Eist Tuirseach, mal conseguindo manter-se de pé, correu até ela, ergueu-a nos braços e protegeu-a com o corpo contra pedaços de reboco que, feito granizo, caíam das paredes.

Geralt, apertando o medalhão contra o peito, arrastou-se o mais rápido possível na direção de Myszowor, que milagrosamente continuava ajoelhado e erguia um curto ramo de pilriteiro com uma caveira de rato espetada na ponta. Na parede às costas do druida, o gobelino representando o cerco e o incêndio da fortaleza de Ortagor ardia em chamas de verdade.

Pavetta uivava. Girando o corpo, desferia golpes com seu uivo como se fosse um chicote em tudo e em todos a sua volta. Fazia qualquer um que tentasse se erguer cair pesadamente no piso e rolar por ele ou bater com violência contra uma parede. Diante dos olhos de Geralt, uma enorme salseira de prata esculpida em forma de galera com muitos remos e com proa pontuda silvou no ar, derrubando o voivoda de nome complicado. O reboco do teto desabava sobre a mesa, que girava com Crach an Craite deitado sobre o tampo vociferando os mais terríveis impropérios.

Geralt conseguiu arrastar-se até Myszowor, e ambos se esconderam por trás de uma barricada formada por, de baixo para cima, Lugamonte de Strept, um tonel de cerveja, Drogodar, uma cadeira e a gaita de foles de Drogodar.

– Trata-se da mais pura e primordial Força! – berrou o druida por cima da algazarra e gritaria. – E ela não consegue dominá-la!

– Eu sei! – gritou de volta Geralt, enquanto um faisão assado que ainda conservava algumas das penas enfiadas no traseiro caía sobre suas costas.

– É preciso detê-la! As paredes estão rachando!

– Estou vendo!

– Você está pronto?

– Sim!

– Um! Dois! Três!

Atacaram-na simultaneamente, Geralt com o Sinal de Aard e Myszowor com um terrível feitiço de terceiro grau, o qual fez parecer que o piso do salão logo começaria a derreter. A cadeira sobre a qual a princesa estava de pé espatifou-se no chão, desfazendo-se em dezenas de pedaços. Tal fato aparentemente não teve efeito algum sobre Pavetta, que permaneceu flutuando dentro da transparente esfera esverdeada. Sem parar de gritar, virou-se na direção de Geralt e Myszowor, e seu rostinho contorceu-se repentinamente numa careta ameaçadora.

– Com todos os demônios! – exclamou Myszowor.

– Cuidado! – gritou o bruxo. – Bloqueie-a, Myszowor! Bloqueie-a, senão será nosso fim!

A mesa desabou sobre o piso, destruindo seus pés e tudo o que se encontrava debaixo dela. Crach an Craite, ainda deitado no tampo, foi atirado a mais de três braças de altura. Em volta, caiu uma chuva de pratos e restos de comida, explodiram taças de cristal no chão e a cornija do muro se soltou e tombou com estrondo de trovão, fazendo tremer o assoalho do castelo.

– Ela está soltando tudo! – berrou Myszowor, apontando o ramo de pilriteiro para a princesa. – Está soltando tudo! Agora, toda a Força será dirigida contra nós dois!

Geralt, com um rápido movimento da espada, desviou a trajetória de um garfo de dois dentes que voava na direção do druida.

– Bloqueie-a, Myszowor!

Os olhos esmeraldinos lançaram contra Geralt e Myszowor dois raios verdes, que se uniram numa espécie de redemoinho, do qual emergiu a Força, como um aríete que esmaga crânios, apaga olhos e retém a respiração. Com a Força, desabaram sobre eles cacos de vidro e de louça, candelabros, ossos roídos, pedaços de pão, tábuas e ainda fumegantes toras da lareira. O castelão Haxo, mais parecendo um gigantesco tetraz, passou voando por cima deles. Uma enorme cabeça de carpa cozida espatifou-se no peito de Geralt, manchando o brasão com o campo dourado, o urso negro e a jovem de Quatrocorne.

Mais possante que o terrível feitiço de Myszowor que fizera tremer as paredes, acima dos próprios gritos, dos gemidos dos feridos e do berro de Pavetta, Geralt ouviu repentinamente o mais horripilante som de toda sua vida.

Cucodalek, ajoelhado sobre os foles da gaita de Bom-Dhu, pressionava-os com as mãos e os joelhos, enquanto, com a cabeça atirada para trás, urrava e berrava, grasnava e cacarejava, guinchava e mugia, numa mistura de vozes de todos os animais, conhecidos e desconhecidos, selvagens e domesticados, e até mitológicos.

Pavetta assustou-se, interrompeu o grito por um instante e, com olhos arregalados, encarou o barão. A Força diminuiu repentinamente.

– Agora! – gritou Myszowor, agitando o ramo de pilriteiro. – Agora, bruxo!

Investiram contra ela ao mesmo tempo. A esverdeada esfera que cercava a princesa estourou sob o ataque como se fosse uma bolha de sabão. O repentino vácuo sugou rapidamente a Força que se revolvia no salão. Pavetta desabou pesadamente no chão e se pôs a chorar.

Após um instante de silêncio que chegou a doer nos ouvidos depois do pandemônio de momentos antes, ouviram-se vozes emanando do meio dos escombros, mobília estraçalhada e corpos imóveis.

– Cuas o parse, ghoul y badaraigh mal na cuach – dizia Crach an Craite, respingando sangue dos lábios feridos.

– Contenha-se, Crach – falou Myszowor, limpando a papa de aveia grudada na parte da frente de seu traje. – Há damas presentes.

– Calanthe, minha adorada. Minha querida Calanthe! – repetia Eist Tuirseach por entre beijos apaixonados.

A rainha abriu os olhos, mas não parecia fazer esforço algum para se livrar do abraço, dizendo apenas:

– Eist, as pessoas estão olhando!

– Que olhem.

– Será que alguém pode me explicar o que foi aquilo? – indagou o marechal Vissegerd, emergindo debaixo de uma tapeçaria jogada no chão.

– Não – respondeu o bruxo.

– Um médico! – gritou agudamente Windhalm de Attre, debruçado sobre o corpo de Rainfarn.

– Água! – berrou Múrmur, um dos irmãos de Strept, abafando com o gibão um dos gobelinos em chamas. – Água, depressa!

– E cerveja! – pediu Cucodalek, com a voz rouca.

Os poucos guerreiros capazes de se manter de pé tentaram levantar Pavetta, mas ela se desvencilhou deles, ergueu-se sozinha e, com passos cambaleantes, foi até a lareira, junto da qual Ouriço, sentado com as costas apoiadas na parede, tentava livrar-se, desajeitado, da armadura manchada de sangue.

– Ah, esses jovens de hoje! – rosnou Myszowor, olhando para o casal. – Eles começam muito cedo e só têm uma coisa na cabeça.

– O quê?

– Então você, um bruxo, não sabe que uma donzela, ou seja, uma virgem, não teria o poder de usar a Força?

– Estou pouco me lixando para sua virgindade – falou Geralt. – O que gostaria de saber é de onde lhe vêm essas habilidades. Pelo que me consta, nem Calanthe nem Roegner...

– Ela as herdou saltando uma geração – explicou o druida. – Sua avó, Adália, conseguia erguer uma ponte levadiça apenas com um leve movimento das sobrancelhas. Mas olhe para os dois, Geralt! Ela quer mais!

Calanthe, ainda sustentada pelo braço de Eist Tuirseach, apontou para o ferido Ouriço, deixando claro aos guardas que o atacassem. Geralt e Myszowor moveram-se rapidamente em sua direção para protegê-lo, mas não foi preciso. Os guardas, assim que se aproximaram da figura apoiada na parede, deram um salto para trás, sussurrando entre si.

O monstruoso focinho de Ouriço estava se desfazendo, perdendo os contornos. Os aguçados espinhos e os pelos ruivos se transformaram numa vasta e brilhante cabeleira negra e numa barba da mesma cor, que contornava um pálido e angular rosto másculo com um nariz proeminente.

– O quê... – gaguejou Eist Tuirseach. – Quem é essa pessoa? Ouriço?

– Duny – falou docemente Pavetta, enquanto Calanthe, com os lábios cerrados, virava a cabeça.

– Ele estava enfeitiçado? – indagou Eist, hesitante. – Se sim, então como...

– Soou meia-noite – disse o bruxo. – Agora; neste momento. As badaladas dos sinos que ouvimos mais cedo foram dadas por erro do sineiro... não é verdade, Calanthe?

– É verdade, é verdade – respondeu Duny, e não a rainha, que, de todo modo, não aparentava ter a mínima intenção de responder. – No entanto, peço-lhes que, em vez de falarem tanto, me ajudem a tirar estas placas de aço e chamem um médico. Aquele louco de Rainfarn me feriu entre as costelas.

– E quem precisa de médico? – perguntou Myszowor, sacando seu milagroso ramo de pilriteiro.

– Já basta! – falou Calanthe, erguendo orgulhosamente a cabeça. – Chega! Quando terminarem com isso, quero a presença de todos em meus aposentos. E, quando digo "todos", refiro-me a Eist, Pavetta, Myszowor, Geralt e você... Duny. Myszowor!

– Sim, Majestade.

– Será que esse seu ramo... Machuquei a coluna vertebral e a região que fica a sua volta.

– Às ordens de Vossa Majestade.

III

– ... a maldição – continuou Duny, coçando a testa. – Desde a nascença. Nunca soube o que a motivou e quem a lançou. De meia-noite até madrugada sou um homem normal, e a partir do amanhecer adquiro a aparência que vocês mesmos puderam ver. Meu pai, Akerspaark, quis ocultar esse fato, uma vez que em Maecht o povo é muito supersticioso e uma maldição na família real poderia tornar-se fatal para a dinastia. Assim, abandonei o castelo na companhia de um dos guerreiros de meu pai e fiquei vagando pelo mundo com ele. Após sua morte, passei a viajar sozinho. Não consigo lembrar quem foi que me disse que a única pessoa capaz de me livrar da maldição seria uma criança-surpresa. Pouco tempo depois, tive aquele encontro com Roegner... Quanto ao resto, vocês já sabem.

– Sabemos ou podemos imaginar – falou Calanthe. – Principalmente o fato de você não ter esperado os quinze anos acertados com Roegner e, antes disso, virou a cabeça de minha filha. Pavetta! Desde quando?

A princesa abaixou a cabeça e ergueu um dedo.

– Vejam só, sua pequena feiticeira. E debaixo do meu nariz! Já vou descobrir quem foi que o deixava entrar à noite no castelo! Mas antes deixe-me lidar com as damas da corte com as quais você ia ao jardim colher primaveras. Primaveras! Pois sim! E agora, o que devo fazer com vocês?

– Calanthe... – começou Eist.

– Calma, Tuirseach. Ainda não terminei. Duny, a situação se complicou. Você está namorando Pavetta há um ano, e daí? Daí, nada. Você arrancou aquela promessa do pai errado. O destino pregou-lhe uma peça. Quanta ironia, como diria o aqui presente Geralt de Rívia.

– Pois eu pouco me importo com destino, promessas e ironias – afirmou Duny. – Pavetta e eu nos amamos, e é só isso que conta. Mesmo com todo o seu poder real, não pode se interpor no caminho de nossa felicidade.

– Pois saiba que posso, e você nem imagina quanto – respondeu Calanthe, dando um de seus indecifráveis sorrisos. – Só que, para sua sorte, não quero. Tenho uma dívida para consigo. Por aquilo... você sabe. Eu estava decidida a... Deveria pedir-lhe perdão, mas eis uma coisa que não me apraz. Portanto, dou-lhe Pavetta e ficamos quites. Pavetta, não mudou de ideia?

A princesa negou veemente com a cabeça.

– Obrigado, Majestade. Muito obrigado – sorriu Duny. – Vossa Majestade é uma rainha sábia e bondosa.

– Sei que sou. Além disso, sou bela.

– E bela.

– Se quiserem, poderão permanecer em Cintra. Os habitantes daqui são menos supersticiosos que os de Maecht e logo vão se acostumar com seu aspecto... Aliás, mesmo sob a forma de Ouriço, você não deixa de ser bastante simpático. Mas não poderá contar com o trono tão cedo, pois pretendo reinar por bastante tempo, ao lado do novo rei de Cintra. O distinto Eist Tuirseach, líder dos ilhéus de Skellige, me fez certa proposta.

– Calanthe...

– Sim, Eist, aceito. É verdade que nunca tinha recebido uma declaração de amor deitada no meio dos escombros de meu trono, mas... como mesmo você se expressou, Duny? É só isso que conta, e é melhor ninguém se interpor no caminho de minha felicidade. Por que vocês estão olhando para mim como se tivessem visto um fantasma? Não sou tão velha quanto podem imaginar ao constatar que minha filha tem idade suficiente para se casar.

– Ah, esses jovens de hoje! – murmurou Myszowor. – Filho de peixe, peixin...

– O que você está sussurrando, druida?

– Nada, Majestade.

– Ainda bem. E, aproveitando a ocasião, tenho uma proposta a lhe fazer. Pavetta vai precisar de um preceptor. Ela tem de aprender a lidar com aquele seu dom todo especial. Gosto de meu castelo, e preferiria que ele pudesse continuar como é. Com o próximo ataque histérico de minha tão bem-dotada filha, temo que ele possa desabar. O que você me diz disso?

– Sentir-me-ei extremamente honrado.

– Penso que... – A rainha olhou para a janela. – Já está amanhecendo. Chegou o momento...

Calanthe virou rapidamente a cabeça na direção do lugar em que Pavetta e Duny sussurravam entre si, segurando-se pelas mãos e quase encostando as testas.

– Duny! Você não ouviu o que eu disse? Está amanhecendo, e você...

Geralt e Myszowor se entreolharam e soltaram uma gargalhada.

– Posso saber o que os diverte tanto, feiticeiros? Será que vocês não estão vendo...

– Estamos, estamos – garantiu-lhe Geralt.

– Apenas aguardávamos que você mesma se apercebesse – falou Myszowor, fazendo um esforço para conter o riso. – Estava curioso para saber quando você se daria conta.

– Daria conta de quê?

– De ter desfeito o feitiço. Foi você mesma quem o desfez – explicou o bruxo. – Quando falou: "Dou-lhe Pavetta", cumpriu-se o destino.

– Exatamente – confirmou o druida.

– Por todos os deuses – falou lentamente Duny. – Finalmente! Que coisa! Achei que ficaria mais feliz, que ouviria som de trombetas ou outros instrumentos... mas devo ter me acostumado. Obrigado, Majestade! Pavetta, você ouviu o que eles disseram?

– Hum – falou a princesa, sem erguer as pálpebras.

– E, assim – suspirou Calanthe, olhando para Geralt com olhos cansados –, tudo acabou bem. Não é verdade, bruxo? A maldição foi desfeita, teremos dois casamentos muito em breve, a reforma da sala do trono deverá levar mais de um mês, temos quatro mortos e uma porção de feridos, Rainfarn de Attre mal consegue respirar... Alegremo-nos! Você percebeu, bruxo, que houve um momento em que tive vontade de...

– Percebi.

– Agora, porém, sinto-me obrigada a lhe dar razão. Exigi um resultado e o obtive. Cintra firmará uma aliança com Skellige e minha filha se casará com o homem certo. Por um momento, cheguei a pensar que tudo isso poderia ter acontecido por si só e de acordo com o destino, mesmo sem convidá-lo para o banquete e tê-lo feito sentar a minha direita. Mas me enganei. O destino poderia ter sido mudado pelo estilete de Rainfarn, e Rainfarn foi contido por sua espada. Você trabalhou honestamente, Geralt, e chegou a hora de definirmos o preço por seu serviço. Diga o que você deseja.

– Um momento – interferiu Duny, massageando o lombo coberto de ataduras. – Já que vocês estão discutindo a questão do pagamento, sou eu o devedor do bruxo, e cabe a mim...

– Não me interrompa, meu genro. – falou Calanthe, com os belos olhos semicerrados. – Sua sogra detesta ser interrompida. Lembre-se sempre disso. E saiba que não é devedor de coisa alguma. Você foi algo como um objeto que fazia parte de meu acordo com Geralt de Rívia. Já lhe disse que estamos quites, e não vejo motivo para ter de ficar lhe agradecendo até o fim de meus dias.

Mas meu trato com o bruxo continua de pé. Portanto, Geralt, diga logo seu preço.

– Muito bem – disse o bruxo. – Peço que você me dê seu xale, Calanthe. Quero que ele me lembre para sempre a cor dos olhos da mais bela rainha que tive a oportunidade de conhecer.

Calanthe soltou uma risada e abriu o fecho de seu colar de esmeraldas.

– Esta bijuteria tem pedras com uma tonalidade mais precisa. Aceite-a, com agradáveis lembranças.

– Posso dizer uma coisa? – perguntou humildemente Duny.

– Lógico que sim, meu genro. Diga.

– Continuo a afirmar que sou seu devedor, bruxo. Era a mim que ameaçava o estilete de Rainfarn. Era eu quem teria sido trucidado pelos guardas se você não tivesse interferido. Se o que está em jogo é algum tipo de preço, é a mim que cabe pagá-lo. Garanto-lhe que disponho de recursos suficientes. O que quer de mim, Geralt?

– Duny – falou lentamente Geralt. – Quando um bruxo é defrontado com uma pergunta como essa, tem de pedir que ela seja repetida.

– Muito bem. Repito-a, então, pois quero que saiba que sou seu devedor também por outro motivo. Quando ouvi no salão quem você era, imediatamente passei a odiá-lo e pensei muito mal a seu respeito. Achei que você era apenas uma ferramenta cega e sedenta de sangue; alguém que mata sem pensar e sem remorsos, limpando o sangue da lâmina e contando o dinheiro que lhe foi pago. Mas me convenci de que a profissão de bruxo é realmente digna de todo o respeito. Você nos defende não somente daquele Mal escondido na penumbra, como também do que se esconde em nós mesmos. É uma pena que sejam tão poucos.

Calanthe sorriu, e Geralt, pela primeira vez naquela noite, esteve propenso a reconhecer que seu sorriso fora espontâneo e sincero.

– Meu genro expressou-se muito bem. A seu discurso, devo acrescentar duas palavras. Apenas duas: "Perdão, Geralt."

– E volto a repetir – disse Duny. – O que deseja de mim?

Geralt adotou um ar sério e falou:

– Duny, Calanthe, Pavetta e você, valente cavaleiro Tuirseach, futuro rei de Cintra. Para se tornar bruxo, é preciso ter nascido sob a sombra do destino, e não são muito os que nascem nessas condições. É por isso que somos tão poucos. Envelhecemos, morremos e não temos a quem transmitir nosso conhecimento e nossas aptidões. Faltam-nos substitutos, e este mundo está cheio do Mal, que apenas espera que sumamos de vez.

– Geralt... – sussurrou Calanthe.

– Sim, rainha, não está equivocada. Duny! Você me dará aquilo que já possui e que ainda não sabe. Voltarei a Cintra dentro de seis anos, para verificar se o destino foi generoso comigo.

– Pavetta – falou Duny, arregalando os olhos. – Não me diga que você...

– Pavetta! – exclamou Calanthe. – Será possível que você estaria... Você está...

A princesa corou e abaixou os olhos. Depois, respondeu.

A VOZ DA RAZÃO 5

– Ei, Geralt! Você está aí?

O bruxo ergueu a cabeça das páginas já amareladas e ásperas de *A história do mundo*, de Roderick de Novembre, obra interessante, embora um tanto controversa, que começara a estudar no dia anterior.

– Estou. O que aconteceu, Nenneke? Está precisando de mim?

– Você tem visita.

– Mais uma? Quem é desta vez? O duque Hereward em pessoa?

– Não. Desta vez é seu cupincha, Jaskier, aquele vagabundo leviano e parasita, sacerdote da arte, brilhante estrela de baladas e de versos de amor. Como sempre, apareceu coberto de glória, com o peito estufado como uma bexiga de porco e fedor de cerveja. Você quer vê-lo?

– É lógico que sim. Afinal, ele é meu amigo.

Nenneke irritou-se, dando de ombros.

– Não consigo compreender essa amizade. Ele é exatamente o oposto de você.

– Os opostos se atraem.

– Isso está mais do que claro. Mas aí vem seu famoso poeta.

– Ele é mesmo um poeta famoso, Nenneke. Não me diga que nunca ouviu suas baladas.

– Ouvi. E como! Reconheço que não entendo muito dessas coisas e pode ser que a habilidade de saltar livremente da lírica sentimental para as mais grosseiras obscenidades seja um talento. Mas vamos deixar isso de lado. Perdoe-me por não ficar e lhes fazer companhia. Hoje não estou com disposição para ouvir nem sua poesia nem suas piadinhas vulgares.

Do corredor chegou um riso perolado acompanhado do som de alaúde, e no vão da porta da biblioteca surgiu Jaskier, trazendo na cabeça um chapeuzinho de lado e trajando uma jaqueta lilás de punhos rendados. Ao ver Nenneke, o trovador fez uma reverência exagerada, varrendo o chão com a pena de garça presa ao chapéu.

– Meus profundos respeitos, venerável mãe – ganiu ele boçalmente. – Glória à Grande Melitele e a suas sacerdotisas, receptáculos de todas as virtudes e sabedoria...

– Pare de falar bobagens, Jaskier – retrucou Nenneke. – E não me chame de mãe. Só de pensar que você poderia ser meu filho fico arrepiada de pavor.

Dizendo isso, ela girou sobre os calcanhares e saiu, arrastando no chão a aba da longa veste. Jaskier, macaqueando-a, parodiou sua reverência anterior.

– Ela não mudou nada – comentou serenamente. – Continua a nada entender de brincadeiras. Está furiosa comigo porque, quando cheguei, fiquei conversando com a porteira, uma linda lourinha de cílios compridos e longa trança virginal que desce até uma bundinha tão graciosa que não beliscá-la seria pecado. Diante disso, belisquei-a exatamente no momento em que Nenneke chegou... Pouco importa... Olá, Geralt.

– Salve, Jaskier. Como soube que eu estava aqui?

O poeta endireitou-se, ajeitando as calças.

– Estive em Wyzim – falou. – Lá me contaram da estrige e fiquei sabendo que você foi ferido, então adivinhei que viria se recuperar aqui. Vejo que já ficou bom.

– E você está certo, mas tente explicar isso a Nenneke. Sente-se, vamos conversar um pouco.

Jaskier sentou-se e lançou os olhos sobre o livro aberto no atril.

– História? – indagou, sorrindo. – Roderick de Novembre? Li-o durante meus estudos em Oxenfurt, quando a história ocupava o segundo lugar na lista de minhas matérias preferidas.

– E qual ocupava o primeiro?

– A geografia – respondeu o poeta, com ar sério. – O atlas do mundo era maior, por isso era mais fácil esconder o garrafão de vodca atrás dele.

Geralt levantou-se, deu uma risada seca, tirou da estante *Os arcanos da magia e da alquimia*, de Lunini e Tyrss, e trouxe à luz do dia um bojudo recipiente envolto numa camada de feno, que estivera escondido atrás do grosso volume.

– Ah, lá, lá! – exclamou o bardo, visivelmente mais animado. – Vejo que a sabedoria e a inspiração continuam se escondendo nas bibliotecas. Aaaah! Fantástico! É de ameixas? Isto, sim, é uma alquimia digna de tal nome. Eis a pedra filosofal que vale a pena estudar. A sua saúde, irmão! Aaaah! É forte como a peste!

– O que o traz aqui? – Geralt pegou o garrafão das mãos do poeta, deu um gole e apalpou a faixa que envolvia seu pescoço. – Aonde pretende ir depois?

– A lugar algum. Isso significa que poderia ir ao mesmo lugar que você. Poderia fazer-lhe companhia. Você vai ficar aqui por muito tempo?

– Não. O duque local me deu a entender que não sou bem-visto em suas terras.

– Hereward? – Jaskier conhecia todos os reis, príncipes, lordes e governadores, desde Jaruga até as Montanhas do Dragão. – Não se preocupe com ele. Nunca ousará romper com Nenneke ou com a deusa Melitele. Se o fizesse, o povo atearia fogo a seu castelo.

– Não quero me meter em confusões, e além disso estou aqui há tempo demais. Vou partir para o sul, Jaskier, para o extremo sul. Aqui não conseguirei encontrar novos trabalhos. É a tal civilização. Quem vai precisar de um bruxo? Quando pergunto por algum serviço, olham para mim como se eu fosse uma aberração.

– Mas que bobagem é essa que está dizendo? Civilização? Que civilização? Faz menos de uma semana que atravessei o Buina e, viajando pela região, ouvi as mais diversas histórias. Aparentemente, há por aqui um monte de aquariofos, miriapodas, quimeras, dermopteras e todos os seres monstruosos possíveis. Portanto, você deveria estar com trabalho até as orelhas.

– Também ouvi essas histórias. A maior parte delas ou é inventada, ou exagerada. Não, Jaskier. O mundo está mudando. Algo está acabando.

O poeta tomou mais um gole do garrafão, semicerrou os olhos e soltou um suspiro.

– Você está recomeçando a lamentar seu triste destino de bruxo e, pior, a filosofar sobre ele. Estou percebendo as consequências nocivas de leituras inadequadas. Porque até aquele bunda-mole do Roderick de Novembre já tinha constatado que o mundo está mudando. A tal mutabilidade do mundo, aliás, é a única tese do tratado dele com a qual é possível concordar sem reservas. Mas não é uma tese suficientemente inovadora para você tentar impressionar-me com ela, ainda mais com esse ar de grande pensador, que não combina de modo algum com sua cara.

Em vez responder, Geralt tomou mais um trago do garrafão.

– Sim, sim – voltou a suspirar Jaskier. – O mundo está mudando, o sol está se pondo e a vodca está acabando. Em sua opinião, o que mais está acabando? Você falou algo sobre a finidade das coisas...

– Vou dar alguns exemplos – respondeu Geralt, após um momento de reflexão – colhidos nos dois últimos meses deste lado do Buina. Certo dia, cavalgo por aí, e o que vejo? Uma ponte e, debaixo dela, um troll exigindo pagamento de pedágio para atravessá-la. Dos que se recusam, o troll quebra uma perna, às vezes as duas. Diante disso, procuro o prefeito e lhe pergunto quanto me pagariam para dar cabo do troll. O prefeito abre a boca de espanto. Como?! E quem manteria a ponte em bom estado se não houvesse o troll? Ele zela pela ponte, conserta-a regularmente com o próprio suor e a mantém em perfeitas condições. Assim, fica muito mais em conta pagar um pedágio para ele. Sigo em frente e vejo um forcaudo, não muito grande: duas braças da ponta do focinho à da cauda. Está voando, com uma ovelha presa nas garras. Vou até o vilarejo e indago quanto me pagariam por aquele ser. Os camponeses caem de joelhos e gritam: "Não. Ele é o dragão favorito da filha caçula de nosso barão; se lhe cair uma só escama do lombo, o barão ateará fogo a nossa aldeia e arrancará nossa pele." Continuo cavalgando, cada vez mais faminto. Procuro trabalho por toda parte. Sim, trabalho existe, mas de que tipo? Para um, capturar uma ondina; para outro, uma ninfa; para outro ainda, uma pantânama... Enlouqueceram de vez. Os vilarejos estão repletos de garotas, e eles querem seres sobrenaturais. Outro me pede que eu mate uma mecoptera e lhe traga um ossinho da mão dela, que moído e misturado à sopa se transforma em afrodisíaco...

– O que não é verdade – observou Jaskier. – Já experimentei e, além de não sentir melhora alguma em meu desempenho sexual, a sopa ficou com gosto de meias cozidas. Mas se as pessoas acreditam nessas bobagens, deveriam se dispor a pagar por elas...

– Só que não pretendo ficar matando mecopteras e outros seres indefesos.

– Então vai passar fome; a não ser que mude de profissão.

– Para qual?

– Qualquer uma. Torne-se sacerdote, por exemplo. Você, com seus escrúpulos, sua moralidade e seu conhecimento da natureza humana e de todas essas coisas, daria um sacerdote e tanto. O fato de não acreditar em divindades não deveria ser empecilho; poucos sacerdotes acreditam. Torne-se sacerdote e pare de se lamuriar.

– Não estou me lamuriando, mas apenas constatando fatos.

Jaskier cruzou as pernas e olhou com interesse para a sola de seu sapato.

– Você me lembra um velho pescador que no fim da vida descobre que os peixes fedem e que a brisa marinha faz mal aos ossos. Seja consequente. Ficar choramingando com pena de si mesmo não vai melhorar nada. Se eu constatasse que acabou a demanda por poesia, penduraria o alaúde e me tornaria jardineiro. Passaria a cultivar rosas.

– Duvido muito. Você seria incapaz de uma renúncia dessas.

– Talvez fosse mesmo – concordou o poeta, ainda com os olhos fixos na sola. – Mas a verdade é que nossas profissões são muito diferentes. A poesia e o som do alaúde jamais deixarão de ser procurados. Já o mesmo não se pode dizer de sua profissão. São vocês mesmos, os bruxos, que, lenta e constantemente, vão se privando do seu ganha-pão. Quanto melhor e mais eficientemente vocês trabalharem, menos trabalho terão no futuro. Afinal, seu objetivo primordial, a razão de sua existência, é um mundo sem monstros, calmo e seguro, ou seja, um mundo no qual os bruxos sejam dispensáveis. É um paradoxo, não acha?

– É verdade.

– Antigamente, quando ainda existiam unicórnios, havia um grande número de jovens que preservavam a virgindade para poder caçá-los. Lembra-se? E os flautistas que encantavam ratos? As pessoas disputavam seus serviços a tapas. Mas eles acabaram desaparecendo por causa dos venenos descobertos pelos alquimistas e da domesticação de gatos, furões e doninhas. Os bichinhos eram mais baratos e mais simpáticos, além de não consumirem tanta cerveja. Percebeu a analogia?

– Percebi.

– Então, tire proveito da experiência de outros. Quando perderam o emprego, as virgens dos unicórnios mandaram às favas sua virtude, e algumas delas, para recuperar o tempo perdido mantendo a castidade, tornaram-se famosas pela técnica e ardor. Quanto aos encantadores de ratos, é melhor não seguir o exemplo deles, pois todos se entregaram à bebida e se tornaram alcoólatras. Tudo indica que chegou a vez dos bruxos. Você não está lendo Roderick de Novembre? Se bem me lembro, no livro ele faz menção aos primeiros bruxos, aqueles que viajavam pelo mundo há uns trezentos anos. Era uma época em que os camponeses saíam para ceifar em grupos armados, os vilarejos eram protegidos por paliçadas triplas, as caravanas de mercadores mais pareciam exércitos armados até os dentes, e nos muros dos poucos burgos havia, dia e noite, catapultas prontas para disparar. E isso porque nós, seres humanos, éramos os intrusos. Aquelas terras pertenciam a dragões, manticoras, grifos e anfisbenas, vampiros, lobisomens, quimeras e dermopteras. Era preciso tomá-las aos poucos, pedaço por pedaço, cada vale, cada floresta e cada prado. E se conseguimos isso foi graças à inestimável ajuda dos bruxos. Só que esses tempos terminaram, Geralt, e nunca mais voltarão. O barão não permite que se mate aquele forcaudo porque ele deve ser o último dragãozinho num raio de mil milhas e já não amedronta ninguém, mas desperta compaixão e saudade do passado. O troll debaixo da ponte convive com o povo do vilarejo; não é mais um monstro com o qual se costumava assustar as criancinhas, e sim uma relíquia, uma atração local, além de se revelar útil. E quanto às quimeras, manticoras e anfisbenas? Escondem-se em florestas virgens e montanhas inacessíveis.

– Portanto, você mesmo constata que estou coberto de razão. Algo está chegando ao fim, goste disso ou não.

– Não gosto é de ouvir você repetindo lugares-comuns. Não me agrada a expressão em seu rosto quando os enumera. O que está se passando com você? Não o reconheço, Geralt. Com todos os diabos, vamos partir logo para o sul, para aquelas terras selvagens. Basta você dar cabo de um par de monstros para que sua neura passe. E, ao que tudo indica, não faltam monstros naquelas bandas. Dizem que ali, quando uma velha está cansada da vida, vai sozinha e indefesa colher lenha na floresta. O resultado é garantido. Você deveria se estabelecer lá para sempre.

– Até deveria, mas não vou.

– Por quê? Lá é mais fácil para um bruxo ganhar dinheiro.

– É mais fácil ganhar – retrucou Geralt, tomando mais um trago do garrafão –, porém muito mais difícil gastar. Além disso, naquelas terras as pessoas só comem cevada e painço, a cerveja tem gosto de mijo, as garotas não se lavam e os mosquitos atacam em enxames.

Jaskier gargalhou, apoiando a parte de trás da cabeça nas lombadas de couro dos livros expostos na estante.

– Painço e mosquitos! Isso me traz à memória nossa primeira expedição aos confins do mundo – falou. – Lembra-se? Nós nos conhecemos no festival de Gulet, e você me convenceu...

– Não, senhor. Foi você quem me convenceu. Precisava fugir de Gulet a pleno galope porque a jovem que seduziu debaixo do estrado dos músicos tinha quatro irmãos que não eram de brincadeira. Eles o procuraram pela cidade toda, ameaçando envolvê-lo em piche e serragem. Foi por isso que você se agarrou a mim feito um carrapato.

– E você quase saltou das calças de alegria por ter encontrado um companheiro. Até então, durante suas viagens, podia no máximo conversar com seu cavalo. Mas você está certo; nosso encontro foi exatamente como você descreveu. Naquela ocasião eu, efetivamente, tinha de sumir por algum tempo, e o Vale das Flores me pareceu o lugar perfeito. Afinal, tratava-se, diziam, dos confins do mundo habitado, da beira da civilização, do ponto mais avançado da fronteira entre os dois mundos... Está lembrado?

– Sim, Jaskier, estou.

OS CONFINS DO MUNDO

I

Jaskier, com dois canecos cheios de espumante cerveja nas mãos, desceu cuidadosamente as escadas da taberna. Blasfemando em voz baixa, abriu passagem entre as crianças curiosas que se aglomeravam em volta dele. Em seguida, atravessou o pátio em diagonal, evitando pisar nas bostas das vacas.

Alguns camponeses haviam se reunido em torno de uma mesa na rua, junto da qual o bruxo conversava com o estaroste do vilarejo. O poeta colocou os canecos na mesa e se acomodou. Notou de imediato que durante sua breve ausência a conversa não avançara nem uma polegada.

– Sou um bruxo, senhor estaroste – repetiu mais uma vez Geralt, limpando restos de espuma dos lábios. – Não vendo nem compro nada, não recruto jovens para o exército e não sei tratar cavalos que sofrem de mormo. Sou um bruxo.

– É uma profissão – explicou pela centésima vez Jaskier. – Um bruxo, o senhor está entendendo? Alguém que mata estriges e espectros, que extirpa toda espécie de porqueira em troca de dinheiro. Entendeu?

– Ah! – A testa do estaroste, até então enrugada pelo esforço mental, pareceu ficar mais lisa. – Um bruxo! Vocês deveriam ter dito isso logo de início.

– Exatamente – confirmou Geralt. – Assim, pergunto ao senhor, logo de início: existiriam tarefas para mim nesta região?

– Aaah... – O estaroste voltou a pensar com muito afinco. – Tarefas? Quer dizer... elemintos? Vocês estão perguntando se aqui existem elemintos?

O bruxo sorriu e assentiu com a cabeça, coçando a pálpebra irritada pela poeira.

– Sim, existem – concluiu o estaroste após outro momento de profunda reflexão. – Basta vocês olharem para lá... Estão vendo aquelas montanhas? Ali vivem os elfos; é o reino deles. Seus palácios, digo-lhes, são de ouro puro. Ah, meus senhores! Os elfos! São de meter medo. Quem vai para lá nunca retorna.

– Acredito – respondeu Geralt, frio. – E é exatamente por isso que não tenho a mínima intenção de ir até lá.

Jaskier riu de maneira debochada, enquanto o estaroste, como esperava Geralt, voltou a pensar por muito tempo.

– Ah... – disse por fim. – Pois é. Mas há outros elemintos, principalmente elemintas. Com certeza vieram para cá do reino dos elfos. Os senhores nem podem imaginar quantas! É impossível contar. E a pior de todas as elemintas é Moahir; não estou certo, pessoal?

O "pessoal" animou-se e cercou a mesa por todos os lados.

– Moahir! – falou um. – Sim, sim, o estaroste está certo. Uma mulher pálida que invade as cabanas de madrugada e leva as criancinhas à morte!

– Sem contar os trasgos – acrescentou um soldado da guarda municipal. – Eles emaranham a crina dos cavalos nas cocheiras.

– E os morcegos! Há morcegos!

– E vilas! Por causa delas, nossa pele fica toda empolada!

Os minutos seguintes decorreram numa intensa enumeração dos monstros que atormentavam os habitantes, fosse por seus atos ignóbeis, fosse por sua mera existência. Geralt e Jaskier tomaram conhecimento de errantecos e mamuns, que fazem com que um honrado camponês não consiga encontrar o caminho de volta para casa quando está embriagado; de dermopteras, que voam à noite e sugam o leite das vacas; de cabeças que correm pelas florestas sobre pernas de aranha; de kubolds com gorro vermelho; e, por fim, do ameaçador lúcio, que arranca das mãos das mulheres a roupa lavada nos rios e, mais dia, menos dia, se lança sobre as mesmas mulheres. Também não foram poupados dos comentários sobre a megera Naradkova, que à noite voa num cabo de vassoura e de dia faz abortos; sobre o moleiro que mistura abelota moída à farinha; e sobre um sujeito chamado Duda, que chamou de ladrão e de safado o capataz real.

Geralt ouviu tudo pacientemente, balançando a cabeça com fingida atenção e fazendo vez por outra uma pergunta, sobretudo a respeito das estradas e da topografia do terreno. Em seguida, ergueu-se e fez um sinal para Jaskier.

– Fique em paz, boa gente! – falou. – Voltarei em breve, quando então decidiremos o que fazer.

Os dois amigos partiram calados, cavalgando entre choupanas e cercas, acompanhados de latidos de cachorros e gritos de crianças.

– Geralt – disse Jaskier, erguendo-se na sela e arrancando uma maçã de um dos galhos que se estendiam por cima da cerca de um pomar. – Você passou a viagem toda se queixando de que está cada vez mais difícil encontrar trabalho. E agora, pelo que acabei de ouvir, poderia trabalhar até o inverno sem um minuto de descanso. Você ganharia um bom dinheiro e eu teria lindos temas para minhas baladas. Diante disso, como explica o fato de estarmos seguindo em frente?

– Pois saiba que eu não ganharia nem um centavo nesta região.

– Por quê?

– Porque não havia uma só palavra verdadeira em tudo o que eles disseram.

– Como?!

– Nenhum dos seres que eles mencionaram existe realmente.

– Você deve estar brincando! – exclamou Jaskier, cuspindo um caroço e atirando o resto da fruta num cachorro que tentava morder a pata de seu cavalo. – Isso não pode ser verdade. Fiquei observando atentamente aquelas pessoas, e, se há uma coisa da qual entendo, é de gente. Estou convencido de que aqueles homens não estavam mentindo.

– É verdade – concordou o bruxo. – Eles não estavam mentindo e acreditavam piamente em tudo o que diziam, mas isso não altera as coisas.

O poeta ficou calado por um momento.

– Nenhum daqueles monstros... Nenhum mesmo? Não pode ser! Algum deve ter existido. Pelo menos um! Admita!

– Está bem. Admito a existência de um, com toda a certeza.

– Qual deles?

– O morcego.

Depois de ultrapassarem as últimas cercas, tomaram a estrada ladeada por amarelados campos de colza e por searas de trigo ondulando sob o vento. Vindo no sentido contrário, cruzavam com muitas carroças carregadas. O bardo passou uma perna sobre o arção da sela, apoiou o alaúde no joelho e ficou dedilhando as cordas, tocando nostálgicas melodias e acenando vez por outra para as risonhas e levemente vestidas jovens que caminhavam na beira da estrada com ancinhos apoiados nos ombros robustos.

– Geralt – falou repentinamente –, você tem de admitir que ainda existem monstros. Talvez não sejam tão numerosos quanto no passado; talvez não fiquem escondidos atrás de cada árvore da floresta... mas existem. Por que, então, as pessoas inventam outros? E, ainda por cima, acreditam neles? Você tem uma explicação para isso, afamado bruxo Geralt de Rívia? Ou será que nunca se interessou por essa peculiaridade?

– Não só me interessei, célebre poeta, como tenho uma explicação para ela.

– Estou curioso.

– Aos homens agrada inventar monstros e monstruosidades. Com isso, sentem-se menos monstruosos. Quando se embriagam, são capazes de trapacear, roubar, bater na esposa, deixar morrer de fome a velha vovozinha, matar a machadadas uma raposa pega numa armadilha ou ferir com flechas o último unicórnio do mundo. Nessas horas, gostam de pensar que Moahir, que adentra suas choupanas de madrugada, é muito mais monstruosa do que eles. Aí, ficam com o coração mais leve e acham mais fácil tocar a vida adiante.

– Guardarei na memória o que você falou – falou Jaskier após um momento de silêncio. – Vou encontrar rimas adequadas e compor uma balada inspirado nessa teoria.

– Pois faça isso, mas não espere por grandes aplausos.

Apesar de cavalgarem lentamente, em pouco tempo deixaram para trás as últimas choupanas do vilarejo e logo chegaram ao topo das colinas cobertas de vegetação.

Jaskier deteve o cavalo e olhou em volta.

– Veja esta paisagem, Geralt! Não é linda? Um cenário idílico, um banquete aos olhos!

O terreno tinha um suave declive na direção de um mosaico de vastos campos multicoloridos. No centro brilhavam, arredondados e uniformes como folhas de trevo, os espelhos-d'água de três lagoas circundadas por escuras faixas de bétulas. Traçava o horizonte uma enevoada e azul-cinzenta linha de montanhas que se erguiam sobre o negro e irregular trecho de uma floresta.

– Vamos, Jaskier.

A estrada levava diretamente às lagoas, ao longo dos diques de açudes ocultos por um amieiral e cheios de patos selvagens, cercetas, garças e mergulhões, que não paravam de grasnar. Era de estranhar a diversidade de espécies de aves diante dos visíveis sinais de atividade humana: os diques eram bem cuidados e cobertos de feixes de ramos, os canais estavam reforçados com pedras e toras de madeira, as comportas não mostravam sinais de ferrugem e delas a água jorrava alegremente. Havia canoas e molhes no meio dos juncos em volta das lagoas, das quais emergiam estacas com redes.

Jaskier virou-se de repente.

– Alguém está vindo atrás de nós – falou, excitado. – Numa carroça.

– Que coisa mais extraordinária! – zombou o bruxo, sem se dignar de olhar para trás. – Numa carroça? E eu que pensava que todos daqui viajassem montados em morcegos!

– Sabe de uma coisa? – rosnou o trovador. – Quanto mais nos aproximamos dos confins do mundo, mais aguçado fica seu senso de humor. Tremo de medo só de pensar como isto vai acabar!

Como os dois amigos cavalgavam lentamente, a carroça puxada por dois cavalos pigarços não teve dificuldade em alcançá-los.

– Ôôôôô! – gritou o condutor da carroça, fazendo os cavalos pararem logo atrás deles. Trajava uma samarra sobre a pele desnuda e seus cabelos chegavam até as sobrancelhas. – Louvo os deuses, meus bons senhores!

– Nós também os louvamos – respondeu Jaskier, conhecedor dos costumes locais.

– Quando estamos dispostos a isso – resmungou o bruxo.

– Meu nome é Urtical – anunciou o carreteiro. – Fiquei observando sua conversa com o estaroste da Pousada Superior e sei que são bruxos.

Geralt soltou as rédeas de sua égua, deixando-a comer capim à beira da estrada.

– Ouvi – continuou o homem de samarra – como o estaroste lhes contou uma porção de balelas. Notei a expressão no rosto dos senhores e não fiquei espantado com ela. Há muito tempo não ouvia tantas bobagens e mentiras.

Jaskier deu uma risada, enquanto Geralt permaneceu calado, embora atento. O camponês chamado Urtical pigarreou.

– O senhor não estaria interessado numa boa e interessante tarefa, senhor bruxo? – perguntou a Geralt. – Eu teria uma para o senhor.

– E qual seria?

– Não se deve tratar de negócios no meio de uma estrada. Vamos até minha casa, na Pousada Inferior. Lá estaremos mais à vontade. De todo modo, é para lá que os senhores estão se dirigindo.

– De onde vem tanta certeza?

– Do fato de não existir outra estrada e o focinho de seus cavalos apontar naquela direção, e não na de seu rabo.

Jaskier tornou a rir.

– E aí, Geralt? O que tem a dizer disso?

– Nada – respondeu o bruxo. – Não é bom conversar na estrada. Portanto, vamos seguir em frente, prezado senhor Urtical.

– Amarrem seus cavalos na lateral da carroça e juntem-se a mim – sugeriu o camponês. – Vai ser mais confortável. Para que ralar o traseiro numa sela?

– A mais pura verdade.

Subiram na carroça. O bruxo estirou-se confortavelmente sobre uma camada de feno. Jaskier, parecendo temer sujar o elegante traje verde, acomodou-se na tábua que servia de assento. Urtical estalou a língua, pondo os cavalos em marcha, e o veículo avançou.

Cruzaram uma ponte sobre um canal cheio de lótus e de outras plantas aquáticas e atravessaram uma campina ceifada. Mais ao longe, até onde a vista podia alcançar, estendiam-se campos cultivados.

– Não dá para acreditar que estamos nos confins do mundo, no lugar em que termina a civilização – falou Jaskier. – Olhe em volta, Geralt. O trigo parece ouro, e o milharal é tão alto que poderia ocultar um homem montado num cavalo. E veja esses nabos; são enormes!

– Você entende de agricultura?

– Nós, poetas, temos de entender de tudo – respondeu Jaskier, com ar pomposo. – Do contrário, comprometeríamos nossa reputação quando fôssemos escrever. É preciso estudar, meu caro, e muito. O destino do mundo depende da agricultura e, assim, é bom entender desse assunto. A agricultura alimenta, veste, protege do frio, fornece diversão e apoia a arte.

– Acho que você exagerou com essa diversão e arte.

– Ah, é? E de que é feita a vodca?

– Compreendo.

– Você não compreende coisa alguma. Aprenda. Olhe para essas florzinhas cor de violeta; são tremoceiros.

– Na verdade, isso aí é ervilhaca – intrometeu-se Urtical. – Será que nunca viram um tremoceiro? Mas numa coisa os senhores têm razão: aqui cresce, e com força, tudo o que se planta. E é por isso que chamam esta região de Vale das Flores. E foi por isso que se estabeleceram aqui nossos antepassados, depois de expulsar os elfos.

– Vale das Flores, ou seja, Dol Blathanna – falou Jaskier, cutucando com o cotovelo o bruxo deitado sobre o feno. – Você ouviu? Eles expulsaram os elfos, mas não acharam necessário mudar o nome elfiano. Que falta de imaginação! E como vocês convivem com os elfos, meu bom homem? Pelo que sei, as montanhas estão cheias deles.

– Nós não nos misturamos. Eles ficam no seu canto, e nós, no nosso.

– É a melhor solução – disse o poeta. – Não é verdade, Geralt?

O bruxo não respondeu.

II

– Obrigado pela refeição – agradeceu Geralt, lambendo a colher de osso e deixando-a cair na terrina vazia. – Muito obrigado. E agora, se não se importar, vamos ao assunto.

– Pois não – concordou Urtical. – O que acha, Dhun?

Dhun, o ancião-mor da Pousada Inferior, um gigantesco homem com olhar soturno, acenou para duas jovens. Elas tiraram imediatamente tudo da mesa e saíram do recinto, para o evidente desapontamento de Jaskier, que, desde o primeiro momento, não parou de lhes sorrir e de fazê-las soltar risadinhas embaraçadas com suas piadas de duplo sentido.

– Sou todo ouvidos – falou Geralt, olhando pela janela da qual provinham sons de machadadas e serrotes. Não havia dúvida de que no pátio estava sendo executado algum trabalho com madeira, cujo cheiro de resina chegava até a sala. – Digam-me de que modo eu poderia lhes ser útil.

Urtical olhou para Dhun. O decano do vilarejo assentiu com a cabeça e pigarreou.

– Bem, o caso é o seguinte – começou. – Temos aqui uma campina...

Geralt deu um pontapé por baixo da mesa em Jaskier, que já estava se preparando para soltar um de seus irônicos comentários.

– ... uma campina – continuou Dhun. – Estou falando certo, Urtical? Pois é, o fato é que ela ficou abandonada por muito tempo até que, recentemente, nós a aramos e semeamos com cânhamo, lúpulo e linho. Trata-se de uma campina e tanto, digo aos senhores. Vai até a floresta...

– E então? – não aguentou mais o poeta. – O que aconteceu?

– Pois é... – Dhun ergueu a cabeça e coçou-se atrás da orelha. – Pois é... um diabo vagueia por aquela campina.

– O quê? – surpreendeu-se Jaskier. – O que vagueia pela campina?

– Já disse: um diabo.

– Que tipo de diabo?

– E de que tipo deveria ser? É um diabo, e basta.

– Não existem diabos!

– Não se intrometa, Jaskier – falou calmamente Geralt. – Prossiga, senhor Dhun.

– Mas eu já disse: um diabo.

– Sim, entendi. – Geralt, quando queria, era capaz de demonstrar infinita paciência. – Diga-nos qual é sua aparência, de onde ele surgiu e em que atrapalha vocês. E, se possível, ponto por ponto, uma coisa de cada vez.

– Pois é... – Dhun ergueu a mão nodosa e, levantando um a um os dedos com grande dificuldade, começou a enumerar. – Uma coisa após outra... Puxa! Como o senhor é inteligente... Então vamos lá: sua aparência é a de um diabo, exatamente como um diabo deve ser. De onde veio? De lugar algum. Pá-tchi-bum!... E quando olhamos: um diabo. Já quanto a nos atrapalhar, quero dizer que.. assim, de verdade... ele não nos atrapalha demais. Em alguns casos, até nos ajuda.

– Ajuda? – riu Jaskier, tentando tirar uma mosca de sua cerveja. – O diabo?

– Não se intrometa, Jaskier. Continue, senhor Dhun. De que maneira os ajuda aquilo que vocês chamam de...

– Diabo – repetiu com ênfase o ancião. – Ele ajuda de muitas maneiras: fertiliza o solo, revolve a terra, extermina as toupeiras, afugenta os pássaros, vela os nabos e as beterrabas. Ah, sim! Come as lagartas que se escondem no meio das folhas dos repolhos. Mas ao mesmo tempo acaba comendo também os repolhos... Deve ser só de brincadeira... O senhor sabe, uma das típicas brincadeiras de diabo.

Jaskier voltou a rir e, depois, deu um peteleco no corpo da mosca encharcada de cerveja, acertando com ela um gato que dormia junto da lareira. O gato abriu um olho e olhou com desaprovação para o bardo.

– E, no entanto – falou calmamente o bruxo –, vocês estão dispostos a me pagar para que eu os livre dele, não é isso? Em outras palavras: vocês não querem tê-lo por perto?

– E quem – Dhun o encarou soturnamente – gostaria de ter um diabo em sua terra natal? Esta terra, doada pelo rei a nossos antepassados, nos pertence, e o diabo não tem direito algum a ela. Estamos nos lixando para sua ajuda; por acaso não temos braços? Além disso, senhor bruxo, ele nem mesmo é um diabo, e sim uma besta malvada que, com o perdão da palavra, tem tanta merda na cabeça que não é possível suportar. Nunca se sabe o que ele vai aprontar. Ora suja a água do poço, ora assusta uma garota afirmando que vai enrabá-la. Rouba nossos poucos pertences e mantimentos, destrói e quebra coisas, incomoda as pessoas, escava os diques como se fosse um gambá ou um castor. Ele esvaziou completamente uma das represas e todas as carpas morreram. O filho da puta resolveu fumar cachimbo encostado numa meda e transformou todo o feno num monte de cinzas...

– Compreendo – interrompeu-o Geralt. – Quer dizer que ele atrapalha a vida de vocês.

– Não – Dhun balançou negativamente a cabeça –, não atrapalha. Ele faz muitas diabruras, só isso.

Jaskier virou-se para a janela, esforçando-se para não rir. O bruxo permaneceu calado.

– Esta conversa não vai levar a nada – afirmou o até então calado Urtical. – Os senhores não são bruxos? Se são, então deem um jeito nesse diabo. Ouvi claramente que estavam em busca de trabalho, lá na Pousada Superior. Pois podem encontrá-lo aqui. Nós lhes pagaremos o que for devido. Mas prestem atenção: não queremos que matem o diabo. Isso está fora de questão.

O bruxo ergueu a cabeça e seus lábios se contorceram num sorriso asqueroso.

– Interessante – falou. – Diria até extraordinário.

– O que o senhor quer dizer com isso? – Dhun franziu as sobrancelhas.

– Que se trata de uma condição fora do comum. Qual a razão para tanta misericórdia?

– Ele não deve ser morto – Dhun enrugou ainda mais a testa – porque naquele vale...

– Ele não deve ser morto, e basta – interrompeu-o Urtical. – Os senhores devem apenas capturá-lo ou expulsá-lo para o mais longe possível. E, quando chegar a hora do pagamento, saberemos ser generosos.

O bruxo ficou calado, sem parar de sorrir.

– E então? Negócio fechado? – perguntou Dhun.

– Gostaria antes dar uma espiada nesse diabo de vocês.

Os camponeses se entreolharam.

– É um direito seu – respondeu Urtical, erguendo-se. – Podem procurá-lo. Ele costuma vaguear pelos arredores à noite, mas passa o dia no meio dos pés de cânhamo ou dos velhos salgueiros, perto do pântano. Conseguirão vê-lo num desses lugares. Não vamos apressá-los. Se quiserem descansar, fiquem à vontade. Não seremos mesquinhos a ponto de deixar de lhes oferecer todo o conforto e a alimentação ditados pelas regras de hospitalidade. Passem bem.

– Geralt... – Jaskier levantou-se do banco e olhou pela janela para os dois camponeses afastando-se da choupana. – Não entendo mais nada. Não se passou um dia desde o momento em que falávamos de monstros imaginários, e você repentinamente decide se envolver na caçada a um diabo. E o fato de os diabos não passarem de uma invenção, de serem criaturas mitológicas, é de conhecimento de todos, exceto, claro, alguns camponeses analfabetos. O que significa seu inesperado entusiasmo? Conhecendo você, parto do princípio de que não resolveu degradar-se a ponto de aceitar esse serviço somente para nos garantir casa, comida e roupa lavada.

– Efetivamente – respondeu Geralt, fazendo uma careta –, tudo indica que você me conhece, caro trovador.

– Nesse caso, não consigo entender.

– E o que há para ser entendido?

– Que os diabos não existem! – urrou o poeta, despertando definitivamente o gato. – Não existem! Os diabos não existem, com todos os diabos!

– É verdade – sorriu Geralt. – Só que eu, Jaskier, nunca pude resistir à tentação de olhar para algo que não existe.

III

– Uma coisa é certa – murmurou o bruxo, olhando para a emaranhada selva de cânhamos diante dele. – O tal diabo não é bobo.

– De onde tirou essa conclusão? – interessou-se Jaskier. – Do fato de ele se esconder num matagal intransponível? Qualquer lebre tem cérebro suficiente para isso.

– Refiro-me às propriedades específicas do cânhamo. Um campo de cânhamo tão extenso quanto esse emite uma poderosa aura contra magia. Aqui, a maior parte dos encantamentos seria inútil. Está vendo aquelas estacas um pouco mais adiante? É uma plantação de lúpulo, cujo pólen tem a mesma propriedade. Aposto que não é mera coincidência. O patife sente essa aura e sabe que está protegido.

Jaskier pigarreou e ajeitou as calças.

– Estou curioso – disse, coçando a testa por baixo do chapeuzinho – para ver como você vai agir, Geralt. Nunca tive a oportunidade de vê-lo em ação. Aposto que conhece algo sobre a arte de caçar diabos. Estou tentando me lembrar de algumas baladas antigas. Havia uma sobre o diabo e uma mulher. Bastante indecente, mas engraçada. A mulher...

– Poupe-me da história da mulher, Jaskier.

– Se é o que você quer... Eu apenas queria ajudar, só isso. E saiba que não se devem desprezar antigas baladas populares, pois elas contêm uma sabedoria acumulada por gerações. Por exemplo, na balada sobre um peão chamado Yolop...

– Feche a matraca, Jaskier. Está na hora de pôr mãos à obra e fazer jus ao sustento e à roupa lavada.

– E o que pretende fazer?

– Fuçar um pouco nesse canhameiral.

– Que original! – exclamou o trovador. – No entanto, pouco refinado.

– E como você procederia?

– De maneira inteligente – respondeu Jaskier com empáfia. – Esperta. Com uma batida, como numa caçada. Faria o diabo sair do matagal e, uma vez em campo aberto, alcançá-lo-ia com meu cavalo e o pegaria com um laço.

– Não deixa de ser uma operação muito interessante e até factível, desde que você participe dela, já que teria de envolver pelo menos duas pessoas. Mas por enquanto não vamos caçar. Primeiro, quero saber o que é esse tal diabo e, para tanto, preciso vasculhar esse canhameiral.

– Ei! – O bardo somente notou naquele momento. – Você não trouxe sua espada!

– E para que precisaria dela? Também conheço baladas antigas. Nem a mulher nem o peão chamado Yolop usaram espada.

– Hummm... – Jaskier olhou em volta. – E você acha que temos de nos enfiar até o centro desse matagal?

– Você não. Pode voltar para o vilarejo e ficar aguardando meu retorno.

– De jeito nenhum! – protestou o poeta. – Perder uma ocasião dessas? Também quero ver o diabo e me certificar de que ele é realmente tão assustador como o descreveram. Só perguntei se era indispensável nos enfiarmos no meio desse emaranhado de pés de cânhamo porque vi que ali há uma trilha.

– É verdade – falou Geralt, protegendo os olhos com a mão. – Há uma trilha. Vamos aproveitá-la.

– E se essa trilha for a do diabo?

– Seria até melhor. Não teríamos de andar tanto.

– Sabe de uma coisa, Geralt? – parolava o bardo, seguindo o bruxo pela estreita e irregular trilha entre os pés de cânhamo. – Sempre pensei que "o diabo" fosse apenas uma metáfora, inventada para ser usada como uma blasfêmia. "Vá para o diabo", "Com todos os diabos", "O diabo que carregue" são expressões corriqueiras. Quando visitantes indesejados se aproximam, dizemos: "Quem será que o diabo nos traz?" Os duendes praguejam "Düvvvel hoáel" quando algo lhes sai errado e chamam de "Düvvelsheyss" uma mercadoria que não presta. E na Língua Antiga há o provérbio "Et d'yaebl aép arse", cujo significado é...

– Sei o significado. Pare de matraquear, Jaskier.

Jaskier calou-se, tirou o chapeuzinho adornado com pena de garça, abanou-se com ele e enxugou o suor da testa. No canhameiral reinava um ar pesado, quente e úmido, qualidades potencializadas pelo forte cheiro da grama e das ervas daninhas em flor. A trilha fazia uma curva à esquerda, terminando numa pequena clareira de grama pisoteada.

– Olhe, Jaskier.

Exatamente no centro da clareira repousava uma grande pedra achatada, sobre a qual havia algumas tigelas de barro bem-arrumadas e, entre elas, uma vela de banha queimada pela metade. Geralt notou, colados aos restos do sebo derretido e posteriormente solidificado, vários grãos de milho e favas, assim como caroços e sementes de plantas desconhecidas.

– Foi o que imaginei – murmurou. – Eles trazem-lhe oferendas.

– Isso mesmo – afirmou o poeta, apontando para a vela. – E queimam um coto de vela. Mas pelo que vejo alimentam-no com grãos, como se ele fosse um pintassilgo. Que droga! Isto aqui parece um chiqueiro. Tudo é grudento de mel e alcatrão. O que será...

O restante da frase do bardo foi abafado por um alto e ameaçador balido. No meio dos pés de cânhamo algo se mexeu e, no momento seguinte, emergiu do matagal o mais estranho ser que Geralt já vira.

A criatura tinha menos de uma braça de altura, olhos salientes, chifres retorcidos e barba de bode. Até sua boca, com beiços macios e em constante movimento, trazia à mente a imagem de um caprino ruminando. A parte inferior do corpo era coberta por uma espessa penugem arruivada, que chegava até os cascos fendidos. Para completar, o estranho ser era dotado de uma longa cauda terminada num penacho apincelado, a qual ele agitava energicamente.

– Uk! Uk! – latiu o monstro, raspando o chão com os cascos. – Que fazem aqui? Já pra fora! Pra fora, senão vou lhes dar uma chifrada, uk, uk!

– Você já levou um pontapé na bunda, seu cabrito de merda? – não resistiu Jaskier.

– Uk! Uk! Béééééé! – baliu o chifroide.

Não foi possível discernir se aquilo fora uma negativa, uma confirmação ou um simples balido.

– Cale-se, Jaskier – rosnou o bruxo. – Nem mais uma palavra.

– Blé-blé-blé-béééé! – gorgolejou furiosamente a criatura, com o que seu beiço superior se ergueu, revelando uma amarelada fileira de dentes equinos. – Uk! Uk! Uk! Blé-blé-blé-béééé!

– Concordo plenamente – falou Jaskier, fazendo um sinal afirmativo com a cabeça. – O realejo e o sininho são seus. Quando for para casa, poderá levá-los.

– Pare com isso de uma vez por todas – sibilou Geralt. – Você está pondo tudo a perder. Mantenha suas estúpidas zombarias para você...

– Zombarias!!!! – berrou o chifroide, dando um salto. – Zombarias, béé, béééé! Quer dizer que chegaram novos zombadores? Trouxeram bilhas de aço? Já vou lhes dar bilhas de aço, seus vagabundos, uk, uk! Então vocês estão com vontade de zombar, béééé? Pois eis algumas zombarias para vocês! Tomem suas bilhas! Tomem!

A criatura deu um salto e fez um movimento brusco com uma das mãos. Jaskier soltou um grito de dor e sentou-se na trilha, apalpando a testa. A criatura baliu e brandiu novamente a mão. Geralt sentiu algo silvar junto de sua orelha.

– Tomem suas bilhas! Béééé!

Uma esfera de aço com uma polegada de diâmetro acertou o ombro do bruxo, e a seguinte bateu no joelho de Jaskier. O poeta proferiu um palavrão e se pôs em fuga. Geralt o seguiu, enquanto as pequenas esferas zuniam sobre sua cabeça.

– Uk! Uk! Béééé! – gritou o estranho ser, voltando a saltitar. – Já vou lhes dar bilhas! Zombadores de merda!

Mais uma esfera silvou no ar. Jaskier soltou um palavrão ainda mais indecente, colocando a mão na cabeça. Geralt atirou-se para o lado, no meio do canhameiral, mas não conseguiu evitar que um dos projéteis lhe acertasse a omoplata. Era preciso admitir que o diabo tinha ótima pontaria e, aparentemente, um inesgotável estoque de bilhas de aço. O bruxo, tropeçando nos pés de cânhamo, ainda pôde ouvir o ostentoso balido do triunfante diabo, imediatamente seguido pelo silvo de mais uma esfera metálica, por uma série de palavrões e pelo tropel de Jaskier correndo pela trilha.

Depois, tudo ficou em silêncio.

IV

Jaskier apertou contra a testa uma ferradura previamente esfriada num balde de água.

– Não esperava por isso – falou. – Um simples aleijão cornudo com barbicha de bode botou você para correr como a um fedelho e me deu uma pancada na cabeça. Veja só o tamanho do galo!

– É a sexta vez que você o mostra para mim. Ele não ficou mais interessante do que na primeira.

– Como você é simpático! E pensar que eu achei estar seguro a seu lado.

– Não lhe pedi que me seguisse no canhameiral. O que pedi foi que mantivesse essa sua língua atrás dos dentes. Você não quis me ouvir, agora sofra. E em silêncio, por favor, porque nossos anfitriões estão chegando.

Urtical e Dhun adentraram a sala. Atrás deles, caminhando com passinhos miúdos, uma velhota de cabelos grisalhos, retorcida como uma rosquinha, era conduzida por uma lourinha e terrivelmente magra adolescente.

– Honoráveis senhores Dhun e Urtical – começou o bruxo. – Antes de sair daqui, perguntei-lhes se já tinham tentado fazer algo com aquele diabo e os senhores responderam que não. Tenho razões para suspeitar de que não foi bem assim e aguardo suas explicações.

Os dois homens murmuraram entre si. Em seguida, Dhun tossiu cobrindo a boca com o punho e deu um passo à frente.

– O senhor perguntou mesmo. Pedimos perdão. Mentimos porque estávamos envergonhados. Quisemos ser mais espertos do que o diabo para obrigá-lo a ir embora daqui...

– E como fizeram isso?

– Neste vale – falou lentamente Dhun – já viveram muitos monstros. Dragões alados, miriapodas terrestres, rixoseiros, aranhas enormes e toda espécie de serpentes. E sempre procuramos em nosso livrão os meios de nos livrarmos daquelas porqueiras.

– Livrão? Que livrão?

– Mostre o livrão, vovozinha. O livrão, estou lhe dizendo! O livrão! Acho que vou ter um troço! Ela é surda como uma porta! Lille, peça a sua avó que mostre o livrão!

A jovem de cabelos louros arrancou um enorme livro das mãos enrugadas da velhinha e entregou-o ao bruxo.

– Nesse livrão – continuou Dhun –, que está em nossa família desde tempos imemoriais, figuram remédios para todos os monstros, feitiços e prodígios que surgiram ou que estão por surgir no mundo.

Geralt manuseou o pesado, gordurento e empoeirado volume. A jovem continuava parada diante dele, amassando nervosamente com as mãos seu aventalzinho. Era mais velha do que ele imaginara no início; provavelmente se equivocara por causa de sua delicada silhueta, tão diferente da robusta compleição das outras jovens do vilarejo, com certeza da mesma idade que ela.

Colocou o livrão na mesa e abriu sua pesada capa de madeira.

– Veja isto, Jaskier.

– Runas primordiais – avaliou o brado, olhando sobre o ombro do bruxo e mantendo a ferradura encostada na testa. – Uma escrita anterior à introdução do alfabeto moderno, ainda baseada em runas dos elfos e ideogramas dos gnomos. A sintaxe é hilariante, mas era como se falava àquela época. Como são interessantes essas águas-fortes e iluminuras! É muito raro encontrar algo assim, e, quando se encontra, é nas bibliotecas dos templos, e não num vilarejo nos confins do mundo. Por todos os deuses, como esse livro chegou a suas mãos, caros campônios? Não vão tentar nos convencer de que sabem ler isso. Vovó? A senhora sabe ler runas primordiais? Ou melhor, a senhora sabe ler qualquer tipo de runas?

– O que o senhor disse?

A jovem de cabelos louros aproximou-se da velha e soprou-lhe algo no ouvido.

– Ler? – A velhinha sorriu, mostrando gengivas desdentadas. – Eu? Não, meu amor. Essa arte eu não possuo.

– Então, podem me explicar – falou Geralt em tom gélido a Dhun e Urtical – de que maneira vocês usam este livro sem saber ler runas?

– A mulher mais velha do vilarejo sempre sabe o que está escrito no livrão – respondeu soturnamente Dhun. – E, quando sente que está chegando sua hora, transmite tudo o que sabe a uma jovem. Como vocês mesmos podem ver, está chegando a hora de nossa velhinha, que escolheu a jovem Lille para lhe ensinar o que sabe. Mas por enquanto ainda é ela quem sabe mais.

– Duas bruxas: uma velha e uma jovem – murmurou Jaskier.

– Se compreendi direito – disse Geralt, com espanto –, a vovó conhece todo o livro de cor? É isso mesmo, vovó?

– Todo, não. Imagine! – respondeu a velhinha, sempre com a ajuda de Lille. – Somente o que está escrito debaixo das figuras.

Geralt abriu o livro ao acaso. Numa página rasgada havia a imagem de um porco malhado, com chifres em forma de lira.

– Eis uma oportunidade para a senhora se jactar. O que está escrito aqui? – perguntou, apontando para o texto debaixo da imagem.

Depois de observar atentamente as runas, a velhinha fechou os olhos.

– Auroque cornudo ou tauro – recitou –, chamado erroneamente de bisão pelos iletrados. Possui chifres, que usa para ata...

– Basta. Muito bem, está certo – falou o bruxo, virando algumas páginas pegajosas. – E aqui?

– Os duendes de nuvens e do vento muitos são. Uns chuva derramam, outros vento sopram e outros ainda trovões provocam. Se quiserem a colheita deles proteger, peguem uma faca de aço nunca usada, três pitadas de excremento de rato, banha de garça-real...

– Muito bem, bravo! Hummm... E aqui? O que é isto?

A água-forte mostrava um monstro sobre um cavalo. Tinha cabelos desgrenhados, olhos enormes e dentes ainda maiores. Segurava, na mão direita, um longo espadão e, na esquerda, um saco com moedas de ouro.

– Bruxeador – disse a velha –, por alguns chamado de bruxo. Invocá-lo é muito perigoso, embora seja preciso, pois, se nada contra monstros e pragas puder, o bruxeador poderá. No entanto, tomar cuidado é preciso...

– Basta – murmurou Geralt. – Basta, vovozinha. Obrigado.

– Não, não – protestou Jaskier, com um sorriso malicioso. – Esse livro é muito interessante. Continue, por favor, vovó. Continue.

– ... tomar cuidado é preciso para não encostar no bruxeador, porque isso sérias queimaduras pode causar. E dele esconder donzelas, porque, acima de todas as medidas, o bruxeador lascivo é.

– A descrição coincide perfeitamente – riu o poeta, enquanto Geralt parecia notar um sorriso disfarçado no rosto de Lille.

– Embora muito ganancioso e ávido por ouro ele seja – continuou a velha, com os olhos semicerrados –, não se deve lhe dar mais do que: por um afogardo, uma moeda de prata; por um gatolaco, duas moedas de prata; por um bampyro, quatro moedas de prata...

– Bons tempos aqueles – suspirou o bruxo. – Obrigado, vovó. Agora, mostre-nos onde se fala aqui de diabos e o que sobre diabos o livro revela. Dessa vez, gostaria de ouvir mais, já que em saber das medidas contra ele por vocês tomadas estou curioso.

– Cuidado, Geralt – gargalhou Jaskier. – Você está começando a falar como eles. Esse linguajar é muito contagioso.

A velhinha, contendo com dificuldade o tremor das mãos, virou algumas páginas. O bruxo e o poeta se inclinaram sobre a mesa. Com efeito, a água-forte mostrava a figura do atirador de bilhas: cornudo, peludo, com cauda e um sorriso malicioso nos beiços macios.

– O diabo – recitou a velhota –, também chamado de salgueiro ou silvano. Às propriedades e animais domésticos é muito perverso e incômodo. Quem quiser da região expulsá-lo deverá agir da maneira seguinte...

– Ora, ora – murmurou Jaskier.

– Pegue de nozes um punhado – prosseguiu a velhota, deslizando o dedo pelo pergaminho. – Depois, de bolinhas de ferro outro punhado. De mel um odre, de alcatrão outro. De sabão cinzento um pote, de requeijão outro. Para a morada do diabo vá à noite e as nozes comece a comer. O diabo, que é guloso, aparecerá e perguntará se as nozes são gostosas. É o momento de as bolinhas de ferro lhe dar.

– Malditos – rosnou Jaskier –, que vocês morram de peste negra...

– Quieto! – falou Geralt. – Por favor, vovó, continue.

– Com os dentes quebrados, o diabo, vendo o mel, vai querer bebê-lo. Aí, dê-lhe o alcatrão, você mesmo requeijão comendo. Daí a pouco, ouvirá a barriga do diabo ressoar com ruídos estranhos, mas finja que nada ouviu. E, quando o diabo quiser de requeijão comer um pouco, dê-lhe o sabão. Depois do sabão, o diabo não terá mais como resistir...

– Vocês chegaram a lhe dar sabão? – perguntou Geralt a Dhun e Urtical.

– Que nada! – gemeu Urtical. – Mal chegamos às bolinhas. O senhor nem pode imaginar o que ele fez conosco quando mordeu uma delas...

– E quem lhes mandou – exclamou Jaskier – dar tantas bolinhas para ele? O livro diz que deve ser apenas um punhado. E vocês, em vez disso, um saco daquelas bolinhas deram! Vocês para ele munição suficiente para mais de dois meses forneceram, seus tolos!

– Cuidado – sorriu o bruxo. – Você está caindo no jargão deles. Isso é contagioso.

– Obrigado.

Geralt ergueu repentinamente a cabeça, fixando os olhos nos da jovem parada ao lado da velhota. Lille não os abaixou; eram claros e incrivelmente azuis.

– Por que vocês fizeram oferendas de grãos ao diabo? – indagou com voz severa. – Afinal, é evidente que ele é herbívoro.

Lille não respondeu.

– Eu lhe fiz uma pergunta, minha jovem. Não tenha medo de responder. O fato de falar comigo não enfeia ninguém.

– Não lhe pergunte nada, senhor – falou Urtical, com visível embaraço na voz. – Lille... Ela é meio esquisita. Não vai lhes responder e os senhores não devem forçá-la.

Geralt continuava com os olhos fixos nos de Lille, e ela continuou sustentando seu olhar. O bruxo sentiu um arrepio percorrer-lhe a espinha, chegando até a nuca.

– Por que vocês não atacaram o diabo com foices e forcados? – perguntou, erguendo a voz. – Por que não lhe prepararam uma armadilha? Se quisessem, sua cabeça de bode já estaria há muito tempo espetada numa estaca, assustando gralhas. Alertaram-me para não matá-lo. Por quê? Foi você quem os proibiu, não foi, Lille?

Dhun levantou-se do banco. Era tão alto que sua cabeça quase tocava o teto da cabana.

– Saia daqui, garota – rosnou. – Pegue a velha e saia daqui.

– Quem é ela, senhor Dhun? – perguntou Geralt assim que a porta se fechou atrás de Lille. – Quem é essa jovem? Por que ela lhes desperta mais respeito do que este maldito livro?

– Não lhe interessa – respondeu Dhun, lançando um olhar sem um mínimo sinal de boa vontade ao bruxo. – Vocês perseguem mulheres sábias em suas cidades e queimam-nas em fogueiras. Pois saibam que isso nunca ocorreu aqui, nem ocorrerá.

– O senhor não me compreendeu – falou friamente o bruxo.

– Porque não me esforcei para isso – rosnou Dhun.

– Pude perceber – resmungou Geralt, também não fazendo nenhum esforço para parecer cordial. – Mas é preciso que compreenda uma coisa fundamental, senhor Dhun: ainda não estamos unidos por nenhum tipo de acordo e não me comprometi com vocês em nada. Portanto, não têm base alguma para afirmar que contrataram um bruxo para, por uma ou duas moedas de prata, fazer aquilo de que vocês não são capazes, ou não querem, ou, ainda, não lhes é permitido. Pois saiba que não é bem assim, senhor Dhun. Vocês ainda não conseguiram comprar os serviços de um bruxo, e não creio que vão conseguir. Certamente não diante de sua má vontade em tentar compreender.

Dhun permaneceu calado, medindo Geralt com olhar soturno. Urtical pigarreou, agitou-se no banco, arrastou as sandálias rústicas no chão de terra batida e ergueu-se.

– Senhor bruxo, não fique aborrecido. Vamos contar-lhe tudo, não é, Dhun?

O decano do vilarejo fez um movimento de aprovação com a cabeça e sentou-se.

– Quando estávamos vindo para cá – começou Urtical –, os senhores devem ter notado como tudo aqui cresce e como são ricas nossas colheitas. É difícil, se não impossível, encontrar um lugar como este. Por causa disso, nossas mudas e nossos grãos são muito importantes; nós os usamos para pagar tributos, vender e até trocar por outras mercadorias...

– O que isso tem a ver com o diabo?

– Muito. No início, ele só nos incomodava com travessuras de mau gosto, mas um dia passou a roubar grãos em grande escala. Então, decidimos levar para ele pequenas quantidades de diversos grãos, que colocávamos naquela pedra no meio dos pés de cânhamo, acreditando que se saciaria e nos deixaria em paz. Que nada! Ele continuou roubando, cada vez mais. E, quando começamos a esconder nossos estoques em armazéns e até em choupanas trancadas a sete chaves, ele ficava furioso, meus senhores, urrava, balia, uivava "uk-uk"... e, quando ele faz "uk-uk", é melhor dar no pé. Ele ameaçava que...

– ... os enrabaria – completou Jaskier, com um sorriso obsceno.

– Também isso – confirmou Urtical –, mas andou fazendo outro tipo de ameaças. Como já não tinha como roubar, exigiu que lhe pagássemos um tributo. Ordenou que lhe levássemos sacos e mais sacos de grãos e de outras mercadorias. Aí, nós realmente ficamos aborrecidos e chegamos a planejar dar uma surra naquele bundão rabudo, mas...

O campônio pigarreou e abaixou a cabeça.

– Pare de enrolar – falou repentinamente Dhun. – Nós não avaliamos corretamente o bruxo; portanto, agora lhe conte tudo, Urtical.

– A velha nos proibiu de surrar o diabo – disse depressa Urtical. – Mas nós sabemos muito bem que quem deu essa ordem foi Lille, porque a velhota... a velhota só diz o que Lille lhe manda. E nós... o senhor mesmo notou, senhor bruxo... nós obedecemos.

– Notei. – Geralt contorceu os lábios num sorriso. – A velhota só sabe tremer e balbuciar um texto que não compreende. No entanto, vocês olham para a jovem de boca aberta, como se ela fosse a estátua de uma deusa; evitam seu olhar, mas tentam adivinhar seus desejos. E seus desejos são considerados ordens. Quem é essa Lille?

– Pois o senhor já adivinhou, senhor bruxo. Ela é uma profetisa, portanto uma Versada. Mas, por favor, não conte a ninguém. Se isso chegar aos ouvidos do administrador local ou, que os deuses nos livrem, aos do príncipe regente...

– Não precisam se preocupar – respondeu Geralt, em tom sério. – Sei do que se trata e não vou traí-los.

As estranhas mulheres e raparigas chamadas de profetisas ou Versadas, que viviam em muitos vilarejos, não gozavam de grande simpatia entre os nobres que cobravam tributos e lucravam com a agricultura. Os camponeses sempre as consultavam em quase tudo. Acreditavam nelas cega e ilimitadamente, e era nisso que residia o problema, uma vez que as decisões tomadas com base em tais conselhos costumavam ser conflitantes com a política de senhores e governantes. Geralt ouvira relatos de casos bastante radicais e incompreensíveis: completo extermínio de rebanhos de animais reprodutores, interrupção de semeaduras ou colheitas e até migração de vilarejos inteiros. Diante disso, os governantes opunham-se a essas "superstições", frequentemente exagerando nos meios de seu combate. E, assim, os camponeses logo aprenderam a esconder as Versadas, mas nunca deixaram de seguir seus conselhos. Pois um fato ficara patente com o passar do tempo: o de que, em longo prazo, as Versadas sempre tinham razão.

– Lille não permitiu que matássemos o diabo – continuou Urtical. – Ordenou que fizéssemos o que mandava o livrão. Como os senhores sabem, isso não deu certo. Já tivemos problemas com o administrador. Quando lhe entregamos menos grãos do que o previsto em pagamento de tributo, ele abriu a bocarra e se pôs a esbravejar e ameaçar. E não tivemos coragem de lhe falar sobre o diabo, porque o administrador é um homem muito sério, pouco dado a brincadeiras. Foi quando os senhores apareceram. Perguntamos a Lille se podíamos... contratá-los.

– E ela...?

– Respondeu, por intermédio da velha, que teria de olhar para vocês antes.

– E olhou.

– Olhou. E os aceitou; nós sabemos reconhecer o que Lille aceita e o que não aceita.

– Ela não disse uma só palavra para mim.

– Ela nunca disse uma só palavra a ninguém, exceto à velhota. Mas, se não tivesse aceitado vocês, não teria entrado na sala.

– Hum... – murmurou Geralt. – Eis aqui algo muito interessante: uma profetisa que, em vez de fazer profecias, se mantém calada. Como ela veio parar neste vilarejo?

– Não sabemos, senhor bruxo – respondeu Dhun. – Mas com a velhota, conforme se lembram os anciões, também foi assim. A velhota anterior a ela adotou uma jovem pouco falante surgida ninguém sabe de onde. E tal jovem é hoje nossa velhota atual. Meu avô dizia que as velhotas se renovam dessa maneira, como a lua no céu, que, em cada ciclo, torna-se nova. Não ria, por favor...

– Não estou rindo – disse Geralt, meneando a cabeça. – Já vi coisas demais para achar graça nesse tipo de esquisitices. Tampouco tenho a intenção de meter o nariz nos assuntos de vocês, senhor Dhun. Minhas perguntas têm por fim estabelecer o vínculo entre Lille e o diabo. Imagino que vocês mesmos já se deram conta de que esse vínculo existe. Portanto, se desejam manter uma boa relação com sua profetisa, só posso lhes sugerir um meio de lidar com o diabo: aprender a gostar dele.

– Na verdade, senhor bruxo – falou Urtical –, não se trata somente do diabo. Lille não nos permite magoar quem quer que seja, nenhum ser.

– O que era de esperar – observou Jaskier. – As profetisas dos vilarejos provêm do mesmo tronco dos druidas. E um druida é um ser que chega a desejar bom apetite a uma mutuca que acabou de lhe chupar o sangue.

– O senhor está certo – sorriu levemente Urtical. – Acertou na mosca. Foi o que se passou com os javalis que andaram escavando nossas hortas. Olhem pela janela: nossas hortaliças parecem uma pintura! E o que aconteceu? Encontramos um jeito. Lille nem sabe qual. O que os olhos não veem o coração não sente. Deu para compreender?

– Sim – murmurou Geralt. – E como! Mas não se aplica a esse caso. Independentemente de Lille, esse diabo de vocês é um silvano. Um ser raríssimo, muito racional. Não posso matá-lo; meu código de conduta não o permite.

– Se ele é tão racional – falou Dhun –, tente fazê-lo raciocinar.

– É isso mesmo! – animou-se Urtical. – Como o diabo é dotado de razão, ele rouba os grãos racionalmente, e, o senhor, senhor bruxo, poderia descobrir por quê. Afinal, ele não vai comê-los, pelo menos não tantos. Então, para que ele quer todos esses grãos? Será que somente para nos chatear? Qual é a intenção dele? Descubra isso e o expulse daqui com um de seus métodos de bruxo. O senhor faria isso?

– Vou tentar – decidiu Geralt. – Mas...

– Mas o quê?

– O livrão de vocês está ultrapassado, meus caros. Perceberam aonde quero chegar?

– Na verdade – murmurou Dhun –, não muito.

– Pois vou lhes explicar. Se os senhores, senhor Dhun e senhor Urtical, imaginaram que minha ajuda lhes custaria uma ou duas moedas de prata, estavam redondamente enganados.

V

– Ei!

Do matagal emanaram sussurros de folhas, furiosos "uk-uk" e estalos de galhos partidos.

– Ei! – repetiu o bruxo, prudentemente escondido. – Apareça, seu salgueiro!

– Salgueiro é você!

– Ah, é? Então como devo chamá-lo? De diabo?

– Diabo é você. – O chifroide expôs a cabeça para fora do canhameiral, arreganhando os dentes. – O que você quer?

– Conversar um pouco.

– Você deve estar brincando! Acha que não sei quem é você? Aqueles campônios o contrataram para me expulsar daqui, não é verdade?

– É verdade – admitiu Geralt, sem pejo algum. – E é exatamente sobre isso que gostaria de conversar com você. Quem sabe se não poderemos chegar a um acordo?

– Ah, então é isso? – baliu o diabo. – Você gostaria de se livrar de mim ao menor custo possível? Sem nenhum esforço? Béée, comigo, não! Viver a vida, meu bom homem, é competir. Ganha quem for melhor. Se quer ganhar de mim, então prove que é melhor. Em vez de conversa, uma competição. O vencedor ditará as condições. Proponho uma corrida... daqui até a velha casuarina, lá no dique.

– Não sei onde fica o dique, muito menos a velha casuarina.

– Se você soubesse, eu não teria proposto essa corrida. Gosto de competir, mas não de perder.

– Percebi. Não, não vamos apostar uma corrida. O dia está muito quente.

– É uma pena. Então, que tal encontrarmos outra forma de competir? – perguntou o diabo, mostrando os dentes amarelos. – Você conhece o jogo "Quem urra mais alto?". Eu urro primeiro. Feche os olhos.

– Eu tenho outra proposta.

– Sou todo ouvidos.

– Você partirá daqui sem competições, corridas ou urros. De livre vontade e sem ser forçado de maneira alguma.

– Pode enfiar essa proposta no d'yaebl aép arse – respondeu o diabo, demonstrando conhecimento da Língua Antiga. – Não pretendo partir para outro lugar. Gosto daqui.

– É que você aprontou demais; exagerou nas travessuras.

– Düvvelsheyss com minhas travessuras – falou o silvano, revelando que dominava também a língua dos gnomos. – Sua proposta vale tanto quanto Düvvelsheyss. Não tenho a mínima intenção de sair daqui, a não ser que você me vença em um jogo qualquer. Quer uma chance? Já que não gosta de jogos que envolvem força física, vamos brincar de adivinhar. Vou lhe propor um enigma simples, e, se você conseguir solucioná-lo, irei embora. No entanto, se não conseguir, vou permanecer e você partirá. Faça um esforço mental, porque a adivinha não é das mais fáceis.

E, antes que Geralt tivesse tempo para protestar, o diabo baliu, bateu com os cascos, varreu o chão com a cauda e recitou:

Uma flor rósea por orvalho umedecida
Com um longo caule e cheia de cachos
Cresce em solos fofos perto de riachos
Se mostrada a um gato será logo comida

– Então, o que é? Adivinhe.

– Não tenho a mais vaga ideia – admitiu indiferentemente o bruxo, não se esforçando nem um pouco para adivinhar a resposta. – Ervilha-de-cheiro?

– Não. Você perdeu.

– E qual é a resposta correta? O que tem... hã... cachos umedecidos?

– O repolho.

– Ouça aqui – rosnou Geralt. – Você está começando a me dar nos nervos.

– Eu lhe avisei – riu o diabo – que a adivinha não seria fácil. Paciência. Eu ganhei e, portanto, permaneço aqui, enquanto você vai embora. Despeço-me friamente do senhor.

– Um momento – falou o bruxo, enfiando discretamente a mão no bolso. – E a minha adivinha? Não tenho direito a uma revanche?

– Não – protestou o diabo. – Por que deveria ter? Eu poderia não acertar a resposta. Você me toma por idiota?

– Não – respondeu Geralt, meneando a cabeça. – Eu o tomo por um palerma malicioso e arrogante. Daqui a pouco vamos nos divertir com um novo jogo, que você não conhece.

– Ah! Finalmente! E que jogo seria esse?

– O jogo se chama – respondeu o bruxo devagar – "Não faça a outros o que não quer que lhe façam". Você não precisa fechar os olhos.

Geralt inclinou-se repentinamente; a bilha de aço silvou no ar e com toda força acertou o diabo bem no meio dos cornos. O estranho ser desabou como se tivesse sido fulminado por um raio. O bruxo atirou-se sobre ele e agarrou uma das pernas peludas.

O silvano baliu e esperneou. Geralt protegeu a cabeça com o antebraço, mas mesmo assim chegou a ver estrelas, porque o diabo, numa indecorosa postura, escoiceava como uma mula furiosa. O bruxo tentou em vão imobilizar seus cascos. O chifroide agitou-se, apoiou os braços no chão e desferiu mais um coice, dessa vez diretamente na testa de Geralt, que soltou um palavrão ao sentir a perna do diabo escapar-lhe das mãos. Os dois contendedores, desvencilhando-se um do outro, rolaram pelo chão em direções opostas, derrubando caules e se emaranhando nos pés de cânhamo.

O primeiro a se erguer foi o diabo, que abaixou a cabeça com chifres. No entanto, Geralt, também já de pé, desviou-se do ataque, agarrou o silvano pelos chifres, puxou com força e o derrubou. Em seguida, ajoelhou sobre ele, comprimindo-o contra o solo. O diabo baliu e lhe cuspiu de tal maneira nos olhos que não teria envergonhado um camelo sofrendo de sialorreia. O bruxo recuou instintivamente, mas sem soltar os chifres do diabo. Este, querendo livrar a cabeça, deu um coice simultâneo com os dois cascos e, ainda mais extraordinário, acertou os dois. Geralt soltou outro palavrão, porém não relaxou o aperto das mãos nos chifres. Ergueu o silvano do chão, encostou-o nos caules de cânhamo e desferiu-lhe um possante pontapé no joelho peludo. Em seguida, inclinou-se sobre ele e lhe deu uma cusparada em um dos ouvidos. O chifroide soltou um uivo, cerrando com um estalo os dentes rombudos.

– Não faça... a outros... – falou o bruxo, ofegante – o que não quer... que lhe façam! Continuamos jogando?

– Blé-blé-béééééé! – baliu o diabo, cuspindo copiosamente ao mesmo tempo. Mas como Geralt continuava segurando seus chifres e empurrando sua cabeça contra o chão, as cusparadas acabavam atingindo seus cascos, que remexiam a terra de modo convulsivo, erguendo nuvens de poeira e restos de grama.

Os minutos seguintes se passaram numa intensa troca de insultos e pontapés. Se, no meio dessa situação, houvesse algo que pudesse alegrar o bruxo, seria exclusivamente o fato de ninguém poder vê-lo, pois a cena era ridícula.

O ímpeto do pontapé seguinte separou os adversários, arremessando-os em direções opostas para dentro do canhameiral. Mais uma vez o diabo foi mais rápido do que Geralt: ergueu-se de um pulo e correu, mancando claramente. O bruxo, bufando e enxugando o rosto, partiu em seu encalço. Atravessaram toda a extensão do canhameiral e penetraram nos campos de lúpulo. Geralt ouviu o som de um cavalo galopando, um som que ele aguardava.

– Aqui, Jaskier! Aqui! – gritou. – No meio do lúpulo!

Mal viu diante de si o peito de um cavalo, foi atropelado. A queda o deixou atordoado, mas mesmo assim conseguiu rolar para cima das estacas da plantação de lúpulo, evitando os cascos do cavalo. Ergueu-se agilmente, porém, no mesmo instante, foi atingido por outro cavaleiro e voltou a cair. Depois, sentiu alguém desabar sobre ele e lhe comprimir o corpo contra o solo.

Em seguida, houve um brilho intenso e uma aguda dor na parte de trás do crânio.

E escuridão.

VI

Sua boca estava cheia de areia. Quando quis cuspi-la, percebeu que estava caído com o rosto virado para o chão. Ao tentar se mexer, notou que estava amarrado. Ergueu levemente a cabeça. Ouviu vozes.

Estava deitado na trilha de uma floresta, junto do tronco de um pinheiro. A cerca de vinte passos de distância, pastavam alguns cavalos desencilhados. O bruxo via-os apenas parcialmente, semiocultos pelas densas folhas de samambaias, mas teve certeza de que um dos animais era o alazão de Jaskier.

– Três sacos de milho – ouviu. – Ótimo, Torque. Você saiu-se muito bem.

– E isso não é tudo – falou uma voz parecida com um balido, que somente podia ser a do diabo. – Olhe só para isto, Galarr. Parece feijão, mas é totalmente branco. E como é enorme! E isto aqui é colza. Eles extraem óleo dela.

Geralt fechou os olhos firmemente e voltou a abri-los. Não, não era um sonho. O diabo e Galarr, seja lá quem ele fosse, conversavam em Língua Antiga, a língua dos elfos. Só que as palavras "milho", "feijão" e "colza" foram ditas em linguagem comum.

– E isto? O que é? – perguntou o tal Galarr.

– Linhaça, a semente do linho. O linho é usado para fazer camisas. É muito mais barato do que seda, além de mais resistente. Ao que parece, o processo de fabricação do tecido é bastante complicado, mas pode deixar que me informarei de tudo, tim-tim por tim-tim.

– Tomara que o linho não apodreça como a colza – queixou-se Galarr, sempre se expressando naquele esquisito volapuque. – Tente arrumar novas sementes de colza, Torque.

– Pode deixar – baliu o diabo. – Sem problema. Lá isso cresce em quantidades enormes. Vou trazê-las; conte comigo.

– E mais uma coisa – falou Galarr. – Descubra finalmente em que consiste a tal alternância tripla.

Geralt ergueu a cabeça com cuidado, tentando se virar.

– Geralt... – ouviu um sussurro. – Você voltou a si?

– Jaskier... – sussurrou o bruxo de volta. – Aonde nós... O quê...

Jaskier apenas soltou um gemido abafado. Geralt perdeu a paciência. Fez um esforço desesperado e conseguiu virar-se de lado.

No centro da clareira estava o diabo, que, como agora o bruxo sabia, tinha o sonoro nome Torque. Estava colocando no dorso dos cavalos bolsas, sacos e fardos. Ajudava-o nessa tarefa um homem esbelto e alto, que somente podia ser Galarr. Ao ouvir os movimentos de Geralt, o homem virou-se em sua direção. Seus cabelos eram escuros, de tom azul-marinho. Tinha feições bem delineadas, grandes olhos brilhantes e orelhas pontudas.

Galarr era um elfo. Um elfo das montanhas. Um puro-sangue Aén Seidhe, representante do Povo Antigo.

Ele não era o único elfo ao alcance da vista. Havia mais seis sentados à beira da clareira: um remexia nas bolsas de Jaskier; outro dedilhava as cordas do alaúde do trovador; e os restantes, aglomerados em torno de um saco aberto, entretinham-se devorando com afã cenouras e nabos crus.

– Vanadáin, Toruviel! – falou Galarr, indicando os prisioneiros com um movimento da cabeça. – Vedrái! Enn'le!

Torque deu um pulo e baliu:

– Não, Galarr! Não! Filavandrel proibiu! Você esqueceu?

– Não, não esqueci – respondeu Galarr, colocando mais dois sacos no lombo de um dos cavalos. – Mas precisamos nos certificar de que eles não conseguiram folgar os nós das tiras de couro com as quais os amarramos.

– O que vocês querem? – gemeu o trovador, enquanto um dos elfos, comprimindo-o contra o solo com um joelho, verificava os nós. – Por que nos amarraram? O que querem? Sou Jaskier, um poe...

Geralt ouviu o som de uma pancada. Virou-se para o outro lado e girou a cabeça.

A elfa que estava de pé diante de Jaskier tinha olhos negros e cabelos cor de graúna, que lhe caíam sobre os ombros com duas pequenas tranças circundando parte da cabeça na altura das têmporas. Vestia casaquinho de couro curto sobre camisa de cetim verde folgada e calças justas enfiadas em botas de montaria. Os quadris estavam envoltos por um multicolorido pano que lhe chegava à metade das coxas.

– Que glosse? – indagou, olhando para o bruxo e brincando com a empunhadura da adaga presa a seu cinto. – Que l'em pavienn, ell'ea?

– Nell'ea – negou ele. – T'em pavienn Aén Seidhe.

– Você ouviu isso?! – exclamou a elfa, virando-se para o companheiro, um alto Seidhe que, sem se preocupar em examinar os nós de Geralt, dedilhava o alaúde de Jaskier com expressão de desinteresse no rosto alongado. – Você ouviu, Vanadáin? O homem-macaco sabe falar! E sabe até ser insolente!

Vanadáin deu de ombros, fazendo farfalhar as penas que adornavam seu casaco.

– Mais uma razão para amordaçá-lo, Toruviel.

A elfa inclinou-se sobre Geralt. Tinha longos cílios, pele anormalmente pálida e lábios ressecados e rachados. Um longo colar de pedacinhos de bétula dourada esculpidos e enfiados num cordão dava várias voltas em torno de seu pescoço.

– Vamos lá, homem-macaco! Diga mais alguma coisa – sibilou. – Vamos ver do que é capaz essa sua laringe acostumada somente a latir.

– E desde quando você precisa de um pretexto – retrucou o bruxo, virando-se com esforço e cuspindo a areia que se acumulara em sua boca – para agredir alguém que está amarrado? Bata sem nenhum pretexto, pois pude perceber que gosta disso. Vamos, libere seu instinto agressivo.

A elfa empertigou-se.

– Já tive a oportunidade de soltar meu instinto agressivo em você, e isso quando não estava amarrado – falou. – Fui eu que o atropelei com o cavalo e lhe dei uma pancada na cabeça. E saiba que também acabarei com você quando chegar a hora.

O bruxo não respondeu.

– O que mais gostaria é de enfiar-lhe uma faca de perto, olhando em seus olhos – continuou ela. – Mas o problema é que você, humano, fede demais. Acho que vou matá-lo com uma flechada.

– Pois faça o que achar melhor – disse o bruxo, dando de ombros. – Não creio que poderá errar um alvo amarrado e imóvel, prezada Aén Seidhe.

Toruviel plantou-se diante dele com as pernas abertas, inclinou-se e mostrou os dentes brilhantes.

– E não errarei – silvou. – Consigo acertar tudo o que quero, mas você pode estar certo de que não morrerá com a primeira flechada. Nem com a segunda. Farei o possível para que sinta que está morrendo.

– Só não se aproxime tanto – Geralt fez uma careta de nojo –, porque você fede muito, Aén Seidhe.

A elfa recuou, balançou os estreitos quadris, tomou impulso e desferiu um violento pontapé na coxa do bruxo. Geralt, percebendo o local que seria atingido pelo chute seguinte, encolheu-se e tentou virar o corpo. Conseguiu, mas o pontapé acertou-o na bacia.

Vanadáin observava a cena, acompanhando os chutes com fortes acordes nas cordas do alaúde.

– Deixe-o em paz, Toruviel – baliu o diabo. – Enlouqueceu? Galarr! Mande-a parar com isso!

– Thaésse! – gritou a elfa, chutando o bruxo mais uma vez.

O alto Seidhe acionava com tanta força as cordas do alaúde que uma delas se rompeu, soltando um gemido prolongado.

– Basta! Parem com isso, por todos os deuses! – berrou Jaskier, debatendo-se no meio das tiras de couro que o mantinham preso. – Por que você o está maltratando tanto, estúpida jovem? Deixe-o em paz! E, quanto a você, deixe também em paz meu alaúde!

Toruviel voltou-se para ele, com um sorriso desagradável nos lábios rachados.

– Um músico! – rosnou. – Um humano e, no entanto, um músico! Um alaudista!

Sem dizer uma palavra, tirou o instrumento das mãos de Vanadáin e bateu com ele violentamente contra o tronco do pinheiro. O alaúde se desfez em pedaços envoltos em cordas, que a elfa atirou no peito de Jaskier.

– Você deveria soprar um corno, seu selvagem, em vez de tocar um alaúde!

O rosto do poeta adquiriu uma palidez mortal e seus lábios tremeram. Geralt, sentindo uma onda de fúria crescendo no peito, conseguiu atrair com seu olhar os olhos negros de Toruviel.

– Está olhando o quê, seu homem-macaco imundo? – perguntou ela, inclinando-se sobre o bruxo. – Quer que eu vaze seus olhos reptilianos?

O colar da elfa balançava a uma distância mínima do rosto de Geralt, que, num gesto repentino, ergueu suficientemente a cabeça para alcançá-lo com os dentes, dar-lhe um puxão e, encolhendo as pernas, virar o corpo de lado. Toruviel perdeu o equilíbrio e desabou sobre ele. O bruxo, debatendo-se como um peixe retirado da água, rolou sobre a elfa, jogou a cabeça para trás a ponto de estalarem as vértebras do pescoço e, com toda a força, bateu com a testa no rosto da elfa. Toruviel uivou de dor.

Os elfos tiraram brutalmente Geralt de cima dela, arrastando-o pelos cabelos. Um deles deu-lhe um soco; ele sentiu anéis lhe cortarem a pele da bochecha, e a floresta pareceu dançar diante de seus olhos. Conseguiu ver Toruviel caindo de joelhos, com sangue jorrando da boca e do nariz. A elfa sacou a adaga da bainha, mas de repente começou a soluçar, encurvou-se, segurou o rosto com as mãos e abaixou a cabeça.

O esguio elfo de casaco adornado com penas coloridas tirou a adaga de suas mãos, aproximou-se do bruxo e, sorrindo, ergueu a lâmina. Geralt viu tudo vermelho; o sangue proveniente de sua testa ferida no choque com os dentes de Toruviel cobria sua visão.

– Não! – gritou Torque, atirando-se sobre o elfo e pendurando-se em seu braço. – Não o mate! Não!

– Voe'le, Vanadáin – soou repentinamente uma voz vibrante. – Quéss aén? Caélm, evellién! Galarr!

Geralt girou a cabeça o máximo que lhe permitia o punho enfiado em seus cabelos.

O cavalo que adentrara a clareira, branco como a neve, tinha crina comprida, macia e sedosa como a cabeleira de uma mulher. Os cabelos do cavaleiro sentado na sela ricamente adornada eram da mesma cor e estavam presos por uma fita incrustada de safiras.

Torque, soltando alegres balidos, correu até o cavalo, agarrou os estribos e afogou o elfo de cabelos brancos numa torrente de palavras. O Seidhe interrompeu-o com um gesto majestático e saltou da montaria. Aproximou-se de Toruviel, mantida de pé por dois elfos, e, delicadamente, afastou o ensanguentado lenço que lhe cobria o rosto. A elfa soltou um gemido desolador. O Seidhe meneou a cabeça, virou-se na direção do bruxo e aproximou-se dele. Seus ardentes olhos negros, que brilhavam como estrelas no rosto pálido, apresentavam profundas olheiras, como se ele tivesse passado várias noites seguidas em claro.

– Você é capaz de morder mesmo quando amarrado – falou em perfeita língua comum, sem nenhum sotaque. – Como um basilisco. Tirarei minhas conclusões desse fato.

– Foi Toruviel quem começou – baliu o diabo. – Ficou dando pontapés no bruxo, todo amarrado, como se tivesse perdido a razão...

O Seidhe voltou a fazer um gesto ordenando-o a se calar. Deu uma breve ordem aos outros elfos, que arrastaram Geralt e Jaskier até o pinheiro, amarrando-os ao tronco com tiras de couro. Depois, todos se ajoelharam ao lado da Toruviel, estendida no chão. O bruxo ouviu quando, em dado momento, ela soltou um grito de dor.

– Nunca quis isto – disse o diabo, parado ao lado deles. – Não quis mesmo, humano. Não podia imaginar que eles fossem aparecer exatamente quando nós estávamos... Aí, quando eles deixaram você desacordado e amarraram seu companheiro, pedi que os deixassem lá, no meio da plantação de lúpulo, mas...

– Eles não podiam deixar testemunhas – murmurou o bruxo.

– Será que vão nos matar? – gemeu Jaskier. – Não posso crer...

Torque permaneceu calado, agitando o protuberante focinho.

– Que droga... – gemeu novamente o poeta. – Vão nos matar? O que está se passando, Geralt? Fomos testemunhas de quê?

– Nosso cornudo amigo executa determinada missão aqui, no Vale das Flores. Não é verdade, Torque? A serviço dos elfos, ele rouba sementes, mudas e conhecimentos de agricultura... e o que mais, diabo?

– Tudo o que puder – baliu Torque. – Tudo do que eles precisam, e mostre-me uma coisa de que não precisem. Passam fome nas montanhas, especialmente no inverno, e não têm a mais vaga noção do que é agricultura. Antes de conseguirem domesticar o gado e as aves caseiras e antes de plantarem e colherem qualquer coisa... Eles não dispõem de tempo para isso, humano.

– Eu não estou interessado no tempo deles... O que quero saber é o que eu lhes fiz... – choramingou Jaskier. – Que mal eu lhes fiz?

– Pense bem – falou o elfo de cabelos brancos, que se aproximara silenciosamente –, e é bem possível que você mesmo responda a essa pergunta.

– Ele simplesmente está se vingando de todas as maldades que os elfos têm sofrido dos humanos – afirmou o bruxo, com um triste sorriso. – Para ele, tanto faz a quem dirige a vingança. Não se deixe enganar pela aparência distinta e pelo vocabulário rebuscado, Jaskier. Ele não se diferencia em nada daquela de olhos negros que nos chutou e precisa descarregar em alguém sua frustração e seu ódio.

O elfo levantou o destroçado alaúde de Jaskier. Ficou um bom tempo olhando em silêncio para o que sobrara do instrumento antes de atirá-lo no meio dos arbustos.

– Se quisesse dar vazão ao ódio ou ao desejo de vingança – disse, brincando com suas luvas de couro branco macio –, eu teria atacado o vale à noite, queimado os vilarejos e exterminado seus habitantes. Teria sido infantilmente fácil, já que eles nem colocam sentinelas. Pode haver algo mais simples ou mais fácil do que uma silenciosa flecha disparada de trás de uma árvore? Mas nós não organizamos caçadas contra vocês. Foi você, humano de olhos estranhos, quem organizou uma caçada contra nosso amigo, o silvano Torque.

– Eeeeh, não precisa exagerar – baliu o diabo. – Não foi uma caçada; nós apenas estávamos brincando...

– São vocês, humanos, que odeiam tudo o que se diferencia de vocês, nem que seja apenas o formato das orelhas – continuou calmamente o elfo, sem dar a mínima atenção às intervenções do chifroide. – E foi por isso que nos tiraram nossas terras, expulsaram-nos de nossas casas e exilaram-nos nas montanhas selvagens. Vocês ocuparam nosso Dol Blathanna, o Vale das Flores. Sou Filavandrel aén Fidháil das Torres de Prata, da estirpe dos Feleaornos das Brancas Naves. Atualmente, expulso e perseguido até os confins do mundo, sou Filavandrel dos Confins do Mundo.

– O mundo é vasto – murmurou o bruxo. – Podemos todos caber nele. Há lugar de sobra.

– O mundo é vasto – repetiu o elfo. – É verdade, humano. Mas vocês mudaram este mundo. No início, com o uso da força, trataram-no da mesma forma com que tratam tudo o que lhes cai nas mãos. Agora, ao que parece, o mundo começou a se adequar a vocês. Rende-se a suas vontades, obedece-lhes.

Geralt não respondeu.

– Torque falou uma verdade – continuou Filavandrel. – Estamos passando fome e nos sentimos ameaçados de extinção. O sol brilha de maneira diferente, o ar não é mais o de outrora e a água não é a mesma. Tudo o que costumávamos comer e usar está desaparecendo, diminuindo, se deteriorando. Nunca cultivamos a terra; diferentemente de vocês, humanos, jamais a ferimos com arados e enxadas. A vocês, a terra paga um tributo sangrento; a nós, ela nos presenteava. Vocês arrancam à força os tesouros da terra; para nós, a terra crescia e florescia, porque nos amava. A vida, porém, é assim mesmo: nenhum amor é eterno. Mas nós, apesar de tudo, queremos sobreviver.

– Em vez de roubar os grãos, vocês poderiam comprá-los. Tantos quantos lhes forem necessários. Vocês têm diversas coisas que os humanos consideram muito preciosas. Poderiam negociá-las.

Filavandrel sorriu com desprezo.

– Com vocês?! Nunca.

Geralt contorceu o rosto numa careta de desagrado, fazendo estalar o sangue ressecado na bochecha.

– Pois que o diabo os carregue, com sua arrogância e seu desprezo. Não querendo coexistir, vocês se condenam ao próprio extermínio. Coexistir, fazer um acordo... eis a única chance de vocês.

Filavandrel inclinou-se para a frente, com os olhos brilhando.

– Coexistir em condições determinadas por vocês? – indagou com voz alterada, mas continuadamente calma. – Reconhecendo o predomínio dos humanos? Perdendo nossa identidade? Coexistir como? Como escravos? Párias? Coexistir por trás dos muros construídos nas cidades para nos manter separados de vocês? Coexistir com suas mulheres e sermos enforcados por isso? Ou então ver, a cada passo, o que acontece com as crianças resultantes de tal coexistência? Por que evita meu olhar, estranho humano? Como consegue coexistir com seus semelhantes, dos quais, afinal de contas, você se diferencia ligeiramente?

– Dou um jeito – respondeu o bruxo, fitando o elfo diretamente nos olhos. – Preciso dar, porque sou forçado a isso, não tenho outra saída. Consegui superar minha vaidade e meu orgulho de ser diferente, e compreendi que, embora a vaidade e o orgulho representassem uma defesa ao fato de eu ser diferente, eram uma defesa deplorável. Compreendi que se o sol brilha de outra forma e as coisas estão mudando, não sou eu o eixo de tais mudanças. O sol brilha de forma diferente e continuará brilhando assim, e de nada adianta tampá-lo com peneira. É preciso aceitar os fatos, elfo. É preciso se dar conta disso.

– E não é exatamente o que vocês querem? – perguntou Filavandrel, enxugando com a mão o suor que lhe surgira na testa alva, logo acima das sobrancelhas negras. – Não é isso que desejam impor aos outros? Convencer a todos que chegou a era de vocês, a era dos humanos, e que tudo o que fazem com as outras raças é tão natural quanto o nascer e o pôr do sol? Que todos devem conformar-se com isso e aceitar tudo o que lhes for imposto? E ainda ousa nos acusar de empáfia? E o que são esses pontos de vista que você tanto proclama? Afinal, por que vocês, humanos, não conseguem perceber que nessa sua dominação do mundo há precisamente tanta naturalidade quanto nos piolhos que se reproduzem em seus casacos de lã de carneiro? Você obteria o mesmíssimo resultado se me propusesse coexistir com os piolhos, e eu escutaria os piolhos com a mesma concentração se eles nos propusessem um desfrute mútuo do casaco em troca de nossa submissão.

– Portanto, não perca mais tempo com um inseto tão insignificante, elfo – retrucou o bruxo, controlando a voz com grande dificuldade. – O que me espanta é seu esforço em incutir um sentimento de culpa e arrependimento num piolho como eu. Você é digno de pena, Filavandrel. Está amargurado, sedento de vingança e totalmente consciente da própria impotência. Vá em frente; enfie logo essa faca em mim. Vingue-se de toda a raça humana e verá como vai se sentir melhor. Antes, dê-me um chute nos ovos ou nos dentes, como fez sua Toruviel.

Filavandrel abaixou a cabeça.

– Toruviel está doente – falou.

– Conheço aquela doença e seus sintomas – respondeu Geralt, dando uma cusparada para o lado. – O remédio que lhe apliquei deverá ajudá-la.

– Efetivamente, esta conversa não tem sentido algum – concluiu Filavandrel. – Sinto muito, mas teremos de matá-los. Não se trata de vingança, e sim de uma solução puramente prática. Torque tem de continuar executando suas tarefas, e ninguém pode sequer suspeitar para quem ele trabalha. Não estamos em condições de entrar em guerra com vocês e não pretendemos ser envolvidos em trocas comerciais. Não somos tão ingênuos a ponto de não nos darmos conta de que seus mercadores não passam de batedores, de quem virá atrás deles e de que tipo de coexistência trará consigo.

– Elfo – murmurou o até então calado Jaskier –, tenho muitos amigos, homens dispostos a pagar um resgate na forma de alimentos, se você quiser. Pense nisso... Afinal, esses grãos roubados não os salvarão...

– Nada mais poderá salvá-los – interrompeu-o Geralt. – Não se humilhe diante dele, Jaskier. Não implore... Isso é totalmente inútil, além de digno de pena.

– Para alguém que dispõe de tempo de vida tão curto – disse Filavandrel, com um sorriso forçado –, você demonstra surpreendente desprezo pela morte, humano.

– Só se nasce e só se morre uma vez – retorquiu calmamente o bruxo. – Eis uma filosofia apropriada para um piolho, você não acha? E quanto a sua longevidade? Sinto pena de você, Filavandrel.

O elfo ergueu as sobrancelhas numa expressão indagativa.

– Por quê?

– Com os saquinhos de sementes roubadas nos alforjes de seus cavalos e com esse punhado de grãos com os quais pretendem sobreviver, vocês não passam de um grupo patético, sem falar nessa sua missão, cujo objetivo é apenas desviar seus pensamentos da aniquilação eminente. Porque você sabe muito bem que já é o fim. Nada mais brotará e nada mais crescerá nos altiplanos. Nada mais poderá salvá-los. Mas vocês são longevos e viverão por muito tempo no arrogante isolamento que escolheram, cada vez menos numerosos, cada vez mais fracos e cada vez mais amargurados. E você sabe o que acontecerá, Filavandrel. Sabe que chegará o momento em que rapazes com olhos de anciões centenários e moças emurchecidas, estéreis e doentias como Toruviel descerão para os vales conduzindo os que ainda terão forças para empunhar espadas e arcos. Vocês descerão para os vales floridos para um encontro com a morte, querendo morrer dignamente numa batalha, e não deitados num catre miserável, derrotados pela anemia, tuberculose ou escorbuto. E então, longevo Aén Seidhe, você se lembrará de como tive pena de você e compreenderá que eu estava certo.

– O tempo mostrará quem estava certo – falou baixinho o elfo. – E essa é a vantagem da longevidade. Terei a chance de me certificar disso, ainda que graças a esse punhado de grãos roubados. Você, no entanto, não terá essa chance. Vai morrer em instantes.

– Poupe pelo menos a ele – Geralt apontou para Jaskier com um movimento da cabeça –, não por um gesto de patética misericórdia, mas por um motivo prático. Ninguém vai se preocupar comigo, porém algumas pessoas vão querer vingar a morte dele.

– Como você faz mau juízo de minha inteligência! – exclamou o elfo após um momento de reflexão. – Se ele sobrevivesse graças a você, com certeza se sentiria na obrigação de se vingar.

– Você pode estar certo disso! – explodiu Jaskier, com o rosto mortalmente pálido. – Pode estar certo disso, filho de uma cadela! É melhor que me mate também, pois, se não o fizer, garanto-lhe que levantarei contra vocês o mundo todo. Aí, você verá do que são capazes os piolhos de um casaco de lã de carneiro! Acabaremos com vocês, mesmo que tenhamos de derrubar estas montanhas com as próprias mãos! Isso eu lhe asseguro!

– Como você é burro, Jaskier – suspirou o bruxo.

– Só se nasce e só se morre uma vez – falou bravamente o poeta, embora o efeito de sua bravura fosse prejudicado pelo som de seus dentes, que batiam como castanholas.

– Bem, isso encerra o caso – disse Filavandrel, calçando as luvas. – Chegou a hora de concluirmos este desagradável episódio.

A uma ordem sua, os elfos se colocaram em posição, segurando os arcos. Fizeram-no com tal rapidez que ficou claro que apenas aguardavam aquele comando. Um deles, observou o bruxo, continuava a mascar um nabo. Toruviel, com a boca e o nariz envoltos em bandagens de tecido e cascas de árvore, postou-se ao lado deles, mas sem o arco.

– Querem que eu lhes vende os olhos? – perguntou Filavandrel.

– Vá embora – disse o bruxo, virando a cabeça. – Desapareça...

– Et d'yaebl aép arse – concluiu Jaskier, batendo os dentes.

– Não! – baliu repentinamente o diabo, correndo para junto de Geralt e Jaskier e encobrindo-os com o corpo. – Vocês endoidaram de vez? Filavandrel! Não foi isso que combinamos! Nada disso! Você ia levá-los para as montanhas e mantê-los escondidos nas cavernas até terminarmos o que temos de fazer aqui...

– Torque, não posso arriscar – falou o elfo. – Você não viu o que ele fez com Toruviel mesmo estando todo amarrado? Não posso arriscar.

– Estou pouco me lixando para o que você pode ou não! O que imaginou? Que eu permitiria um assassinato? Aqui, em meu território? Juntinho de meu vilarejo? Seus idiotas malditos! Sumam daqui com seus arcos se não quiserem levar umas chifradas, uk, uk!

– Torque – disse Filavandrel, apoiando as mãos no cinturão –, isso que temos de fazer é uma necessidade!

– Düvvelsheyss, e não necessidade!

– Afaste-se, Torque.

O chifroide agitou as orelhas, soltou mais um balido, esbugalhou os olhos e dobrou o braço num gesto obsceno muito popular entre os gnomos.

– Você não vai assassinar ninguém aqui! Montem em seus cavalos e partam para as montanhas, além do desfiladeiro! Do contrário, vocês terão de matar também a mim!

– Seja razoável – falou lentamente o elfo de cabelos brancos. – Se nós os deixarmos com vida, os humanos ficarão sabendo de você e do que está fazendo. Vão pegá-lo e torturá-lo até a morte. Sabe como eles são.

– Sei – baliu o diabo, ainda encobrindo Geralt e Jaskier. – E acabo de descobrir que os conheço melhor do que vocês! E confesso que não sei realmente que partido tomar. Só posso dizer que estou arrependido de ter me aliado a vocês, Filavandrel.

– Bem, foi você quem pediu – disse friamente o elfo, fazendo um sinal aos arqueiros. – Foi você mesmo quem quis isso, Torque. L'sparelleán! Evelliénn!

Os elfos sacaram as flechas das aljavas.

– Afaste-se, Torque – sussurrou Geralt. – Isso não faz o menor sentido.

O diabo, sem sair do lugar, fez para ele o mesmo gesto obsceno que fizera para Filavandrel.

– Ouço... uma música... – soluçou repentinamente Jaskier.

– Isso é muito comum – afirmou o bruxo, olhando para a ponta das flechas. – Não se preocupe; não é vergonhoso ficar abobado de pavor.

O rosto de Filavandrel mudou radicalmente, adotando um ar esquisito. O Seidhe virou-se rápido e gritou uma ordem aos arqueiros, que baixaram imediatamente os arcos.

Na clareira apareceu Lille.

Não era mais a magra camponesa metida num vestido de pano barato. Sobre a grama que cobria a clareira vinha, ou melhor, fluía na direção deles uma rainha resplandecente de cabelos de ouro e olhos de fogo, a esplendorosa Rainha dos Campos, adornada com guirlandas de flores, espigas e braçadas de ervas. De seu lado esquerdo tropegava sobre patinhas inseguras um veadinho e, do direito, farfalhava um enorme ouriço.

– Dana Méadbh – murmurou com veneração Filavandrel, inclinando a cabeça e pondo-se de joelhos.

Seu gesto foi imitado pelos demais elfos, que, lenta e respeitosamente, foram se ajoelhando um a um.

– Haél, Dana Méadbh – repetiu Filavandrel.

Lille não respondeu ao cumprimento. Parou a alguns passos do elfo e seu olhar azul-celeste pousou sobre Jaskier e Geralt. Torque, embora também curvado numa reverência, começou a cortar as tiras de couro e os nós. Nenhum Seidhe se moveu.

Lille continuava parada diante de Filavandrel. Nada disse, não emitiu o mínimo som, mas o bruxo viu a expressão no rosto do elfo se alterar, sentiu a aura que os envolvia e teve a inabalável convicção de que entre eles estava ocorrendo uma troca de pensamentos. Sentiu o diabo puxá-lo pela manga.

– Seu amigo – baliu baixinho – decidiu desmaiar logo agora. O que devo fazer?

– Dê-lhe uns tapas na cara.

– Com prazer.

Filavandrel ergueu-se. A uma ordem sua, os elfos se puseram imediatamente a selar os cavalos.

– Venha conosco, Dana Méadbh – falou o elfo de cabelos brancos. – Precisamos de você. Não nos abandone, Eterna. Não nos prive de seu amor. Sem ele, pereceremos.

Lille meneou lentamente a cabeça, apontando com ela para o leste, para as montanhas. O elfo inclinou-se, segurando as adornadas rédeas de seu cavalo de crina branca.

Jaskier aproximou-se. Estava pálido, atordoado e apoiado no silvano. Lille olhou para ele e sorriu. Depois, voltou-se para o bruxo e fitou-o nos olhos por muito tempo. Não disse uma palavra sequer; não era necessário dizer nada.

A maior parte dos elfos já estava em suas selas quando Filavandrel e Toruviel se aproximaram. Geralt olhou nos negros olhos da elfa, parcialmente cobertos pelas ataduras.

– Toruviel... – começou, mas não concluiu.

A elfa acenou com a cabeça e retirou do arção da sela um magnífico alaúde feito de madeira leve ricamente marchetada e com um esbelto grifo esculpido no braço. Sem dizer uma palavra, entregou o instrumento a Jaskier. O poeta aceitou-o, fazendo uma reverência. Também não disse uma só palavra, mas seus olhos diziam muito.

– Adeus, estranho humano – falou baixinho Filavandrel para Geralt. – Você está certo. As palavras não são necessárias. Não mudarão coisa alguma.

Geralt permaneceu calado.

– Após uma longa reflexão – finalizou o Seidhe –, cheguei à conclusão de que você estava certo quando disse que sentia pena de nós. Portanto, até breve; até o dia em que desceremos aos vales para morrer com dignidade. Aí, faremos de tudo para encontrar você, tanto eu como Toruviel. Não nos decepcione.

Ficaram se mirando por um longo tempo em silêncio, até que o bruxo respondeu, curto e direto:

– Vou me esforçar para isso.

VII

– Pelos deuses, Geralt! – Jaskier parou de tocar, abraçou o alaúde e encostou-o no rosto. – Esta madeira toca sozinha! Estas cordas têm vida própria! Que som maravilhoso! Por um alaúde como este, alguns pontapés e momentos de pavor foi um preço muito baixo. Se eu soubesse o que ia ganhar, permitiria que me chutassem desde o raiar do dia até o cair da noite. Geralt, está me ouvindo?

– Seria muito difícil não ouvir vocês dois – respondeu o bruxo, erguendo a cabeça do livro e olhando para o diabo, que continuava empenhado em soprar obstinadamente uma estranha flauta feita de caules de junco de diferentes comprimentos. – Ouço-os muito bem, assim como a região inteira.

– Düvvelsheyss, e não região – disse Torque, pondo a flauta de lado. – Um deserto selvagem. O cu do mundo. Ah, que saudade de meus cânhamos!

– Olhe para ele. Está com saudade dos cânhamos – riu Jaskier, girando cuidadosamente as cravelhas do alaúde. – Pois você devia ter ficado quietinho no canhameiral, fazendo-se de morto, em vez de assustar garotas, estragar hortas e emporcalhar poços. Imagino que agora será mais cauteloso e deixará de fazer travessuras, não é verdade, Torque?

– É que eu gosto de travessuras – explicou o diabo, mostrando os dentes – e não posso imaginar uma vida sem elas. Mas posso lhes prometer que serei mais precatado em meus novos territórios. Continuarei a fazer travessuras, porém com moderação.

A noite estava nublada e ventosa. O vento dobrava os caules de junco e sussurrava nos galhos dos arbustos entre os quais estavam acampados. Jaskier colocou mais gravetos na fogueira. Torque agitou-se no leito improvisado, espantando os mosquitos com o rabo. No lago, um peixe pulou, agitando o plácido espelho d'água.

– Vou fazer uma balada descrevendo tudo o que se passou em nossa expedição aos confins do mundo – anunciou Jaskier. – E nela descreverei você, Torque.

– Pois saiba que você não sairá ileso dessa empreitada – rosnou o diabo –, porque eu também farei uma balada descrevendo você, de tal maneira que você não poderá aparecer num ambiente distinto nos próximos doze anos. Portanto, sugiro que reconsidere esse projeto. Geralt?

– Sim?

– Descobriu algo interessante nesse livrão que conseguiu extorquir dos campônios?

– Descobri.

– Então leia para nós antes que a fogueira se apague.

– Sim, sim. – Jaskier dedilhou as sonoras cordas do alaúde de Toruviel. – Leia, Geralt.

O bruxo apoiou-se num cotovelo e aproximou o livro da fogueira.

– Vê-la se pode – começou – na época do verão, dos dias de Maius e Iunius até os de Octubrus, mas mais frequentemente no Dia da Gadanha, que os pastores costumavam chamar de "Lammas". Surge ela sob a forma de Virgem de Cabelos Dourados, coberta de flores e com todos os seres vivos indo ter com ela, independentemente se vegetais ou animais. Por isso seu nome é "Vívia". Os mais antigos chamavam-na de "Danamebi" e veneravam-na profundamente. Mesmo os Barbudos, embora vivam dentro das montanhas e não nos campos, também a respeitam e a chamam de "Bloëmenmagde".

– Danamebi... – murmurou Jaskier. – Dana Méadbh, a Virgem dos Campos.

– Por onde Vívia pisa, a terra brota, floresce e desenvolvem-se exuberantemente todos os seres, tal é seu poder. Povos inteiros lhe fazem oferendas com veneração, na vã esperança de que suas e não de outros serão as terras que Vívia há de visitar. Porque há quem diga que Vívia se estabelecerá para sempre no meio do povo que mais sobre outros se sobressair, mas isso não passa de fúteis conversas de comadres. Porque os sábios afirmam acertadamente que Vívia só a terra ama, e tudo o que nela cresce e vive, igualmente, sem nenhuma distinção, seja a menor das macieiras, seja o mais insignificante dos vermes, e os homens para ela não significam mais do que aquela frágil macieira, pois também eles todos acabarão passando algum dia e outros virão em seu lugar, outras tribos e outros povos. Vívia eterna é, foi e continuará sendo sempre, até o final dos séculos.

– Até o final dos séculos! – cantou o trovador, dedilhando as cordas do alaúde. Torque o acompanhava com um silvo agudo de seu pífaro. – Seja louvada, Virgem dos Campos! Pela colheita, pelas flores de Dol Blathanna, mas também pela pele do aqui subscrito, que você salvou de ser perfurada com pontas de flechas. Sabem de uma coisa? – Parou de tocar e, triste, abraçou o alaúde como se fosse uma criança. – Acho que na balada não vou fazer menção alguma aos elfos e às dificuldades que eles têm de enfrentar. Não faltariam patifes prontos para partir às montanhas... Por que apressar...

O trovador se calou.

– Vamos, termine – falou amargamente Torque. – Você queria dizer: apressar aquilo que é inexorável, inevitável.

– Não falemos mais disso – interrompeu-os Geralt. – Por que falar? As palavras são desnecessárias. Sigam o exemplo de Lille.

– Ela se comunicou com o elfo por telepatia – murmurou o bardo. – Não é verdade, Geralt? Afinal, você consegue captar essas coisas. Conseguiu entender o que ela estava transmitindo aos elfos?

– Um pouco.

– E de que ela falou?

– De esperança. De que tudo se renova e nunca deixará de se renovar.

– Só isso?

– E basta.

– Hum... Geralt? Lille vive num vilarejo, no meio de humanos. Você acha que ela...

– ... que ela vai permanecer no meio deles aqui, em Dol Blathanna? Talvez. Se...

– Se o quê?

– Se os humanos se revelarem dignos disso. Se os confins do mundo continuarem sendo os confins do mundo. Se respeitarmos a fronteira. Mas chega desta conversa, meninos. Está na hora de dormir.

– É verdade. Já é quase meia-noite e a fogueira está se extinguindo. Vou ficar sentadinho aqui por mais um tempo; sempre tenho mais facilidade em formar rimas quando estou junto de uma fogueira semiapagada. E preciso de um título para minha balada. Um título bonito.

– Que tal "Os confins do mundo"?

– Demasiado banal – resmungou o poeta. – Mesmo que isto aqui seja efetivamente a última fronteira, este local deve ser descrito de modo diferente. Metaforicamente. Suponho que você saiba o que é metáfora, Geralt. Hum... Deixe-me pensar... "Lá, onde..." Que droga... "Lá, onde...".

– Boa-noite – disse o diabo.

A VOZ DA RAZÃO 6

O bruxo desamarrou os cordões da camisa e desgrudou o linho úmido colado a sua nuca. Na gruta fazia um calor infernal. No ar pairava um vapor pesado e úmido que gotejava sobre os rochedos cobertos de musgo e sobre as placas basálticas das paredes.

Em volta, tudo eram plantas. Cresciam em gavetas no chão, em covas cheias de turfa, em caixotes, gamelas e tinas, além de subirem pelas rochas, andaimes e estacas. Geralt olhava-as, curioso, reconhecendo alguns espécimes raros que entravam na composição de poções, elixires e filtros mágicos ou de decocções de feitiçaria; outros, ainda mais raros, cujas propriedades ele só podia tentar adivinhar; e aqueles que lhe eram totalmente desconhecidos e dos quais nunca ouvira falar. Viu as folhas estreladas do meliloto cujos caules cobriam as paredes da gruta, os brotos das cabeças-de-negro transbordando de tinas, os ramos da arenária cobertos de bagas vermelho-sangue. Reconheceu as folhas carnudas e estriadas da tanchagem, os rubro-dourados ovais da imensura e as negras agulhas da serradela. Vislumbrou o penífero musgo da sanguipoça que parecia estar aninhada no meio dos blocos de pedras, os brilhantes bulbos do olho-de-gralha e as atigradas pétalas e o colorido labelo das orquídeas popularmente conhecidas como "bocas-de-dragão".

Na parte mais escura da caverna percebiam-se as formas esféricas de cogumelos cinzentos como pedras num campo. Perto dali crescia o juntocacho, erva capaz de neutralizar toda toxina ou veneno conhecido. Saindo de urnas enterradas no solo, esquálidos penachos amarelados denunciavam o ranog, raiz de poderosas e universais propriedades medicinais.

O centro da gruta era ocupado por plantas aquáticas. Geralt viu cubas repletas de cornivas e jabutias, tanques cobertos por um compacto lençol de subterro – o principal alimento das parasíticas ostras gigantes –, reservatórios de vidro cheios de emaranhados rizomas do alucinatório bifárpio, das delgadas cryptocorinas verde-garrafa e de molhos de nematodos. Gamelas lamacentas eram destinadas ao cultivo de incontáveis liquens, algas, bolores, hifas e sorédios.

Nenneke, com as mangas do manto sacerdotal arregaçadas, tirou de um cesto uma tesoura e um pequeno ancinho feito de osso e, sem dizer uma palavra, se pôs a trabalhar. Geralt acomodou-se num banquinho colocado entre dois feixes de luz que caíam através dos grandes blocos de cristal na abóbada da caverna.

A sacerdotisa cantarolava baixinho, enfiando habilmente as mãos no meio do emaranhado de folhas e rebentos, fazendo estalar a tesoura e enchendo o cesto com molhos de ervas. Corrigia a posição das estacas que suportavam caules e ramos de plantas e, volta e meia, revirava a terra com o ancinho. Às vezes, resmungava com raiva, arrancando caules ressecados ou apodrecidos e atirando-os nos coletores de húmus destinados a cogumelos e outras plantas escamosas, enroscadas como serpentes, que o bruxo não conhecia. Na verdade, ele nem tinha certeza de que se tratava de plantas, já que lhe parecera que se moveram levemente, esticando os ramos peludos na direção das mãos da sacerdotisa.

Fazia muito calor.

– Geralt?

– Sim? – disse o bruxo, lutando contra o sono.

Nenneke, brincando com a tesoura, olhava para ele por entre as emplumadas folhas de esparguta.

– Não parta agora. Fique mais alguns dias.

– Não, Nenneke. Está mais do que na hora de partir.

– Para que tanta pressa? Você não precisa preocupar-se com Hereward, e quanto a esse vagabundo Jaskier, deixe que parta sozinho e se arrisque por conta própria. Fique, Geralt.

– Não, Nenneke.

– Você está com pressa de abandonar o santuário por medo de que ela possa encontrá-lo aqui?

– Sim – respondeu Geralt, sem esforço algum para negar. – Você adivinhou em cheio.

– Não foi um enigma tão difícil de decifrar – resmungou Nenneke. – Mas não precisa se preocupar. Yennefer esteve aqui há dois meses e não voltará tão cedo, porque nós brigamos. Não, não foi por sua causa; na verdade, ela nem chegou a perguntar por você.

– Não perguntou por mim?!

– Vejo que toquei na ferida – riu a sacerdotisa. – Você é egocêntrico, como todos os homens. Não existe nada pior do que a falta de interesse, não é verdade? Mas não fique tão triste assim. Conheço Yennefer muito bem. Embora não tenha citado seu nome uma só vez, ficou olhando em volta o tempo todo, procurando por rastros seus. Percebi que está furiosa com você.

– E por que vocês duas brigaram?

– Por nada que possa interessá-lo.

– Pois eu sei, de qualquer modo.

– Não creio – respondeu calmamente Nenneke. – Seu conhecimento sobre ela é muito superficial, assim como o dela sobre você. Isso é bastante típico no caso da união que os liga... ou ligava. Nenhum dos dois é capaz de coisa alguma além de uma exagerada avaliação emocional dos efeitos e, ao mesmo tempo, total ignorância dos fatores que os causaram.

– Ela veio para cá com o intuito de tentar se curar – afirmou Geralt friamente. – E foi por causa disso que vocês brigaram. Vamos, admita.

– Não vou admitir coisa alguma.

O bruxo levantou-se e ficou parado diretamente sob a luz dos blocos de cristal da abóbada da gruta.

– Venha até aqui por um instante, Nenneke, e olhe para isto – disse, abrindo um bolso secreto de seu cinturão, retirando dele um minúsculo saquinho de pele de cabra e derramando seu conteúdo na palma da mão.

– Dois diamantes, um rubi, três nefritas e uma ágata muito interessante. – Nenneke entendia de tudo. – Quanto isso lhe custou?

– Dois mil e quinhentos ducados temerianos. O pagamento pela estrige de Wyzim.

– E por um pescoço dilacerado. – A sacerdotisa fez uma careta. – Vá lá, é uma questão de preço. Mas você fez muito bem em trocar dinheiro vivo por isso. O ducado está fraco e o preço das pedras preciosas em Wyzim não é alto, já que as minas dos gnomos de Mahakam ficam muito perto. Se vender essas pedrinhas em Novigrad, obterá no mínimo quinhentas coroas novigradas; hoje uma coroa vale seis ducados e meio, e continua subindo.

– Gostaria que você as aceitasse.

– A título de depósito?

– Não. As nefritas são para o santuário. Digamos que seja uma oferenda minha à deusa Melitele. Quanto às demais pedras... são para Yennefer. Entregue-as a ela quando vier visitá-la novamente, o que deverá ocorrer em breve.

Nenneke fitou-o diretamente nos olhos.

– Se eu estivesse em seu lugar, não faria isso. Acredite em mim. Você a irritaria ainda mais, se é que isso é possível. Deixe tudo como está, uma vez que não tem condições de consertar ou melhorar coisa alguma. Ao fugir dela, você se comportou... digamos... de maneira não especialmente digna de um homem adulto. Ao tentar apagar a própria culpa com joias, você se comportaria como um homem maduro, diria até que demasiado maduro. Para ser sincera, não saberia dizer qual dos dois tipos de homem me desagrada mais.

– Ela era muito dominadora – murmurou Geralt, virando o rosto. – Eu não conseguia suportar aquilo. Ela me tratava como se eu...

– Pare com isso – interrompeu-o secamente Nenneke. – E não venha chorar no meu ombro. Não sou sua mãe; quantas vezes terei de lhe repetir isso? Também não tenho a intenção de ser sua confidente. Não me importa nem um pouco como ela o tratava, muito menos como você a tratava. E não vou ser intermediária de merda alguma, entregando-lhe essas pedrinhas estúpidas. Se quer agir como idiota, faça-o sozinho; não conte comigo.

– Você não me entendeu. Não quero apaziguá-la ou suborná-la. No entanto, eu lhe devo algo e, pelo que sei, o tratamento ao qual ela pretende se submeter é muito caro. Tudo o que desejo é ajudá-la.

– Você está sendo muito mais tolo do que eu imaginava – respondeu Nenneke, levantando o cesto do chão. – Tratamento caro? Ajudá-la? Para ela, essas suas pedrinhas são quinquilharias que nem valem uma cusparada. Sabe quanto Yennefer consegue arrecadar eliminando um bebê indesejado por uma grande dama?

– Sei. Assim como sei que ela cobra ainda mais por tratamentos de infertilidade. É uma pena ela não poder ajudar a si mesma. E é por isso que procura a ajuda de outros, inclusive a sua.

– Ninguém poderá ajudá-la. O que ela quer é totalmente impossível. Ela é uma feiticeira e, como a maioria das magas, tem os ovários atrofiados e insuficientemente desenvolvidos... e isso é irreversível. Ela nunca poderá ter filhos.

– Nem todas as feiticeiras são deformadas nesse aspecto. Sei algo sobre isso, e você também.

– É verdade – admitiu Nenneke, semicerrando os olhos.

– Um fenômeno que tem exceções não pode ser considerado uma regra. E, por favor, não me venha com aquele papo de que exceções servem para comprovar regras. Em vez disso, fale-me especificamente das exceções.

– Sobre as exceções – respondeu Nenneke, em tom gélido –, a única coisa a dizer é que elas existem, nada mais. Já no caso de Yennefer... O fato é que ela não é uma delas, pelo menos no que se refere à deformação da qual estamos falando, pois em todos os demais aspectos seria muito difícil encontrar maior exceção do que ela.

– Sei de feiticeiros – afirmou Geralt, ignorando o tom frio e as alusões de Nenneke – que ressuscitaram mortos. Conheço vários casos amplamente documentados. Você tem de admitir que ressuscitar mortos é muito mais difícil do que reparar uma atrofia de órgãos ou membros.

– Não admito, pois não conheço um só caso devidamente documentado de recuperação da atrofia de glândulas endócrinas. Geralt, basta, porque daqui a pouco isto se transformará numa consulta médica. Você não entende dessas coisas, enquanto eu sou especialista. E, se lhe digo que Yennefer pagou por certos dons perdendo outros, a verdade é essa.

– Se isso é tão óbvio assim, então não consigo entender por que ela continua se esforçando tanto...

– Você entende pouco – interrompeu-o a sacerdotisa. – Ou melhor, pouquíssimo. Portanto, pare de se preocupar com os mal--estares de Yennefer e comece a pensar nos seus. Seu organismo também foi submetido a mudanças irreparáveis. Você se surpreende com o comportamento de Yennefer, mas o que tem a dizer sobre o seu? Deveria aceitar o fato de que nunca será humano, porém não se cansa de se esforçar para tornar-se um, cometendo, assim, erros humanos. Erros que um bruxo jamais deveria cometer.

Geralt apoiou-se na parede da gruta e enxugou o suor da testa.

– Você não responde – constatou Nenneke, sorrindo levemente. – Não me espanta. Não é fácil discutir com a voz da razão. Você está doente, Geralt, fora de forma. Não reage bem aos elixires, seus batimentos cardíacos estão acelerados, a adaptação de seus olhos à claridade é muito lenta e suas reações são retardadas. Não consegue sequer executar os mais simples sinais. E é nessas condições que pretende tomar a estrada? Você precisa se curar com uma indispensável terapia. E, antes dela, com um transe.

– Então foi por isso que você enviou-me Iola? Como parte da terapia? Para facilitar o transe?

– Ah, como você é tolo!

– Menos do que você pensa.

Nenneke virou-se e enfiou as mãos no meio dos carnudos caules de uma trepadeira que o bruxo desconhecia.

– Pois bem, que seja – falou por fim. – Sim, enviei-a a você como parte de uma terapia. E vou lhe dizer que funcionou. Já no dia seguinte você reagia melhor, estava mais calmo. Além disso, Iola também precisava de uma terapia. Não fique zangado.

– Não estou zangado nem com a terapia nem com Iola.

– Mas com a voz da razão, que tanto o perturba?

Geralt não respondeu.

– O transe é indispensável – repetiu Nenneke. – Iola está pronta. Ela estabeleceu contato com você, tanto no campo físico como no psíquico. Se você quer partir, podemos fazê-lo esta noite.

– Não. Não quero. Entenda, Nenneke, que num transe Iola poderia começar a fazer profecias, prever o futuro.

– Mas é exatamente disso que se trata.

– Pois é. O problema é que não quero conhecer o futuro. Como poderia exercer meu ofício se o conhecesse? Aliás, de todo modo, já o conheço.

– Tem certeza disso?

Geralt ficou calado.

– Que seja – suspirou Nenneke. – Vamos embora daqui. Ah, sim, Geralt... Sem querer ser indiscreta, você não poderia me contar como vocês se conheceram? Você e Yennefer? Como tudo começou?

O bruxo sorriu.

– Tudo começou quando Jaskier e eu não tínhamos o que almoçar e resolvemos pescar uns peixes.

– Devo entender que em vez de um peixe você pescou Yennefer?

– Vou lhe contar como tudo se passou, mas depois da ceia, porque repentinamente fiquei com fome.

– Então vamos. Já tenho tudo de que preciso.

Enquanto o bruxo encaminhava-se para a saída, lançou um olhar pela caverna-estufa e perguntou:

– Metade das plantas que você tem aqui não cresce em nenhum outro lugar do mundo. Estou certo?

– Está. Mais da metade.

– E como você explica isso?

– Se eu lhe disser que é graças à benevolência da deusa Melitele, você se daria por satisfeito?

– Não creio.

– Foi o que pensei – disse Nenneke, com um sorriso. – Sabe, Geralt, nosso sol continua a brilhar, mas não como outrora. Você poderá se informar disso lendo diversos livros, porém, se não estiver disposto a perder tanto tempo, talvez baste saber que o cristal com o qual foi feito o telhado funciona como filtro. Ele elimina os raios mortais que, em número cada vez maior, formam a luz solar. E é por isso que aqui crescem plantas que você jamais verá em outro lugar do mundo.

– Entendi – falou o bruxo. – E quanto a nós, Nenneke? O que vai acontecer conosco? O mesmo sol brilha sobre nós. Não deveríamos também nos proteger debaixo de um telhado desses?

– Em princípio, sim – suspirou a sacerdotisa. – Mas...

– Mas...?

– É tarde demais.

O ÚLTIMO DESEJO

I

O bagre ergueu a cabeça bigoduda para fora da água, puxou com força, agitou a superfície do rio e seu ventre branco brilhou.

– Cuidado, Jaskier! – gritou o bruxo, fincando os calcanhares na úmida areia. – Segure com força, com todos os diabos!

– Estou segurando... – bufou o poeta. – Mas trata-se de um monstro! Um leviatã, e não um peixe! Pelos deuses, teremos comida para meses!

– Afrouxe, senão a linha vai se partir!

O bagre mergulhou até o leito do rio e, com um ataque repentino, se pôs a nadar contra a corrente. A linha sibilou, e as luvas de Geralt e Jaskier soltaram fumaça.

– Puxe, Geralt, puxe! Não solte a linha, senão ela vai se enroscar nas raízes das plantas aquáticas!

– Assim, ela vai arrebentar!

– Não vai! Puxe!

Curvaram-se e puxaram. A linha, sempre sibilando, cortava a água, borrifando gotículas que brilhavam como um arco-íris sob os raios do sol nascente. O bagre subiu de repente para a superfície; a linha folgou e eles começaram a recolhê-la rapidamente.

– Seria ótimo defumá-lo – disse Jaskier, ofegante. – Vamos

levá-lo até o vilarejo e mandar que o defumem. E faremos uma sopa com a cabeça.

– Cuidado!

Sentindo o fundo do rio logo debaixo da barriga, o bagre elevou para fora da água mais da metade do corpo gigantesco, sacudiu a cauda e a cabeça e retornou às profundezas. Das luvas de Geralt e Jaskier voltou a sair fumaça.

– Puxe, puxe! Conduza o desgraçado até a margem!

– Não! Afrouxe a linha, Jaskier, porque ela está a ponto de arrebentar!

– Não se preocupe! Ela vai aguentar! Faremos... uma sopa... com a cabeça...

Arrastado assim até perto da margem, o bagre agitou-se violentamente, como se quisesse demonstrar que não permitiria ser enfiado numa panela com tanta facilidade. Os respingos da espuma chegaram até uma braça de altura.

– Vamos vender a pele... – continuou Jaskier, puxando a linha com ambas as mãos. Estava com o rosto vermelho de tanto esforço e os calcanhares firmemente enfiados na areia. – E com os bigodes... com os bigodes faremos...

Não se soube o que o poeta pretendia fazer com os bigodes do bagre, pois a linha se rompeu com um estalido e os dois pescadores perderam o equilíbrio, caindo na areia molhada.

– Que merda! – gritou Jaskier, tão alto que o eco ressoou entre os juncos. – Tanta comida desperdiçada! Espero que você morra, seu cabeça de bagre!

– Eu avisei – falou Geralt, sacudindo a areia das calças. – Bem que lhe falei para não puxar a linha com tanta força. Você estragou tudo, companheiro. Você é um pescador assim como o cu de uma cabra é um trompete.

– Não é verdade – indignou-se o trovador. – O fato de aquele monstro ter mordido a isca é mérito exclusivamente meu.

– Que curioso! Você não mexeu um dedo para me ajudar na preparação das linhas. Ficou tocando seu alaúde e berrando a plenos pulmões.

– Pois saiba que está redondamente enganado – sorriu Jaskier. – Quando você adormeceu, tirei do anzol aquelas larvas que você havia colocado e as substituí por uma gralha morta que encontrei no meio dos arbustos. Fiz isso com a intenção de ver a sua cara quando você puxasse a gralha para fora da água na manhã seguinte. E o que aconteceu? O bagre se encantou com a gralha. Suas larvas não teriam pegado merda alguma.

– Teriam, teriam – retrucou o bruxo, cuspindo na água e enrolando a linha num garfinho de madeira. – Mas a linha arrebentou porque você a puxou como um idiota. Em vez de ficar tagarelando, enrole as outras linhas. O sol já está alto; é hora de partirmos. Vou empacotar nossas coisas.

– Geralt!

– O quê?

– Há alguma coisa presa na outra linha... Não, não é nada... Ela apenas se enroscou. Que merda! Está presa... não consigo puxá-la... Ah, finalmente... Veja o que estou puxando! Parece uma barcaça dos tempos do rei Desmond! Olhe só, Geralt!

Como de costume, Jaskier estava exagerando. O emaranhado de cordas apodrecidas, restos de redes e caules de plantas aquáticas era de fato impressionante, mas faltava-lhe muito para as dimensões de uma embarcação do lendário rei. O bardo espalhou seu achado na areia e passou a revolvê-lo com a ponta da bota. As plantas aquáticas quase se moviam sozinhas tamanha a quantidade de sanguessugas, anfípodes e pequenos caranguejos que nelas havia.

– Ah! Veja o que encontrei!

Curioso, o bruxo aproximou-se. Tratava-se de um gasto jarro de pedra com duas asas, uma espécie de ânfora. Estava enroscado numa rede, escurecido por algas, colônias de caracóis, larvas de trichoptera e uma fedorenta camada de limo.

– Ah! – gritou de novo orgulhosamente Jaskier. – Você sabe o que é isto?

– Sei. Uma vasilha velha.

– Pois está enganado – anunciou o trovador, raspando com um pedaço de madeira o limo, os moluscos e os pedaços de barro endurecido. – Isto aqui é nada mais, nada menos do que um jarro encantado. Dentro dele está aprisionado um gênio, que cumprirá três desejos meus.

O bruxo soltou uma gargalhada.

– Pode rir à vontade – falou Jaskier, concluindo a limpeza da ânfora. – Veja: a boca está tampada por um selo e, gravado no selo, há um símbolo mágico.

– Um símbolo? Mostre-me.

– Era só o que faltava – falou o poeta, escondendo a ânfora por trás das costas. – Fui eu quem encontrou este jarro e serei eu que terei os desejos atendidos.

– Não toque neste selo! Passe o jarro para cá!

– Largue-o! Ele é meu!

– Jaskier, cuidado! Não toque no selo! Ah, que droga!

Do jarro, que durante a disputa caíra na areia, emanou uma brilhante fumaça vermelha.

O bruxo pulou para um lado e correu em direção ao acampamento para pegar sua espada. Enquanto isso, Jaskier, com os braços cruzados no peito, não se moveu de onde estava.

A fumaça se concentrou em uma esfera irregular, suspensa à altura da cabeça do poeta. A esfera adquiriu o formato de uma cabeça caricatural, sem nariz, com um par de olhos gigantescos e algo que lembrava um bico. Tinha em torno de uma braça de diâmetro.

– Gênio! – declarou Jaskier, batendo com o pé no chão. – Fui eu quem o liberou e, a partir deste momento, passo a ser seu amo. Meus desejos...

A cabeça abriu e fechou o bico, que na verdade não era bico, mas algo que se assemelhava a lábios flácidos e deformados em constante estado de mutação.

– Fuja! – berrou o bruxo. – Fuja, Jaskier!

– Meus desejos – continuou o poeta – são os seguintes: em primeiro lugar, quero que um raio caia na cabeça de Valdo Marx, o trovador de Cidaris. Em segundo, em Cael mora a condessa Virgínia, que não quer dar para ninguém; quero que me dê. Em terceiro...

Não se soube qual seria o terceiro desejo de Jaskier. Da monstruosa cabeça emergiram dois braços ainda mais monstruosos, que agarraram o bardo pela garganta. Jaskier soltou um ganido de dor.

Geralt chegou até a cabeça em três passadas, tomou impulso com sua espada de prata e desferiu um golpe cortante da orelha até a parte central. O ar pareceu gemer. A cabeça expeliu rolos de fumaça e repentinamente dobrou de tamanho. A terrível bocarra voltou a se abrir e se fechar, enquanto os medonhos braços sacudiam o inerte corpo de Jaskier e o comprimiam contra o chão.

O bruxo fez o Sinal de Aard com os dedos e despachou para o interior da cabeçorra o máximo de energia que conseguira mobilizar. A energia, materializando-se num ofuscante raio de luz, acertou o alvo em cheio. O estrondo que se seguiu quase estourou os tímpanos de Geralt, e o vácuo causado pela implosão fez farfalhar os salgueiros. O monstro emitiu um grito pavoroso e cresceu ainda mais, mas soltou o poeta e, agitando os braços, disparou para as alturas, voando sobre a superfície do rio.

O bruxo correu para erguer o imóvel corpo de Jaskier. Ao fazê-lo, notou um objeto redondo caído na areia. Era um selo de bronze com uma cruz quebrada e uma estrela de nove pontas gravadas na superfície.

A essa altura, a cabeça, suspensa sobre o rio, adquirira as dimensões de uma meda de feno. Sua escancarada bocarra parecia um portão de tamanho razoável. O monstro estendeu os braços... e atacou.

Geralt, totalmente sem saber como agir, apertou o selo na mão e, estendendo o braço na direção do agressor, gritou uma fórmula de exorcismo que lhe fora ensinada por uma sacerdotisa. Até então, nunca havia usado tal fórmula, já que não acreditava muito em superstições.

O efeito excedeu suas expectativas.

O selo sibilou e aqueceu-se rapidamente, queimando-lhe a palma da mão. A gigantesca cabeça parou no ar, permaneceu suspensa sobre o rio por um momento e, depois, uivou, urrou e se desfez numa coluna de fumaça, formando uma enorme nuvem. A nuvem soltou um silvo angustiado e, com incrível velocidade, deslizou por cima do rio, deixando atrás de si um agitado rastro na superfície da água. Em poucos segundos sumiu na distância. Apenas a água ficou ainda ressoando alguns uivos, que foram esmorecendo lentamente.

O bruxo se inclinou sobre o poeta, contorcido sobre a areia.

– Jaskier? Você está bem? Que droga, Jaskier! O que está se passando com você?

O bardo fez gestos bruscos com a cabeça, agitou os braços e abriu a boca para soltar um grito. Geralt contorceu o rosto numa careta e semicerrou os olhos. Jaskier tinha uma voz possante e, quando assustado, era capaz de alcançar timbres inimagináveis. No entanto, o que saiu de sua garganta foi somente um quase inaudível sussurro.

– Jaskier! O que você está sentindo? Vamos, responda!

– Hhhhh... eeee... queeee... meeerda...

– Você está sentindo alguma dor? Vamos, diga alguma coisa!

– Queee... meeer...

– Não fale mais nada. Se estiver se sentindo bem, faça uma aceno com a cabeça.

Jaskier fez um grande esforço e mexeu a cabeça. Em seguida, virou-se para um lado, encolheu-se em posição fetal e vomitou uma torrente de sangue, tossindo e engasgando.

O bruxo soltou um palavrão.

II

– Pelos deuses! – exclamou o sentinela, recuando e abaixando o lampião. – O que aconteceu com ele?

– Deixe-nos passar, meu bom homem – falou baixinho o bruxo, sustentando Jaskier, encolhido sobre a sela. – Como pode ver, temos pressa.

O sentinela olhou para o rosto pálido e o queixo coberto de sangue do poeta.

– Estou vendo. Parece que ele está seriamente ferido, meu senhor.

– Temos pressa – repetiu Geralt. – Estamos viajando desde a madrugada. Por favor, deixe-nos passar.

– Não podemos – disse outro sentinela. – Só é permitido atravessar os portões do raiar ao pôr do sol. À noite, é terminantemente proibido. Essas são as ordens. Ninguém poderá passar, a não ser que tenha autorização do rei ou do prefeito ou seja um nobre brasonado.

Jaskier soltou um gemido, encolheu-se ainda mais, apoiou a testa na crina do cavalo, tremeu e fez um esforço vão para vomitar novamente. Sobre o ramificado desenho de sangue coagulado no pescoço da cavalgadura escorreu um novo filete.

– Gente – falou Geralt, o mais calmo possível –, vocês estão vendo o estado dele. Preciso encontrar alguém que possa curá-lo. Por favor, compreendam nossa situação e deixem-nos passar.

– Não adianta insistir – respondeu o guarda, apoiando-se em sua alabarda. – Ordens são ordens. Se eu deixar os senhores passarem, serei amarrado ao pelourinho e expulso da corporação; e aí como é que vou poder alimentar meus filhos? Não, meu senhor, não posso permitir. Tire seu companheiro do cavalo e leve-o à sala da barbacã. Nós lhe faremos um curativo e, se for seu destino, ele resistirá até amanhã. Falta pouco para o raiar do dia.

– O problema é que não basta um curativo – retrucou o bruxo por entre os dentes cerrados. – Ele precisa de um curandeiro, um sacerdote, um médico bem instruído...

– De todo modo, o senhor não conseguiria acordar um homem desses no meio da noite – falou o segundo guarda. – O máximo que podemos fazer pelos senhores é o que lhe propusemos: levar seu companheiro à sala da barbacã. Assim, os senhores não precisarão ficar no frio da madrugada. A sala é quente e nela há lugar para deitar o ferido. Venha; vamos ajudar o senhor a tirá-lo do cavalo.

A sala da barbacã era mesmo quente, abafada, aconchegante. Labaredas crepitavam alegremente na lareira, atrás da qual cricrilava um grilo.

Junto a uma pesada mesa quadrada e cheia de jarros e pratos estavam sentados três homens.

– Perdoem-nos, distintos cavalheiros – disse o guarda que sustentava Jaskier – por virmos perturbá-los... Espero que os senhores não se oponham... Este cavalheiro está ferido, de modo que pensei...

– E pensou bem – interrompeu-o um dos homens, erguendo-se e virando para ele um rosto delgado e expressivo. – Coloque-o nesta tarimba.

O homem era um elfo, assim como o outro sentado à mesa. Como demonstravam seus trajes, uma mescla da moda humana com a élfica, ambos eram elfos integrados e assimilados. O terceiro homem, aparentemente o mais velho dos três, era humano e, a julgar pela roupa e pelos cabelos grisalhos cortados de forma adequada ao uso de um elmo, devia ser membro de uma ordem de cavalaria.

– Sou Chireadan – apresentou-se o mais alto dos elfos, o de rosto expressivo. Como costumava ocorrer com os representantes do Povo Antigo, era impossível definir sua idade: ele tanto poderia ter vinte como cento e vinte anos. – Este é meu parente Errdil, e este nobre cavaleiro se chama Vratimir.

– Um nobre... – murmurou Geralt.

No entanto, um exame mais minucioso do brasão bordado na túnica do cavaleiro dissipou suas esperanças: os quartéis do escudo, adornados com lises de ouro, eram cortados diagonalmente por uma faixa prateada. Vratimir não só era filho ilegítimo, mas também fruto de uma união mista: humana e não humana. Como tal, embora lhe fosse permitido portar um brasão, ele não podia ser considerado um nobre com todos os direitos e, certamente, não dispunha do privilégio de atravessar os portões da cidade após o pôr do sol.

– Infelizmente – disse o elfo, a quem não escapara o olhar atento do bruxo – nós também temos de aguardar o amanhecer. A lei não aceita exceções, pelo menos não para alguém como nós. Portanto, junte-se ao grupo, distinto cavaleiro.

– Chamo-me Geralt de Rívia – apresentou-se o bruxo –, e não sou um cavaleiro, mas um bruxo.

– O que aconteceu com ele? – indagou Chireadan, apontando para Jaskier, que fora colocado num catre pelos sentinelas. – Parece um caso de intoxicação. Se for isso, poderei ajudá-lo. Tenho um excelente remédio.

Geralt sentou-se e fez um relato geral do que se passara à beira do rio. Os elfos se entreolharam. O grisalho cavaleiro cuspiu por entre os dentes e enrugou a testa.

– Que coisa mais incrível! – falou Chireadan. – O que poderia ter sido aquilo?

– Um gênio saído de um vaso... – murmurou Vratimir. – Como numa lenda.

– Não exatamente – observou Geralt, apontando para Jaskier encolhido sobre o catre. – Não conheço lenda alguma que terminasse assim.

– Os sintomas desse coitado – explicou Chireadan – são claramente de natureza mágica. Temo que meus remédios não sejam de grande valia, mas, pelo menos, poderão minimizar seu sofrimento. Você lhe deu algo, Geralt?

– Somente um elixir contra dor.

– Então venha me ajudar, sustentando a cabeça dele.

Jaskier bebeu com sofreguidão a mistura de vinho com remédio, engasgou no último gole, soltou um chiado e cobriu com saliva a almofada de couro.

– Eu conheço esse homem – falou o outro elfo, Errdil. – É Jaskier, trovador e poeta. Tive a oportunidade de ouvi-lo cantar na corte do rei Ethain, em Cidaris.

– Um trovador – repetiu Chireadan, olhando para Geralt. – Isso é grave, muito grave. Os músculos do pescoço e da laringe estão infectados, e já ocorrem mudanças nas pregas vocais. É preciso interromper a ação do feitiço o mais rápido possível. Do contrário... isso poderá tornar-se irreversível.

– Quer dizer que ele nunca mais poderá falar?

– Falar, sim, mas não cantar.

Geralt, sem dizer uma palavra, sentou-se à mesa, apoiando a testa sobre os punhos cerrados.

– Um feiticeiro – falou Vratimir. – Precisamos de uma poção mágica ou um feitiço de cura. Você terá de levá-lo para outra cidade, bruxo.

– Por quê? – perguntou Geralt, erguendo a cabeça. – Não há um feiticeiro aqui, em Rinde?

– Em toda a Redânia é muito difícil encontrar magos – respondeu o cavaleiro. – Não é verdade, senhores elfos? Desde que o rei Heriberto instituiu um imposto exorbitante sobre todos os atos de feitiçaria, os magos estão boicotando a capital e as cidades que costumam cumprir rigorosamente os éditos reais. E, pelo que ouvi falar, os conselheiros municipais de Rinde são famosos pela diligência com que os cumprem. Não é verdade, Chireadan e Errdil? Não estou certo?

– Está – confirmou Errdil. – Só que... Posso falar, Chireadan?

– Não só pode, como deve – disse Chireadan, olhando de soslaio para o bruxo. – Não há razões para manter isso em segredo, já que todos em Rinde estão a par de que há uma feiticeira residindo na cidade.

– Certamente incógnita.

– Nem tanto – sorriu o elfo. – A pessoa à qual me refiro é individualista. Ela desdenha não apenas o boicote imposto em Rinde pelo Conselho de Magos, como também as posturas definidas pelos conselheiros. E isso lhe é muito proveitoso, pois, com o boicote, pode atender à grande demanda de serviços de feitiçaria, sem, obviamente, pagar imposto.

– E o Conselho Municipal tolera tal situação?

– A feiticeira mora na residência de um negociante que é, ao mesmo tempo, agente comercial de Novigrad e embaixador honorário daquele país na Redânia. Assim, ninguém pode tocá-la naquela casa, já que está protegida pela lei do asilo.

– Aquilo mais parece uma prisão domiciliar do que um asilo – corrigiu Errdil. – Ela está praticamente presa lá, mas não pode reclamar de falta de clientes, e clientes ricos. Ela não dá a mínima para os conselheiros e organiza festas e orgias...

– Já os conselheiros – acrescentou Chireadan – estão furiosos e fazem de tudo para levantar contra ela o maior número de pessoas possível. Mancham sua reputação espalhando os mais ignóbeis boatos, na esperança de o mandatário de Novigrad proibir o negociante de conceder-lhe asilo.

– Não gosto de me meter nesse tipo de embrulhadas – murmurou Geralt –, mas não tenho escolha. Como se chama o tal negociante-embaixador?

– Beau Berrant – respondeu Chireadan, e o bruxo teve a impressão de ele ter feito uma careta ao pronunciar o nome. – Na verdade, tenho de concordar com você de que ela é sua única chance... Para ser mais exato, é a única chance para esse coitado que geme na cama. Agora, se a feiticeira vai querer ajudá-los... isso eu não posso garantir.

– Quando for para lá – disse Errdil –, fique atento, porque o prefeito mandou espiões vigiar a casa. Se eles o abordarem, você sabe o que fazer... O dinheiro abre todas as portas.

– Muito bem. Irei para lá assim que abrirem os portões. Qual é o nome da feiticeira?

Geralt percebeu um leve rubor no rosto de Chireadan, mas poderia ser apenas o reflexo do fogo da lareira.

– Yennefer de Vengerberg.

III

– O amo está dormindo – repetiu o porteiro, olhando de cima para Geralt. Era uma cabeça mais alto e seus ombros eram quase duas vezes mais largos do que os do bruxo. – Você é surdo, seu vagabundo? Já lhe disse que o amo está dormindo.

– Pois que durma em paz – concordou Geralt. – O assunto de que quero tratar não é com ele, mas com a senhora que está aqui alojada.

– Ah, é? Quer dizer que você tem um assunto a tratar com ela? – O porteiro parecia ter senso de humor, apesar do tamanho e da aparência. – Então, seu pilantra, vá a um bordel e faça bom uso dele. Suma daqui!

Geralt desprendeu do cinto um saquinho de couro e avaliou seu peso segurando-o pelo cordão.

– Você não vai conseguir subornar-me – falou orgulhosamente o gigante.

– Nem pretendo.

O porteiro era grande e pesado demais para ter reflexos que lhe permitissem desviar-se ou proteger-se de um golpe aplicado por um homem normal. Assim, diante do golpe desferido pelo bruxo, mal teve tempo de piscar. O pesado saquinho atingiu sua têmpora com um som metálico, e ele desabou sobre a porta, agarrando-se ao alizar. Geralt afastou-o com um pontapé no joelho e golpeou-o mais uma vez com o saquinho. Os olhos do porteiro se embaçaram e adquiriram uma vesguice ridícula; suas pernas se arquearam sob seu peso e se separaram como lâminas de uma tesoura. O bruxo, vendo que o gigante, embora quase desfalecido, ainda tentava agitar os braços, acertou-o pela terceira vez, direto no cocuruto.

– Pois é, o dinheiro abre todas as portas – afirmou.

O vestíbulo estava às escuras. Detrás da porta do lado esquerdo, alguém roncava profundamente. Geralt entreabriu-a com cuidado. Numa cama rústica desfeita, dormia, silvando o ar pelo nariz, uma mulher gorda com uma camisola suspensa acima dos quadris. Não era uma visão das mais agradáveis. Geralt arrastou o desfalecido porteiro até o quartinho e trancou a porta.

Do lado direito havia outra porta. Estava semiaberta e dava para uma escada de estreitos degraus de pedra que levavam para o piso inferior. O bruxo já estava passando por ela quando ouviu vindo de baixo um palavrão, seguido do som de uma vasilha se espatifando.

O local era uma grande cozinha, cheia de utensílios, cheirando a ervas e resina de madeira. No chão de pedra, entre cacos de uma jarra de barro, havia um homem ajoelhado, totalmente nu e com a cabeça abaixada.

– Suco de maçã, a filha duma cadela... – balbuciou, hesitante, meneando a cabeça como um carneiro que, distraidamente, batera com a cabeça contra o muro de um castelo. – Suco... de maçãs. Onde... Onde estão os empregados?

– O que foi que o senhor disse? – perguntou polidamente o bruxo.

O homem ergueu a cabeça e engoliu em seco. Seus olhos estavam baços e injetados.

– Ela quer suco de maçã – anunciou, erguendo-se com dificuldade, sentando-se num baú coberto com pele de carneiro e apoiando-se no fogão. – Tenho de... levar para cima, porque...

– Tenho a honra de falar com o negociante Beau Berrant?

– Fale mais baixo – disse o homem, fazendo uma careta de dor. – Não precisa gritar. Ouça, lá naquela barrica... Suco... de maçã. Derrame um pouco dele num recipiente qualquer e me ajude a levá-lo para cima, está bem?

Geralt deu de ombros e meneou a cabeça com compaixão. Embora evitasse excessos alcoólicos, o estado em que se encontrava o negociante não lhe era totalmente desconhecido. Remexendo nos utensílios da cozinha, encontrou um caneco e um jarro de estanho, que encheu com um pouco do suco da barrica. Ouviu alguém roncando e se virou. O homem desnudo dormia a sono solto, com a cabeça caída sobre o peito.

Por um instante o bruxo pensou em derramar o suco na cabeça do beberrão, mas mudou de ideia. Saiu da cozinha carregando o jarro e o caneco. O corredor terminava numa pesada porta ricamente entalhada. Entreabriu-a com todo o cuidado, apenas o suficiente para poder entrar no aposento. Como estava na penumbra, alargou as pupilas. E franziu o nariz. O ar estava impregnado de cheiro de vinho azedo, frutas passadas e algo que lembrava uma mistura dos perfumes de lilás e groselha.

Olhou em volta. A mesa, no centro do aposento, apresentava-se como um autêntico campo de batalha de jarros, garrafas, vasos, taças, cálices, pratos de estanho e de prata, travessas e talheres com cabo de marfim. A amassada toalha estava coberta de manchas de vinho e de cera de vela solidificada. As diversas cascas de laranja espalhadas sobre ela pareciam flores entre caroços de ameixas e pêssegos, restos de peras e pedúnculos de uvas sem as frutas. Uma das taças estava caída e quebrada. Da outra, cheia pela metade, emergia um osso de peru. Ao lado dela havia um elegante escarpim negro de salto alto, feito de couro de basilisco, a matéria-prima mais cara usada na manufatura de calçados.

O outro sapato jazia debaixo de uma cadeira, sobre um vestido preto adornado com flores bordadas e babados brancos, atirado desleixadamente no chão.

Geralt ficou indeciso, lutando contra uma sensação de constrangimento, com o desejo de dar meia-volta e sair dali. Isso, porém, significaria que o Cérbero na antessala apanhara em vão, e o bruxo não gostava de cometer atos desnecessários.

Viu uma escada em caracol no canto do aposento e encaminhou-se até ela. Nos degraus encontrou quatro rosas brancas murchas e um guardanapo com manchas de vinho e de batom. O aroma de lilás e groselha tornara-se mais forte. A escada levava a um quarto de dormir cujo chão era coberto por uma grande pele de um animal felpudo. Sobre a pele jazia uma camisola com punhos de renda, uma dezena de rosas brancas... e uma meia de seda negra.

A outra meia pendia de uma das quatro colunas lavradas que sustentavam um baldaquino em forma de cúpula sobre o leito. As figuras esculpidas nas colunas representavam ninfas e faunos nas mais diversas posições, algumas assaz interessantes, outras ridiculamente engraçadas. De maneira geral, muitas se repetiam.

Geralt pigarreou ao olhar para um monte de cachos negros visíveis saindo por debaixo de um cobertor de veludo. O cobertor mexeu-se e gemeu. O bruxo voltou a pigarrear, dessa vez com mais força.

– Beau? – perguntou confusamente o aglomerado de cachos negros. – Trouxe o suco?

– Trouxe.

Dos negros cachos emergiram um pálido rosto triangular, olhos cor de violeta e lábios finos e um tanto contorcidos.

– Aaaah... – Os lábios contorceram-se ainda mais. – Aaaah... Estou morrendo de sede...

– Sirva-se, por favor.

A mulher desvencilhou-se do lençol e sentou-se na cama. Tinha ombros bonitos e pescoço esbelto, do qual pendia, preso a uma fita de veludo, uma faiscante joia de brilhantes. Além da fita, nada mais trazia no corpo.

– Obrigada – falou, pegando o caneco da mão do bruxo e bebendo o conteúdo com sofreguidão. Em seguida, ergueu as mãos e tocou as têmporas. O lençol deslizou ainda mais.

Geralt desviou o olhar por educação, mas meio a contragosto.

– Quem é você, afinal? – indagou a morena, semicerrando os olhos e cobrindo-se com o lençol. – O que está fazendo aqui? Onde, com todos os diabos, se meteu Berrant?

– A qual das perguntas devo responder primeiro?

Arrependeu-se imediatamente da ironia. A mulher ergueu a mão, lançando um raio de luz. Geralt reagiu instintivamente: cruzando os punhos no Sinal de Heliotrópio, conseguiu deter o feitiço já bem junto de seu rosto, mas o ímpeto fora tão forte que o atirou contra a parede, fazendo-o deslizar para o chão.

– Não é necessário! – gritou ao ver que a mulher voltava a erguer a mão. – Distinta Yennefer! Vim em paz e não tenho intenções malignas.

Das escadas chegou o som de passos apressados e vários empregados adentraram o quarto.

– Dona Yennefer!

– Saiam – ordenou-lhes calmamente a feiticeira. – Não preciso mais de vocês. Vocês são pagos para tomar conta da casa, mas já que esse sujeito conseguiu entrar aqui, vou encarregar-me dele pessoalmente. Digam isso ao senhor Berrant. Quanto a mim, por favor, preparem meu banho.

O bruxo ergueu-se com dificuldade. Yennefer observou-o em silêncio, com os olhos semicerrados.

– Você desviou meu feitiço – falou finalmente. – É claro que você não é um feiticeiro, mas sua reação foi extremamente rápida. Diga logo quem é, homem desconhecido que entrou em meu quarto; e sugiro-lhe que diga rapidamente.

– Sou Geralt de Rívia. Um bruxo.

Yennefer inclinou-se para fora da cama, segurando um membro da anatomia de um dos faunos esculpidos na coluna do baldaquino, particularmente propício para ser agarrado. Sem desviar o olhar de Geralt, apanhou do chão um casaco com gola de pele, envolveu-se cuidadosamente nele e saiu da cama. Serviu-se de mais um caneco de suco, bebeu-o de um gole, pigarreou e aproximou-se. Geralt massageou discretamente as vértebras que momentos antes haviam batido com força contra a parede.

– Geralt de Rívia – repetiu a feiticeira, olhando para ele através dos cílios negros como carvão. – Como conseguiu entrar aqui? E com que intenção? E quanto a Berrant? Espero que não lhe tenha feito mal algum.

– Não. Não fiz. Prezada senhora Yennefer, preciso de sua ajuda.

– Um bruxo – murmurou ela, aproximando-se e apertando mais fortemente o casaco contra o corpo. – Além de ser o primeiro que vejo de perto, ainda por cima é o famoso Lobo Branco. Ouvi falar muito de você.

– Posso imaginar.

A feiticeira deu um bocejo e chegou ainda mais perto. – Permite? – perguntou, tocando a bochecha do bruxo com a mão, aproximando seu rosto do dele e fitando-o diretamente nos olhos, enquanto ele engolia em seco. – Suas pupilas se adaptam automaticamente à intensidade da luz ou você pode dilatá-las e comprimi-las a seu bel-prazer?

–Yennefer – disse Geralt calmamente. – Cavalguei o dia inteiro sem parar até Rinde. Passei a noite em claro aguardando a abertura dos portões. Dei umas pancadas na cabeça do porteiro, que não queria deixar-me entrar. Interrompi, de maneira rude e insistente, seu precioso sono. E fiz isso tudo única e exclusivamente pelo fato de um amigo meu precisar de uma ajuda que só você poderá lhe dar. Portanto, peço-lhe que preste essa ajuda e, depois, estarei a sua disposição para conversarmos sobre mutações e aberrações.

A feiticeira deu um passo para trás, contorcendo os lábios de um jeito desagradável.

– E de que tipo de ajuda se trata?

– Da regeneração de órgãos danificados por feitiçaria: garganta, laringe e pregas vocais. O dano pareceu ser causado por uma espécie de névoa avermelhada... ou por alguma coisa muito semelhante a isso.

– Alguma coisa muito semelhante – repetiu Yennefer. – Em outras palavras, não foi uma névoa avermelhada que feriu seu amigo. Se não foi ela, então foi o quê? Fale de uma vez, pois assim tão cedo e desperta de um sono profundo não tenho forças nem disposição para sondar seu cérebro.

– Hummm... Acho que o melhor seria começar pelo começo...

– Não, senhor – interrompeu-o rudemente. – Se o caso é complicado a tal ponto, você terá de esperar um pouco. Mau gosto na boca, cabelos despenteados, olhos com pálpebras pesadas e outros incômodos matinais limitam bastante meus dons de percepção. Desça para o porão, onde fica o banheiro. Logo irei ter com você, e aí poderá me contar tudo.

–Yennefer, não quero parecer muito insistente, mas o tempo vai passando e meu amigo...

– Geralt – voltou a interrompê-lo a feiticeira. – Saí da cama por sua causa, embora pretendesse ficar nela até a última badalada do meio-dia. Estou disposta a desistir do café da manhã. E sabe por quê? Porque você me trouxe suco de maçã. Você tinha pressa, estava preocupado com o sofrimento de seu amigo, entrou aqui à força, desferindo pancadas na cabeça do porteiro, e, apesar de tudo isso, teve a gentileza de pensar numa mulher com sede. Você me conquistou com esse gesto e é bem possível que eu venha a ajudá-lo. Mas não há a mínima possibilidade de eu desistir de água e sabão. Portanto, vá.

– Muito bem.

– Geralt.

– Sim? – indagou o bruxo, parando à porta.

– Aproveite a ocasião para também tomar um banho. Por seu cheiro, sou capaz de adivinhar não só a raça e a idade, mas também o sexo de sua cavalgadura.

IV

Ela entrou no banheiro no momento em que Geralt, totalmente nu e sentado sobre um tamborete, vertia a água de um caço sobre a cabeça. O bruxo tossiu e virou-se discretamente de costas.

– Não precisa ficar encabulado – falou Yennefer, pendurando umas roupas num cabide. – Não costumo desmaiar diante da visão de um homem nu. Minha amiga, Triss Merigold, costuma dizer que, quando se viu um, se viu todos.

Geralt levantou-se, enrolando uma toalha nos quadris.

– Que linda cicatriz – sorriu ela, olhando para seu peito. – O que foi isso? Você caiu debaixo de uma lâmina de serraria?

O bruxo não respondeu. A feiticeira continuou a observá-lo, virando levemente a cabeça de maneira coquete.

– Você é o primeiro bruxo que posso examinar de perto e, ainda por cima... nu em pelo! Ah! – exclamou, inclinando-se para frente e aguçando os ouvidos. – Posso ouvir as batidas de seu coração. Um ritmo extremamente lento. Você consegue controlar o fluxo da adrenalina? Ah, perdoe minha curiosidade profissional, mas é que tenho a impressão de que você é estranhamente suscetível às características de seu próprio corpo. Você tem a tendência de descrever essas características com palavras que me desagradam, adotando um patético sarcasmo que me desagrada ainda mais.

Geralt não respondeu.

– Mas basta de conversa fiada. Meu banho está esfriando. – Yennefer fez um movimento como se quisesse tirar o casaco, mas hesitou. – Vou me banhar enquanto você me conta tudo. Com isso economizaremos tempo. Só que... não quero deixá-lo encabulado e, além do mais, mal nos conhecemos. Portanto, em prol da decência...

– Eu ficarei de costas – sugeriu hesitantemente Geralt.

– Não. Eu preciso ver os olhos da pessoa com quem falo. Tenho uma ideia melhor – disse ela, pronunciando uma evocação.

Geralt sentiu seu medalhão tremer e viu um manto negro cair suavemente no chão. Depois, ouviu o som de um corpo mergulhando na água.

– Agora sou eu quem não pode ver seus olhos, Yennefer, o que é uma pena.

A invisível feiticeira bufou e chapinhou na banheira.

– Prossiga.

Geralt terminou a complicada tarefa de vestir as calças sem deixar cair a toalha e sentou-se no banco. Fechando as fivelas dos sapatos, fez um relato de tudo o que se passara à beira do rio, minimizando os detalhes da luta com o bagre. Yennefer não lhe parecera alguém que pudesse ter interesse pela arte de pescar. Quando chegou ao ponto em que a criatura-nuvem emergiu do jarro, a enorme esponja que ensaboava o corpo invisível parou e ficou imóvel em pleno ar.

– Interessante – ouviu. – Um gênio preso numa garrafa.

– Que gênio, que nada – objetou. – Aquilo era uma variante de uma névoa escarlate. Uma espécie nova, desconhecida...

– Uma espécie nova e desconhecida merece ter um nome – falou a invisível Yennefer. – E a palavra "gênio" não é pior do que qualquer outra. Por favor, continue.

Geralt obedeceu. A ensaboadura que ocorria na banheira produzia bolhas de sabão que se agitavam freneticamente à medida que ele continuava seu relato. Em determinado momento, algo prendeu sua atenção. Observou com mais cuidado e notou contornos e formas revelados pelo sabão que cobria a invisibilidade. Ficou tão absorvido neles que emudeceu.

– Continue! – apressou-o uma voz vinda do nada. – O que se passou em seguida?

– Mais nada. Afugentei aquilo que você chamou de gênio...

– Com o quê?

O caço ergueu-se e derramou um pouco de água. As bolhas de sabão sumiram, assim como os contornos. Geralt soltou um suspiro.

– Com um feitiço – respondeu. – Para ser mais exato, com um exorcismo.

– Que exorcismo?

O caço voltou a derramar mais água. O bruxo passou a observar com mais atenção sua atividade, já que a água dele proveniente, embora só por alguns instantes, também revelava uma coisa ou outra. Repetiu o feitiço, respeitando as normas de segurança que obrigavam substituir a vogal "e" por uma aspiração. Achou que impressionaria a feiticeira com o conhecimento daquela regra, de modo que ficou muito espantado ao ouvir uma gargalhada vindo da banheira.

– O que há de engraçado nisso?

– Esse seu exorcismo... – A toalha voou do cabide e começou a apagar energicamente os restos dos contornos. – Triss vai morrer de rir quando eu lhe contar isso! Quem lhe ensinou esse... esse exorcismo, bruxo?

– Uma sacerdotisa do templo de Huldra. É uma língua secreta daquele santuário...

– Pode ser secreta para uns, mas conhecida por outros. – A toalha bateu na borda da banheira, uma pequena quantidade de água caiu sobre o piso e rastros de pés descalços mostraram o caminho percorrido pela feiticeira. – Aquilo não era um feitiço, Geralt. E eu o aconselho a nunca mais repetir essas palavras em outro templo.

– Se aquilo não era um feitiço, então era o quê? – indagou o bruxo, olhando um par de meias de seda negra formar em pleno ar, uma após outra, duas pernas bem torneadas.

– Um dito muito espirituoso – calcinhas rendadas adquiriram formato deveras interessante –, embora um tanto grosseiro.

Uma camisa branca com folho flutuou no ar e tomou forma. Yennefer, como o bruxo pôde notar, não usava nenhuma daquelas bobagens feitas de barbatanas de baleia tão comuns entre as mulheres. Não precisava.

– Que tipo de dito?

– Não interessa.

Uma rolha saltou de um frasco de cristal pousado numa mesinha. O banheiro começou a cheirar a lilás e groselha. A rolha descreveu algumas voltas no ar, retornando a seu lugar. A feiticeira abotoou os punhos das mangas, colocou o vestido e... materializou-se.

– Abotoe-o – falou, virando-se de costas e penteando os cabelos com um pente de tartaruga.

O bruxo percebeu que o pente tinha uma comprida ponta afiada que, em caso de necessidade, poderia muito bem substituir um estilete. Fechou o vestido propositadamente devagar, colchete por colchete, aspirando com prazer o cheiro dos cabelos da feiticeira, que lhe caíam sobre os ombros qual uma cascata negra.

– Voltando à criatura na garrafa – disse ela, prendendo nas orelhas um par de brincos de brilhantes –, está mais do que evidente que não foi seu ridículo "feitiço" que a pôs em fuga. Parece-me mais provável que ela descarregou toda sua raiva sobre seu companheiro e partiu de puro tédio.

– É bem possível – concordou soturnamente Geralt. – E acho que ela não foi até Cidaris para dar cabo de Valdo Marx.

– E quem seria esse Valdo Marx?

– Um trovador que considera meu companheiro, que também é músico e poeta, alguém desprovido de talento e de gosto duvidoso.

A feiticeira virou-se rapidamente, com um brilho estranho nos olhos cor de violeta.

– Seu amigo teve tempo para exteriorizar um de seus desejos?

– Dois, ambos completamente estúpidos. Mas por que pergunta isso? Afinal, essa história de desejos atendidos por gênios ou espíritos de lâmpadas não passa de total idiotice...

– Total idiotice – repetiu Yennefer, com um sorriso. – Obviamente. Isso não passa de uma invenção sem nenhum sentido, assim como todas as lendas nas quais espíritos do bem e fadas satisfazem desejos dos homens. Tais contos são inventados por uns simplórios a quem nem passa pela cabeça a ideia de seus inúmeros desejos e anseios serem atendidos por meio de suas próprias ações. Fico feliz em constatar que você não é desse tipo de pessoas, Geralt de Rívia. Com isso, você se torna espiritualmente mais próximo de mim. Eu, quando anseio realmente por algo, não fico sonhando, mas ajo. E sempre consigo o que desejo.

– Não duvido. Você está pronta?

– Estou – respondeu a feiticeira, amarrando os cadarços de seus sapatinhos.

Mesmo de saltos altos, não era muito alta. Sacudiu a cabeleira, que, como Geralt pôde constatar, manteve a cativante e pitoresca desordem, apesar de ter sido penteada com tanto zelo.

– Tenho uma pergunta a lhe fazer, Geralt, referente ao selo que tampava aquela ânfora... Ele continua em poder de seu amigo?

O bruxo pensou antes de responder. O selo não estava com Jaskier, mas com ele mesmo, precisamente no seu bolso. A experiência, no entanto, lhe dizia que não se devia contar demais a feiticeiros.

– Hummm... Acho que sim – respondeu, não deixando que ela percebesse o motivo de sua hesitação. – Sim, deve estar com ele. Mas por que você pergunta por ele? Acha que pode ser importante?

– Que pergunta mais estranha – observou ela rispidamente – para um bruxo especializado em monstros e coisas sobrenaturais, que deveria saber que um selo daqueles é suficientemente importante para não tocar nele... nem permitir que um amigo o toque.

Geralt cerrou as mandíbulas. O golpe fora certeiro.

– Vá lá! – falou Yennefer, suavizando o tom da voz. – Não há pessoas infalíveis e, pelo jeito, também não existem bruxos que não cometem deslizes. Qualquer um pode cometer um erro. Vamos em frente. Onde está seu amigo?

– Aqui, em Rinde. Na casa de certo Errdil, um elfo.

– Na casa de Errdil? – repetiu Yennefer, contorcendo os lábios num sorriso. – Sei onde é. Imagino que more lá também seu primo, Chireadan.

– Sim, mas o quê...

– Nada.

A feiticeira ergueu os braços e fechou os olhos. O medalhão no pescoço do bruxo pulsou e deu um puxão na corrente. Na úmida parede do banheiro brilhou um contorno luminoso que lembrava uma porta, emoldurando um vácuo leitoso e fosforescente.

Geralt praguejou baixinho. Não gostava de portais mágicos, muito menos de viajar através deles.

– Será que precisamos... – pigarreou. – Não é longe...

– Não posso andar pelas ruas desta cidade – cortou-o a feiticeira. – As pessoas não morrem de amores por mim; poderão cobrir-me de insultos, pedradas ou coisas piores. Algumas delas estão conseguindo destruir minha reputação, achando que não pagarão por isso. Não precisa ter medo; meus portais são seguros.

O bruxo já tinha visto apenas a metade de alguém atravessar um portal seguro; a segunda metade jamais foi encontrada. Conhecia também diversos casos de pessoas que entraram num portal e nunca mais se ouviu falar delas.

A feiticeira ajeitou mais uma vez os cabelos e amarrou ao cinto uma bolsinha adornada com pérolas, pequena demais para conter um punhado de moedas e um batom; Geralt, porém, sabia que não se tratava de uma bolsinha qualquer.

– Abrace-me. Com mais força; não sou feita de porcelana. Lá vamos nós!

O medalhão agitou-se, algo brilhou e Geralt se viu repentinamente no meio de um negro nada, de um penetrante frio. Nada via, nada ouvia, nada sentia. O frio era a única sensação registrada por sua mente.

Quis praguejar, mas não teve tempo.

V

– Já se passou uma hora desde que ela subiu para aquele quarto – observou Chireadan, olhando para a clepsidra em cima da mesa. – Estou começando a me inquietar. Será que a situação da garganta de Jaskier é tão séria assim? Você não acha que deveríamos subir e ver o que está acontecendo?

– Ela deixou bastante claro que não queria isso – respondeu Geralt, bebendo o último gole de um chá de ervas com uma careta. Apreciava os elfos que viviam nas cidades, não somente por sua inteligência e discrição, mas também por seu senso de humor. No entanto, não conseguia compreender, muito menos compartilhar, seus gostos no que se referia a comida e bebida. – Não quero atrapalhá-la, Chireadan. Feitiços levam tempo, e não me incomodarei em esperar por mais de um dia, desde que Jaskier fique bom.

Do cômodo ao lado chegava até eles o som de marteladas. Errdil morava num albergue desativado que ele comprara e pretendia reformar e explorar com a esposa, uma miúda elfa que pouco falava. O cavaleiro Vratimir, que após a noite passada na sala da barbacã juntara-se ao grupo, havia se oferecido para ajudar na reforma. Com o casal, lançara-se à renovação dos lambris imediatamente depois de todos terem se recuperado do choque causado pelo espetacular surgimento repentino de Geralt e Yennefer, que, envoltos no brilho do portal, emergiram inesperadamente da parede.

– Para ser sincero – voltou a falar Chireadan –, devo admitir que não esperava que você conseguisse trazer Yennefer para cá com tanta facilidade. Ela não pertence à categoria de pessoas especialmente espontâneas no que se refere a prestar qualquer tipo de ajuda. Os problemas dos outros não parecem perturbá-la e, certamente, não tiram seu sono. Em outras palavras, nunca soube de um só caso em que ela tivesse prestado ajuda desinteressadamente. Estou muito curioso para saber qual seu interesse em ajudar você e Jaskier.

– Será que você não está exagerando? – sorriu o bruxo. – Ela não me deu uma impressão tão negativa assim. Admito que ela gosta de demonstrar uma dose de empáfia, mas, se formos compará-la com o arrogante bando de outras feiticeiras, ela é a personificação do charme e da generosidade.

Foi a vez de Chireadan sorrir, dizendo:

– É um pouco como se você achasse o escorpião mais bonito do que uma aranha por ter uma cauda tão linda. Fique atento, Geralt. Você não é o primeiro a julgá-la assim, sem se dar conta de que seu charme e sua beleza são armas. Armas que ela usa com maestria e sem escrúpulos. Isso, evidentemente, não diminui o fato de ela ser uma mulher extraordinariamente bela. Não creio que você possa negar esse fato, não é verdade?

Geralt lançou um olhar perscrutador para o elfo. Pela segunda vez teve a impressão de ver um rubor em sua face. Aquilo o espantou muito mais do que suas palavras. Os elfos puros-sangues não costumavam se sentir atraídos pelas mulheres humanas, mesmo pelas mais belas. E Yennefer, apesar de seu jeito sedutor, não poderia ser considerada uma beldade.

Há gostos e gostos, mas, de maneira geral, quase ninguém descrevia uma feiticeira como "uma beldade". Na verdade, todas elas provinham de círculos sociais em que o único destino das filhas era o matrimônio. Quem, afinal, estaria disposto a condenar a filha a anos de tediosos estudos e a torturas somáticas, quando era possível promover seu casamento e, assim, criar novas alianças? Quem poderia desejar ter uma feiticeira no seio da família? Apesar de todo o respeito de que gozavam as magas, a família de uma feiticeira não desfrutava de nenhuma vantagem desse fato, pois, antes de a jovem concluir sua educação, todos os laços familiares já estavam rompidos; os únicos laços válidos eram os de sua confraria. Por isso só se tornavam feiticeiras as jovens que não tinham chance alguma de arrumar um marido.

Diferentemente de sacerdotisas e druidesas, que não admitiam meninas feias ou aleijadas, as feiticeiras aceitavam qualquer uma que demonstrasse a devida predisposição. E se a criança conseguia passar pela peneira dos primeiros anos do treinamento, a magia entrava em ação: endireitando pernas, consertando ossos mal desenvolvidos, reparando lábios leporinos, eliminando cicatrizes, marcas de nascença ou de varíola. Com isso, a jovem feiticeira tornava-se "atraente", porque assim exigia o prestígio da profissão. O resultado eram mulheres pseudobonitas com frios olhos zangados. Mulheres incapazes de esquecer que sua feiura foi encoberta por uma máscara mágica, não para que elas pudessem sentir-se mais felizes, mas exclusivamente por assim exigir o prestígio de sua profissão.

Decididamente, Geralt não conseguia compreender Chireadan. Seus olhos de bruxo registravam detalhes demais.

– Não, Chireadan – respondeu à pergunta. – Não posso negar esse fato e agradeço-lhe a advertência. Mas nesse caso se trata única e exclusivamente de Jaskier. Ele sofreu a meu lado, em minha presença. Não consegui salvá-lo; não soube ajudá-lo. Eu estaria disposto a me sentar com a bunda desnuda sobre um escorpião se alguém me assegurasse que isso o salvaria.

– E é por esse motivo que você tem de se precaver – sorriu misteriosamente o elfo. – Porque Yennefer sabe disso e gosta de tirar proveito de tal conhecimento. Não confie nela, Geralt. Ela é perigosa.

Geralt não respondeu.

Uma porta rangeu no andar superior, e Yennefer apareceu no topo das escadas.

– Bruxo – falou –, você poderia vir até aqui por um momento?

– Obviamente.

A feiticeira apoiou-se na porta de um dos pobremente mobiliados quartos no qual acomodaram o trovador. Geralt aproximou-se dela, observador e calado. Notou que seu ombro esquerdo era levemente mais alto que o direito. Que seu nariz era um bocadinho comprido demais. Que seus lábios aparentavam ser excessivamente finos. Que seu queixo parecia um tiquinho recuado demais. Que suas sobrancelhas não eram suficientemente regulares. Que seus olhos...

Notava detalhes demais. Totalmente sem necessidade.

– Como está Jaskier?

– Você está pondo em dúvida minhas capacidades?

O bruxo continuou a observá-la. Tinha o corpo de uma jovem de vinte anos, embora ele preferisse não tentar adivinhar sua verdadeira idade. Movia-se com graça natural. Não, não era possível adivinhar como ela fora antes, o que nela fora corrigido. Parou de pensar nisso; não fazia o menor sentido.

– Seu talentoso companheiro vai ficar bom – disse a feiticeira – e vai recuperar suas capacidades vocais.

– Você tem minha gratidão, Yennefer.

Ela sorriu.

– Você terá a oportunidade de demonstrá-la.

– Posso entrar para ver como ele está?

Yennefer ficou calada por um momento, olhando para ele com um sorriso estranho e tamborilando os dedos no alizar da porta.

– É lógico que pode. Entre.

O medalhão no pescoço do bruxo começou a vibrar violentamente.

No ponto central do assoalho encontrava-se uma esfera de vidro do tamanho de uma pequena melancia, emitindo feixes de luz leitosa. A esfera marcava o centro de uma cuidadosamente traçada estrela de nove pontas, cujos vértices tocavam as paredes do aposento. No interior da estrela havia um pentagrama pintado com tinta vermelha. As pontas do pentagrama eram marcadas com velas negras, enfiadas em castiçais de formato estranho. Outras velas negras ardiam junto da cabeceira da cama na qual jazia Jaskier, coberto com peles de cabra. O poeta respirava tranquilamente, não gemia nem delirava, e a expressão de dor em seu rosto fora substituída por um sorriso idiota, mas cheio de felicidade.

– Ele está dormindo – disse Yennefer – e sonhando.

Geralt olhou para as figuras desenhadas no chão. Podia sentir a magia nelas oculta, mas sabia que se tratava de uma magia adormecida, ainda não desperta. Embora lhe viesse à mente a respiração de um leão ressonando, também era possível imaginar como seria seu rugido.

– O que é isto, Yennefer?

– Uma armadilha.

– Para quem?

– Por enquanto, para você – respondeu a feiticeira, girando a chave na fechadura e fazendo-a desaparecer.

– Vejo que fui pego – observou friamente o bruxo. – O que vai acontecer agora? Você vai atentar contra minha virtude?

– Não se vanglorie – respondeu Yennefer, sentando na beira da cama.

Jaskier, sorrindo como um cretino, soltou um leve gemido. Não havia dúvida de que era de prazer.

– O que se passa aqui, Yennefer? Se isto é um jogo, então desconheço as regras.

– Você deve estar lembrado que eu lhe disse que sempre consigo o que desejo. Pois acontece que desejo algo que está em poder de Jaskier. Vou tirá-lo dele e nos separaremos. Não precisa ficar preocupado, nada de mal acontecerá a ele...

– Esses sinais mágicos que você montou no chão – interrompeu-a Geralt – servem para evocar demônios. E sempre que demônios são evocados, alguém acaba se dando mal. Não permitirei que isso aconteça.

– ... nem um só fio de cabelo cairá de sua cabeça – continuou a feiticeira, sem dar a menor importância às palavras do bruxo. – Sua voz ficará ainda mais linda e ele estará contente... diria até que feliz. Aliás, nós todos ficaremos felizes e nos separaremos sem mágoas ou ressentimentos.

– Ah, Virgínia – sussurrou Jaskier, sem abrir os olhos. – Como são lindos seus seios, mais delicados do que penas de cisne. Virgínia...

– Ele enlouqueceu? Está delirando?

– Está dormindo – sorriu Yennefer. – Seus desejos se realizam em seus sonhos. Sondei o cérebro dele até o âmago. Não achei muita coisa: algumas sacanagens, um ou outro devaneio e muita poesia. Mas não vamos perder tempo com isso. O selo com o qual estava tampado o recipiente com o gênio, Geralt. Sei que ele não está com o trovador, e sim com você. Passe-o para cá, por favor.

– Para que você precisa do selo?

– Deixe-me ver... Qual seria a melhor maneira de responder a sua pergunta? – sorriu a feiticeira, ameaçadora. – Talvez a seguinte: "Que porra você tem a ver com isso?" Ficou satisfeito com minha resposta?

– Não – respondeu Geralt, também dando um sorriso desagradável. – Não fiquei. Mas não se recrimine por isso, Yennefer, porque é muito difícil me satisfazer. Até agora, somente pessoas acima da média conseguiram isso.

– É uma pena. Se é assim, continuará insatisfeito e só você sairá perdendo com isso. Por favor, o selo. Não adote ares que não combinam com seu tipo físico. Caso ainda não tenha percebido, saiba que já teve início a forma pela qual você demonstrará sua gratidão. O selo é a primeira prestação do preço que terá de pagar pela recuperação da voz do cantor.

– Vejo que você dividiu o preço em várias prestações – falou gelidamente Geralt. – Que seja. Já deveria ter esperado por isso... e não me surpreendo. Mas que seja uma negociação honesta, Yennefer. Fui eu quem comprou sua ajuda e serei eu quem a pagará.

Os lábios da feiticeira se contorceram num sorriso, mas seus olhos permaneceram frios.

– Quanto a isso, meu caro bruxo, você não deveria ter dúvida alguma.

– Eu – repetiu ele. – E não Jaskier. Vou levá-lo daqui para um lugar seguro e, assim que tiver feito isso, retornarei para pagar a segunda prestação e as seguintes. Porque no que se refere à primeira...

Geralt enfiou a mão no bolso e retirou dele o selo de bronze com a estrela e a cruz quebrada gravadas na superfície.

– Por favor, pegue-o. Não como uma prestação, mas como um sinal de gratidão por ter, embora não sem interesse, se ocupado dele mais gentilmente do que teria feito a maior parte dos membros de sua confraria. Receba-o como prova da boa vontade que deveria convencê-la de que retornarei para completar o pagamento assim que assegurar o bem-estar de meu amigo. Não notei o escorpião escondido no meio das flores, Yennefer, e estou disposto a pagar por minha desatenção.

– Que belo discurso – disse a feiticeira, cruzando os braços sobre o peito. – Comovente e patético. É uma pena que não serviu para nada: preciso de Jaskier e ele terá de permanecer aqui.

– Uma vez ele já esteve próximo daquilo que você pretende evocar para cá – falou Geralt, apontando para os desenhos no chão. – Quando você tiver concluído sua obra e fizer o gênio aparecer, tenho certeza de que, apesar de suas promessas, Jaskier voltará a sofrer, provavelmente ainda mais do que antes. Pois tudo o que a interessa é aquele ser preso na garrafa, não é verdade? Você pretende dominá-lo e obrigá-lo a ficar a seu serviço, estou certo? Não precisa responder; sei que isso não deveria me interessar merda nenhuma. Por mim, você pode fazer o que quiser; evocar até dez demônios se esse for seu desejo. Mas sem Jaskier. Se você colocar Jaskier em risco, a negociação deixará de ser honesta, Yennefer, e, nesse caso, você não poderá exigir um pagamento. Não permitirei...

De repente, Geralt interrompeu seu discurso.

– Estava curiosa para saber quando você perceberia – debochou a feiticeira.

O bruxo retesou os músculos com toda a força de que era capaz, a ponto de sentir dor nas mandíbulas. Seu esforço foi em vão. Estava tão paralisado quanto uma estátua de pedra, um poste enfiado na terra. Não conseguia mexer sequer um dedo do pé.

– Eu sabia de sua capacidade de desviar um encanto lançado diretamente sobre você – falou Yennefer. – Também sabia que você, antes de tomar qualquer atitude, se esforçaria para me impressionar com sua eloquência. Enquanto tagarelava, o encanto ficou suspenso sobre sua cabeça e foi agindo, minando-o lentamente. Agora, você só pode falar. Mas não precisa mais me impressionar. Sei que você é eloquente, e qualquer esforço seu em reforçar essa impressão somente a prejudicará.

– Chireadan... – balbuciou Geralt, lutando contra a paralisia mágica. – Chireadan desconfiará do que você está aprontando. E logo se dará conta disso, porque ele não confia em você, Yennefer. Nunca confiou...

A feiticeira fez um amplo gesto com a mão. As paredes do aposento se turvaram e adquiriram uma textura uniforme e opaca. Sumiu a porta, sumiram as janelas, sumiram até as empoeiradas cortinas e os quadros cobertos de cocô de moscas.

– E o que vai acontecer quando Chireadan finalmente se der conta disso? Vai sair correndo em busca de ajuda? Ninguém poderá atravessar a barreira que eu instalei. Mas Chireadan não vai a lugar algum e não fará nada que possa me ferir. Não, não se trata de feitiçaria; eu não fiz nada nesse sentido. É pura questão de química. O cretino apaixonou-se por mim. Você não sabia disso? Pois imagine que ele chegou a cogitar desafiar Beau para um duelo. Já viu algo assim? Um elfo ciumento? É um acontecimento extremamente raro. Geralt, não foi à toa que escolhi esta casa.

– Beau Berrant, Chireadan, Errdil, Jaskier. Efetivamente, você persegue seu objetivo de maneira direta. Mas a mim, Yennefer, você não vai usar.

– Pois saiba que vou... e como!

A feiticeira ergueu-se da cama e se aproximou, evitando cuidadosamente os sinais e símbolos marcados no chão.

– Disse-lhe que você era meu devedor por eu ter curado o poeta. Trata-se de uma bobagem, um pequeno favorzinho. Depois de concluir o que pretendo fazer aqui, vou sumir imediatamente de Rinde... só que tenho nesta cidade algumas contas para ajustar. Prometi certas coisas a algumas pessoas, e sempre cumpro minhas promessas. No entanto, como não terei tempo de fazer isso pessoalmente, você fará para mim.

Geralt lutava, lutava com todas as forças. Em vão.

– Não fique se agitando tanto, meu bruxinho. – A feiticeira sorriu de forma mordaz. – Não vai adiantar. Você tem grande força de vontade e bastante resistência à magia, mas não está em condições de lutar contra mim, nem contra meus feitiços. E não represente uma comédia. Não tente me fascinar com sua firme e soberba virilidade. Você é um machão soberbo somente em sua imaginação. Para salvar seu amigo, você teria feito tudo o que eu quisesse; mesmo sem feitiço algum, pagaria qualquer preço, lamberia minhas botas... e talvez até algo mais, se eu quisesse inesperadamente me divertir um pouco.

Geralt permanecia calado. Yennefer parou diante dele, sorrindo e brincando com a estrela de obsidiana cravejada de brilhantes presa na fita de veludo.

– Já no quarto de dormir de Beau – continuou –, bastou apenas uma breve troca de palavras para eu saber exatamente como você é e em que moeda cobrar meu serviço. Minhas contas em Rinde poderiam ser acertadas por qualquer um, até por Chireadan. Mas eu quero que você faça isso, porque tem de pagar por muitas coisas: pela falsa soberba, pelo olhar frio, pelos olhos captando os mínimos detalhes, pelo rosto impassível como se fosse de pedra, pelo tom sarcástico, por ter a ousadia de achar que poderia ficar cara a cara com Yennefer de Vengerberg e considerá-la uma feiticeira cheia de autoadoração e arrogância, enquanto arregalava os olhos para seus seios ensaboados. Por tudo isso... pague, Geralt de Rívia!

Agarrou os cabelos dele com ambas as mãos e beijou-o ardorosamente na boca, sugando-a como um vampiro. O medalhão no pescoço do bruxo agitou-se, dando a impressão de que sua corrente se encurtava e apertando-o como se fosse um garrote. Algo brilhou dentro de sua cabeça; seus ouvidos passaram a zunir terrivelmente. Deixou de ver os olhos cor de violeta da feiticeira, e tudo mergulhou na escuridão.

Estava ajoelhado. Yennefer dizia-lhe algo numa voz calma e macia.

– Você vai se lembrar?

– Sim, nobre dama. – Era sua própria voz.

– Então, vá e cumpra minhas ordens.

– A vossas ordens, nobre dama.

– Pode beijar minha mão.

– Muito obrigado, nobre dama.

Sentiu que se aproximava dela de joelhos. Em sua cabeça zumbiam dez mil abelhas. A mão de Yennefer cheirava a lilás e groselha. Lilás e groselha... Lilás e groselha... Brilho. Escuridão. Balaustrada. Escadas. O rosto de Chireadan.

– Geralt! O que você tem? Geralt, aonde vai?

– Preciso... – Sua própria voz. – Tenho de ir...

– Pelos deuses! Vejam os olhos dele!

O rosto de Vratimir, contorcido de pavor. O rosto de Errdil. E a voz de Chireadan:

– Não! Errdil, não! Não toque nele nem tente detê-lo! Saia da frente, Errdil! Deixe-o passar!

O cheiro de lilás e groselha. Lilás e groselha...

A porta. Uma explosão de luz solar. Calor. Ar abafado. Cheiro de lilás e groselha. "Acho que vai chover", pensou.

E este foi seu último pensamento lúcido.

VI

Escuridão. Um odor.

Odor? Não. Um cheiro nauseabundo. O fedor de urina, feno apodrecido e farrapos umedecidos. O cheiro de uma tocha fumegante enfiada num suporte de ferro preso a uma parede de pedras irregulares. Uma sombra no chão coberto de palha... a sombra de uma grade.

O bruxo praguejou.

– Finalmente – ouviu uma voz, sentindo alguém erguê-lo do chão e apoiá-lo contra uma parede úmida. – Já estava ficando preocupado com sua demora em recuperar os sentidos.

– Chireadan?... Onde?... Que merda, minha cabeça parece que vai estourar... Onde estamos?

– Onde você acha?

Geralt passou a mão pelo rosto e olhou em volta. Sentados contra a parede oposta estavam três maltrapilhos. Não podia enxergá-los direito, pois se encontravam no local mais distante da tocha, quase imersos na escuridão. Algo que parecia uma pilha de farrapos estava agachado aos pés da grade que os separava do iluminado corredor. Tratava-se de um magrinho velhote com um nariz que lembrava o bico de uma cegonha. O comprimento de seus cabelos e o estado de suas roupas eram um claro indício de que ele não estava ali havia apenas alguns dias.

– Trancaram-nos numa masmorra – constatou o bruxo soturnamente.

– Fico feliz – disse o elfo – por ver que você recuperou sua habilidade de chegar a conclusões lógicas.

– Que droga! E quanto a Jaskier? Há quanto tempo estamos aqui? Quanto tempo passou desde...

– Não sei. Assim como você, estava desacordado quando me atiraram aqui – respondeu Chireadan, ajeitando-se melhor sobre o feno. – Mas por que você quer saber? Isso tem alguma importância?

– Tem, e muita. Yennefer... e Jaskier. Jaskier está lá, com ela, e ela planeja... Ei! Vocês aí! Há quanto tempo fomos trazidos para cá?

Os maltrapilhos ficaram murmurando entre si, mas nenhum deles respondeu.

– Vocês são surdos? – Geralt cuspiu, mas não conseguiu livrar-se do gosto metálico na boca. – Que horas são? É dia ou noite? Suponho que vocês sabem a que horas lhes trazem comida.

Os maltrapilhos voltaram a conferenciar. Depois, pigarrearam.

– Distintos senhores – falou finalmente um deles. – Pedimos humildemente que nos deixem em paz e não falem conosco. Somos ladrões decentes, não políticos. Nunca participamos de atentados contra autoridades. Apenas roubávamos.

– Assim – disse outro –, vocês têm seu cantinho e nós temos o nosso. E vamos deixar as coisas desse jeito... cada um cuidando do seu.

Chireadan bufou. O bruxo cuspiu.

– É assim que tem de ser – balbuciou o cabeludo velhinho de nariz comprido. – Numa prisão, cada um deve ter seu cantinho e se juntar a sua turma.

– E quanto a você, vovô? – indagou o elfo, zombeteiro. – Você se junta a eles ou a nós? A qual turma você julga pertencer?

– A nenhuma das duas – respondeu o ancião, com orgulho. – Porque sou inocente.

Geralt voltou a cuspir.

– Chireadan? – chamou, massageando as têmporas. – Essa história do atentado... é verdadeira?

– Sim. Você não se lembra de nada?

– Saí para a rua... As pessoas ficaram me encarando... Depois... Depois havia uma loja...

– Uma casa de penhores – sussurrou o elfo. – Você entrou nela e, sem dizer uma palavra, deu um murro nos dentes do dono. Com força. A bem da verdade, com muita força.

O bruxo conteve um palavrão.

– O penhorista caiu – continuou Chireadan, falando baixo – e você ficou lhe dando vários chutes em lugares sensíveis. Um dos empregados da casa chegou para socorrer o patrão. Você o atirou através da vitrina, diretamente para o meio da rua.

– Temo que a coisa não terminou por aí – grunhiu Geralt.

– Seu temor é mais do que fundamentado. Você saiu da casa de penhores e foi marchando pelo meio da rua, esbarrando nos transeuntes e berrando algumas bobagens sobre a honra de uma dama. A essa altura, já havia uma pequena multidão seguindo seus passos, no meio da qual estávamos eu, Errdil e Vratimir. Foi quando você parou na frente da casa do farmacêutico Lourorino, entrou e logo reapareceu na rua, puxando-o pela perna. Aí, você se virou para a multidão e pronunciou uma espécie de discurso.

– Que tipo de discurso?

– Resumindo, você disse que um homem de respeito jamais deveria chamar de "puta" nem mesmo uma prostituta profissional, porque era uma expressão chula e ofensiva. Já usar o termo para se referir a uma mulher com quem jamais fornicou e a quem nunca deu dinheiro por isso era uma coisa de fedelhos e definitivamente digna de castigo. Tal castigo, você anunciou aos quatro ventos, seria aplicado no local e era perfeitamente adequado a um fedelho. Você prendeu a cabeça do farmacêutico entre seus joelhos, arriou-lhe as calças e aplicou-lhe uma sova na bunda com um cinto.

– Continue, Chireadan. Continue. Não me poupe.

– Você ficou malhando o traseiro de Lourorino sem pena e sem descanso, enquanto ele urrava, gritava, chorava, evocava ajuda de deuses e homens, implorava por misericórdia, chegando até a prometer que ia se corrigir, mas você deu a impressão de não acreditar na promessa. Foi quando surgiram uns bandidos armados que, aqui em Rinde, são chamados de guardas.

– E foi então que eu desacatei as autoridades? – atalhou Geralt.

– De modo algum. Você já o havia feito muito antes. Tanto o penhorista como Lourorino são membros do Conselho Municipal. Certamente lhe interessa saber que ambos faziam de tudo para expulsar Yennefer da cidade. Não só propunham e votavam isso nas reuniões do Conselho, como também falavam mal dela pelas tabernas, espalhando as mais vulgares intrigas a seu respeito.

– Já tinha me dado conta disso há bastante tempo. Mas continue. Você parou seu relato na chegada dos guardas municipais. Foram eles que me atiraram nesta masmorra?

– Bem que tentaram. Ah, Geralt, você não imagina que espetáculo você proporcionou. É praticamente impossível descrever o que você fez. Eles tinham espadas, açoites, porretes, machadinhas, e você, apenas uma bengala com castão, que havia arrancado de um janota. E, quando todos já estavam caídos, você seguiu adiante. A maior parte de nós sabia aonde você pretendia ir.

– Também gostaria de saber.

– Você estava indo para o templo, porque o sacerdote Krepp, também membro do Conselho, dedicou muito espaço a Yennefer em seus sermões. Aliás, você não fez esforço algum para ocultar o que pensava dele. Prometeu ensiná-lo como deve ser respeitado o belo sexo. Quando se referia a ele, você propositadamente evitava pronunciar seu título oficial, substituindo-o por outras descrições, para o gáudio da criançada que seguia seus passos.

– Ah! – murmurou Geralt. – Quer dizer que acabei ainda blasfemando. E o que mais? Profanei o templo?

– Não. Você não conseguiu entrar nele. Diante do templo já havia um batalhão inteiro da guarda municipal, armado com tudo o que havia no arsenal, exceto, talvez, a catapulta. Parecia que iam massacrá-lo, mas você nem se aproximou deles. Levou repentinamente as mãos à cabeça e... desmaiou.

– Não precisa dizer mais nada. Mas o que não consigo compreender, Chireadan, é como você veio parar nesta masmorra comigo.

– Quando desmaiou, alguns guardas correram até você para perfurá-lo com as lanças. Fui defendê-lo e me golpearam com uma maça na cabeça. Recuperei os sentidos aqui, neste buraco. Não tenho dúvida de que serei acusado de ter participado de um complô anti-humano.

– Já que estamos falando de acusações – o bruxo rangeu os dentes –, o que você acha que nos espera?

– Se Neville, o prefeito, conseguir retornar a tempo à capital – respondeu Chireadan –, quem sabe... Eu o conheço. No entanto, se não conseguir, a sentença será dada pelos conselheiros, entre os quais obviamente estarão Lourorino e o penhorista. E isso significará...

O elfo fez um curto gesto junto do pescoço, que, apesar da penumbra reinante no recinto, não deixava muita margem a dúvidas. O bruxo manteve-se em silêncio. Os ladrões ficaram murmurando baixinho entre si. O pseudoinocente velhinho parecia estar dormindo.

– Que beleza! – falou Geralt finalmente, soltando um palavrão em seguida. – Não só estou condenado à forca, como ainda me pesa na consciência que serei a causa de sua morte, Chireadan. E, certamente, a de Jaskier. Não, não me interrompa. Sei que tudo o que se passou foi uma travessura de Yennefer, mas o verdadeiro culpado sou eu. Fui vítima de minha própria estupidez. Ela me enrolou direitinho, transformou-me num bajoujo, como costumam dizer os anões.

– Hummm... – murmurou o elfo. – Sem tirar nem pôr. Eu bem que o alertei sobre ela. Que droga! Alertei você e, no entanto, eu mesmo agi como, com o perdão da palavra, um babaca. Você está triste por se sentir responsável pelo fato de eu me encontrar aqui, porém a realidade é exatamente o oposto. É você que está aqui por minha culpa. Eu poderia tê-lo detido na rua, segurado, não permitido... Mas não fiz nada disso. E sabe por quê? Porque fiquei com medo de que, assim que passasse o feitiço que ela lançou sobre você, você voltaria... e lhe faria algum mal. Perdoe-me.

– Eu o perdoo do fundo do coração, porque você não tem a menor ideia de quão poderoso foi aquele feitiço. Eu, meu caro elfo, consigo quebrar um encanto normal em questão de minutos e não desmaio diante dele. Você jamais teria condições de quebrar o feitiço lançado por Yennefer. E, quanto à possibilidade de você me deter na rua, acho que teríamos alguns problemas. Não se esqueça do que aconteceu com os guardas.

– Como já lhe disse, não pensei em você, mas nela.

– Chireadan?

– Sim?

– Você a... Você a...

– Não gosto de palavras pomposas – interrompeu-o o elfo. – Digamos que estou profundamente fascinado por ela. Não lhe espanta o fato de ser possível ter fascínio por alguém como ela?

Geralt cerrou os olhos para trazer a imagem à memória. Uma imagem que, inexplicavelmente, também o fascinava.

– Não, Chireadan – respondeu Geralt. – Não me espanta.

Ouviu-se o som de passos pesados e de um rangido metálico. A cela foi preenchida pelas sombras de quatro guardas. Uma chave girou na fechadura. O inocente velhinho afastou-se rapidamente da grade, juntando-se aos criminosos.

– Já? – espantou-se o elfo. – Pensei que erguer um cadafalso levaria mais tempo...

Um dos guardas, um sujeito calvo como um joelho e com o rosto coberto por uma barba selvagem, apontou para o bruxo.

– É este – falou curto e grosso.

Dois outros guardas agarraram Geralt brutalmente e encostaram-no contra a parede. Os ladrões se encolheram num canto, enquanto o narigudo velhote se escondia debaixo da camada de feno. Chireadan quis se erguer, mas voltou a se sentar diante da ponta de uma curta espada encostada em seu peito.

O guarda careca plantou-se na frente do bruxo, arregaçou as mangas e massageou o pulso.

– O conselheiro Lourorino – disse – mandou perguntar se você está se sentindo bem em nossa prisão. Falta-lhe algo? Não está frio demais?

Geralt achou inútil responder. Também não podia dar um chute no careca, porque os guardas que o seguravam pelos braços pisavam em seus pés com as pesadas botinas.

O careca tomou impulso e desferiu um soco no estômago do bruxo. De nada lhe adiantou retesar os músculos do abdome. Recuperando o fôlego, ficou olhando a fivela de seu cinturão, até os guardas voltarem a endireitá-lo.

– Tem certeza de que não precisa de nada? – tornou a perguntar o careca, fedendo a cebola e dentes podres. – O senhor conselheiro vai ficar feliz em saber que você não tem queixa alguma.

O golpe seguinte foi desferido no mesmo lugar. O bruxo engasgou e só não vomitou porque não havia o que vomitar. O careca virou-se de lado e trocou de braço.

Pam! Geralt de novo contemplou a fivela de seu cinturão. Embora aquilo lhe parecesse estranho, logo acima da fivela não havia um buraco pelo qual ele pudesse enxergar a parede.

– E então? – O careca afastou-se um pouco, evidentemente com o intuito de ter mais espaço para tomar impulso. – O conselheiro Lourorino mandou perguntar se você não tem desejo algum. Por que você não responde? Ficou com a língua presa? Já vou soltá-la!

Pam!

Ainda dessa vez Geralt não desmaiou, mas precisava, pois estava preocupado com seus órgãos internos. Para isso, ele teria de forçar o careca a...

O guarda arreganhou os dentes e massageou mais uma vez o punho.

– E então? Nenhum desejo?

– Somente um... – gaguejou o bruxo, erguendo a cabeça com dificuldade. – Que você exploda, seu filho da puta!

O careca rangeu os dentes, recuou, tomou impulso e, de acordo com o plano de Geralt, mirou sua cabeça. O golpe, porém, não foi desferido. O guarda grugulejou como um peru, ficou com o rosto todo vermelho, agarrou a barriga com ambas as mãos, urrou de dor...

E explodiu.

VII

– Francamente, não tenho a mais vaga ideia do que fazer com vocês.

O escurecido céu por trás da janela foi cortado pela cegante luz de um relâmpago, logo seguido pelo potente estrondo de trovão. O temporal adquiria cada vez mais força e espessas nuvens deslizavam sobre Rinde.

Geralt e Chireadan, sentados num banco sob uma enorme tapeçaria representando o profeta Lebioda pastoreando ovelhas, permaneciam calados e com a cabeça humildemente abaixada. O prefeito Neville andava em círculos pelo aposento, bufando e arfando de raiva.

– Seus malditos feiticeiros de merda! – exclamou de repente. – Vocês implicaram com minha cidade? Será que não existem outras cidades no mundo?

O elfo e o bruxo continuaram em silêncio.

– Fazer uma coisa dessas... – engasgou o prefeito. – Transformar o carcereiro... numa polpa! Numa papa vermelha! Como um tomate! Isso é desumano!

– Desumano e ímpio – acrescentou o sacerdote Krepp, presente na sala de despachos da prefeitura. – É tão desumano que qualquer imbecil seria capaz de adivinhar quem está por trás disso. Sim, senhor prefeito. Ambos conhecemos Chireadan há muito tempo, e esse aí, passando por bruxo, não disporia de força suficiente para fazer tal coisa com o carcereiro. Isso tudo é obra de Yennefer, aquela feiticeira amaldiçoada pelos deuses!

Do outro lado da janela, como confirmando as palavras do sacerdote, ecoou o estrondo de outro trovão.

– É ela, ninguém mais – continuou Krepp. – Não pode haver dúvida alguma. Quem, a não ser Yennefer, gostaria de se vingar no conselheiro Lourorino?

– He, he, he – gargalhou o prefeito. – Eis uma coisa que não me deixou chateado. Lourorino conspirava contra mim, de olho no cargo que ocupo. E agora duvido que ele encontre qualquer apoio do povo. As pessoas não vão se esquecer tão cedo da surra de cinto que ele levou na bunda...

– Só faltava o senhor aplaudir esse crime, senhor Neville – disse Krepp, franzindo o cenho. – Devo lembrar-lhe de que, se eu não tivesse lançado um exorcismo no bruxo, ele teria erguido a mão contra mim e contra a majestade do templo...

– Porque o senhor também andou falando coisas horríveis sobre ela em seus sermões. Até Berrant se queixou do senhor. Mas fatos são fatos. Ouviram, seus canalhas? – O prefeito voltou a dirigir-se a Geralt e Chireadan. – Não há nada que possa desculpá-los. Não tenho a mínima intenção de tolerar esse tipo de coisa! Portanto, comecem logo a desembuchar tudo o que podem ter em sua defesa. Do contrário, juro por todas as relíquias que porei vocês para dançar de uma forma que não se esquecerão até o fim de seus dias! Desembuchem logo, descrevendo tudo, como num confessionário!

Chireadan soltou um profundo suspiro e olhou para o bruxo de maneira significativa e suplicante. Geralt também suspirou, pigarreou e contou tudo... bem, quase tudo.

– Durma-se com um barulho desses... – disse o sacerdote após um momento de silêncio. – Um gênio liberado do cativeiro e uma feiticeira com planos nefastos para ele. Isso pode acabar mal, muito mal.

– O que é um gênio? – indagou Neville. – E que tipo de planos para ele pode ter Yennefer?

– Os feiticeiros – explicou Krepp – extraem seu poder e sua força da natureza. Para ser mais preciso, dos chamados Quatro Elementos ou Primordiais, popularmente conhecidos como Forças da Natureza: Ar, Água, Fogo e Terra. Cada um desses elementos tem a própria dimensão, que, no jargão dos feiticeiros, é denominada Planura. Assim, temos a Planura da Água, a Planura do Fogo e assim por diante. Essas dimensões, inacessíveis para nós, são habitadas por seres chamados gênios...

– Chamados assim nas lendas – cortou-o o bruxo –, porque pelo que sei...

– Não interrompa – repreendeu-o Krepp. – O fato de você saber pouco ficou evidente durante seu relato. Portanto, cale a boca e ouça o que os mais sábios do que você têm a dizer. Voltando aos gênios, há quatro espécies deles, assim como são quatro as Planuras. Existem os djinni, que são seres do Ar; os marids, ligados ao elemento Água; os ifritas, que são os gênios do Fogo; e os daos, os gênios da Terra...

– Vá com calma, Krepp – falou Neville. – Não estamos numa escola do templo, portanto pare de nos ensinar. Seja breve e diga logo: o que Yennefer quer daquele gênio?

– Um gênio desses, senhor prefeito, é uma concentração viva de energia mágica. O feiticeiro que tiver um gênio a sua disposição poderá dirigir toda aquela energia na forma de um encanto. Ele não precisará mais se empenhar para extrair a Força da Natureza... o gênio fará tal trabalho em seu lugar. Aí, o poder de tal feiticeiro se tornará gigantesco, diria até onipotente...

– Pois nunca ouvi falar de mágicos que tudo podem – observou Neville. – Ao contrário, na maior parte dos casos, seu poder é claramente exagerado. Ora não podem isso, ora aquilo...

– O feiticeiro Stammelford – interrompeu-o o sacerdote, voltando a adquirir o tom, a pose e a expressão de um professor universitário – chegou a mover uma montanha só porque ela tapava a visão de sua torre. Ninguém, nem antes nem depois, conseguiu algo semelhante, e isso porque, como se comentava à época, ele tinha um dao, um gênio da Terra, a seu serviço. Há registros de impressionantes feitos de outros magos: ondas gigantescas e chuvas torrenciais, obviamente obras de marids; colunas de fogo, incêndios e explosões, fruto de ações de ifritas...

– Redemoinhos de vento, furacões, voos sobre a terra – murmurou Geralt. – Geoffrey Monck.

– Correto. Vejo que você sabe alguma coisa. – Krepp olhou para ele de maneira mais gentil. – Dizem que o velho Monck achara um meio de forçar os djinni, os gênios do Ar, a servi-lo. Segundo os boatos, ele mantinha vários deles dentro de garrafas, usando-os à medida que deles precisava... três desejos de cada gênio. Porque o gênio, meus senhores, cumpre apenas três desejos; depois, fica livre e foge para sua dimensão.

– Só que aquele na beira do rio não cumpriu desejo algum – afirmou Geralt categórico. – Atirou-se imediatamente na garganta de Jaskier.

– Os gênios – disse Krepp – são seres maliciosos e perversos. Não gostam de pessoas que os enfiam em garrafas e mandam mover montanhas. Fazem de tudo para impedir que os desejos sejam pronunciados e os cumprem de maneira difícil de controlar ou prever, de vez em quando literalmente. Assim, é fundamental estar muito atento ao que se lhes diz. Já para subjugá-los, é preciso ter vontade férrea, nervos de aço, poderosa força e diversas aptidões. Pelo que você nos contou, ficou claro que suas aptidões, meu caro bruxo, não foram suficientes.

– Não foram para domá-lo – concordou Geralt –, mas eu consegui expulsá-lo e ele fugiu com tal ímpeto que o vento chegou a uivar. Isso é algo que não pode ser desprezado, embora Yennefer tenha ridicularizado meu exorcismo...

– E como foi esse exorcismo? Repita-o.

O bruxo repetiu, palavra por palavra.

– O quê?!!! – O rosto do sacerdote ficou primeiro pálido, depois vermelho e, por fim, roxo. – Como você ousa?! Você está zombando de mim?!

– Queira me perdoar – balbuciou Geralt. – A verdade é que eu... eu não sei o significado daquelas palavras.

– Então não repita o que não sabe! Nem posso imaginar onde você aprendeu expressões tão vulgares!

– Chega de lero-lero – falou o prefeito, fazendo um gesto de desagrado com a mão. – Estamos perdendo tempo. Já sabemos para que a feiticeira quer esse gênio. Mas você, Krepp, disse que isso pode acabar mal. Por quê? O que eu tenho a ver com isso? Que ela pegue esse tal gênio e vá com ele pro diabo. Eu penso...

Não se soube o que Neville pensou naquele momento, mesmo se não se tratava de uma fanfarronada. Ao lado da tapeçaria com o profeta Lebioda surgiu de súbito um quadrado luminoso, algo brilhou repentinamente e, no instante seguinte, pousou no centro da sala de despachos da prefeitura... Jaskier.

– Inocente! – gritou o poeta com voz pura, bela e sonora, sentado no chão e olhando em volta com olhar vago. – Inocente! O bruxo é inocente! Desejo que acreditem em mim!

– Jaskier! – surpreendeu-se Geralt, detendo Krepp, que estava se preparando para fazer um exorcismo ou talvez até um feitiço. – Como veio parar aqui?!

– E quem é esse aí? – rosnou Neville. – Com todos os diabos! Se vocês não pararem com esses feitiços, juro que não vou me responsabilizar por meus atos. Já disse mil vezes que é proibido praticar feitiçaria em Rinde! Primeiro, é preciso fazer um requerimento por escrito; depois, pagar as estampilhas e o imposto... Mas esperem um momento... Esse sujeito não é aquele cantor refém da feiticeira?

– Jaskier – repetiu Geralt, abraçando o poeta. – Como veio parar aqui?

– Não sei – confessou o bardo, confuso e preocupado. – Para ser sincero, não tenho muita consciência do que se passou comigo. Lembro-me de poucas coisas, e não sei ao certo o que aconteceu de fato e o que foi um pesadelo. Recordo-me de uma atraente morena de olhos fogosos...

– Deixe as morenas de lado – interrompeu-o rudemente Neville. – Vamos falar de coisas sérias, meu caro. Você gritou que o bruxo é inocente. Como devo interpretar isso? Que Lourorino abaixou as calças no meio da rua e bateu na própria bunda? Porque, se o bruxo é inocente, apenas poderia ter sido isso... a não ser que tenha havido uma alucinação coletiva.

– Não sei nada de bundas nem de alucinações – falou altivamente Jaskier. – Nem de narizes de louro. Minha última lembrança é a de uma mulher elegante, trajando um vestido preto e branco de muito bom gosto. Ela me atirou brutalmente num buraco iluminado, decerto um portal mágico. Antes, porém, ordenou-me, de modo claro e categórico, que, ao chegar a meu destino, eu imediatamente fizesse a seguinte declaração: "Meu desejo é que acreditem que o bruxo não tem culpa alguma em tudo o que aconteceu. É este, e não qualquer outro, meu desejo." O que acabo de fazer literalmente. É óbvio que lhe perguntei de que se tratava e para que era preciso tudo aquilo. A morena não me deixou terminar de falar. Passou-me uma descompostura, agarrou-me pelo cangote e atirou-me no portal. Isso é tudo. E agora...

Jaskier endireitou-se, sacudiu o pó do casaco, ajeitou o colarinho e o belo, embora sujo, peitilho de sua camisa.

– ... peço aos senhores que me digam como se chama e onde fica o melhor albergue da cidade.

– Aqui não temos albergues de segunda categoria – falou lentamente Neville. – Mas, antes de poder se certificar disso, você terá a oportunidade de ver de perto a melhor masmorra da cidade. Você e seus dois companheiros. Lembro-lhes, seus pilantras, de que ainda não estão em liberdade! Olhem para eles! Um conta histórias sem pé nem cabeça; outro pula de dentro de uma parede, grita sobre inocência e deseja... isso mesmo, deseja... que acreditem nele. Tem o desplante de desejar...

– Pelos deuses! – exclamou repentinamente o sacerdote, levando as mãos à careca. – Agora compreendo! O desejo! O último desejo!

– O que está se passando com você, Krepp? – indagou o prefeito, franzindo o cenho. – Está passando mal?

– O último desejo! – repetiu o sacerdote. – Ela forçou o bardo a exteriorizar o terceiro e último desejo. Só é possível subjugar um gênio depois de atendido esse desejo. Yennefer deve ter preparado uma armadilha mágica e conseguido prender o gênio antes de ele ter tido tempo de fugir para sua dimensão! Senhor Neville, vai ser preciso...

Do lado de fora trovejou com tal força que as paredes vibraram.

– Que droga! – exclamou o prefeito, aproximando-se da janela. – Foi bem perto. Tomara que não tenha atingido uma casa... só me faltava ocorrer um incêndio... Pelos deuses! Olhem para isso! Krepp!!! O que é isso?

Todos correram para a janela.

– Mãezinha minha! – berrou Jaskier, tocando a garganta. – É ele! Aquele filho de uma cadela que quase me estrangulou!

– Um djinn! – exclamou Krepp. – Um gênio do Ar!

– Ele está sobre o albergue de Errdil – gritou Chireadan. – Bem em cima do telhado.

– Ela o pegou! – O sacerdote inclinou-se tanto para fora da janela que quase caiu. – Estão vendo a luz mágica? A feiticeira conseguiu prender o gênio em sua armadilha!

Geralt olhava em silêncio.

Havia muitos anos, quando ainda era apenas um fedelho e estudava em Kaer Morhen, na Sede dos Bruxos, ele e seu colega Eskel apanharam um enorme zangão e o amarraram com um fio descosido de uma camisa a um jarro sobre uma mesa. Olhando para o que fazia o pobre zangão preso pela linha, ambos se contorciam de rir, até serem flagrados por seu tutor, Vesemir, que lhes aplicou uma tremenda surra.

O djinn sobre o telhado do albergue de Errdil comportava-se de maneira idêntica à daquele zangão: erguia-se e abaixava-se, levantava-se de um salto e mergulhava para baixo, voava em círculos e zumbia furiosamente. Porque o gênio, assim como o zangão de Kaer Morhen, estava atado por contorcidas linhas de ofuscante luz multicolorida, envolvendo-o por completo e terminando no telhado. No entanto, o djinn dispunha de mais opções do que o zangão amarrado ao jarro. O zangão não podia destruir os telhados da vizinhança, destroçar tetos de palha, derrubar chaminés, torrinhas e mansardas. O djinn podia... e o fazia.

– Ele está destruindo a cidade! – uivou Neville. – Esse monstro está destruindo minha cidade!

– He, he, he – riu o sacerdote. – Pelo jeito, ela encontrou alguém a sua altura! Esse djinn é especialmente forte! Na verdade, é difícil saber quem pegou a quem: se a feiticeira ao djinn ou o djinn à feiticeira. Acho que isso vai acabar com o djinn reduzindo a feiticeira a pó, com o que será feita justiça!

– Estou cagando para a justiça! – exclamou o prefeito, sem se importar com o fato de haver eleitores logo debaixo da janela. – Olhe, Krepp, o que está acontecendo ali! Pânico, ruínas! Você não me falou nada disso, seu idiota careca! Ficou se exibindo, mostrando sua sabedoria, falando difícil, mas sobre o mais importante de tudo, nem uma palavrinha! Por que não me disse que esse demônio... Bruxo! Faça alguma coisa! Dê um jeito nesse diabo! Eu o perdoo de todos os crimes, desde...

– Não há o que fazer, senhor Neville – falou Krepp, em tom ofendido. – O senhor não prestou atenção ao que eu estava dizendo. Aliás, o senhor nunca presta atenção quando eu falo. O que temos aqui, repito, é um djinn extremamente poderoso. Do contrário, a feiticeira já o teria domado. Estou lhes dizendo que o feitiço dela logo vai diminuir, e o djinn a esmagará e fugirá. Aí, teremos paz e sossego.

– E, enquanto isso, a cidade se transformará num monte de ruínas?

– Vamos ter de aguardar – repetiu o sacerdote. – Mas não de braços cruzados. Comece a agir e emitir ordens, senhor prefeito. Que as pessoas saiam de casa e se preparem para apagar incêndios. O que está acontecendo agora é nada em comparação com o que vai acontecer quando o gênio acabar com a feiticeira.

Geralt ergueu a cabeça, cruzou o olhar com o de Chireadan e tomou uma decisão.

– Senhor Krepp, vou precisar de sua ajuda. Trata-se do portal pelo qual Jaskier chegou até aqui. O portal continua ligando a prefeitura ao...

– Não há mais nenhum sinal do portal – respondeu friamente o sacerdote, apontando para a parede. – Veja por si mesmo.

– Um portal, mesmo quando invisível, sempre deixa um vestígio, que pode ser estabilizado com um feitiço. E é assim que pretendo atravessá-lo.

– Você enlouqueceu? Mesmo que uma travessia dessas não o destroce em pedacinhos, o que pretende conseguir? Entrar no meio do ciclone?

– O que lhe pergunto é se o senhor pode lançar um feitiço para estabilizar o vestígio do portal.

– Um feitiço? – O sacerdote ergueu orgulhosamente a cabeça. – Não sou feiticeiro! Não lanço feitiços! Meu poder deriva da fé e das orações.

– Pode ou não?

– Posso.

– Então comece a trabalhar, porque não temos muito tempo.

– Geralt – disse Jaskier –, você realmente perdeu o juízo! Fique longe daquele estrangulador!

– Peço que fiquem em silêncio – falou Krepp. – Estou rezando.

– Ao diabo com suas rezas! – berrou Neville. – Vou convocar a população. É preciso agir, em vez de ficar parado e falar sem cessar! Pelos deuses, que dia!

O bruxo sentiu Chireadan tocar-lhe o braço. Virou-se. O elfo fixou profundamente os olhos nos de Geralt e, então, abaixou-os.

– Você está indo para lá porque acha que precisa, não é verdade?

Geralt hesitou. Teve a impressão de que estava sentindo o cheiro de lilás e groselha.

– Acho que sim – respondeu, hesitante. – Preciso. Peço-lhe desculpas, Chireadan.

– Não precisa desculpar-se. Sei muito bem o que está sentindo.

– Duvido, porque nem eu mesmo sei.

O elfo sorriu, mas não de alegria.

– É exatamente disso que se trata, Geralt. Disso, e de nada mais.

Krepp endireitou-se e soltou um profundo suspiro.

– Pronto – falou, apontando com orgulho para um quase invisível contorno na parede. – O portal, no entanto, não está firme e não permanecerá aberto por muito tempo. Também não posso assegurar que esteja inteiro. Antes de adentrá-lo, senhor bruxo, faça um exame de consciência. Posso abençoá-lo, mas para absolvê-lo dos seus pecados...

– ... não haverá tempo suficiente – completou Geralt. – Estou ciente disso, senhor Krepp. Nunca há tempo para isso... Por favor, saiam todos da sala; se o portal explodir, romperá seus tímpanos.

– Eu permanecerei aqui – afirmou Krepp, assim que a porta se fechou atrás de Jaskier e de Chireadan.

Em seguida, fez um círculo com os braços em torno de si, criando uma pulsante aura protetora.

– Estou fazendo isto só por garantia – disse. – E, se o portal explodir, tentarei arrancá-lo de lá, senhor bruxo. Quanto a meus tímpanos, não se preocupe. Eles se recompõem sozinhos.

Geralt olhou com simpatia para o sacerdote, que sorriu e concluiu:

– O senhor é um homem de muita coragem. Quer salvá-la, não é? Mas toda sua coragem não lhe servirá para muita coisa. Os djinni são seres muito vingativos. A feiticeira está perdida, e o senhor, se for para lá, também estará perdido. Faça um exame de consciência.

– Já fiz.

Geralt plantou-se diante do portal e, no último momento, virou-se para o sacerdote.

– Senhor Krepp...

– Sim?

– Aquele exorcismo que tanto enervou o senhor... Qual era o significado daquelas palavras?

– O senhor não acha que o momento não é apropriado para gracejos e burlescaria?

– Eu lhe peço, senhor Krepp.

– Muito bem – concordou o sacerdote, abrigando-se atrás da pesada escrivaninha do prefeito. – Como se trata de seu último desejo, vou lhe dizer. O significado daquelas palavras era... hum... hum... "Suma daqui e vá se foder."

Geralt entrou no vácuo, cuja gelidez abafou seu acesso de riso.

VIII

O portal, uivador e violento como um furacão, expulsou-o com ímpeto, cuspindo-o com uma força de romper pulmões.

O bruxo caiu inerte no chão, arfando e penosamente aspirando o ar pela boca aberta.

O chão tremia. No início, ele chegou a pensar que era ele quem tremia após a terrível travessia pelo portal, mas logo percebeu o engano. Tremia a casa toda.

Olhou em volta. Não estava no mesmo pequeno aposento no qual vira Yennefer e Jaskier pela última vez, e sim na sala principal do reconstruído albergue de Errdil.

Foi então que a avistou. Estava ajoelhada entre duas mesas, inclinada sobre uma esfera de vidro. A esfera cintilava com uma forte luz leitosa, tornando vermelhos os dedos da feiticeira. O brilho que emitia formava uma imagem trêmula e cintilante, mas clara. Geralt via o quartinho com a estrela e o pentagrama desenhados no chão, agora em estado de incandescência. As multicoloridas e rangentes línguas de fogo saíam do pentagrama e subiam ao céu, acima do telhado, de onde provinham os furiosos urros do aprisionado djinn.

Yennefer o viu, ergueu-se de um pulo e levantou o braço.

– Não! – gritou ele. – Não faça isso! Quero ajudá-la!

– Ajudar-me? – espantou-se ela. – Você?

– Sim, eu.

– Apesar de tudo o que eu lhe fiz?

– Sim, apesar de tudo.

– Interessante, mas, pensando bem, totalmente inócuo. Não preciso de sua ajuda. Suma já daqui.

– Não.

– Vá embora! – gritou a feiticeira, contorcendo o rosto com raiva. – As coisas estão ficando perigosas. A situação está fugindo do controle, deu para entender? Não consigo domá-lo, não sei por quê, mas o fato é que o desgraçado não perde forças. Peguei-o quando ele cumpriu o terceiro desejo do trovador, e ele já devia estar preso nesta esfera. E o que aconteceu? Ele não só não ficou mais fraco, como também parece adquirir cada vez mais força! Mas vou conseguir dominá-lo apesar de tudo...

– Não, Yennefer, não conseguirá. É ele quem acabará matando você.

– Não é tão fácil assim matar-me... – começou a responder a feiticeira, mas teve de interromper-se. Todo o teto do albergue pegou fogo repentinamente, iluminando a sala com uma luz potentíssima.

A imagem lançada pela esfera de vidro se desfez no meio daquele brilho. No teto apareceu um enorme quadrilátero de fogo. Yennefer soltou uma maldição e ergueu os braços; de seus dedos saíam faíscas.

– Fuja, Geralt!

– O que está acontecendo, Yennefer?

– Ele me localizou... – gemeu ela, corada de tanto esforço. – Quer chegar até mim. Está formando um portal para poder adentrar. Ele não consegue soltar as amarras com as quais o prendi, mas poderá entrar aqui pelo portal. Não consigo... Não consigo detê-lo!

– Yennefer...

– Não me distraia! Preciso me concentrar! Geralt, você tem de fugir. Vou abrir meu portal para você... É um portal meio bambo; não tenho tempo para fazer outro... Não sei onde você vai aterrissar, mas estará em segurança... Prepare-se...

O enorme portal no teto brilhou ainda mais cegamente, alargou e deformou-se, e, do nada, surgiu a disforme bocarra de beiços caídos que o bruxo já conhecia. Seus uivos soavam com tanta força que pareciam capazes de perfurar os ouvidos. Yennefer deu um pulo para a frente, agitou os braços e gritou um encanto. Sua mão disparou um feixe de emaranhados raios de luz que caiu sobre o gênio como se fosse uma rede. O djinn soltou um urro e fez emergir de si dois braços compridos, que, parecendo duas cobras desfechando um bote, estenderam-se na direção da garganta da feiticeira. Yennefer não recuou.

Geralt se precipitou até ela, empurrou-a para um lado e protegeu-a com o corpo. O djinn, cercado por uma luz mágica, saltou do portal como a rolha de uma garrafa e se jogou sobre eles, escancarando a bocarra. O bruxo cerrou os dentes e lançou contra o gênio um Sinal, aparentemente sem nenhum efeito. Mas o gênio não atacou. Ficou suspenso no ar, junto do teto. Estufou-se todo, adquirindo proporções indescritíveis, esbugalhou os olhos pálidos e urrou. O urro foi como uma ordem, uma injunção; o bruxo não conseguiu decifrá-lo.

– Por aqui! – gritou Yennefer, apontando para o portal que acabara de criar junto das escadas.

Em comparação com o do gênio, o portal da feiticeira parecia acanhado, meio disforme e altamente provisório.

– Por aqui, Geralt! Fuja!

– Só se for com você!

Yennefer gritava encantos agitando os braços. As multicoloridas amarras soltavam faíscas e estalavam. O djinn girava feito um pião, forçando as linhas, esticando-as lentamente ao máximo e chegando cada vez mais perto da feiticeira. Yennefer não recuou.

O bruxo postou-se a seu lado, encostou agilmente uma perna na dela, passou um dos braços em sua cintura e enfiou a mão livre na vasta cabeleira, junto da nuca. Yennefer soltou um palavrão e lhe deu uma cotovelada no pescoço, mas ele não a largou. O acre cheiro de ozônio provocado pelas evocações não eliminou o perfume de lilás e groselha. Geralt passou-lhe uma rasteira, ergueu-a nos braços e, evitando receber pontapés das pernas agitadas no ar, pulou com ela para dentro do menor dos portais: o portal que levava ao desconhecido.

Voaram abraçados, caindo num piso de mármore. Ao deslizarem sobre ele, derrubaram um grande candelabro e logo em seguida uma mesa, da qual, com grande estrondo, caíram taças de cristal, travessas com frutas e uma enorme malga cheia de gelo picado, frutos do mar e ostras. Soaram berros e gritos estridentes.

Jaziam bem no centro de um salão de baile, iluminado por candelabros. Cavalheiros ricamente vestidos e damas cobertas de joias cintilantes interromperam a dança, olhando para eles com indescritível espanto. Os músicos que tocavam numa pequena galeria terminaram seu número numa dissonante cacofonia.

– Seu cretino! – gritou Yennefer, tentando arrancar-lhe fora os olhos. – Seu idiota completo! Você me atrapalhou! Eu quase o tinha em meu poder!

– Você não o tinha merda nenhuma! – ele gritou de volta, realmente furioso. – Salvei-lhe a vida, sua bruxa imbecil!

Yennefer sibilou como uma cobra; de suas palmas saltaram faíscas. Geralt, virando o rosto para o lado, agarrou-a pelos punhos, e ambos ficaram rolando no chão, no meio de ostras, frutas cristalizadas e gelo picado.

– O distinto casal foi convidado para a recepção? – perguntou um imponente senhor com uma dourada corrente de mordomo no peito, olhando para eles com expressão altiva.

– Vá se foder! – respondeu Yennefer, continuando seus esforços em arrancar os olhos de Geralt.

– Isso é inadmissível – falou enfaticamente o mordomo. – Vocês estão realmente exagerando com esse negócio de teleportação. Vou me queixar ao Conselho de Magos e exigirei...

Não se soube o que pretendia exigir o mordomo. Yennefer conseguiu libertar-se dos braços do bruxo e acertou seu ouvido com a palma da mão. Em seguida, desferiu-lhe um pontapé na coxa e pulou para dentro do portal. Geralt correu atrás dela e voltou a agarrá-la pelos cabelos e pela cintura. Yennefer, já com certa prática, desferiu-lhe outra cotovelada. O violento gesto rasgou seu vestido logo abaixo da axila, revelando um belo seio juvenil, enquanto de seu esfarrapado decote caía uma ostra.

Ao adentrarem o portal, Geralt chegou a ouvir a voz do mordomo dizendo calmamente:

– Música! Voltem a tocar! Não aconteceu nada. Peço que não deem atenção a esse incidente digno de pena!

O bruxo estava convencido de que a cada nova passagem pelo portal crescia o risco de uma desgraça. E não se enganou. Chegaram ao lugar certo: o albergue de Errdil. No entanto, materializaram-se quase colados ao teto. Caíram, destruindo a balaustrada das escadas, e, com grande estrondo, acabaram em cima da mesa. A mesa não tinha por obrigação aguentar o peso de dois adultos... e não aguentou.

Quando despencaram no chão, Yennefer ficou por baixo. Geralt estava certo de que ela perdera os sentidos. Enganou-se. Yennefer desferiu-lhe um soco no rosto e cobriu-o com uma série de palavrões que não envergonhariam um anão-coveiro, e os anões-coveiros eram especialmente conhecidos pelo pesado linguajar. Os palavrões eram acompanhados por furiosos e desordenados golpes desferidos a esmo. Geralt agarrou-a pelos braços e, querendo evitar a possibilidade de acertá-la acidentalmente com uma cabeçada, enfiou o rosto no decote cheirando a lilás, groselha e ostras.

– Largue-me! – gritou ela, coiceando como um potro. – Seu idiota, cretino, palhaço! Largue-me, já lhe disse! As amarras podem arrebentar a qualquer momento e eu preciso reforçá-las para que o djinn não fuja!

Geralt não respondeu, embora tivesse vontade. Agarrou-a com mais força ainda, tentando mantê-la grudada ao chão. Yennefer voltou a praguejar e, com toda a força, desferiu-lhe uma joelhada nos testículos. Antes que ele pudesse recuperar a respiração, a feiticeira livrou-se dele e lançou um encanto. Geralt sentiu uma força descomunal erguê-lo do chão e atirá-lo para o outro lado da sala, fazendo-o cair, com um ímpeto de tirar o fôlego, sobre uma enorme cristaleira de duas portas, que ficou destroçada por completo.

IX

– O que está se passando ali?! – gritava Jaskier, pendurado no muro e esforçando-se para enxergar algo através da cortina de água formada pela chuva torrencial. – Será que alguém pode me dizer o que está acontecendo lá?

– Eles estão brigando! – gritou um dos curiosos, dando um salto para trás da janela do albergue. Seus esfarrapados companheiros também se puseram em fuga, chapinhando na lama com os pés descalços. – O feiticeiro e a feiticeira estão lutando um com o outro!

– Eles estão se agredindo? – espantou-se Neville. – E, enquanto isso, esse demônio de merda está arruinando minha cidade! Olhem! Ele acabou de derrubar mais uma chaminé! E destruiu a olaria! Pessoal! Corram para lá! Por sorte está chovendo, senão teríamos um incêndio e tanto!

– Isso não vai durar por muito mais tempo – falou soturnamente o sacerdote Krepp. – A luz mágica está ficando cada vez mais fraca e as amarras vão se partir a qualquer momento. Senhor Neville, diga às pessoas para que se afastem! Aquilo lá vai virar um inferno! Não restará pedra sobre pedra daquela casa! Por que está rindo, senhor Errdil? Afinal, aquela casa é sua. Posso saber o que o diverte tanto?

– É que eu fiz um seguro milionário daquele pardieiro!

– E a apólice cobre acidentes causados por magias e eventos sobrenaturais?

– Evidentemente.

– O senhor agiu com sabedoria, senhor elfo. Com grande sabedoria. Meus parabéns. Ei, pessoal, escondam-se! Se não querem acabar soterrados, não se aproximem mais!

Um tremendo estrondo ecoou dentro da casa de Errdil e um relâmpago iluminou o céu. O grupo de curiosos recuou, protegendo-se atrás das pilastras.

– Por que Geralt foi se meter naquela casa? – gemeu Jaskier. – Por que cargas-d'água ele fez uma coisa dessas? Por que cismou em salvar aquela feiticeira? Por quê? Chireadan, você consegue compreender isso?

O elfo sorriu tristemente.

– Consigo, Jaskier – confirmou. – Compreendo muito bem.

X

Geralt esquivou-se do flamejante raio cor de laranja disparado dos dedos da feiticeira. Yennefer estava claramente cansada; seus raios eram fracos e lentos, e o bruxo se desviava deles sem grande esforço.

– Yennefer! – gritou. – Pare com isso! Tente entender o que eu quero lhe dizer! Você não vai conseguir...

Não concluiu a frase. Das mãos da feiticeira emanaram finos relâmpagos avermelhados que o atingiram em diversos pontos do corpo, envolvendo-o por completo. Sua roupa sibilou e começou a soltar fumaça.

– Não vou conseguir? – falou Yennefer lentamente e com ênfase. – Já vou lhe mostrar do que sou capaz. Basta você ficar deitadinho e não me atrapalhar.

– Tire estes malditos raios de cima de mim! – gritou ele, rolando no chão e querendo se livrar da teia ardente. – Isto queima como o diabo!

– Não se mexa – recomendou ela, arfando pesadamente. – Isso queima apenas quando você se mexe... Não posso dedicar-lhe mais tempo, bruxo. Nós nos divertimos bastante, mas não devemos exagerar. Preciso me ocupar com o djinn, senão ele é capaz de fugir de mim...

– Fugir de você?! – berrou Geralt. – É você que precisa fugir dele. Esse djinn... Yennefer, escute-me com atenção. Tenho de confessar-lhe uma coisa... Preciso contar-lhe a verdade. Você vai se espantar.

XI

O djinn puxou com força uma das amarras, descreveu um semicírculo e derrubou a torrinha da casa de Beau Berrant.

– Como ele urra! – observou Jaskier, levando instintivamente a mão à garganta. – Parece estar terrivelmente furioso!

– Porque está de fato – falou o sacerdote Krepp.

Chireadan olhou para ele.

– O que foi que o senhor disse?

– Que ele está de fato furioso – repetiu Krepp –, o que não é de estranhar. Eu também estaria, se tivesse de cumprir ao pé da letra o primeiro desejo que o bruxo expressou acidentalmente...

– Como?! – exclamou Jaskier. – Geralt expressou um desejo?

– Era ele quem tinha na mão o selo do tampão que prendia o gênio. O gênio cumpre os desejos daquele que o possui. E é por isso que a feiticeira não consegue domá-lo. Mas o bruxo não deve dizer isso a ela, se é que ele se já deu conta desse fato. Não deve dizer isso a ela de jeito algum.

– Pelos deuses... – murmurou Chireadan. – Estou começando a compreender... O carcereiro que explodiu...

– Aquele foi o segundo desejo do bruxo. Sobrou-lhe ainda um... o último. Mas, por todos os deuses, ele não deve revelar isso a Yennefer!

XII

Yennefer estava imóvel, inclinada sobre ele, não dando nenhuma importância à algazarra promovida pelo djinn atado pelas amarras ao teto do albergue. O prédio tremia, pedaços de reboco e cascalho desabavam do teto, enquanto móveis, parecendo sofrer de um ataque epiléptico, arrastavam-se pelo chão.

– Então foi isso – rosnou, furiosa. – Meus parabéns. Você conseguiu me enganar. Não era Jaskier, mas você! É por sua causa que o djinn resiste dessa maneira! No entanto, ainda não fui derrotada, Geralt. Você subestima a mim e meus poderes. Por enquanto, ainda não consegui subjugar nem você, nem o djinn. Você não tem direito a mais um desejo? Então, faça-o. Com isso, liberará o djinn, e eu poderei metê-lo de volta numa garrafa.

– Você não terá forças suficientes para isso, Yennefer.

– É que você não consegue avaliar corretamente minhas forças. Vamos, Geralt! Faça seu desejo!

– Não, Yennefer. Não posso... É até possível que o djinn venha a realizá-lo, mas ele nunca lhe perdoará. Assim que ficar livre, vai voltar-se contra você e matá-la... Você não conseguirá pegá-lo, nem defender-se dele. Está exausta e quase não consegue manter-se de pé. Não vai conseguir, Yennefer.

– O risco é meu! – gritou ela, furiosa. – Por que você se importaria com o que vai acontecer comigo? Melhor seria pensar em si mesmo! Você dispõe de mais um desejo! Pode pedir o que quiser! Aproveite essa chance única! Aproveite-a, bruxo! Você poderá ter tudo o que desejar! Tudo!

XIII

– Ambos vão morrer?! – urrou Jaskier. – O que o senhor quis dizer com isso, senhor Krepp? Afinal, o bruxo... Por que cargas-d'água ele não foge de lá? Por que não deixa aquela maldita feiticeira entregue à própria sorte e não foge? Isso não faz sentido!

– Não faz sentido – repetiu amargamente Chireadan. – Nenhum.

– É um suicídio! Uma idiotice total!

– Afinal, é a profissão dele – observou Neville. – O bruxo deveria salvar minha cidade. Chamo os deuses por testemunha de que, se ele conseguir derrotar a feiticeira e expulsar o demônio, eu o recompensarei regiamente...

Jaskier arrancou da cabeça o chapeuzinho adornado com pena de garça, cuspiu nele, atirou-o na lama e ficou pisoteando-o, repetindo várias palavras em diversos idiomas.

– O que não consigo entender – gemeu de repente – é que ele ainda dispõe de um desejo! Com isso, ele poderia salvar a si e a ela, não é verdade, senhor Krepp?

– A questão não é tão simples assim – respondeu o sacerdote. – Se ele... Se ele externar o desejo certo... Se ele de algum modo ligar seu destino com o dela... Não, não creio que ele tenha essa ideia... E é até melhor que não tenha.

XIV

– O desejo, Geralt! Rápido! O que você quer? Imortalidade? Riqueza? Fama? Poder? Força? Honrarias? Rápido, não temos muito tempo.

Geralt não respondeu.

– Humanidade – falou Yennefer repentinamente, sorrindo de maneira medonha. – Adivinhei, não é verdade? É isso que você deseja! É com isso que você sonha! Com a libertação, com o direito de ser quem quiser e não quem você é ou, melhor dizendo, quem você é obrigado a ser. O djinn pode cumprir esse seu desejo, Geralt. Basta externá-lo.

Geralt continuou calado, enquanto ela permanecia parada diante dele no meio do cintilante brilho da esfera mágica e dos multicoloridos feixes de luz que prendiam o djinn, com a vasta cabeleira esvoaçando e os olhos cor de violeta brilhando, ereta, esbelta, terrível...

E deslumbrante.

Inclinou-se violentamente sobre ele e fitou-o bem no fundo dos olhos. Geralt sentiu o cheiro de lilás e groselha.

– Você não diz nada – sibilou ela. – Afinal, o que almeja, bruxo? Qual é seu desejo mais oculto? Você não sabe ou não consegue se decidir? Procure a resposta dentro de si; procure profundamente e com cuidado, porque com certeza você nunca mais terá uma chance como essa.

E, repentinamente, ele se deu conta da verdade. Sabia. Sabia quem ela fora. Sabia do que ela se lembrava, do que não conseguia se esquecer e com o que convivia. Sabia quem ela fora antes de se tornar uma feiticeira.

Porque o observavam frios, penetrantes, maus e inteligentes olhos de uma corcunda.

Assustou-se. Não, não com a verdade. Assustou-se com a possibilidade de ela ler sua mente, de vir a saber o que ele descobrira e nunca lhe perdoar isso. Abafou tal pensamento dentro de si; matou-o; expulsou-o da mente para sempre, sem deixar vestígio algum. Ao mesmo tempo, sentia um profundo alívio; sentia que...

O teto da sala rompeu-se. O djinn, ainda envolto em raios, que pouco a pouco se extinguiam, atirou-se sobre eles, urrando triunfalmente, com a clara intenção de matá-los. Yennefer virou-se para enfrentá-lo. De suas mãos emanava uma luz... uma luz muito tênue.

O djinn escancarou a bocarra e estendeu os braços na direção dela... No mesmo instante, o bruxo percebeu repentinamente que sabia o que queria, pelo que ansiava.

E exteriorizou seu desejo.

XV

A casa explodiu. Tijolos, vigas e tábuas voaram para todos os lados, numa nuvem de fumaça e faíscas. Do meio daquele furacão emergiu o djinn, enorme como um paiol. Urrando e gargalhando, o gênio do Ar, já livre de todas as amarras, não mais atado por obrigações ou vontades de quem quer que fosse, descreveu três círculos sobre a cidade, arrancou a flecha da torre da prefeitura, ergueu-se no céu e sumiu para sempre.

– Ele fugiu! Fugiu! – gritou o sacerdote Krepp. – O bruxo conseguiu! O gênio foi embora e não vai mais ameaçar ninguém!

– Ah! – exclamou Errdil, com voz cheia de satisfação. – Que ruína maravilhosa!

– Que droga! Que droga! – urrou Jaskier, encolhido atrás do muro. – Eles demoliram a casa toda. Ninguém pode ter sobrevivido a uma coisa dessas. Ninguém, digo-lhes, ninguém!

– O bruxo Geralt de Rívia sacrificou sua vida em prol da cidade – falou solenemente o prefeito Neville. – Vamos nos lembrar dele para sempre. Vamos honrá-lo com uma estátua...

Jaskier tirou dos ombros um pedaço de esteira endurecido de lama, sacudiu os fragmentos de reboco que haviam caído sobre seu casaco, olhou para o prefeito e, em poucas e precisamente escolhidas palavras, emitiu sua opinião sobre sacrifícios, lembranças, honrarias e todas as estátuas do mundo.

XVI

Geralt olhou em volta. Do buraco no telhado caíam gotas de água. Ao redor, escombros e mais escombros, misturados com pilhas de pedaços de madeira. Por mais estranho que pudesse parecer, o lugar no qual eles jaziam estava impecavelmente limpo. Nem uma só tábua, nem um só tijolo os atingira. A impressão que se tinha era de que havia um escudo invisível protegendo aquele local.

Yennefer, levemente ruborizada, ajoelhou-se a seu lado, apoiando as mãos nos joelhos.

– Bruxo, você está vivo?

– Estou – respondeu Geralt, limpando a poeira do rosto e fazendo uma careta de dor.

A feiticeira tocou levemente os punhos dele, passando os dedos com delicadeza por sua mão.

– Queimei você...

– Bobagem. Apenas algumas bolhas...

– Desculpe-me. Você sabe que o djinn fugiu para sempre?

– E você está chateada com isso?

– Não muito.

– Que bom! Ajude-me a ficar de pé.

– Espere um momento – sussurrou ela. – Aquele seu desejo... Não pude evitar ouvir o que você pediu. Fiquei pasma; achei que não tinha ouvido direito. Poderia ter imaginado qualquer coisa menos isso. Mas o quê... o que o levou a isso, Geralt? Por quê... Por que eu?

– Você não sabe?

Inclinou-se sobre ele e o tocou. Geralt sentiu no rosto o roçar dos cabelos cheirando a lilás e groselha e compreendeu que nunca mais esqueceria aquele perfume e aquele toque delicado, que jamais poderia compará-los com outro perfume e outro toque. Yennefer beijou-o, e ele percebeu que nunca mais sonharia com outros lábios que não os dela, macios e úmidos, doces de batom. De repente, deu-se conta de que, a partir daquele momento, existiria única e exclusivamente ela, seu pescoço, seus braços e seus seios debaixo do vestido negro, sua pele delicada e fresca, incomparável com qualquer outra que tocara até então. Fitou de perto seus olhos cor de violeta, os mais belos olhos do mundo, que, conforme temia, se tornariam...

Tudo para ele. Sabia disso.

– Seu desejo... – sussurrou ela, com os lábios próximos de seu ouvido. – Não sei se um desejo desses pode ser efetivamente cumprido. Não sei se existe na natureza força capaz de realizar um desejo como o seu. Mas se existir, então você acabou de condenar-se. Condenar a mim.

Geralt interrompeu-a com um beijo, um abraço, um toque, uma série de carícias e, depois, com tudo, com cada e único pensamento, com tudo, tudo, tudo. Romperam o silêncio com suspiros e fru-frus de roupas espalhadas desordenadamente pelo chão. Romperam o silêncio de maneira muito suave, sentindo-se preguiçosos, detalhistas, meigos e ternos, e, embora nenhum dos dois soubesse muito bem o que eram meiguice e ternura, conseguiram-nas, porque muito as desejaram. Não tinham pressa, e o mundo todo deixou de existir por apenas um breve espaço de tempo. A eles, no entanto, parecia transcorrer uma eternidade, e efetivamente transcorreu.

Depois, o mundo voltou a existir, mas muito diferente.

– Geralt?

– Sim?

– O que vai acontecer agora?

– Não sei.

– Eu também não. Porque... Porque não sei se valeu a pena condenar-se a mim. Não sei... Espere um momento, o que você está fazendo? Eu queria lhe dizer uma coisa...

– Yennefer... Yen...

– Yen – repetiu ela, cedendo totalmente a ele. – Ninguém jamais me chamou assim. Diga outra vez, por favor.

– Yen.

– Geralt.

XVII

A chuva parara de cair. Um arco-íris cortava o céu de Rinde com suas faixas de cores. Parecia que ele nascia exatamente do destruído telhado do albergue.

– Por todos os deuses! – murmurou Jaskier. – Que silêncio... Eles estão mortos. Ou se mataram um ao outro, ou meu djinn acabou com eles.

– Vamos ter de verificar isso – disse Vratimir, secando a testa com um gorro amassado. – Podem estar feridos. Não deveríamos chamar um médico?

– Creio que um coveiro seria mais adequado – constatou Krepp. – Conheço aquela feiticeira... Quanto àquele bruxo, também dava para notar o diabo em seus olhos. O que precisamos fazer é cavar logo duas covas no cemitério. E, no que se refere a Yennefer, eu recomendaria perfurar seu corpo com uma estaca de álamo antes de sepultá-la.

– Que silêncio... – repetiu Jaskier. – Minutos atrás vigas de madeira voavam por toda parte, e agora está tudo tão quieto como num túmulo.

Aproximaram-se das ruínas, lenta e cuidadosamente.

– Os carpinteiros devem começar a preparar os caixões – afirmou Krepp. – Digam a eles para...

– Silêncio! – interrompeu-o Errdil. – Ouvi alguma coisa. O que foi aquilo, Chireadan?

O elfo afastou os cabelos da orelha pontuda e inclinou a cabeça.

– Não tenho certeza... Vamos chegar mais perto.

– Yennefer está viva – falou repentinamente Jaskier, fazendo uso de seu ouvido musical. – Eu a ouvi gemer... Ah! Ela gemeu de novo!

– Eu também ouvi – confirmou Errdil. – Ela deve estar sofrendo muito. Chireadan! Aonde você está indo? Tome cuidado!

O elfo recuou da janela destruída pela qual havia olhado.

– Vamos embora – disse secamente. – Não devemos atrapalhá-los.

– Quer dizer que ambos estão vivos? Chireadan, o que eles estão fazendo lá dentro?

– Vamos embora – repetiu o elfo. – É melhor deixá-los sozinhos por algum tempo. Que fiquem lá; ela, ele e o último desejo dele. Vamos esperar por eles numa taberna. Daqui a pouco os dois vão ter conosco.

– Mas o que eles estão fazendo lá dentro? – insistiu Jaskier. – Diga de uma vez!

O elfo deu um sorriso muito, muito triste.

– Não gosto de palavras grandiosas – falou. – E, sem palavras grandiosas, não é possível descrever.

A VOZ DA RAZÃO 7

I

Falwick, sem o elmo, mas com o resto da armadura completa e com o manto carmim da confraria atirado sobre o ombro, estava parado no meio da clareira. Ao lado dele, com os braços cruzados no peito, encontrava-se um musculoso anão barbudo, vestido com um longo casaco forrado de pele de raposa sobre uma couraça e com a cabeça protegida por um achatado capacete redondo, cuja malha feita de anéis de metal caía sobre seus ombros. Tailles, sem armadura, trajando apenas um curto gibão acolchoado, andava lentamente, brandindo toda hora sua espada desembainhada.

O bruxo parou seu cavalo e olhou em volta. Ao redor, brilhavam as couraças e os achatados capacetes metálicos dos soldados que, armados com lanças, circundavam a colina.

– Que droga! – rosnou. – Era de esperar.

Jaskier girou o cavalo e, notando um grupo de lanceiros que impediam a passagem, soltou um palavrão.

– De que se trata, Geralt?

– De nada. Mantenha a matraca fechada e não se meta. Vou tentar encontrar um meio de nos safarmos.

– Eu lhe perguntei de que se trata. É mais uma de suas aventuras?

– Cale a boca.

– A ideia de irmos até a cidade não foi muito boa – gemeu o trovador, olhando para as não muito distantes torres do templo. – Devíamos ter ficado quietinhos com Nenneke, sem botar o nariz para fora...

– Cale a boca, já lhe disse. Você vai ver que tudo acabará se esclarecendo.

– Nada parece indicar isso.

Jaskier tinha razão. Não parecia. Tailles continuava a andar para lá e para cá, agitando a espada e sem olhar para eles. Os soldados, apoiados nas lanças, os observavam soturna e desleixadamente, com expressão de profissionais a quem o ato de matar não provocava uma liberação de adrenalina mais intensa.

Desceram dos cavalos. Falwick e o anão aproximaram-se lentamente.

– Você insultou o nobre Tailles, bruxo – afirmou o conde, sem introdução alguma nem gentilezas habituais. – E Tailles, como você deve estar lembrado, atirou-lhe uma luva. Como não era apropriado atacá-lo no solo do templo, ficamos esperando você sair de debaixo da saia da sacerdotisa. Tailles o aguarda. Vocês têm de duelar.

– Temos?

– Têm.

– E o senhor não acha, senhor Falwick – sorriu Geralt sinistramente –, que o nobre Tailles não está me privilegiando demais? Não tive a honra de me tornar um cavaleiro da Ordem, e, no que se refere a meu nascimento, é melhor não lembrar as circunstâncias que o acompanharam. Temo que eu não seja suficientemente digno... como é mesmo que se diz isso, Jaskier?

– Indigno para dar satisfações e combater em campos de torneio – recitou o poeta, fazendo uma careta. – O código da Cavalaria determina...

– O Capítulo de nossa Ordem é regido por um código próprio – interrompeu-o Falwick. – Se você tivesse desafiado um de nossos cavaleiros, ele poderia lhe recusar ou conceder satisfações, conforme seu desejo. Mas aqui a situação é inversa: é o cavaleiro quem o desafia e, com isso, eleva-o a sua dignidade, obviamente apenas pelo tempo necessário para lavar sua honra. Você não pode recusar. A recusa a receber a dignidade o tornaria indigno.

– Que lógica extraordinária! – observou Jaskier, com a expressão mais inocente do mundo. – Vejo que o senhor estudou filosofia, distinto cavaleiro.

– Não se meta nisso – falou Geralt, erguendo a cabeça e olhando fixamente para Falwick. – Termine o que tem a dizer, cavaleiro. Gostaria de saber o que pretendem. O que aconteceria, por exemplo, se eu me revelasse... indigno?

– O que aconteceria? – Falwick contorceu os lábios num sorriso malicioso. – Aconteceria que mandaria enforcá-lo no primeiro galho, seu patife.

– Vamos com calma – ouviu-se repentinamente a rouca voz do anão. – Com calma, senhor conde. E sem palavras ofensivas, está bem?

– Não me ensine boas maneiras, Cranmer – rosnou por entre os dentes o cavaleiro. – E lembre-se de que o príncipe lhe deu ordens que você deverá cumprir à risca.

– É o senhor que não deve ensinar-me, conde – retrucou o anão, apoiando o punho num machado de dois gumes enfiado por trás de seu cinto. – Sei muito bem como cumprir as ordens que recebo e não preciso de ensinamento algum nesse assunto. Senhor Geralt, permita que me apresente. Sou Dennis Cranmer, capitão da guarda pessoal do príncipe Hereward.

O bruxo inclinou-se com indiferença, fitando o anão nos olhos acinzentados, situados debaixo de espessas sobrancelhas amareladas.

– Enfrente Tailles, senhor bruxo – continuou calmamente Dennis Cranmer. – Assim será melhor para todos. O duelo não deve ser de vida ou morte, mas apenas até um dos dois ficar totalmente imobilizado. Portanto, lute com ele e permita que ele o imobilize.

– Como?!

– O cavaleiro Tailles é o favorito do príncipe – disse Falwick, sorrindo maliciosamente. – Se você, seu mutante, tocar nele com sua espada, será castigado. O capitão Cranmer vai prendê-lo e levá-lo à augusta presença do príncipe para ser castigado. Foi essa a ordem que ele recebeu.

O anão nem se dignou de olhar para o cavaleiro; não desgrudava de Geralt seus olhos frios, da cor do aço. O bruxo sorriu, mas de modo extremamente desagradável.

– Se é que entendi direito – disse –, tenho de aceitar o duelo, porque, do contrário, serei enforcado. Se lutar, deverei permitir que meu adversário me fira, já que, caso toque nele com a espada, serei preso e terei meus ossos destroçados numa roda. Ambas as opções são altamente agradáveis. Por que não poupar o trabalho de vocês? Baterei minha cabeça contra um tronco de carvalho e me imobilizarei por mim mesmo. Isso não resolveria seu problema?

– Não brinque com coisas sérias – rosnou Falwick. – Não piore ainda mais sua situação. Você insultou a Ordem, seu vagabundo, e tem de ser castigado por isso. Deu para entender? Ao mesmo tempo, o jovem Tailles precisa da fama de subjugador do bruxo, e o Capítulo da Ordem quer lhe dar essa fama. Não fosse isso, você já estaria pendendo de uma árvore há muito tempo. Se permitir ser derrotado, salvará sua mísera vida. Não fazemos questão de seu cadáver; queremos apenas que Tailles arranque um pouco de sua pele. E sua pele, a pele de um mutante, volta a crescer em pouco tempo. Mas não percamos mais tempo. Decida-se. Você não tem escolha.

– É isso que acha, senhor conde? – Geralt sorriu de maneira ainda mais sinistra, passando os olhos pelos soldados. – Pois eu acho que tenho.

– É verdade – admitiu Dennis Cranmer. – O senhor tem uma escolha, mas ela envolverá grande derramamento de sangue. Assim como ocorreu em Blaviken. É isso que quer? Quer sobrecarregar sua consciência com mais sangue e mortes? Porque a escolha que tem em mente, senhor Geralt, envolve sangue e mortes.

– Sua linha de raciocínio é maravilhosa, capitão; chega a ser fascinante – zombou Jaskier. – O senhor se dirige a um homem assaltado numa estrada e tenta despertar nele seu humanismo, apelando para seus sentimentos mais nobres. Pelo que entendi, o senhor lhe pede que ele não derrame o sangue dos homens que o assaltaram. Ele deve se apiedar dos assaltantes, porque eles são pobres, têm esposa, filhos e, talvez, até mãe. Mas não lhe parece, capitão Cranmer, que o senhor está se preocupando demasiadamente cedo? Porque, quando olho para seus lanceiros, vejo como seus joelhos tremem só de pensar que terão de lutar com Geralt de Rívia, bruxo capaz de dar cabo de uma estrige apenas com as mãos desnudas. Não haverá aqui derramamento de sangue, capitão. Ninguém sofrerá dano algum, exceto aqueles que quebrarão as pernas fugindo para a cidade.

– No que se refere diretamente a mim – respondeu calmamente o anão, erguendo o queixo com orgulho –, não tenho nada a reclamar de meus joelhos. Até hoje, nunca fugi de ninguém e não pretendo alterar meus hábitos. Sou solteiro, não sei de filho algum e, quanto a minha mãe, que não conheci, recomendo não envolvê-la nesta conversa. Mas as ordens que recebi serão cumpridas rigorosamente... letra por letra. Não estou apelando a sentimento algum e apenas peço ao senhor Geralt de Rívia que tome uma decisão. Acatá-la-ei plenamente e me adaptarei a ela.

Geralt e o anão ficaram se encarando por um bom tempo.

– Que seja – disse finalmente Geralt. – Vamos resolver isso de uma vez. Não vale a pena perder tempo.

– Portanto – Falwick ergueu a cabeça e seus olhos brilharam –, você vai duelar com o nobre Tailles de Dorndal?

– Sim.

– Muito bem. Prepare-se.

– Estou pronto – anunciou Geralt, vestindo as luvas. – Não percamos mais tempo. Se Nenneke tomar conhecimento dessa aventura, haverá um inferno. Portanto, vamos resolver isso de uma vez. Quanto a você, Jaskier, fique calmo. Você não tem nada a ver com essa história. Não é verdade, senhor Cranmer?

– Verdade absoluta – confirmou firmemente o anão, olhando para Falwick. – Pode ficar tranquilo, senhor Geralt. Aconteça o que acontecer, o assunto se refere exclusivamente ao senhor.

O bruxo pegou a espada presa a suas costas.

– Não – disse Falwick, desembainhando a sua. – Você não vai lutar com essa sua navalha. Tome minha espada.

Geralt deu de ombros. Pegou a espada do conde e agitou-a no ar.

– Muito pesada – falou friamente. – Poderíamos combater com pás, que o resultado seria o mesmo.

– Tailles tem uma idêntica. As mesmas chances.

– O senhor é um gozador de primeira, senhor Falwick. Seu senso de humor é deveras extraordinário.

Os soldados formaram uma folgada corrente em torno da clareira. Tailles e o bruxo ficaram face a face.

– Senhor Tailles, o senhor tem algo a dizer a título de desculpas?

O jovem cavaleiro cerrou os lábios, colocou o braço direito às costas e adotou a posição de um esgrimista.

– Não? – sorriu Geralt. – Não vai ouvir a voz da razão. É uma pena.

Tailles agachou-se, pulou para a frente e atacou sem avisar. O bruxo nem se esforçou para aparar o golpe, evitando a estocada com um leve desvio do corpo. O cavaleiro tomou ímpeto, e a lâmina voltou a cortar apenas o ar; Geralt passou por baixo dela e, com uma ágil pirueta e uma finta, fez o adversário perder a cadência. Tailles praguejou e desferiu um golpe cortante da direita para a esquerda, perdendo momentaneamente o equilíbrio; tentou recuperá-lo de maneira automática e desajeitada, erguendo bem alto a espada para se defender. O bruxo, com a velocidade e a força de um raio, bateu sonoramente a pesada lâmina de sua espada na do cavaleiro, e esta, com o impacto, acertou-o no rosto. Tailles soltou um berro, caiu de joelhos e apoiou a testa na grama. Falwick correu para junto dele, enquanto Geralt enfiava sua espada na terra e se virava.

– Ei! Homens! – gritou Falwick, erguendo-se. – Peguem-no!

– Parados! – rugiu Dennis Cranmer, pondo a mão em seu machado.

Os soldados pararam de imediato.

– Não, senhor conde – falou lentamente o anão. – Eu sempre cumpro as ordens ao pé da letra. O bruxo não tocou no cavaleiro Tailles. O jovem se feriu com o próprio ferro. Azar dele.

– Ele está com o rosto todo massacrado! Ficará deformado para o resto da vida!

– A pele volta a crescer em pouco tempo. – Dennis Cranmer fixou no bruxo seus olhos de aço e arreganhou os dentes num sorriso cúmplice. – Já no que se refere à cicatriz, para um guerreiro ela é motivo de orgulho e glória... exatamente a glória que tanto lhe desejava o Capítulo. Um cavaleiro sem cicatriz é uma piroca, não um cavaleiro. Pergunte-lhe, conde, e se certificará de quanto ele está contente.

Tailles rolava no chão, cuspia sangue, berrava e uivava, não demonstrando indício de contentamento.

– Cranmer! – urrou Falwick, arrancando da terra sua espada. – Juro que você ainda vai se arrepender disso!

O anão se virou para ele, retirou lentamente o machado de trás do cinto, pigarreou e deu uma cusparada na palma da mão direita.

– Cuidado, senhor conde – rugiu. – Nunca faça juramentos falsos. Tenho horror a perjuros, e o príncipe Hereward me deu o direito de castigá-los. Vou fingir que não ouvi suas estúpidas palavras, mas peço-lhe gentilmente que não as repita.

Falwick, pálido de raiva, virou-se para Geralt.

– Bruxo – disse –, suma daqui. Desapareça de Ellander imediatamente, sem delonga.

– São raros os momentos em que eu concordo com esse sujeitinho – murmurou Dennis, aproximando-se do bruxo e devolvendo-lhe a espada –, mas nesse caso tenho de admitir que ele está certo. Partam daqui o mais rápido que puderem.

– Faremos o que o senhor nos recomenda – respondeu Geralt, prendendo a espada às costas. – Mas antes gostaria de dizer algumas palavras ao conde. Senhor Falwick!

O cavaleiro da Ordem da Rosa Branca piscou nervosamente, enxugando em seu manto as mãos suadas.

– Vamos voltar por um momento ao código do Capítulo de vocês – falou o bruxo, esforçando-se para não sorrir. – Interessa-me muito um de seus pontos. Se eu me sentisse ofendido com o comportamento do senhor e o desafiasse para um duelo aqui e agora... qual seria sua reação? O senhor me consideraria digno de cruzar espadas comigo? Ou se negaria, mesmo ciente de que esse ato me autorizaria a achá-lo digno apenas de levar uma cusparada, um tapa na cara ou um chute na bunda diante dos soldados? Conde Falwick, seja magnânimo e queira satisfazer minha curiosidade.

Falwick empalideceu. Deu um passo para trás e olhou em volta. Os soldados evitaram seu olhar. Dennis Cranmer fez uma careta, botou a língua para fora e expeliu um jato de saliva a boa distância.

– Embora o senhor permaneça calado – continuou Geralt –, ouço em seu silêncio a voz da razão, senhor Falwick. O senhor satisfez minha curiosidade e, portanto, vou satisfazer a sua. Se o senhor está curioso em saber o que aconteceria caso sua Ordem incomodasse a mãe Nenneke ou qualquer uma de suas sacerdotisas, ou ainda se metesse indevidamente na vida do capitão Cranmer, saiba que eu o encontrarei e, como não atendo a nenhum código, o sangrarei como a um porco.

O cavaleiro ficou ainda mais pálido.

– Não se esqueça de minha promessa, senhor Falwick. Vamos embora, Jaskier. Fique em paz, Dennis.

– Boa sorte, Geralt – respondeu o anão, com um largo sorriso estampado na face. – Fique em paz. Saiba que tive imenso prazer nesse nosso encontro e espero que voltemos a nos ver em breve.

– O mesmo digo eu, Dennis. Até breve, então.

Partiram propositadamente devagar, sem olhar para trás, passando a trote somente depois de terem sumido na floresta.

– Geralt – falou repentinamente o poeta. – Espero que você não queira seguir diretamente para o sul. Não acha que devemos fazer um desvio para evitar Ellander e as terras de Hereward? Ou será que você pretende continuar com esse circo?

– Não, Jaskier, não pretendo. Vamos viajar pelas florestas e, depois, tomaremos a Trilha dos Mercadores. E lembre-se de uma coisa: quando estivermos com Nenneke, nem uma palavra sobre esse incidente. Nem uma só palavrinha.

– Tomara que partamos logo.

– Partiremos imediatamente.

II

Geralt curvou-se, verificou o recém-consertado aro do estribo e ajustou o loro, ainda duro e difícil de afivelar e cheirando a couro novo. Ajeitou a cilha, os alforjes, a manta enrolada na parte traseira da sela e a espada de prata presa a ela. Nenneke estava parada junto dele, imóvel e com os braços cruzados sobre o peito.

Jaskier aproximou-se, conduzindo seu cavalo baio.

– Agradeço-lhe a hospitalidade, venerável Nenneke – falou seriamente. – E não fique mais zangada comigo. Afinal, sei muito bem que gosta de mim.

– É verdade – concordou a sacerdotisa, sem sorrir. – Gosto de você, seu bobalhão, embora eu mesma não saiba por quê. Vá em paz.

– Até a vista, Nenneke.

– Até a vista, Geralt. Cuide-se.

O bruxo sorriu azedamente.

– Prefiro cuidar dos outros. Com o tempo, isso se revela mais efetivo.

Do meio das colunas cobertas de hera do templo surgiu Iola, acompanhada por duas adeptas e carregando a maleta do bruxo. Tentava, de maneira desajeitada, evitar seu olhar; o preocupado sorriso se misturava com o rubor do rosto sardento e cheio, formando um conjunto agradável aos olhos. As adeptas a seu lado não escondiam olhares significativos e tinham dificuldade em reprimir risadinhas.

– Pela Grande Melitele – suspirou Nenneke. – Uma autêntica comitiva de despedida. Pegue a maleta, Geralt. Completei seus elixires, e agora você tem tudo o que lhe faltava. E mais aquele remédio... você sabe qual. Tome-o regularmente durante duas semanas. Não se esqueça. É muito importante.

– Não vou esquecer. Obrigado, Iola.

A jovem abaixou a cabeça e entregou-lhe a maleta. Queria muito dizer algo. Não tinha a mais vaga ideia do que deveria ser dito, quais palavras usar. Não sabia o que teria dito se pudesse. Não sabia, mas desejava.

Suas mãos se tocaram.

Sangue. Sangue. Sangue. Ossos como palitos brancos quebrados. Tendões como cordas esbranquiçadas explodindo debaixo de pele rasgada por dentes afiados e enormes patas munidas de espinhos aguçados. O horripilante som de carne sendo rompida e um grito impudico e assustador em seu despudor. No despudor do fim. Morte. Grito e sangue. Grito. Grito. Grito.

– Iola!!!

Nenneke, com agilidade surpreendente para uma pessoa gorda, correu para junto da jovem estendida no chão, com o corpo retesado e agitado por convulsões, e apoiou-a pelos braços e cabelos. Uma das adeptas ficou paralisada, sem saber como agir. A outra, mais esperta, ajoelhou-se nas pernas de Iola, que ergueu o corpo num arco, abrindo a boca num inaudível grito.

– Iola! – berrava Nenneke. – Fale! Fale, minha filha! Fale!

A jovem arqueou o corpo ainda mais, cerrou com força as mandíbulas e um fino filete de sangue escorreu pela bochecha. Nenneke, com o rosto roxo de tanto esforço, gritou alguma coisa que o bruxo não entendeu, mas seu medalhão puxou-o tanto pelo pescoço que ele se curvou instintivamente, esmagado por um peso invisível.

Iola ficou imóvel.

Jaskier, branco como uma folha de linho, soltou um profundo suspiro. Nenneke ergueu-se com grande dificuldade.

– Levem-na – ordenou às adeptas, que, a essa altura, eram mais numerosas. Vieram correndo, sérias, assustadas e caladas. – Levem-na – repetiu a sacerdotisa. – Com cuidado. E não a deixem sozinha. Logo irei ter com vocês.

Virou-se para Geralt. O bruxo estava imóvel, apertando nervosamente as rédeas na mão suada.

– Geralt... Iola...

– Não diga nada, Nenneke.

– Eu também vi aquilo... Por uma fração de segundo. Geralt, não vá embora.

– Preciso ir.

– Você viu... aquilo?

– Sim, mais de uma vez.

– E...?

– Não faz sentido olhar para trás.

– Não vá embora, eu lhe peço.

– Preciso ir. Tome conta de Iola. Até a vista, Nenneke.

A sacerdotisa sacudiu a cabeça lentamente, fungou e, com um gesto rápido e severo, enxugou uma lágrima com o dorso da mão.

– Adeus – sussurrou, sem olhar para ele.